범선 군함의 살인

HANSEN GUNKAN NO SATSUJIN
Copyright © 2023 by Yoshiki Okamoto
All rights reserved.
Original Japanese edition published in 2024 by Tokyo Sogensha Co., Ltd.
Korean translation rights arranged with Tokyo Sogensha Co., Ltd., Tokyo
through Eric Yang Agency Co., Seoul.
Korean translation rights ©2025 by TOMCAT

이 책의 한국어판 저작권은 에릭양 에이전시를 통한
저작권사와의 독점 계약으로 톰캣에 있습니다.
저작권법에 의해 한국 내에서 보호를 받는 저작물이므로
무단 전재와 복제를 금합니다.

범선 군도의 흥망

帆船群島の興亡

오카모토 요시키 장편소설 · 김은모 옮김

일러두기
1. 외래어는 국립국어원의 외래어 표기법을 따랐으나 일반적으로 통용되는 경우에는 관용에 따라 표기했습니다.
2. 작중의 길이 단위는 독서의 편의를 위해 미터법으로 일괄 변환했습니다.

차례

제1장
시작되는 지옥
009

제2장
일어나는 비극
141

제3장
사라진 살인자
265

제4장
여로의 끝
327

에필로그 408
옮긴이의말 412

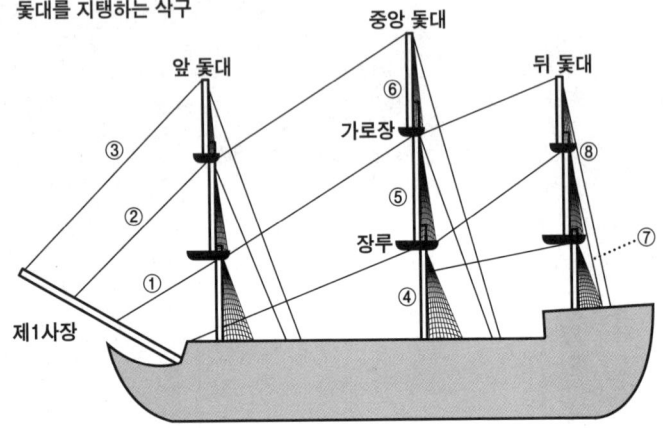

돛대를 지탱하는 삭구

① 전지삭 ② 가운데 전지삭 ③ 꼭대기 전지삭 ④ 횡정삭 ⑤ 가운데 횡정삭
⑥ 꼭대기 횡정삭 ⑦ 뒤 가운데 전지삭 ⑧ 뒤 꼭대기 전지삭

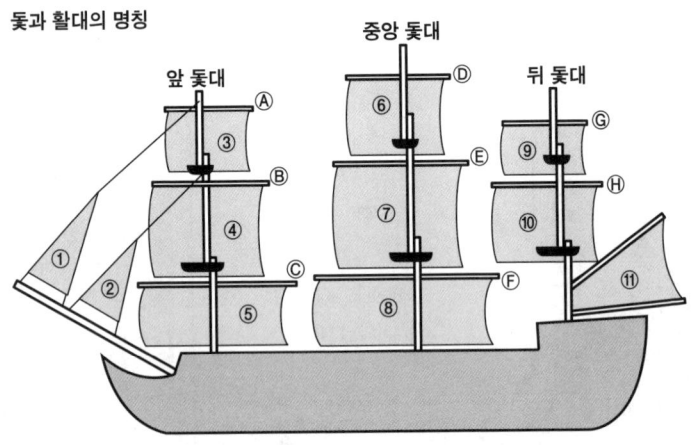

돛과 활대의 명칭

① 뱃머리 삼각돛 ② 삼각돛 ③ 앞 꼭대기 돛 ④ 앞 가운데 돛 ⑤ 앞 아래 돛
⑥ 중앙 꼭대기 돛 ⑦ 중앙 가운데 돛 ⑧ 중앙 아래 돛 ⑨ 뒤 꼭대기 돛
⑩ 뒤 가운데 돛 ⑪ 뒤 세로 돛
Ⓐ 앞 꼭대기 활대 Ⓑ 앞 가운데 활대 Ⓒ 앞 아래 활대 Ⓓ 중앙 꼭대기 활대
Ⓔ 중앙 가운데 활대 Ⓕ 중앙 아래 활대 Ⓖ 뒤 꼭대기 활대 Ⓗ 뒤 가운데 활대

주요 등장인물

• 헐버트호 승조원
데이비드 그레엄: 헐버트호 함장
프랜시스 머레이: 부함장. 1등 대위
로빈 로이든: 2등 대위
존 코글란: 3등 대위
로버트 자비우스: 4등 대위
리처드 버넌: 5등 대위
케네스 후드: 갑판장
아서 레스톡: 군의관
헨리 팔코너: 목공장
윌리엄 파커: 사무장
망고 하든: 장포장
알프레드 메이어: 선임 위병장
에릭 홀랜드: 수병
니퍼 호이슬: 수병
게리 윌든: 수병
맨디: 수병. 식탁장
가이: 스코틀랜드인 수병
코구: 흑인 수병
람지: 인도인 수병
초: 중국인 수병
잭: 소년 수병

• 강제 징집된 사람
네빌 보우트: 구두장이
조지 블랙: 구두장이. 네빌의 친구
가브리엘 스마일스: 목장 주인의 아들
휴 브레이크: 가브리엘의 졸개
프레디 쳑: 가브리엘의 졸개
윌리 포잭: 잡화점 주인의 아들

제1장

시작되는 지옥

그날 사우샘프턴의 바다는 잠든 아기의 숨소리처럼 평온했으며, 해수면은 베일같이 엷은 구름 너머로 비치는 햇빛을 받고 보석처럼 빛났다. 물고기 잡으러 나가기 딱 좋은 날씨였다.

하지만 연안에 어선은 한 척도 없었다. 어부들은 모두 교회 지하실에 뭉쳐서 숨어 있었다. 어둡고 답답한 공간에서 한나절 가까이 지냈지만, 불평하는 사람은 아무도 없었다.

어부뿐만 아니라 상선의 선원들도 똑같은 상황이었다. 그들은 정박 중인 배나 항구의 창고에 없었고 거리의 사무소에서도 자취를 감추었다. 모든 상선 회사의 선원들은 짠 것처럼 마을 변두리의 반왕당파가 운영하는 목장에 모였고, 광이나 짚단 속 그것도 모자라 악취로 가득한 돼지우리에 몸을 숨겼다.

오늘이 배를 띄우기에 아무리 좋은 날씨라도, 바다 사나이

들은 폭풍 한가운데 있는 것이나 마찬가지였다. 그 폭풍이 몰고 오는 거친 파도에 휩쓸리면 교회 지하나 돼지우리보다 훨씬 변변치 못한 곳으로 끌려간다. 그러면 아무리 비좁고 답답하든 돼지의 오물로 범벅이 되든 폭풍이 지나갈 때까지 그 자리에 머무르는 수밖에 없다.

폭풍의 중심은 사우샘프턴 연안에 당당히 자리 잡고 있었다.

한 척의 범선이었다. 어선이 장난감으로 보일 만큼 거대하고, 목조 선체에는 검은색과 노란색으로 가로줄 무늬를 칠해놓았다. 갑판에는 커다란 돛대 세 개가 솟아 있고, 선미에서는 자신의 존재를 과시하듯 영국 국기가 펄럭였다.

바로 영국의 범선 군함 헐버트호다.

선체에서 가장 높은 곳인 선미루^{배의 뒷부분인 고물의 상갑판에 만든 구조물} 갑판에서 함장 데이비드 그레엄은 돌아오는 보트를 망원경으로 바라보고 있었다. 그는 망원경을 눈에서 떼고 한숨을 푹 쉬었다.

그레엄은 사환에게 망원경을 넘겨준 후, 먼바다 쪽을 바라보며 말했다.

"징집 부대가 돌아왔군."

"성과는 어떻습니까?" 함장 뒤편에서 대기 중이던 부함장 프랜시스 머레이가 물었다.

그레엄은 뒤로 몸을 돌렸다. 거친 바다와 뙤약볕, 그리고 바다 위에서 일어날 수 있는 온갖 위기에 수없이 단련된 그 얼굴에는 평소에도 늑대 같은 용맹함이 감돌았다.

"전혀 없어."

머레이는 늘 벌레를 씹은 듯한 표정이지만, 함장의 말을 듣자 못마땅한지 그 표정이 더욱 일그러졌다.

"단 한 명도 데려오지 못하다니, 정말 무능한 놈들이로군요."

그레엄은 다시 해수면으로 눈을 돌려 서서히 윤곽이 선명해지는 보트를 바라보았다.

머레이는 징집 부대를 두고 무능하다고 욕했지만, 그레엄의 생각은 달랐다. 누구를 보내도 결과는 똑같으리라. 전쟁이 시작되고 얼마 지나지 않았을 무렵에는 항구에서 수병으로 쓸 사람을 몇 명이든 끌고 올 수 있었다. 하지만 그로부터 2년 넘게 지난 지금, 사우샘프턴같이 아주 혹독하게 징집당한 항구 마을에서는 군함이 코빼기라도 비치면 뱃사람들은 바다로 나가기를 포기하고 부랴부랴 육지로 도망쳐 비밀 은신처에서 해군이 떠나기를 숨죽여 기다린다.

"뱃놈들은 다들 숨어 있는 거야."

"그렇다면 하다못해 뭍사람이라도 데려와야죠."

"치안 판사가 수작을 부렸겠지. 우리가 데려갈 수 있는 건 일단 뱃놈들뿐이니까. 무관한 젊은이가 연행되지 않도록 마을의 모든 길에 수위를 배치해놨어도 놀랄 것 없어."

"그럼 어떻게 하실 겁니까? 언제까지고 여기 머무를 수도 없는 노릇인데요."

그레엄은 생각에 잠겼다. 물론 머레이의 말이 옳다. 한시라도 빨리 북해를 항해해 발트해의 함대와 합류해야 하는데, 언제까지고 사우샘프턴에서 뭉그적거려서는 안 된다. 뱃놈을 붙잡지 못한다면 뭍사람을 끌고 오는 수밖에 없다. 실력은 전혀 기대할 수 없겠지만, 지금은 시간을 우선해야 한다.

"스팅." 함장은 사환에게 말했다. "내 방에 가서 지갑을 가져와라."

명령받은 사환은 대답하자마자 몸을 돌려 뛰어갔다.

"판사를 매수하시려고요?" 머레이가 물었다.

"설마. 좀 더 싸게 먹히는 방법이 있지." 그레엄은 머레이를 보았다. "짐 마차를 빌려서 솔즈베리까지 간다. 좀 더 안쪽 지역이라면 여기보다 쉽게 사람을 모을 수 있겠지."

프랑스 국왕 루이 16세가 단두대에서 목이 달아난 일의 충격이 벼락처럼 유럽을 강타한 지 어느덧 2년 넘게 지났다. 1795년, 영국과 프랑스는 과거의 역사를 따르듯 전쟁을 벌이는 중이었고 막대한 인력을 사용하는 군함에는 늘 승조원이 필요했다.

한 시간 후, 사우샘프턴에서 마차 두 대가 솔즈베리를 향해 출발했다.

"고생했어, 여보."

일을 마치고 돌아온 네빌 보우트를 아내 마리아가 따뜻하게 맞이해주었다.

"다녀왔어." 네빌은 마리아를 다정하게 끌어안았다.

"힘들었지?"

네빌은 부드럽게 웃었다.

"뭘, 곧 가족이 한 명 늘어나잖아." 네빌은 아내의 불룩한 배에 살짝 손을 댔다. "이 정도쯤은 아무것도 아니지."

네빌은 솔즈베리에서 태어나고 자란 젊은이였다. 그는 열네 살 때부터 구두장이로 일했다. 그로부터 10년, 성실한 네빌은 구둣방 주인의 두터운 신뢰를 얻었고, 이제는 단골손님의 구두를 도맡아 만들게 됐다. 올해 1월에는 마리아와 결혼도 해서 인생이 장밋빛으로 물들었다.

그리고 올해가 지나기 전에 아버지가 될 예정이다. 네빌은 마리아가 임신했음을 알았을 때부터 그 축복받은 날이 오기를 고대하고 있었다.

거실에서는 네빌의 아버지 사이먼과 장인 마커스가 보드게임에 푹 빠져 있었다.

사이먼은 마차 제작의 길만 35년을 걸어온 남자로, 밑에 직공을 열여섯 명이나 거느린 십장이다. 그런데 지난주 사무소에 새 그림을 걸려다가 받침대로 사용한 의자가 부서져서 허리를 다치는 바람에 휴양하는 중이다. 다행히 사이먼은 네빌과 같은 집에 살아서, 아들 부부 덕분에 별지장 없이 생활하고 있었다.

마커스는 재작년까지 푸줏간을 했지만, 지금은 큰아들 부부에게 가게를 맡기고 은퇴한 몸이었다. 그는 은퇴하고 한가로이 지내는 날이 오기를 학수고대했지만 실제로 일에서 손을 떼자 여유를 주체하지 못했다. 덤으로 집에서는 아내가 툭하면 잔소리를 퍼붓기 때문에 마커스는 대부분 밖에서 시간을 보냈다. 그러다 사이먼이 다쳤다는 소식을 듣고 심심풀이 상대가 생겼다고 여겼는지 둘이 소일거리로 보드게임을 하는 것이 일과가 됐다.

마커스가 끙 하고 소리를 내며 팔을 들고 둥글둥글한 몸을 쭉 폈다. 두 사람에게는 네빌이 집에 오는 것이 게임을 끝내자는 신호였다.

"자, 네빌이 집에 왔으니, 나도 슬슬 돌아갈까." 장인은 커다란 엉덩이를 들며 말했다.

"혼자 괜찮으시겠어요? 비가 내리는데요." 네빌이 말했다.

장인은 미간에 주름을 잡았다.

"뭐, 비라고? 몰랐군. 낮에는 날씨가 좋았는데."

네빌은 밝은 목소리로 말했다.

"집까지 바래다 드릴까요? 길이 질척질척해서 걷기 힘드실 겁니다."

"아니야, 아니야. 방금 들어온 사람한테 수고를 끼칠 순 없지."

"괜찮습니다. 식사가 준비되려면 좀 더 있어야 할 모양이고, 집에서 허리 안 좋은 영감님께 이걸 하라는 둥 저걸 하라는 둥 잔소리를 듣느니 빗속을 돌아다니는 편이 훨씬 나으니까요."

"이 녀석이!" 사이먼이 주먹을 쳐들었지만, 웃는 얼굴이었다.

"그렇게까지 말한다면 호의를 받아들이도록 하지."

네빌은 마리아가 있는 부엌에 고개를 디밀었다.

"마리아, 장인어른을 댁까지 모셔드리고 올게."

"어머, 그래?" 마리아는 수프를 휘젓던 손을 멈추고 말했다. "오늘 저녁은 당신이 좋아하는 돼지고기구이니까 음식이 식기 전에 돌아와."

"응, 그럼 다녀올게."

궂은 날씨에도 아랑곳없이 솔즈베리의 거리는 활기찼다. 하루의 피로를 맥주로 씻어내고자 수많은 노동자가 술집으로 걸음을 옮겼다.

마커스는 술집 창문으로 새어 나오는 불빛을 보고 침을 꿀꺽 삼켰다.

"네빌, 자네는 이만 돌아가. 나는 아무래도 여기서 한잔하고 가야겠어."

"괜찮으시겠어요? 늦어질 텐데요."

"뭘, 집에 돌아가봤자 기다리는 사람은 딱딱거리는 할망구

시작되는 지옥

17

하나뿐이야. 오히려 늦게 들어가야 잔소리를 듣는 시간이 줄어서 좋지."

마커스는 눈치를 살피듯 네빌을 보았다.

"괜찮으면 자네도 어때? 여기까지 바래다준 보답으로 한 잔 살게."

여기서 장인과 어울리면 분명 저녁 식사에 늦겠지만, 네빌도 술을 좋아하므로 아주 매력적인 제안으로 들렸다.

"기꺼이 함께하겠습니다."

두 사람이 술집으로 들어가자 환영한다는 듯 문에 달려 있던 종이 울렸다.

술집은 사람들로 북적거렸다. 카운터는 꽉 찼고 비어 있는 탁자도 없었다. 하얀 털실 모자를 쓴 손님이 혼자 앉은 탁자가 있길래 네빌과 마커스는 거기 앉기로 했다. 흰색 모자를 쓴 손님은 등을 돌린 자세였지만, 네빌은 그 사람이 누구인지 짐작이 갔다.

"역시." 탁자에 다다르자 네빌은 나지막이 말했다. 아니나 다를까 흰색 모자를 쓴 손님은 네빌이 잘 아는 사람이었다.

"이야, 조지."

조지라고 불린 남자가 맥주잔에서 고개를 들었다. 네빌을 보자 "어라!" 하고 놀라서 소리를 질렀고, 얼굴에는 웃음이 번졌다.

"네빌이잖아. 어쩐 일이야? 집에 간 것 아니었어?"

그의 이름은 조지 블랙. 구둣방에서 네빌과 같이 일하는 구두장이다. 네빌보다 열두 살이나 많지만, 이쪽 일을 늦게 시작해서 구두장이 경력으로 따지면 네빌보다 고작 3년 선배였다. 그래도 직장에서는 건실한 일솜씨로 구둣방 주인의 신뢰를 꿰찼고, 동료를 대할 때도 진솔한 태도를 보였으므로 나이와 상관없이 네빌과는 친구처럼 지냈다.

술을 꽤 마셨는지 조지의 얼굴은 이미 발갛게 물들었다. 분명 일을 마친 후 계속 여기에 있었던 것이리라.

"장인어른을 집에 바래드리러 나왔어." 네빌은 자리에 앉으며 말했다. "장인어른, 이쪽은 조지 블랙 씨. 구둣방에서 함께 일하는 동료입니다."

마커스는 조지와 인사를 나눈 후, 점원을 불러 돈을 건네주며 에일 맥주를 두 잔 주문했다. 촘촘한 거품을 왕관처럼 덮어쓴 나무 맥주잔이 나오자 세 사람은 건배한 후 황금색 액체를 꿀꺽꿀꺽 마셨다.

맥주가 뱃속에 흘러들자 네빌은 뻐근한 몸이 풀리는 기분이었다. 맥주잔에서 뗀 입이 자연스레 누그러지며 웃음이 맺혔다. 이래서 일을 마친 후 한 잔은 참을 수 없다.

네빌은 주머니에 든 동전을 꺼내 에일 맥주를 한 잔 더 주문했다. 한 잔이 두 잔이 돼서 귀가가 더 늦어졌지만, 술기운으로 마음이 풀어진 네빌은 돌아갈 시간을 크게 신경 쓰지 않았다. 술집에 죽치고 있다가 집에 늦게 들어가는 건 흔한 일이었다. 마리아는 달가워하지 않는 눈치였지만 그 선택이 심각한 결과를 초래한 적은 지금까지 한 번도 없었고, 이번에도 별일 없으리라. 흐리멍덩해진 머리로 그렇게 생각했다.

하지만 이번에는 심각한 결과를 초래했다.

네빌이 맥주를 마시고 있는데 출입구의 종이 세차게 울렸다. 시선을 주자 요 부근에서는 본 적 없는 행색의 남자들이 줄줄이 들어왔다. 총 열두 명. 그들은 대부분 체크무늬 셔츠, 짙은 남색 재킷, 두툼한 흰색 바지를 입었고, 목에는 빨간 스카프를 둘렀다. 덧붙여 반 이상은 길게 기른 뒷머리를 하나로 모아서 묶었다. 다들 사납고 삭막한 표정이었다.

그중 복장이 다른 사람이 한 명 있었다. 삼각모를 썼으며, 재킷도 기장이 길고 놋쇠 단추가 번쩍였다. 아랫도리에는 흰색 바지와 흰색 타이츠를 입었다.

"죄송합니다. 자리가 꽉 찼는데요." 술집 주인이 안색을 살피듯이 말했다.

남색 재킷을 입은 남자들은 주인의 말을 무시하고 안쪽으로 나아갔다.

"저기……." 주인이 다시 입을 열자 삼각모를 쓴 남자가 말을 막듯 끼어들었다.

"미안하지만 우리는 술을 마시러 온 게 아니야. 그런데 주인장, 잠깐만 가게를 닫아주지 않겠나? 금방 끝날 걸세."

출입구를 등지고 앉아 있던 조지가 심상치 않은 분위기를 느꼈는지 뒤를 돌아보았다.

네빌은 조지의 옆얼굴을 보고 놀랐다. 조지는 남색 재킷을 입은 남자들을 보자마자 눈을 부릅뜬 채 굳어버렸다. 술기운에 달아오른 얼굴도 순식간에 창백해졌다.

네빌은 놀라움과 당혹스러움으로 머릿속이 혼란스러웠다. 대체 조지는 왜 이러는 걸까? 마치 한겨울 호수에 빠진 것처럼 새파랗게 질려서 떨고 있다. 남색 재킷을 입은 남자들을 보고 왜 이렇게 겁을 먹은 걸까?

"우리는 국왕 폐하의 전열함 헐버트호에서 나왔다!" 삼각모를 쓴 남자가 고함을 질렀다. "현재 헐버트호에서는 수병을 모집 중이다. 지금부터 여기 있는 사람들이 수병에 적합한지 평가하겠다. 선발된 사람은 신속히 밖에 대기 중인 마차에 탑승하도록. 이건 명령이고, 너희에게 거부권은 없다!"

너무나 갑작스러운 사태에 술집에 있는 사람들은 다들 얼떨떨한 표정이었다. 하지만 곧 여기저기서 항의하는 목소리가 들렸다. 손님들은 입을 모아 야유를 던지며 헐버트호에서 나온 사람들을 쫓아내려 했지만, 그들은 그 자리에서 꼼짝도 하지 않았다.

"네빌, 도망치자." 욕설이 난무하는 가운데 조지가 속삭였다. "저놈들은 프레스 갱_{18~19세기 영국에서 강제 징집을 시행한 부대}이야. 뱃사람들을 붙잡아서 억지로 군함에 끌고 가는 해군 부대라고. 뱃사람들은 악마의 사자처럼 두려워하지."

"우리는 뱃사람이 아닌걸." 네빌은 의자 위에서 엉덩이를 움직여 편한 자세를 찾으며 말했다.

"인원이 잘 수급되지 않으면 프레스 갱은 뱃사람이 아니더라도 끌고 가. 이렇게 안쪽 지역까지 왔다는 건, 젊고 건강한 남자라면 가리지 않고 끌고 가겠다는 뜻이야. 놈들에게 붙잡히면 집에 못 돌아간다고."

조지가 급하게 말하며 엉거주춤 일어서자, 덩치 큰 수병이 다가와서 어깨를 눌렀다.

"이봐, 멋대로 움직이지 마."

"이, 이러지 마. 난 눈이 나빠. 당신들에게 아무 도움도 안 된다고."

"그럴까? 아까 우리를 보고 안색이 바뀌었잖아. 제대로 봤다는 뜻이야."

수병은 조지를 억지로 의자에 앉혔다. 조지는 이마에 진땀을 흘리며 몸을 덜덜 떨었다.

그 모습을 보자 네빌은 술이 확 깼고 불안이 마음을 잠식했다. 처음에는 이 소동을 촌극 구경하듯 바라보았지만, 자신도 객석이 아니라 무대 위에 있다는 사실을 깨달았다. 네빌은 불안한 심정으로 장인을 쳐다보았다. 마커스도 앞으로 일이 어떻게 흘러갈지 두려워하는 것 같았다.

"안쪽 자리에 앉은 사람부터 한 명씩 출입구로 나와라! 우리 동료가 되기에 적합한지 판단하겠다. 적합하다고 판단된 사람은 마차에 탑승한다. 그 외의 다른 사람은 돌아가도 좋다."

"개소리 집어치워!" 술집 안쪽에서 한층 크게 고함치는 소리가 들렸다.

고함을 지른 사람이 씩씩거리며 삼각모를 쓴 남자에게 다가갔다. 네빌도 잘 아는 사람이었다.

모래 빛깔 머리카락에 호리호리하니 키가 큰 그 남자는 가브리엘 스마일스였다. 네빌과 동갑이고 주일학교산업 혁명 시기 영국에서 서민의 아이들을 대상으로, 일요일에 무상 교육을 실시했던 자선 교육 기관에 같이 다닌 사이였다. 하지만 네빌은 가브리엘을 최대한 피했다. 그는 학교에 다니던 시절부터 난폭한 성격이었고 제멋대로 굴었다. 친구의 말이 마음에 들지 않으면 바로 주먹을 휘둘렀다. 그럴 때마다 선생님에게 나무 막대기로 손바닥을 얻어맞았지만, 폭력을 행사하는 버릇은 끝끝내 고쳐지지 않았다. 지금은 부모가 운영하는 목장에서 일하는데, 거기서도 휴 브레이크와 프레디 척이라는 졸개를 만들어서 다른 일꾼에게 으스대거나 병들어 자산 가치가 없어진 가축을 괴롭히는 등 안 좋은 평판만 들려왔다.

가브리엘은 목장의 졸개들과 함께 마시고 있었는지, 목이 짤막한 휴와 여우처럼 간사하게 생긴 프레디가 뒤따랐다. 하지만 그들은 가브리엘처럼 기세가 등등하지 않고 우물쭈물하는 태도였다.

가브리엘은 삼각모 쓴 남자의 가슴을 손가락으로 쿡 찔렀다.

"듣도 보도 못한 놈이 어디서 헛소리를 지껄여!"

가브리엘은 상대보다 머리 하나만큼 키가 컸지만, 삼각모를 쓴 남자는 전혀 주눅 든 기색이 아니었다. 오히려 가브리엘의 손을 뿌리치고 턱에 주먹을 날려서 가브리엘을 기절시켰다.

그 모습을 보자 항의하는 목소리가 딱 멈췄다. 삼각모를 쓴 남자는 재킷 안쪽에 손을 넣어 바지춤에 질러둔 권총을 꺼내 이것 보라는 듯 쳐들었다. 콕cock, 부싯돌로 점화약에 불을 붙여 발사하는 플린트록 총에서 부싯돌을 물리는 부분을 뒤로 당기자 차가운 소리가 고요해진 술집에 울려 퍼졌다. 손님들은 숨을 삼켰다.

"이 멍청한 놈을 데려가!" 삼각모를 쓴 남자가 날카롭게 명령했다.

그의 부하가 가브리엘을 질질 끌고 나가자, 삼각모를 쓴 남자는 술집을 둘러보며 으름장을 놓았다.

"반항적인 태도로 나오면 우리가 귀찮아서 봐줄 것 같나? 착각도 이만저만 아니군! 오히려 그런 놈은 반드시 함선에 태우겠다. 수병에 부적합한 놈이라도 꼭 승선시키겠어. 알겠나!"

이 위압적인 협박과 권총 앞에 술집 손님들은 순종적인 양 떼로 바뀌었다. 손님들은 출입구를 향해 줄을 섰고, 문 앞에서 한 명씩 판가름을 받았다. 말은 필요 없었다. 출입구 부근에 선 수병들은 누구든 젊고 건강해 보이기만 하면 막무가내로 마차에 태웠다. 휴와 프레디도 가브리엘의 뒤를 따랐다. 조지도 마차에 타라고 지시 받았다. 그는 제발 봐달라고 눈물을 지으며 애걸했지만, 수병들에게 붙들려 쑤셔 박히다시피 마차에 올라 탔다. 나이 든 마커스는 바로 보내주었지만, 네빌은 붙잡혔다.

"좋아, 넌 마차에 타라!"

눈앞의 현실을 제대로 따라가지 못해서 네빌이 멍하니 있자 수병이 팔을 확 잡아당겼다. 마커스가 매달리듯 그 수병의 손을 잡았다.

"이 사람은 제 사위입니다. 곧 아이가 태어나요. 불쌍한 제 딸과 손주를 생각해서라도 좀 봐주십시오."

장인이 필사적으로 애원했지만 수병은 "닥쳐!" 하고 소리치며 곤봉으로 배를 때리는 것으로 대답을 대신했다.

충격이 심한지 마커스는 쥐어짠 듯한 목소리로 신음하며 그 자리에 웅크려 앉았다. 장인이 폭행을 당하는 모습을 보자 네빌은 피가 거꾸로 솟았다.

네빌은 자신을 끌고 가려는 수병을 뿌리치고 비열한 수병의 얼굴을 후려갈겼다. 잠깐 비틀거린 수병은 분노에 찬 눈으로 네빌을 노려보며 곤봉으로 관자놀이를 후려쳤다.

네빌은 고무처럼 흐느적거리며 쓰러졌다. 심한 통증이 그의 의식을 저 먼 곳으로 데려갔다. 완전히 의식을 잃기 직전, "이 멍청이를 얼른 마차에 실어라"라는 말이 들렸다.

정신을 잃은 지 얼마나 지났을까. 네빌은 떡잎이 땅을 헤치고 얼굴을 내미는 것처럼 느릿느릿 암흑에서 빠져나왔다.

속이 몹시 울렁거리고 눈을 뜨기도 힘들었다. 얻어맞은 곳에 못이라도 박힌 것처럼 여전히 통증이 남아 있었다. 너무 아파서 온몸이 흔들리는 것처럼 느껴졌는데, 착각이 아니라 실제로 흔들리고 있다는 사실을 곧 알아차렸다. 되살아난 감각이 나무가 서글프게 삐걱거리는 소리와 뭔가가 힘차게 물을 때리는 소리를 감지했다.

대체 뭐가 어떻게 된 건가 싶어서 네빌은 무거운 눈꺼풀을 들었다. 짙은 남색 바다가 눈에 들어왔다. 네빌은 술집에서 징집된 사람들과 함께 길쭉한 보트에 타고 있었다. 수병 열 명이 보트 좌현과 우현에 나란히 앉아서 노를 젓는 중이었고, 불쌍한 징집병 열네 명은 보트 뒤편에 짐짝처럼 처박혀 있었다. 옆쪽에 이십여 명이 탑승한 다른 보트가 보였다. 거기에는 조지와 가브리엘이 있었다.

"이제야 깨어났나." 보트 제일 뒤쪽에서 키를 잡은 수병이 말했다. "하도 안 깨어나길래 죽은 줄 알았어."

사방은 온통 시퍼런 바다였다. 대체 몇 시간이나 정신을 잃은 걸까. 이미 날이 완전히 샜다. 부엌에 서 있던 마리아의 모습이 네일의 머릿속에 문득 떠올랐다. 네일은 사람들을 밀쳐내고 키를 잡은 수병에게 엉금엉금 기어가서 말했다.

"날 돌려보내줘. 아내가 집에서 기다리고 있어!"

수병은 눈곱만큼의 동정심도 내비치지 않았다.

"그렇게 가고 싶거든 헤엄쳐서 돌아가."

저 멀리 사우샘턴의 거리가 눈에 들어왔다. 이미 해안에서 꽤 멀어져서 건물이 콩알처럼 작아 보였다. 덧붙여 네빌은 태어나서 지금까지 수영을 해본 적이 없었다. 네빌에게 여기서 해안까지 헤엄쳐 가라는 건 날아서 달에 가라는 소리나 마찬가지였다.

집에 있는 마리아를 떠올리자 눈물이 넘쳐흘렀다.

"그럼 언제 돌려보내주는 건데? 당신들이 시키는 대로 하고 나면 돌려보내주는 건가?"

"그야 나도 모르지. 그런 건 전부 윗사람들이 결정하니까. 그래도 오늘 안에 작별 인사를 나누지는 않겠지. 어쩌면 폭삭 늙어서 일을 제대로 못 할 때까지 배에 있어야 할지도 모르고."

네빌은 바다에 풍덩 빠진 것처럼 심한 충격을 받았다.

"몸도 제대로 못 가누는 늙은이가 되기까지 돌아갈 수 없다는 거야?"

"그럴지도 모른다는 거야. 뭐, 팔이나 다리가 없어지면 하선시키겠지만."

네빌은 이를 악물고 고개를 숙였다. 답답하고 괴로운 심정이 가슴속에서 발버둥 쳤다.

"이런 말도 안 되는 일이 어디 있어!"

키잡이는 어깨를 으쓱했다.

"운이 없었다고 여기고 포기해. 그리고 생각해서 해주는 말인데." 수병이 시선을 들었다. "저기 함선에서는 그런 태도를 보이지 마. 까딱하면 험한 꼴을 당할 테니까."

네빌은 수병의 시선을 좇아 고개를 돌렸다. 거대한 배가 풍경을 가로막고 있었다.

네빌은 난생처음 보는 군함의 위용에 압도당했다. 해수면에서 고개를 내민 부분만 해도 이층집만큼 높았고, 선수에서 선미까지 약 50미터는 되어 보였다. 훌륭한 저택만 한 크기다.

보트가 함선 측면으로 다가갔다. 거기에는 사다리와 계단이 섞인 듯한 승강로가 있었다. 사다리처럼 밧줄 두 가닥 사이에 널빤지를 질러 놓은 모양새지만, 널빤지에 못을 쳐서 뱃전에 계단처럼 고정해두었다.

보트 선수에 서 있던 수병이 장대에 달린 갈고리를 널빤지에 연결된 밧줄에 걸고 보트를 승강로 바로 옆까지 접근시켰다. 그러고 나서 승선하라고 징집병들에게 명령했다. 하지만 미지의 세계 앞에서 명령에 순종적으로 따르는 사람은 아무도 없었다.

"빨리 안 올라가고 뭐 하나! 가까이 있는 너부터 올라가!"

정장^{배를 책임지고 지휘하는 사람}이 곤봉을 들고 소리치자 승강로 앞에 있던 남자가 위로 올라갔다. 몸놀림이 뻣뻣하니 거북이처럼 느릿느릿했다.

"다른 놈들도 냉큼 올라가!"

붙잡혀 온 사람들은 차례차례 갑판으로 올라갔다. 네빌의 차례가 돌아왔다. 올라가고 싶지 않았지만 갈 수밖에 없었다. 돌아갈 길은 이제 어디에도 없다. 밧줄을 잡고 발판을 하나씩 밟으며 올라갔다. 바닷물을 덮어써서 미끄러운 탓에 아주 신중하게 발을 내디뎠다.

네빌은 뱃전을 넘어서 갑판에 천천히 내려섰다. 지붕이 없는데도 탁 트인 느낌이 들지 않았다. 이유는 돛대다. 돛대는 배 앞쪽에 하나, 중앙보다 약간 뒤쪽에 하나, 그리고 제일 뒤쪽인 선미루 갑판에 하나씩 있었다. 세 개의 돛대는 교회의 첨탑을 방불케 할 만큼 높았고, 선체 밖으로 튀어나올 만큼 기다란 활대를 돛대 하나당 세 개씩 수평으로 대어놓았다. 그리고 돛대와 활대에서 천막을 지탱하는 뼈대처럼 뻗어 나온 밧줄들이 새장의 격자처럼 허공을 가로질렀다.

시작되는 지옥

네빌은 불현듯 자신이 다른 세상에 왔다는 사실을 실감했다. 배에 탔다. 올라타고 말았다. 네빌은 절망에 휩싸여 육지 쪽으로 시선을 주었다. 친숙한 대지는 저세상보다 멀어졌고, 가족과 나누었던 끈끈한 인연은 단두대로 참수형을 당한 것처럼 뎅겅 잘려나갔다.

네빌은 뱃전에 손을 짚고 고개를 숙였다. 그때 귀에 거슬리게 쨍쨍거리는 목소리가 날아들었다.

"신병들, 주목!"

끌려온 사람들은 반사적으로 목소리가 들린 쪽을 보았다. 한 남자가 불쾌한 듯한 표정으로 선미루 갑판에서 부하를 데리고 계단을 내려와서 이쪽으로 다가왔다. 그는 신병들의 얼굴을 쭉 둘러본 후 입을 열었다.

"난 헐버트호의 부함장 프랜시스 머레이다. 일단 축하부터 해두지. 너희는 이 순간부터 국왕 폐하를 위해 전 세계의 바다를 내달리며 싸운다는 명예로운 임무를 부여받았으니까. 그 명예에 걸맞도록 각자 맡은 바 역할에 충실히 임해주기 바란다."

짜증 나는 남자라고 네빌은 생각했다. 머레이가 끌려온 사람들을 불량품처럼 멸시하고 있다는 걸 그의 눈빛과 말투로 알 수 있었다. 다른 사람들도 머레이에게 적개심을 품은 듯 부함장을 불만스럽게 노려보았다.

"너희가 솔즈베리에서 왔다는 건 안다. 지금까지 배에 타본

적도 없는 풋내기뿐이겠지. 이다음에 함장님께서 모든 승조원에게 앞으로의 일정을 설명하신 후 본함은 출항한다. 즉, 너희도 일해야 한다. 그러니 지금 시간이 있을 때 군함에 관한 기본 지식을 알려주겠다. 항해 중에 허수아비처럼 우두커니 서 있으면 곤란하니까. 한 번만 말할 테니까 잘 들어."

부함장은 설명을 시작했다. 마치 따분한 일을 어쩔 수 없이 한다는 듯한 태도였다.

"일단 너희가 생활할 헐버트호에 관해 설명하겠다. 헐버트호는 전열함, 간단히 말하면 수많은 대포로 무장하고 해상 전투에서 주된 전력으로 싸우는 군함이다."

함대가 전투를 벌일 때 전함이 한 줄로 전열을 이루어서 싸우므로 전열함이라고 부르지만, 머레이는 굳이 설명하지 않았다. 막 끌려온 뭍사람에게 이름의 유래를 가르쳐줘봤자 무의미하다. 대신에 머레이는 헐버트호의 구조를 간단하게 설명했다.

"너희가 지금 비를 맞고 있는 이 갑판은 노천갑판이라고 한다. 그리고 노천갑판 밑으로 다섯 층이 있지. 제일 위층이 포열 상갑판. 중앙 돛대 앞부분의 노천갑판에는 바닥판이 없으므로, 포열 상갑판이 함내로 빗물이 유입되는 걸 방지하는 역할을 한다. 포열 상갑판 아래는 중갑판, 그리고 그 아래가 하갑판이다. 너희는 이 두 층에서 생활한다. 하갑판 밑은 주로 창고가 늘어선 최하갑판이다. 그리고 제일 아래쪽이 음료와 식료품,

연료 등을 보관하는 선창이지."

머레이는 말을 끊고 눈앞에 서 있는 남자들을 관찰했다. 표정으로 보건대 함선의 구조를 제대로 파악한 사람은 아무도 없었다. 하지만 부함장은 신경 쓰지 않았다. 어차피 여기서 지내다 보면 이해할 것이다. 중요한 건 지금부터다.

"다음으로 너희가 할 일을 말해주겠다. 너희는 하급 수병으로서 본함의 승조원으로 등록됐다. 수병의 가장 기본적인 임무는 돛 조종이다."

머레이는 돛대를 올려다보았다.

"현재는 정박 중이므로 돛을 완전히 접어두었지만, 항해 중에는 바람을 받기 위해 돛을 펼쳐야 한다. 하지만 돛만 펼친다고 끝나는 게 아니야. 바람의 변덕을 이겨내야 한다. 바람이 늘 돛 뒤편에서 배를 떠밀어주지는 않는다. 옆에서 불기도 하거니와, 당연히 정면에서 불기도 하지. 그러나 어떤 방향에서 바람이 불든 활대를 돌려서 돛을 제대로 기울이기만 하면 범선은 앞으로 나아갈 수 있다.

덧붙여 풍속도 고려해야 한다. 범선은 돛에 바람을 품고 나아가는 법이지만, 태풍은 돛대를 부러뜨리는 바다의 악마다. 바람이 너무 강해지면 돛을 묶어 돛 면적을 줄임으로써 돛대를 보호해야 한다. 그리고 바람이 약해지면 돛을 펼쳐서 다시 바람을 가득 받아야 하고. 돛대에 올라가서 활대를 오가며 돛을 접었다 펼쳤다 하는 것도 수병의 역할이다."

네빌은 믿기지 않는 기분으로 돛대를 올려다보았다. 저렇게 높은 곳에 올라가라는 건가?

실수로 떨어지기라도 하면 끽소리도 못하고 죽지 않을까. 뱃속이 뒤틀리는 느낌이 몰려와 네빌은 기분이 안 좋아졌다.

네빌 말고도 높은 곳에서 작업해야 한다는 사실에 불안감을 느끼는 사람이 많은 듯했다. 그들은 돛대를 올려다보고 심기가 불편한 듯 몸을 움직거렸다.

"가만히 있지 못하겠나! 이야기는 아직 끝나지 않았어!" 머레이가 고함을 질렀다. "첫날부터 날듯이 활대 끝까지 오가기를 신병에게 기대하는 건 아니다. 처음에는 갑판에서 경험을 쌓으며 훈련을 받은 후에 돛대에 오른다. 훈련에 열외는 없다. 갑판에만 달라붙어 있을 사람을 태울 거면, 바닥을 닦는 하녀라도 고용했겠지."

돛대에 올라갔다가 떨어지는 자신의 모습을 상상하고 신병들은 암담한 표정을 지었다.

"자, 다시 이야기하겠다. 돛 조종이 너희의 중요 임무라는 건 잘 알았겠지? 뭘 어떻게 하면 되는지 모르겠다는 걱정은 필요 없다. 너희는 당직 시간에 지정된 곳에 있다가, 상관의 명령이 떨어지면 시키는 대로 삭구_{돛대나 돛을 지지하고 조종하는 데 사용하는 밧줄의 총칭}를 다루면 된다. 요컨대 상관의 수족이 돼서 움직이는 거지.

시작되는 지옥

그밖에 청소, 운반, 무기와 함선 정비 등 다양한 잡일이 수병의 임무다. 당직이 아니더라도 상관이 명령하면 재빨리 명령받은 임무를 수행해라. 본함은 너희의 사정에 맞춰서 움직여주지 않으니까 말이야."

머레이는 다음으로 함선의 하루 일정을 설명했다.

"수병은 1조와 2조, 두 조로 나뉘어서 네 시간마다 교대로 당직을 선다. 1조가 자정부터 4시까지 일한 후에는 2조가 4시부터 8시까지 일하고, 그 후로 8시부터 12시, 12시부터 16시까지는 똑같은 방식으로 교대하지만 16시부터 20시까지는 달라. 이 시간대는 반당직이라고 해서 두 시간마다 교대한다. 16시부터 18시까지가 1차 반당직, 18시부터 20시까지가 2차 반당직이다. 흠, 왜 이 시간대만 두 시간씩 당직을 서는 건지 의아해하는 표정이로군. 이유는 단순해. 저녁밥을 저녁 시간에 먹을 수 있도록 하기 위해서다. 20시 이후, 비번은 취침한다. 따라서 16시부터 20시 사이에 모두가 저녁을 먹을 수 있도록 시간을 나눈 거지.

함선에서는 선내 시종으로 시간을 알린다. 하나 육지의 시계탑 종소리와 똑같이 여겨서는 안 돼. 선내 시종은 세 번 울리면 3시라는 식으로 단순하지 않아. 선내 시종은 당직 교대를 신호하기 위해 30분마다 울린다. 당직이 시작되고 30분이 지나면 종을 한 번 울리고, 한 시간이 지나면 종을 두 번 울린다.

그 후로도 30분마다 종소리가 한 번씩 늘어나. 여덟 번 울리면 네 시간이 지났다는 뜻이지. 그러니 비번은 종이 여덟 번 울리면 즉시 담당 구역으로 가야 한다. 이상으로 수병의 임무에 관해 설명을 마치겠다. 알아들었나?"

신병들은 망연한 표정으로 아무 대답도 하지 않았다. 그 태도를 보고 머레이가 호통을 쳤다.

"알아들었느냐고 묻잖아, 이 덜떨어진 놈들아! 아니면 말도 할 줄 모르는 짐승들인가? 알아들었으면 큰 소리로 똑똑히 대답해. 네, 알겠습니다, 하고 말이야! 다시 묻겠다. 알아들었나?"

말라비틀어진 호박처럼 기운 없이 네, 알겠습니다, 하고 대답하는 목소리가 여기저기서 새어 나왔다.

"목소리가 작다! 그리고 알아들었다고 대답할 때는 등을 쭉 펴고 경례를 붙여! 경례는 손바닥을 본인 쪽으로 향하거나 주먹을 쥐고 한다. 손바닥을 상관에게 보이지 않는 것이 해군식 경례다!"

이번에는 아까보다 크게 대답했지만 부함장은 만족하지 못한 듯했다.

"갑판 하사 사관과 준사관 밑에서 전문적인 임무를 수행하는 부사관. 숙련된 고참 수병 가운데서 임명한다!"

머레이가 크게 소리치자 얼굴 아래쪽에 짙은 수염을 기른 남자가 함선 앞부분에서 달려왔다. 그는 부함장 곁에 다다르자마자 경례했다.

시작되는 지옥

"저기 양처럼 머리털이 곱슬곱슬한 녀석에게 **고양이**를 맛보여줘." 부함장이 갑판 하사에게 명령했다. "아무래도 본인이 이제 영국 해군 소속이라는 걸 아직 자각하지 못한 것 같으니까."

양처럼 머리가 곱슬곱슬한 녀석이란 바로 네빌이었다. 네빌의 다갈색 머리털은 어렸을 적부터 북슬북슬한 곱슬머리라 학교에서 아이들이 양머리라고 자주 놀렸다.

머레이가 자기를 지적해서 네빌은 한순간 몸이 굳었지만, 동시에 고양이를 맛보여준다는 것이 무슨 뜻일까 의아했다.

답은 곧 알게 됐다. 갑판 하사는 "네, 알겠습니다" 하고 대답한 후 호주머니에서 짧은 밧줄을 꺼냈다. 그리고 익숙한 표정으로 네빌에게서 약 1.2미터쯤 떨어진 곳에 서서, 팔을 휘둘러 밧줄로 네빌의 등을 후려쳤다.

옷 위로 맞기는 했지만, 수많은 바늘에 찔린 것 같은 통증이 밀려왔다. 네빌은 비명을 지르며 그 자리에 웅크려 앉았다.

고양이란 함선에서 사용하는 채찍의 통칭이었다. 이 채찍은 짧은 밧줄의 끄트머리를 풀어서 아홉 가닥으로 다시 꼰 형태다. 아홉 가닥의 가느다란 술이 고양이의 꼬리처럼 보이므로 이 채찍을 '아홉 꼬리 고양이'라고 부른다.

부함장은 네빌을 거들떠보지도 않고 낯빛이 변할 만큼 깜짝 놀란 신병들을 노려보며 말했다.

"이제 알았겠지. 임무에 태만한 놈, 상관에게 무례한 태도를 보이는 놈, 느려터진 놈, 여기서 그런 놈들은 채찍질을 당해 마땅하다. 험한 꼴을 당하고 싶지 않거든 상관에게 복종하고, 본인의 임무에 최선을 다하도록! 덧붙여 상관의 명령에 불복종하면 목숨이 달아날 줄 알아라!"

네빌은 호흡을 가다듬으며 천천히 일어섰다. 네빌 말고도 건성으로 대답한 사람이 많았지만, 네빌이 본보기로 채찍에 맞은 셈이었다. 채찍질의 효과는 바로 나타났다. 신병들은 긴장과 공포에 사로잡혀 등을 쭉 폈다.

"다음으로 너희의 당직 구역 및 전투 부서를 알려주겠다. 저기 있는……." 머레이가 중앙 돛대 앞에 책상을 가져다 놓은 남자를 가리켰다. "버크 사관후보생이 너희에게 서류를 줄 것이다. 그 서류에 당직 구역 및 전투 부서가 적혀 있다. 당직 시간이 되면 기입된 곳으로 가서 당직을 서라. 서류를 받기 전에 이름과 주소, 예전 직업을 말하도록."

신병들은 버크 사관후보생 앞에 줄을 섰다. 버크는 재빨리 업무를 처리해나갔다. 명부에 신병의 이름과 주소, 육지에 있었을 때의 직업을 기입한 후 서류에 이름을 적어 건네주었다.

네빌은 채찍질을 당했다는 충격과 채찍질 자체의 통증에서 벗어나지 못한 상태로 서류를 받았다. 그의 당직 구역은 우현 후갑판 1조였다. 그리고 전투 부서는 우현 하갑판 3포대였다. 문서에 명시된 자신의 처지를 보자, 정말로 돌이킬 수 없는 상황에 빠졌다는 실감이 절절히 밀려왔다. 이 서류는 수병이 됐다는 징표다.

"이제 아래쪽의 중앙 승강구로 가라. 거기서 수병복을 지급해줄 거다."

중앙 돛대 앞은 아까 머레이가 말한 것처럼 통로로 보이는 좌우현 쪽 바닥과 아래층의 들보를 남기고 갑판을 떼어낸 것 같은 형태였다. 들보 위에는 보트가 네 척 얹혀 있었다. 보트 거치대로 이용하는 것이 분명했다. 중앙 돛대와 보트 네 척 사이에는 아래쪽 갑판으로 이어지는 계단이 있었다. 네빌은 명령받은 대로 그 계단을 내려가서 중앙 승강구로 향했다. 날아드는 명령들은 거센 탁류였다. 거스를 방법은 없으니 몸을 맡길 수밖에 없었다.

중앙 승강구 앞에서 사무 하사가 제복이 든 삼베 자루를 건넸다. 그는 삼베 자루를 줄 때마다 다음과 같이 말했다.

"즉시 제복으로 갈아입어. 입고 있던 옷은 자루에 넣고. 자루는 알아서 관리하도록. 다른 짐이 있으면 자루에 같이 넣어둬."

삼베 자루에는 기장이 짧은 짙은 남색 재킷과 흰 바탕에 검은색 체크무늬가 들어간 셔츠, 빨간색 목 스카프, 그리고 범포돛을 만드는데 사용하는 질긴 천로 만든 두툼한 흰색 바지가 들어 있었다.

네빌은 자루에 든 옷가지를 멍하니 바라보았다. 다른 신병들이 마지못한 표정으로 옷을 갈아입는데도, 네빌은 우두커니 서서 자루 속만 들여다보았다.

옷은 사회적 지위를 나타낸다. 귀족은 실크 스타킹, 농민은 작업복, 신부는 사제복, 그리고 군인은 군복이라는 식으로. 이 옷을 입으면 정말로 수병이 된다. 구두장이 네빌 보우트와는 작별해야 한다. 지금까지 살아온 인생, 그리고 마리아와 함께 한 생활과도.

네빌이 절망에 잠겨 있는데 조지가 다가왔다.

"네빌, 빨리 갈아입지 않으면 또 채찍질당할 거야."

그는 이미 수병복으로 갈아입었다. 술집에서 수병을 보았을 때 겁먹고 덜덜 떨던 모습은 완전히 사라졌다. 조지는 이제 체념하고서 수면에 떠다니는 나뭇잎처럼 앞날을 주변 상황에 맡긴 것처럼 보였다.

"그냥 콱 죽고 싶다." 네빌은 나직이 말했다.

"그런 소리 하지 마. 죽으면 거기서 끝이야. 살아 있으면 언젠가 반드시 집으로 돌아갈 수 있어."

"언젠가가 아니라 지금 돌아가고 싶어. 두 달 하고 조금만 더 지나면 마리아가 아이를 낳을 텐데."

조지는 격려하듯 네빌의 어깨에 손을 얹었다.

"그럼 더더욱 죽으면 안 되지. 아이가 아버지 얼굴도 못 봐서 되겠어?"

텅텅 비었던 네빌의 몸속에 기력이 샘솟았다. 마리아와 헤어진다는 생각만 머릿속에 가득해서 미처 몰랐다. 여기서 쉽사리 목숨을 내버리면 곧 태어날 아이는 아버지 없이 인생을 살아야 한다.

"살아 있으면 집으로 돌아갈 기회가 생길지도 몰라. 그때까지 여기서 어떻게든 버텨보자고. 자신을 위해, 그리고 가족을 위해."

네빌은 삼베 자루를 든 손에 힘을 주었다.

"고마워, 조지. 정신이 번쩍 들었어."

네빌은 수병복으로 갈아입었다. 옷은 약간 헐렁헐렁했지만, 덕분에 팔과 다리를 움직이기 편했다. 돛대를 오르내리려면 치수가 약간 넉넉한 편이 나으리라.

네빌이 옷을 만져보고 있는데, 근처에 있던 얼굴이 갸름한 남자가 갑자기 현측_{배의 좌우 측면을 통틀어 가리키는 말} 통로의 계단을 뛰어 올라갔다. 그리고 함선에서 몸을 내밀어 웩웩 토하기 시작했다.

"뱃멀미로군." 조지가 네빌에게 말했다. "힘들겠어."

네빌은 얼굴이 갸름한 그 남자를 알고 있었다. 잡화점 주인의 아들 윌리 포잭이다. 친한 사이는 아니지만, 네빌은 포잭의 잡화점을 자주 이용했으므로 가게에서 가끔 얼굴을 마주치곤 했다. 포잭은 늘 쭈뼛거리는 데다 말투에서도 자신감이 느껴지지 않아서 유약한 인상이었다.

뱃속에 든 것을 게워낸 포잭은 죽은 사람처럼 창백한 얼굴로 계단을 내려오다가 다시 올라가서 바다로 고개를 내밀었다. 포작 정도는 아니더라도 속이 울렁거리는 사람이 있는 듯했지만, 다행히 네빌은 함선 위에서도 아무렇지 않았다.

승강구에서 다른 수병이 나와서 큰 소리로 말했다.

"식탁 번호가 빠른 사람부터 차례대로 승강구 아래로 내려가. 자, 빨리!"

식탁 번호는 받은 서류에 적혀 있었다. 네빌이 승강구의 계단을 한 단 내려간 순간, 쉰내가 풍겼다. 한 단씩 내려갈 때마다 냄새는 더욱 심해졌고, 햇빛은 옅어져갔다. 계단을 완전히 내려가자 코를 가득 채웠던 바다 냄새와 한없이 펼쳐진 하늘은 사라지고, 돼지우리 뺨치는 냄새가 코를 찌르는 동시에 군데군데 걸린 랜턴이 간신히 주변을 비추는 세계가 나타났다. 배의 내부는 이른바 지하실 같은 공간이었다. 그 지하실에는 놀랄 만큼 사람이 많았고, 대목을 맞은 술집처럼 이야기를 나누는 소리로 가득했다. 코를 찌르는 냄새의 정체는 잔뜩 고인 그들의 체취였다.

계단 아래에는 삼각모를 쓴 사관이 서 있었다. 그는 승강구를 내려온 신병들의 식탁 번호를 확인하고 주변의 수병에게 안내를 명령했다.

네빌과 조지의 식탁 번호는 똑같았다.

"넌 7번? 그 뒤의 녀석도? 좋아, 식탁 번호 7번, 안내해라!"

사관이 큰소리로 외치자 열다섯 살도 안 되어 보이는 소년이 네빌과 조지 앞에 나타났다.

"댁들이 신입이로군." 소년이 말했다. "난 잭이라고 해. 댁들과 같은 식탁을 사용하지. 식탁으로 안내할 테니 따라와."

네빌과 조지는 함선 앞쪽으로 걸어가는 작은 안내자를 따라갔다. 천장이 낮고 그보다 더 낮은 들보가 여기저기 뻗어 있어서 네빌은 허리를 구부리고 나아가야 했다. 거기에다 침침하기까지 해서 마치 동굴 속을 나아가는 듯했다. 현측에는 밧줄로 고정한 대포가 일정한 간격으로 줄지었고, 대포와 대포 사이에 직사각형 탁자가 놓여 있었다. 대포는 칸막이라고 하기에도 장식품이라고 하기에도 너무 거창했다. 전투가 벌어지면 이 대포가 불을 뿜는 것이다. 하지만 수많은 수병은 마치 여기가 거실이라도 되는 것처럼 탁자에 둘러앉아 담소를 나누고 있었다. 군함의 성격을 단적으로 나타내는 광경이었다. 여기는 그들의 집이자 전쟁터이기도 하다.

"여기가 7번 식탁이야."

탁자에 둘러앉은 사람들이 일제히 네빌과 조지를 쳐다보았다. 백인, 흑인, 동양인, 인도인이 섞여서 국제적인 색채가 짙은 조합이었다.

"인원 보충이 있다고 들었는데." 오른손 손등에 닻, 왼손 손등에 물고기 문신을 한 빨간 머리 남자가 값어치 평가하듯 신병들을 살펴보며 말했다. "또 못 미더워 보이는 놈들이 왔군."

뺨에 검은 수염을 덤불처럼 길렀고, 팔과 가슴에도 털이 수북한 남자가 가볍게 타일렀다.

"너무 뭐라고 하지 마. 함장님이 안쪽 지역에 프레스 갱을 보냈다는 소리 들었잖아. 그 시점에서 숙련된 뱃사람은 물 건너간 거지. 그나저나 언제까지 입 꾹 다물고 서 있을 거야? 자기소개 정도는 하지 그래?"

일단 조지가 입을 열었다.

"조지 블랙입니다. 여기 오기 전에는 구두 만드는 일을 했습니다."

"블랙이라는군. 코구, 네 식구 아니야?" 털복숭이 남자가 흑인에게 말했다.

코구라고 불린 흑인은 짐짓 눈을 가늘게 뜨고 조지를 봤다.

"오호, 별일이네. 아주 하얀 흑인도 다 있군."

탁자가 웃음에 휩싸였다. 네빌도 따라서 어색한 웃음을 지었다.

"머리가 덥수룩한 그쪽은?" 문신을 한 남자가 물었다.

"네, 네빌 보우트입니다."

네빌의 이름을 들은 순간, 탁자에 앉은 사람들이 폭소를 터뜨렸다.

동양인 남자가 숨을 헐떡대며 말했다.

"해군 보트네이비 보트! 그야말로 해군에 딱 맞는 이름이잖아. 마치 수병이 되기 위해 태어난 것 같군."

그들에게는 재미있을지 몰라도, 네빌은 멸시당했다는 기분밖에 들지 않았다.

"그만하세요." 네빌은 가시 돋친 목소리로 말했다. "원해서 여기 온 게 아닙니다. 임신한 아내가 있다는데도 막무가내로 끌고 온 거라고요."

"오, 얼마나 불행한 처지인지 자랑해 보겠다는 건가? 그럼 내 이야기도 들려줄까?" 인도인이 말했다. "난 인도에서 영국까지 면직물을 운반하는 영국 상선에서 계약 선원으로 일했어. 수많은 폭풍우를 뚫고 영국 근해까지 왔는데 영국 군함에 붙잡혔지. 그들은 군함에 필요한 선원을 몇 명 내놓으라고 요구했고, 제물을 담을 접시에 나도 내던져졌다는 말씀. 난 계약 선원이라 영국에 도착한 후 임금의 절반, 인도에 돌아가서 나머지 임금을 받을 예정이었는데 돈을 한 푼도 받지 못하고 상선에서 내쫓겼어. 그 후로 고향 땅을 못 밟은 지 4년이나 됐다고."

"이봐, 람지." 털복숭이 남자가 싱글싱글 웃으며 말했다. "술을 너무 많이 마셔서 잊어버렸나? 불행담이라면 누구도 못 따라갈 사람이 있잖아. 잭, 이야기해줘."

"난 부모에게 버림받았어. 열두 살 때 항구에서 사환으로 일했는데, 어느 날 집에 들어가자 아버지와 어머니가 동생들을 데리고 사라졌더군. 나만 버려두고 말이야."

"그래, 네가 이겼다." 람지가 항복했다는 자세를 취하자, 지금까지 중에서 제일 큰 웃음소리가 울려 퍼졌다.

네빌이 어쩔 줄 몰라 난처해하고 있자니 털복숭이 남자가 말했다.

"아, 옆에 멀뚱히 세워놔서 미안해. 우리는 늘 이런 분위기야. 네빌과 조지랬지? 난 식탁장 맨디야. 원래는 선원이었는데 8년 전에 일하던 상선이 폭풍에 휘말려서 침몰했지. 나무통을 붙잡고 표류하다가 영국 해군의 함선에 구조된 후로, 은혜에 보답할 작정으로 계속 일하고 있어. 이제 너희도 우리와 한 식탁을 사용하는 동료야. 다들 신병들을 위해 자리를 좀 좁힐까."

식탁에는 기다란 의자가 딸려 있었다. 네빌과 조지가 통로 쪽에 앉자 맨디가 두 사람의 삼베 자루를 다른 동료들의 삼베 자루가 걸린 현측의 자루 걸이에 걸었다. 자루 걸이 아래의 식기 선반에는 나무 접시와 커다란 술잔 등 식기가 들어 있었다.

나머지 조원도 자기소개를 했다. 람지와 맨디가 수병이 되기까지 모험으로 가득했던 과정을 거친 것과 마찬가지로, 다른 동료들도 굴곡이 많은 길을 지나왔다.

문신을 한 수병 가이는 스코틀랜드 사람으로, 할아버지 대부터 이어져 내려오는 뱃사람 집안이었다. 가이도 열여섯 살때 무역회사의 선원이 되어 10년간 여러 바다를 돌아다녔다.

시작되는 지옥

그러다 프랑스와 전쟁이 시작된 해에 그가 탑승한 상선이 헐버트호에 붙잡혀 강제로 징집됐다. 회사 입장에서는 우수한 선원을 빼앗기고 싶지 않았기에 가이를 선창의 빈 통 속에 숨겼지만, 상대는 강제 징집의 전문가인 영국 해군이다. 꼭꼭 숨은 가이를 찾아내 함선으로 끌고 갔다.

코구는 자메이카의 사탕수수 농장에서 도망친 노예로, 농장에서 달아나 몰래 올라탄 배가 영국 해군의 보급선이었다. 식료품을 잔뜩 실은 배라 굶주릴 걱정은 없었지만, 고작 이틀 만에 발각됐다. 보급선 선장은 배에 몰래 승선해 음식을 훔쳐먹은 코구에게 당장 바다에 뛰어내리든지 수병으로 일해서 죗값을 치르든지 둘 중 하나를 선택하라고 으르댔다. 후자를 선택한 코구는 그 후로 8년간 여러 함선을 전전하면서 지금에 이르렀다.

중국인 초가 수병이 된 경위에는 함장의 입김이 작용했다. 초는 원래 서커스단의 줄타기 담당이었다. 그가 소속된 서커스단이 플리머스에서 공연할 때, 마침 헐버트호도 그 항구 도시에 정박했고 함장 그레엄은 서커스를 보러 갔다. 초의 뛰어난 균형 감각을 눈여겨본 함장은 공연이 끝난 후 서커스 단장 몰래 초에게 승선을 권유했다. 단장의 횡포에 치를 떨던 초는 헐버트호에 올라탔다. 하지만 선상 생활이 어떤지 전혀 몰랐던 터라 바로 자신의 결단을 후회했고, 처음 1년간은 서커스단을 고향처럼 그리워했다.

소년 수병 잭은 기구한 운명에 이끌려 여기에 왔다. 그는 부모에게 버림받은 후, 집주인에게도 쫓겨나 길바닥에서 생활할 수밖에 없었다. 항구에서 사환으로 일해서 버는 돈으로는 하루에 빵 하나를 사는 것이 고작이었다. 항만에서 제대로 일해보려 해도 어린 잭이 무거운 짐을 배에 싣고 내리기는 불가능했다. 한동안은 쓰레기를 뒤져서 연명했지만 그것도 한계에 다다라서 결국 악마의 유혹에 졌다. 그날 몹시 배가 고팠던 잭은 일하고 돌아가는 길에 노점의 과일을 움켜쥐고 쏜살같이 달아났다. 하지만 금방 가게 주인에게 붙들려 흠씬 얻어맞을 위기에 처했다. 그때 끼어든 사람이 헐버트호의 5등 대위_{함장 다음가는 고위 장교로, 함선의 일상적인 운영을 담당한다. 18세기에는 대위, 중위, 소위의 구분 없이 뭉뚱그려서 Lieutenant로 칭했으나, 이 책에서는 편의상 대위로 옮겼다} 리처드 버넌이었다. 마침 헐버트호가 잭이 일하던 항구에 정박 중이라 대위는 휴가를 얻어 뭍으로 나와 있었다. 사정을 들은 버넌은 소년을 불쌍히 여기고 헐버트호로 데려갔다. 그리고 그레엄 함장을 설득해 허가를 받음으로써 잭은 어엿한 소년 수병이 되었다.

"여기서는 매일 밥을 먹여주니까 배가 고프지 않다는 점에서는 만족스러워." 잭이 씩 웃으며 말했다. "한 주에 네 번이나 고기가 나온다고."

"맞아, 농장에서 일했을 때보다 훨씬 좋은 식사가 나오지."

코구도 동의했다.

"너희는 만족스러울지 몰라도, 이 형씨들 입맛에 맞으려나?" 람지가 심술궂은 웃음을 지었다. "육지와 여기는 진수성찬의 뜻에도 꽤 차이가 있을 텐데."

그때 위에서 호루라기 소리가 요란하게 울려 퍼졌다.

"전원 집합!"

"이런, 집합 명령이군." 맨디가 벌떡 일어섰다. "후갑판이다. 늦으면 채찍 맛을 볼 거야."

네빌과 동료들은 동굴 같은 선내에서 중앙 돛대 뒤쪽에 있는 후갑판으로 이동했다. 마치 닭장처럼 수병들이 후갑판에 꽉꽉 들어차서 몸을 움직이기도 힘들 정도였다. 후갑판에 서지 못한 수병은 현측 통로에 늘어섰다. 그래도 공간이 모자라서 나머지 해병은 돛대를 지탱하는 횡정삭에 올라갔다. 이렇게 발 디딜 틈 없이 복잡한데도, 후갑판에 걸린 계단 위에 있는 선미루 갑판으로 올라가는 사람은 아무도 없었다. 선미루 갑판에 선 사람은 수병보다 계급이 높은 사관과 붉은색 군복을 입은 **해병대**함선과 함장을 경비하고, 육상 작전을 보조하는 역할을 맡은 특수대원. 해상 전투 때는 적병을 저격하기도 한다 뿐이었다. 아직 상황 파악을 제대로 하지 못한 네빌도 저 갑판이 특별한 곳이라는 건 이해했다.

선미루 갑판의 타북병이 분위기를 고조시키듯 큰북을 두드렸다. 사람들로 북적거리는 가운데 북소리가 울려 퍼지자 마치

축제의 한 장면 같았다. 잠시 후 선미루 갑판에 한 남자가 나타났다. 금실로 아름답게 장식한 군복을 입은 그 남자는 바로 헐버트호의 함장 데이비드 그레엄이었다.

그레엄이 범포 덮개를 걸친 흉벽 앞에 서서 수병들을 내려다보자, 그 뒤에 있던 머레이가 목소리를 높였다.

"조용히 해! 전원 탈모脫帽!"

선미루 갑판에 있던 사관이 재빨리 삼각모를 벗었다. 후갑판의 수병들도 군에서 지급해준 동그란 수병모나 개별적으로 소지한 다양한 형태의 모자를 벗었다.

함장은 우현에서 좌현으로 고개를 돌리며 수병들을 훑어본 후 위엄이 넘치는 목소리로 말했다.

"제군들! 짧은 휴가는 끝났다. 본함은 이제부터 영예로운 임무를 수행하러 나설 것이다. 이번 임무에는 조국의 존망이 걸렸다고 해도 과언이 아니야!"

조국의 존망이라는 말에 수병들이 웅성거렸다.

"프랑스 혁명 정부와의 전쟁이 날로 어려워지고 있다는 사실을 인정하지 않을 수 없다. 개전 당시, 적은 혁명의 열기에 들뜬 일반 시민일 뿐이라 전투에는 서툴 것이라 여겨졌다. 반면 우리에게는 훈련을 받아 군기가 엄정한 군대는 물론, 함께 싸울 동맹국이 있었다. 오른쪽에는 스페인과 사르데냐, 왼쪽에는 네덜란드, 프로이센, 오스트리아. 그런데 어떻게 됐지? 개구리_{프랑스인을 조롱하는 멸칭} 놈들은 지난 2년간, 정규군을 상대로 싸우며 여태 우리에게 대항하고 있어.

그리고 동맹국이 죄다 약해빠진 놈들뿐이라는 사실이 밝혀졌다. 올해 4월에 프랑스와 프로이센이 평화 조약을 맺자, 뒤따르듯 네덜란드도 동맹에서 이탈해 프랑스에 양보하는 자세를 보였다. 그리고 다음에는 스페인이 중립국이 됐다. 이 세 나라는 형식상 중립이지만, 프랑스의 손을 들어줬다고 봐야 해! 이 자칭 중립국들이 영국 함대에는 정박 허가를 내어주지 않지만, 프랑스 함대는 제집처럼 중립국 해역에 머무를 수 있다는 것이 그 증거다! 앞으로 중립적인 위치에서 프랑스 쪽으로 한 발짝 더 나아가더라도 놀랄 일이 아니야. 몇 년 전만 해도 프랑스가 유럽의 적이었지만, 이제는 영국을 유럽의 적으로 보고 있는 것이다!"

불안감이 수병들 사이에 너울처럼 퍼져나갔다.

"조용히!" 그레엄이 날카롭게 소리쳤다. "확실히 조국은 점점 고립되고 있지만, 우리나라에는 세계 최강의 해군이 있다. 지난 50년간 우리 해군은 프랑스와 격렬한 전투를 벌여 눈부신 승리를 거둬왔다! 인도양에서, 카리브해에서, 대서양에서 우리 영국 해군은 프랑스 함대를 수없이 깨부쉈다!"

그레엄은 주먹을 쳐들고 열변을 토했다.

"자, 이번 전쟁에서도 우리 해군이 영국의 창과 방패가 되어

조국의 원수인 프랑스 놈들을 때려 부수자! 우리 해군의 힘으로 조국의 평화를 지키자!"

선임병을 중심으로 수많은 해병이 그레엄의 말에 열광했다. 수병 생활을 오래 한 사람일수록 자신이 위대한 해군의 일원이라는 사실에 긍지를 느끼는 것이다.

열광하는 수병들 목소리가 잦아들자 그레엄이 말을 이었다.

"한 번 더 말하겠다. 영국 해군은 세계 최강이다. ……하지만!" 그레엄의 표정이 심각해지고, 목소리에도 긴장감이 섞였다. "하지만 지금, 영국 해군은 근본부터 무너질 수도 있는 위기에 직면했다!"

수병들이 놀라움에 찬 목소리를 내질렀다.

"지난달, 함선 제조용 목재를 싣고 스웨덴 예테보리에서 출발한 배가 프랑스 함선에 나포됐다는 정보가 들어왔다. 이건 네덜란드가 중립을 선언해서 발생한 사건이야. 북해를 경계하던 네덜란드 함대가 모조리 귀항해서, 이제 프랑스 해군이 북해를 자유롭게 돌아다닌다는 거지."

그레엄은 거기서 말을 끊었다. 수병들은 모두 입을 다물고 불안한 표정으로 함장을 쳐다보았다.

"우리나라의 조선소에서 사용하는 목재는 대부분 북유럽에서 수입한다. 그리고 북해는 북유럽과 영국을 잇는 무역로야. 개구리 놈들이 그 무역로를 장악해서 목재 공급에 차질이 생긴다면? 조선소가 멈추고, 함선을 수리하기도 여의치 않겠지. 즉, 이대로 가면 영국 해군의 주력인 군함이 바다에서 사라진다는 뜻이다! 그것만큼은 무슨 수를 써서라도 막아야 해!"

그레엄은 수병들을 둘러보며 부하들이 사태의 심각성을 제대로 이해했는지 확인한 후 말을 이었다.

"물론 국왕 폐하께서는 이번 사태를 그냥 넘기지 않으셨다. 북해의 안전을 확보하기 위해 함대를 편성하라고 명령하셨어. 그 함대에는 본함도 포함된다. 우리는 이제부터 스카겐의 정박지로 가서, 국왕 폐하의 명령을 받은 다른 군함들과 합류해 북해를 경계하는 임무를 맡는다. 몇 달, 또는 1년 이상 걸리는 길고 혹독한 임무가 되겠지. 하나 북해는 영국 군함의 생명줄이다. 그 생명줄을 위협당하는 이상, 우리는 강철 같은 몸과 마음으로 온 힘을 다해 안전을 확보해야 한다.

본함에는 숙련된 수병도 있고, 바로 오늘 수병이 된 사람도 있다. 신병에게 기술이 없는 건 당연하지만, 정신만큼은 단단히 차려라. 영국 해군이 패배하면 개구리 놈들이 영국 본토로 쳐들어온다. 그러면 놈들은 그렇게나 좋아하는 단두대로 무고한 우리 국민의 목을 뎅겅뎅겅 잘라내겠지. 너희 가족도 형장의 이슬로 사라질지 모를 일이야. 즉, 이번 임무는 조국을 수호하기 위한 싸움이자, 너희 가족을 지키기 위한 싸움이기도 하다!"

함장의 말에 호응해 수병들이 함성을 질렀다. 개중에는 강제 징집돼서 끌려온 신병도 있었다. 가족 이야기가 나오자 위기감과 함께 오랜 세월 숙적이었던 프랑스에 불같은 적개심을 품은 것이다. 방금까지만 해도 자신의 처지를 저주했던 네빌조차 몸이 뜨거워지는 기분이었다.

그레엄은 마지막으로 힘주어 말했다.

"자, 개구리 놈들에게 본때를 보여주자. 폭풍 같은 포격을 퍼부어서 프랑스 함대를 한 척도 남김없이 수장시키는 거야. 북해에 침입한 개구리 놈들을 모조리 쫓아내자!"

수병들은 주먹을 쳐들며 힘차게 고함을 질렀다.

수병들을 만족스럽게 내려다보는 그레엄 뒤에서 머레이가 확성기에 입을 대고 외쳤다.

"국왕 폐하 만세!"

만세를 부르는 소리가 파도처럼 퍼져나갔고, 피가 끓는지 모자를 위로 던지는 사람도 있었다. 네빌도 사람들을 따라 국왕을 칭송했다.

"그럼 스카겐의 정박지로 출발한다!" 그레엄이 말했다. "당직병은 담당 구역으로 가라! 맡은 일이 없는 사람은 닻감개닻을 감아올리기 위한 장치를 돌려라!"

수병과 사관이 자신의 담당 구역으로 이동했다. 네빌은 어떻게 하면 될지 몰라서 근처에 있던 맨디를 붙잡고 물었다.

"죄송합니다만, 저는 어떻게 하면 될까요?"

시작되는 지옥

"나랑 같은 식탁을 쓰니까 너도 1조겠지. 그럼 지금부터 당직이야. 담당 구역은 어디지?"

"분명 우현 후갑판이었을 겁니다."

"그럼 나와 같군. 일단 중앙 돛대에 집합이야."

아직 마음의 준비도 제대로 못 했는데 수병의 임무가 시작됐다. 네빌은 잔뜩 긴장한 채 맨디를 따라갔다.

중앙 돛대는 후갑판 제일 앞쪽에 솟아 있었다. 돛대 앞에는 주름 하나 없는 군복 차림의 사관이 서 있었고, 그 주변에 수병들이 모여 있었다.

거친 선상 생활에 단련돼 탄탄한 몸과 달리, 사관의 눈빛은 다정했고 지적인 분위기도 느껴졌다. 삼각모 아래로 윤기 있는 검은 머리털이 보였고, 고개를 좌우로 돌릴 때마다 머리 뒤로 늘어뜨린 말총머리가 흔들렸다.

"후갑판에서 지휘하는 버넌 대위야." 맨디가 네빌의 귓가에 속삭였다.

"잭을 도와준 사람요?"

"응. 수병에서 시작해서 저 자리까지 올라갔지. 우리한테도 상냥하게 대해주는 좋은 상관이야."

"다들 모였나?" 버넌 대위가 말했다. "오늘 수병이 된 신입도 있군. 신병들은 갑판에서 삭구를 다루도록 하겠다. 그래도 이번이 첫 당직이니 아무것도 모르겠지. 맨디와 브룩이 각각 우현과 좌현을 맡아서 신병에게 지시를 내리도록."

"네, 알겠습니다." 두 수병은 등을 쭉 펴고 대답했다.

한편 중앙갑판에서는 닻을 끌어올릴 준비가 한창이었다. 중앙 돛대보다 굵고 튼튼한 원기둥 모양의 닻감개 측면에 사람 키보다 길쭉한 막대를 차례차례 꽂는다. 막대를 닻감개에 다 꽂자 비번인 수병들과 붉은 군복을 입은 해병대원들이 막대 앞에 섰다.

닻을 올리라는 호령이 들리자 막대 앞에 선 사람들이 막대를 잡고 체중을 실어 앞으로 밀었다. 타북병이 큰북을 둥둥 울리는 가운데, 수병과 해병대원들은 이를 악물고 낑낑거리며 온 힘을 다해 닻감개를 돌리려 했다. 처음에 닻감개는 꼼짝도 하지 않았다. 거대한 닻이 바닷속의 부드러운 진흙에 깊이 박힌 탓이다. 하지만 덜컥, 하는 소리와 함께 움직이기 시작한 뒤로는 빨랐다. 병사들의 발걸음이 서서히 매끄러워졌고, 닻줄이 쭉쭉 감겼다. 이윽고 거대한 닻이 바닷속에서 튀어나왔다.

선수루^{배의 앞부분인 이물의 상갑판에 만든 구조물} 갑판의 수병들이 닻을 현측에 고정하자, 그곳의 지휘관인 스테픈 소위^{Acting Lieutenant. 결원 등의 이유로 함장이 사관후보생에게 임시로 부여한 계급. 사관 시험에 합격하면 정식으로 대위가 된다. 이 책에서는 편의상 소위로 옮겼다}가 후갑판을 향해 바닷바람을 찢어발길 듯 큰 소리로 외쳤다.

"닻 감기 완료!"

그러자 버넌 대위가 선미루 갑판에 있는 함장을 향해 복창했다.

"닻 감기 완료!" 이쪽도 공기가 떨릴 만큼 쩌렁쩌렁한 목소리였다.

보고받은 그레엄 함장은 고개를 끄덕이고 명령을 내렸다.

"다들 자기 자리를 지켜라. 이제 돛을 펼쳐라."

머레이가 확성기를 입에 댔다.

"돛대에 올라 돛을 펼쳐라!"

이번에는 후갑판의 버넌, 선수루 갑판의 스테픈 순서로 명령을 복창했다. 각 갑판의 지휘관이 명령을 전하는 것과 동시에 장루_{배의 돛대에 설치한 망루}병이 횡정삭을 날듯이 올라갔다. 장루병들은 활대에 달린 발걸이 줄을 타고 이동해 돛을 활대에 동여맨 고정 줄을 풀었다. 다른 장루병은 돛대 중간에 설치된 장루에 도착한 후, 장루에서 뻗어나가는 가운데 횡정삭을 타고 돛대를 더 높이 올라갔다. 헐버트호 같은 대형 함선의 돛대는 목재 하나로 만드는 것이 아니라 하부, 중부, 상부, 총 세 부위를 연결해서 만든다. 이 불안정한 돛대는 좌우에 횡정삭, 앞뒤에 전지삭이라는 삭구를 매서 그 장력으로 지지한다. 돛대에는 밑에서부터 순서대로 아래 돛, 가운데 돛, 꼭대기 돛이라는 세 개의 돛이 있다. 그 모든 돛을 펼치는 작업이 잇달아 진행됐다.

네빌은 수병들이 작업하는 모습을 겁에 질린 마음으로 바라보았다. 제일 아래쪽 활대에서 떨어져도 큰 부상을 면하지 못

할 텐데, 쳐다보기조차 무서운 꼭대기 돛의 높이에서 작업하는 장루병도 있었다. 자칫 잘못해서 떨어지면 목숨을 부지하지 못한다. 보기만 해도 간이 콩알만 해졌다.

하지만 느긋하게 구경할 여유는 없었다. 후갑판에서도 사람들이 바쁘게 움직였다. 돛대 밑동에 설치된 구멍 뚫린 가로대에 막대가 여러 개 박혀 있었다. 빌레이 핀이라는 명칭의 그 막대는 돛을 조종하기 위한 삭구를 고정해두는 역할을 한다. 수병들이 막대를 뽑자, 숫자 8 모양으로 감겨 있던 삭구가 순식간에 풀렸다.

풀린 삭구가 갑판에 아무렇게나 내팽개쳐졌다. 수병들이 얼른 삭구를 집어 들어 쭉 펴기 시작했다. 마치 줄다리기라도 하듯 삭구를 잡은 수병들이 줄줄이 늘어섰다.

"자, 신병들. 우왕좌왕하지 말고 어디든 끼어서 삭구를 잡아. 너희의 임무는 삭구를 사용해 돛을 펼치는 거다. 앞 사람이 움직이면 그대로 따라해."

네빌은 우물쭈물하는 태도로 삭구를 하나 집었다. 아래 돛의 아래쪽 구석에 달린 그 삭구를 움켜쥐자 끌어당기는 힘이 느껴졌다.

활대에서 돛이 드리우자 버넌 대위가 갑판조에 명령했다.

"교범삭을 늘여라!"

네빌 앞에 줄지은 수병들이 일제히 삭구를 밀듯이 앞으로 보냈다. 네빌은 명령이 내려진 후에도 삭구를 꽉 쥐고 있었으므로, 앞으로 나아가는 삭구에 딸려가서 앞사람의 등에 부딪혔다. 부딪친 수병은 네빌을 흘끗 보고 혀를 찼지만, 다른 말 없이 작업으로 돌아갔다. 네빌은 자세를 바로잡고 다른 수병들처럼 삭구를 앞으로 보냈다.

갑판의 교범삭이 줄어들수록 돛이 점점 펴졌고, 마침내 전체 모습이 공중에 드러났다. 어쩐지 쭈글쭈글하니 군함의 일부가 맞나 싶을 만큼 초라해 보였다.

하지만 대위의 다음 명령으로 돛은 몰라볼 만큼 모습이 바뀌었다.

"잉삭을 당겨라."

돛의 양쪽 끄트머리에 달린 삭구를 당기자, 구긴 종이를 대충 펼친 듯한 모양새였던 돛이 매끄러운 벽처럼 쫙 펴졌다. 바람이 불자 돛은 아기의 뺨처럼 부풀어 올랐다. 바람을 추진력 삼아 헐버트호는 바다 위를 천천히 미끄러져 나갔다.

선수루 갑판의 앞 돛대, 선미루 갑판의 뒤 돛대에서도 돛을 펼치는 작업이 지체 없이 진행됐다. 모든 돛대에 돛이 펼쳐지자 선미루 갑판에서 다음 명령이 떨어졌다.

"돛을 우현으로!"

버넌 대위는 명령을 복창한 후 즉시 후갑판의 수병들에게 지시를 내렸다.

"우현! 범각망과 전항삭을 당기고, 우삭을 늘여라! 좌현! 우삭을 당기고, 범각망과 전항삭을 늘여라!"

항해에 대해 아무것도 모르는 네빌도 우현과 좌현에 정반대의 명령을 내렸다는 건 이해했다. 네빌은 범각망을 조절하는 줄에 서서 삭구를 힘껏 잡아당겼다. 바람을 받은 돛의 힘이 워낙 강해서 네빌은 마치 말과 줄다리기를 하는 것 같은 기분이었다.

범각망과 전항삭은 활대를 뒤로 잡아당기기 위한 삭구고, 우삭은 활대를 앞으로 잡아당기기 위한 삭구다. 이윽고 활대의 왼쪽 가장자리가 선수, 오른쪽 가장자리가 선미에 다가갈 것처럼 돌아갔다.

버넌 대위가 "쉬어" 하고 명령하자 모든 삭구는 빌레이 핀으로 고정됐다. 네빌은 그제야 한숨 돌렸다. 익숙지 않은 육체노동을 해서 그런지 벌써 팔이 피곤했다. 게다가 바닷바람에 상하는 것을 막기 위해 삭구에 타르를 칠해놓은 탓에 손바닥이 검게 더러워졌.

할버트호는 모든 돛에 바람을 받으며 활기차게 앞바다로 나아갔다. 네빌은 뒤를 돌아보았다. 육지가 서서히 멀어졌다. 머릿속에 떠오른 마리아의 모습이 네빌의 가슴을 때렸다. 뜨거운 뭔가가 목구멍으로 솟아올랐다. 언제가 될지는 모른다. 하지만 반드시 돌아오겠다. 그러기 위해서 어떻게든 살아남겠다.

시작되는 지옥

할버트호는 선수에 하얀 물결을 일으키며 전진했다. 닻을 올린 직후의 분주한 분위기가 사라져서 네빌은 뱃전에 기대어 잠깐 쉬었다. 선미루 갑판에서 함장을 비롯한 사관들이 뭐라고 대화를 나눴지만, 네빌은 무슨 내용인지 전혀 알아듣지 못했다. 배에 부딪혀 부서지는 물결, 물결에 흔들려 삐걱대는 나무 자재, 돛을 세게 때리는 바닷바람, 갑판에서는 물과 바람이 만들어내는 소리가 귀를 뒤덮었다. 크게 소리를 지르거나, 가까이에서 마주 보고 있지 않으면 말소리를 알아듣기 힘들다.

함장이 새로운 명령을 내렸다.

"돛을 좌현으로!"

이것은 현재 오른쪽 대각선 방향으로 기울인 활대를 왼쪽 대각선 방향으로 기울이라는 명령이었다. 네빌은 다른 수병들과 함께 우현 범각망을 늘이는 작업에 매달렸다. 모든 활대가 왼쪽 대각선 방향으로 기울었다. 잠시 후 이번에는 돛을 우현으로 향하라는 명령이 떨어졌다. 그 후로도 일정한 간격을 두고 돛을 좌현과 우현으로 향하라는 명령이 교대로 내려졌다.

이 명령에는 네빌도 불만을 품었다. 이래서는 서쪽 창고의 짐을 동쪽 창고로 옮긴 후, 동쪽 창고의 짐을 다시 서쪽 창고로 옮기라고 시키는 것이나 다를 바 없지 않은가.

네빌은 잠시 짬이 났을 때 맨디에게 물었다.

"왜 우현이랬다가 좌현이랬다가 명령이 자꾸 바뀝니까?"

"바람이 함선 바로 뒤에서 부니까. 그래서 일정한 간격을 두고 활대 방향을 좌우로 바꿔야 해."

배에 관해서는 문외한인지라 네빌은 그 말이 무슨 뜻인지 이해하지 못했다.

"바람이 바로 뒤에서 분다면서요? 그럼 앞으로 똑바로 나아가면 되는 것 아닙니까? 괜히 좌우로 방향을 바꿀 필요가 없잖아요."

맨디는 씩 웃었다.

"참으로 총명한 의견이라고 칭찬하고 싶지만, 범선은 그렇게 단순한 물건이 아니야. 바로 뒤에서 바람이 불 때 돛이 정면을 향하면, 선미의 뒤 돛대는 바람을 잘 받지만 바람이 막힌 앞쪽의 돛대 두 개는 거의 기능을 못 하지. 요컨대 돛대 하나로 항해하는 셈인 거야. 따라서 모든 돛이 바람을 받을 수 있도록 활대를 돌리는 거지. 동시에 타륜^{배의 키를 조종하는 데 쓰는 바퀴 모양의 장치}으로 키도 조종하니까 함선은 순풍을 받아서 비스듬히 나아가. 하지만 계속 비스듬히 나아가면 침로에서 벗어나겠지? 그래서 침로를 유지하기 위해 오른쪽, 왼쪽으로 방향을 바꾸며 지그재그로 나아가는 거야. 바람이 바로 뒤에서 불 때는 이렇게 해야 속력이 나."

배는 참 복잡하고 섬세한 탈것이라고 네빌은 생각했다. 그 후로도 명령이 내려질 때마다 수병들은 삭구를 당기거나 늘이

거나 했다. 당직이 끝났음을 알리는 여덟 번 종12시이 울렸을 때, 네빌은 혹사당한 팔이 벌벌 떨렸다. 힘도 제대로 들어가지 않았다.

"가자, 점심시간이야." 맨디는 네빌의 등을 두드리며 말했다.

같은 식탁을 쓰는 사람들이 모두 모이자 맨디가 조지에게 물었다.

"이봐, 거기 신병 나리께서는 처음 해보는 일이 어땠나?"

"뭐, 겨우 흉내만 냈다고 할까요."

조지가 눈을 내리뜬 채 대답하자 람지가 바로 끼어들었다.

"겨우 흉내만 냈다니 무슨 말이 그래? 이 녀석, 나랑 같은 구역이었는데 꽤 쓸만하더라고. 함께 온 신병들보다 훨씬 일솜씨가 좋아."

"이야, 심술보 람지가 이렇게 말할 정도면 확실하겠군."

"누가 심술보야!"

"핫, 일단 밥부터 먹자, 밥."

맨디는 삼베 자루와 함께 걸려 있는 나무통을 내려서 네빌에게 주었다.

"그럼 밥을 받아와야겠지. 오늘 식사 당번은 너한테 맡길게. 취사실에 가면 이 나무통에 식사를 담아줄 거야."

"취사실이요?"

"저기 격벽이 있잖아."

맨디가 선수 쪽을 가리켰다. 전면부 승강구 안쪽에 우현부터 좌현까지 이어지는 나무 벽이 있었다.

"저 너머에 취사실이 있어. 격벽 좌우에 문이 있는데, 왼쪽 문으로 들어가서 식사를 받아. 그리고 빙 돌아서 오른쪽 문으로 나오면 돼. 아참, 식사를 받을 때는 나무통을 내밀고 식탁 번호를 똑똑히 말해."

맨디 말대로 식사용 나무통을 든 수병들이 활짝 열린 문으로 차례차례 들어가는 모습이 보였다. 네빌도 식사용 나무통을 두 개 들고 취사실로 향했다. 문으로 들어가자 금속 가마에서 피어오른 따뜻한 공기가 네빌을 감쌌다. 줄이 점점 짧아지고 네빌의 순서가 왔다. 극장 매표소 같은 접수대에 험상궂게 생긴 대머리 요리장이 서 있었다.

네빌은 접수대에 나무통을 내려놓고 "7번입니다" 하고 자신의 식탁 번호를 말했다. 요리사는 한쪽 나무통에 비스킷을, 다른 나무통에는 삶은 소고기 덩이를 넣었다.

네빌은 나무통을 들고 요리장과 조수가 일하는 공간을 빙 돌아서 들어왔을 때와는 반대쪽 문을 통과해 대포와 식탁이 늘어선 공간으로 돌아왔다. 네빌이 식탁에 도착하자 바로 뒤에서 람지가 구리 물병을 들고 다가왔다. 람지는 물병에 든 음료를 사람들의 술잔에 따랐다. 물병에 든 음료는 맥주였다.

거품이 이는 맥주를 다 따르고 나자 가이가 입을 열었다.

"자, 그럼 시작할까. 오늘은 초 차례지?"

"응, 맞아." 느릿느릿 일어선 초가 식탁을 등지고 앉았다.

초가 등을 돌리자 코구가 식기 선반에서 나무 접시를 꺼내 소고기를 잘랐다. 코구는 머릿수에 맞춰 잘라낸 소고기를 비스킷과 함께 접시에 담았다. 하지만 접시를 사람들에게 나누어주지 않고 식탁에 두 줄로 늘어놓았다.

"초, 다 됐어." 코구가 말했다.

"음, 그럼…… 네빌."

갑자기 이름을 불러서 네빌은 당황했다. 다음 순간 자기 앞에 접시가 놓였다.

"잭, 코구, 나, 람지……."

초가 조원의 이름을 부를 때마다, 늘어놓은 접시를 오른편 위쪽부터 순서대로 그 사람 앞에 놓아주었다. 초가 조원의 이름을 다 부르자 모두에게 식사가 분배됐다.

다시 식탁으로 돌아앉은 초가 자신과 다른 사람의 접시를 견주어보며 말했다.

"그럭저럭 나쁘지는 않군."

"나쁘지는 않다니." 코구가 포크를 들며 말했다. "오늘은 깔끔하게 잘 나눴어. 별 차이 없잖아."

"방금 그건 뭡니까?" 네빌이 물었다.

"식사 시간을 평화롭게 보내기 위한 주문이지." 맨디가 말했다. "그냥 순서대로 식사를 분배하면 나한테 적은 걸 주지 말라는 둥, 네가 많은 걸 가져가지 말라는 둥 양이 많고 적고로 불만이 나오거든. 그래서 한 명이 등을 돌리고 앉아 아무것도 모르는 상태로 누가 어느 접시를 가져갈지 정하는 거야. 그러면 공평하잖아."

주먹 크기의 삶은 소고기와 큼지막한 비스킷 네 개, 맥주. 이것이 수병이 된 네빌의 첫 식사였다. 소고기는 집에서도 좀처럼 못 먹는 특식이었기에 그나마 괴로운 생활의 위안거리가 되겠구나 싶은 마음으로 입에 넣었다. 하지만 소고기를 씹는 사이에 그러한 희망은 점점 시들었다. 도저히 소고기라고는 할 수 없는 음식이었다. 고무같이 질긴 고기를 끈기 있게 씹으면 결대로 풀어지면서 입안에 짠맛이 번진다. 네빌이 아는, 부드럽고 씹으면 육즙이 넘쳐흐르는 소고기와는 전혀 달랐다. 다음으로 비스킷을 먹자 습기가 차서 식감이 좋지 못했다.

인상을 찡그리는 네빌을 보고 가이가 낄낄거렸다.

"신병 입맛에는 안 맞는 모양이야."

"이거 정말로 소고기입니까?" 네빌은 고깃덩이를 포크로 쿡쿡 찔렀다.

"그야 물론이지. 다만 반년 넘게 소금에 절인 거야."

"군함에서는 늘 이런 식사가 나오나요?"

"어이, 신병." 가이가 일그러진 웃음을 지으며 말했다. "머리를 조금만 굴리면 알 텐데? 바다에서는 신선한 음식을 안 팔아. 즉, 원할 때 필요한 만큼 구할 수가 없지. 따라서 오래 보존되는 음식을 가지고 다녀야 해."

고기를 삼킨 람지가 입을 열었다.

"비스킷과 소금에 절인 고기 외에는 말린 완두콩과 귀리 죽, 그리고 치즈와 버터가 있어. 이걸 매일 돌려가며 먹지."

"완두콩 수프는 그렇게 나쁘지 않아. 네 녀석도 좋다고 먹을 걸?" 코구가 비스킷을 씹으면서 말했다. "귀리 죽은 그저 그래. 한편 버터는 말라비틀어졌고, 치즈는 냄새가 고약하지. 그다지 기다려지는 식사는 아니야."

"제일 맛없는 건 바다가 거칠어졌을 때 나오는 식사지." 초가 그렇게 말하며 포크를 고기에 꽂았다.

"바다가 거칠어진 날은 왜 맛이 없습니까?"

"불을 못 쓰니까." 잭이 기운차게 대답했다. "바다가 거칠어져서 함선이 몹시 흔들릴 때 불을 사용하면 화재가 발생할 수도 있거든."

"항해 중에 배에서 불이 났다? 그럼 싹 다 죽는 거야." 람지가 딱 잘라 말했다. "도망칠 곳이 없으니까. 집에서 불이 났는데 밖에 못 나간다고 상상해봐. 무섭지?"

"그래서 폭풍이 치거나 하면." 잭이 뒤를 이어 말했다. "물에 불린 완두콩이나 귀리 죽을 먹어야 해."

"식사가 형편없다는 건 잘 알았습니다. 다들 참고 지낸다는 것도요."

"참는다고? 그럴 리가." 가이가 말했다. "난 충분히 만족스러워. 상선에서 선원으로 일했을 때도 비슷한 식사가 나왔지만, 양은 여기가 더 많고 무엇보다 매일 술을 마실 수 있는 게 최고야."

"맞아, 맞아." 맨디가 맞장구를 쳤다. "군함의 밥은 나라에서 제공해주는 거니까, 바다 위에서 나오는 식사 중에서는 최고라고 봐야지."

맨디는 쾌활하게 말하고 맥주를 꿀꺽꿀꺽 마셨다. 맥주잔을 내려놓고 입술 위에 거품을 묻힌 채 네빌에게 물었다.

"그나저나 일해보니 어땠나?"

"처음에는 당황스러웠지만, 그렇게 어렵지는 않았습니다. 그냥 밧줄을 당기거나 늘이는 작업을 반복했으니까요."

식탁 여기저기서 조용한 웃음소리가 새어 나왔다.

"잘 들어." 가이가 말했다. "배에서는 웬만하면 밧줄이라는 말을 안 써. 배에서 사용하는 밧줄은 보통 삭구라고 부르지."

"배에서 밧줄이라고 하면 교수형을 가리키니까 재수가 없다는 이유로 다들 입에 담지 않아." 람지가 말했다.

"교수형? 배에서 말입니까?"

"잘 듣고 명심해둬." 맨디가 식탁으로 몸을 내밀고 말했다.

"군함에는 육지와 다른 법과 규칙이 있어. 그걸 어기면 호된 벌을 받아."

"싸움은 하지 마. 심하면 채찍질을 당해." 코구가 말했다.

"도박도 금지. 도박하다 걸리면 영창행이야." 초가 덧붙였다.

이어서 가이가 말을 꺼냈다.

"당연하지만 도둑질은 중죄야. 육지에서는 목을 매달겠지만 여기서는 차라리 죽는 게 낫겠다 싶을 만큼 심하게 채찍질을 당해. 그리고 상관에게 절대복종할 것. 반항하면 반역죄에 해당해. 반역죄는 까딱 잘못하면 교수형이야."

맨디가 비스킷을 우물거리며 말했다.

"그리고 죄는 아니지만, 볼일도 없는데 선미루 갑판에는 가지 마. 거기는 사관들의 영역이거든. 우리 같은 평민이 어슬렁거리면 채찍으로 때리고 쫓아내. 함선은 이를테면 작은 마을이나 마찬가지지. 높으신 분들은 선미의 깔끔한 방에서 지내고, 우리는 그저 넓기만 한 이 방에서 뭉쳐 지내야 해."

그 후로도 네빌은 같은 식탁을 쓰는 동료들에게 선상 생활의 기초를 배웠다. 다들 점점 말이 많아져서 사관의 험담까지 튀어나왔다. 시간이 흘러 13시 30분을 알리는 세 번 종이 울린 후 확성기로 키운 목소리가 승강구 위에서 들렸다.

"당직 1조의 신병들 집합! 선수루 갑판에 집합!"

"이런, 이런, 집합이로군." 가이가 유쾌하게 말했다. "둘 다

빨리 가. 어정거리면 채찍 맛을 볼 거야. 선수루 갑판이 어딘지 알아? 노천갑판의 앞 돛대 쪽에 있어."

네빌과 조지는 부랴부랴 선수루 갑판으로 향했다. 앞 돛대 앞에는 사관 두 명이 서 있었다. 뺨이 통통하고 배가 튀어나온 중년 남자 사관의 어깨에는 끈에 묶인 원숭이가 앉아 있었다. 다른 사관은 팔과 목이 굵직하고, 험악한 분위기를 풀풀 풍기는 서른 살 전후의 남자였다. 복장을 보건대 원숭이를 데리고 온 사관은 대위일 것이라고 네빌은 짐작했다. 다른 사관은 삼각모를 쓰고 단추가 두 줄인 재킷을 입었다.

험악하게 생긴 남자는 미간에 깊은 주름을 잡고 팔짱을 낀 채 신병이 모이기를 기다리고 있었다. 신병의 숫자를 정확히 아는지, 마지막 한 명이 나타나자 사나운 목소리로 말했다.

"난 케네스 후드라고 한다. 이 함선의 갑판장이지. 뭐, 그보다도……."

후드는 느닷없이 호통을 쳤다.

"느려터졌어! 소집 명령을 내린 지 몇 분이나 지났나, 이 쓰레기 같은 놈들아! 거북이도 이것보다는 빠르겠다. 전투 때와 폭풍이 칠 때는 1분만 늦어도 함선이 끝장날 수 있어. 부르면 최대한 서둘러 와라, 이 망할 놈들아! 다음에도 늦으면 고양이를 맛보여주겠다!"

옆에 있던 대위가 여유로운 말투로 달랬다.

"자자, 미스터_{범선 시대 해군에서 준사관 계급까지 이름 앞에 붙여주던 경칭} 후드. 그렇게 을러대면 신병들이 위축되잖나. 채찍은 함부로 휘두르지 말라고 함장님도 말씀하셨잖아."

"네, 실례했습니다, 자비우스 대위님. 함장님의 의향은 물론 존중합니다." 후드는 모자에 살짝 손을 대며 약식으로 경례했다. "하지만 붉은 체크무늬 셔츠를 입지 않은 자는 진정한 수병이 아니라는 것이 제 견해입니다. 수병은 채찍으로 갈고 닦아야 진정한 바다 사나이로 거듭나는 법이죠. 저 자신이 그랬던 것처럼요."

로버트 자비우스 4등 대위는 히죽 웃었다.

"옛날에 소행이 불량했다고 자랑하는 건가?"

후드는 헛기침을 한 후 신병들에게 고개를 돌렸다.

"지금 소집한 건 다른 이유가 아니라 네놈들을 단련시키기 위해서다. 임무가 임무인 만큼, 앞으로 프랑스 함대와 교전할 가능성이 크다. 따라서 함장님께서는 우수한 수병을 한 명이라도 더 원하신다. 갑판 위를 기어다니는 갯강구는 필요 없어. 이제부터 훈련에 들어간다."

후드는 위를 올려다보았다.

"돛대 중간에 설치된 발판, 장루가 보이지?"

돛대 절반쯤 높이에 네모난 나무 발판이 있었다.

"횡정삭을 타고 저기로 올라가는 거다."

횡정삭이란 돛대를 양옆에서 잡아당겨 지지하는 삭구다. 돛대 바로 옆의 현측에서 뻗은 열한 줄의 횡정삭은 단삭이라는 이름의 수평으로 쳐진 삭구로 연결돼 있었다.

갑작스레 어려운 과제가 제시되자 수병들은 동요해서 불안한 표정으로 장루를 올려다보았다. 분명 부함장이 이러한 훈련이 있을 것이라고 이야기는 했지만, 설마 끌려온 당일에 실시할 줄이야.

"일단 시범을 보여주마. 스미스."

후드 근처에 대기 중이던 들창코에 눈빛이 우둔해 보이는 갑판 하사가 횡정삭으로 다가갔다. 그는 횡정삭을 잡고 뱃전에 발을 디딘 후 몸을 날려 위쪽으로 올라갔다. 그리고 단삭을 손으로 잡고 발로 밟으며 사다리를 올라가듯 장루로 나아갔다. 장루 근처에서 횡정삭은 돛대로 이어지는 경로와 장루 가장자리로 이어지는 경로로 나뉘었다. 스미스는 망설임 없이 장루 가장자리로 이어지는 경로를 선택했다. 이쪽 경로는 횡정삭이 90도 이상 기울어져서 올라가는 사람 쪽으로 튀어나와 있었다. 여기를 올라가려면 등을 바다로 향한 채, 지금까지보다 팔다리에 더 힘을 주어야 한다. 그래도 스미스는 힘들어하는 낌새 없이 마지막까지 순조롭게 올라가서 장루에 다다랐다.

"수고했다. 이제 내려와." 후드는 스미스에게 명령한 후 신병들을 보았다. "방금 스미스는 장루 가장자리로 이어지는 횡정삭을 타고 올라갔지만, 경험을 쌓은 수병이 아니고서는 그러기가 힘들지. 네놈들은 얌전히 돛대로 이어지는 횡정삭을 타고 올라가라. 장루 아래쪽에 풋내기 구멍원래는 돛대와 연결된 삭구를 통과시키기 위해 뚫어놓은 구멍. 줄타기에 미숙한 선원이 주로 사용하는 구멍이라는 뜻에서 이런 별명이 생겼다이라는 승강구가 있다. 거기를 통해 장루 위로 나갈 수 있다. 알겠나?"

갑판장은 신병들 대답도 기다리지 않고 지목하기 시작했다.

"그럼 바로 시작하지. 거기 멍청하게 생긴 놈과 기운 없이 생긴 놈, 너희부터 올라가."

멍청하게 생긴 놈은 네빌이었고, 기운 없이 생긴 놈은 승선한 지 얼마 지나지 않아 뱃멀미로 웩웩 토했던 포잭이었다.

네빌은 팔다리가 떨렸다. 저렇게 높은 곳에 어떻게 올라가느냐는 걱정이 구역질과 함께 몰려왔다. 하지만 포잭은 더 심했다. 얼굴이 새파랗게 질리고 당장이라도 울 것 같은 표정이었다. 포잭은 온몸을 바들바들 떨며 애원했다.

"모, 모, 못 합니다. 제, 제발 봐주십시오."

후드는 포잭에게 다가가 멱살을 꽉 잡았다.

"대가리가 썩은 네놈도 알아들을 수 있도록 말해주지. 난 네놈의 상관이다. 군에서 상관의 명령은 절대적이야. 하라면 해. 거부하면 명령 불복종으로 채찍질을 하겠다. 알아들었나?"

포잭은 야단맞은 어린아이처럼 얼굴을 찡그리고 떨리는 목소리로 말했다.

"아, 알겠으니 채찍질은 하지 마십시오. 아픈 건 싫습니다."

"그럼 냉큼 올라가." 후드는 살벌한 목소리로 말하고 난폭하게 먹살을 놓았다. 그리고 바로 네빌을 노려보며 말했다. "거기 멍청하게 생긴 놈도 멀뚱하게 서 있지 말고 빨리 준비해."

네빌은 너무 겁이 나서 이미 손발의 감각이 없어졌다. 머리가 멍하니 지금 처한 상황이 전부 남 일처럼 느껴졌다. 한 발짝 내디뎠을 때 조지가 네빌의 어깨를 잡고 귓가에 속삭였다.

"횡정삭을 올라갈 때는 절대로 아래를 보지 마, 알았지?"

왜 조지가 그런 충고를 했는지는 모르지만, 그 말은 공포로 새하얘진 네빌의 머릿속에 똑똑히 새겨졌다.

후드는 두 사람에게 우현의 횡정삭을 타고 올라가라고 명령했다. 좌현의 횡정삭은 훈련에 사용되지 않았다. 우현으로 제한한 것은 현재 우현 쪽이 풍상_{바람이 불어 들어오는 쪽}이기 때문이다. 우현에서 올라가면 바람이 등으로 불어오니까 다소는 자세가 안정된다. 그리고 떨어지더라도 갑판에 떨어질 가능성이 크다. 바다에 떨어지기보다는 갑판에 떨어지는 편이 그나마 안전하다. 하기야 나름 높은 곳에서 떨어지면 아무리 못해도 뼈가 부러지겠지만.

이렇듯 신입에게 배려를 해주었지만, 네빌은 출발 지점에 서기조차 망설여졌다. 횡정삭 끄트머리는 함선 측면에 고정된 상태다. 즉, 횡정삭에 올라가려 하면 바다 위로 몸이 노출된다.

시작되는 지옥

게다가 아까부터 거센 물살이 함선을 크게 흔들고 있었다. 못 견디고 떨어질 만큼 심하게 흔들리지는 않았지만, 이러한 환경이 네빌에게 압력을 가했다. 네빌은 횡정삭을 양손으로 힘껏 잡았다.

"자, 출발!"

후드가 고함을 지르는 것과 동시에 네빌은 마음을 단단히 먹고 행동에 나섰다. 그렇다고 대담무쌍한 모습은 아니었다. 일단은 뱃전에 머뭇머뭇 발을 올리는 것이 고작이었다. 다음으로 단삭에 발을 얹었다. 단삭이 아래로 약간 처져서 네빌은 간이 철렁했다. 횡정삭을 올라가는 것은 줄사다리를 올라가는 감각에 가깝다. 하지만 네빌은 줄사다리를 올라가본 적이 없거니와, 오늘 처음으로 물살과 바람에 흔들리는 배에 타봤으므로 전혀 요령을 잡을 수가 없었다.

네빌은 횡정삭에 달라붙어 단삭을 한 단씩 올라갔다. 그와 동시에 냉정한 생각이 머릿속에서 고개를 쳐들었다. 잘 생각해 보면 이딴 짓은 자청해서 죽음의 구렁텅이 바로 옆을 걷는 것이나 마찬가지 아닌가. 항해를 위해 승조원의 목숨을 요구하다니, 범선은 잘못된 존재다. 인간은 인간답게 육지에 있으면 된다.

의지가 완전히 꺾인 네빌은 채찍질당할 것을 각오하고 돌아가기로 마음먹었다.

아래쪽 단삭에 발을 내려놓으려는데 위에서 놀려대는 목소리가 들렸다. 네빌이 고개를 들자 장루병들이 장루에서 고개를 내밀고 네빌과 포잭에게 야유를 퍼부었다.

마침 바람이 약해지자 누군가가 업신여기듯이 내뱉은 말이 아래까지 똑똑히 들렸다.

"아이고, 굼뜬 새끼들. 달팽이가 따로 없네."

장루에 웃음소리가 크게 퍼져나갔다. 자비우스 대위가 사담은 삼가라고 고함을 지르자 웃음소리는 바로 멎었다. 놀려대는 소리가 사라진 것과 동시에 네빌의 팔다리에 다시 위로 올라갈 힘이 생겼다. 비웃음을 당해서 울컥한 심정이 공포로 시든 마음을 뒤덮었다.

장루병들은 네빌을 달팽이라고 비웃었다. 그것은 네빌에게 가장 굴욕적인 말이었다. 네빌은 어렸을 적부터 발이 느려서 다른 아이들과 뜀박질을 하면 늘 꼴찌였다. 그리고 질 때마다 달팽이라느니 느림보라느니 하는 말로 무시당했다. 그런 말을 들으면 너무 분하고 속상한 나머지 가끔 주먹질과 발길질이라는 형태로 울분이 폭발했다. 하지만 아무리 애를 써도 느린 발은 빨라지지 않았고, 네빌은 속력에 굴절된 감정을 품게 됐다. 그 후로 네빌은 빨리하라거나 느리다는 말에 민감하게 반응했고, 그런 식으로 자신을 무시한 사람들에게 본때를 보여주겠다는 의지가 피와 살의 일부로 자리 잡았다.

지금도 달팽이라고 놀린 수병들의 기대에 부응해주지 않겠다는 마음이 네빌을 장루로 떠밀었다. 네빌은 느리기는 했지만 착실하게 횡정삭을 올라갔다. 도중에 얼마나 올라왔는지 확인하려고 시선을 내리려다가 조지의 충고가 떠올라서 그만두었다. 구두장이로서 일을 막 시작했을 무렵에도 조지는 늘 적확한 충고로 네빌을 도와주었다. 드디어 횡정삭이 돛대와 장루 가장자리로 나누어져 뻗어나가는 지점에 다다랐다. 네빌은 몸을 비틀어 장루 가장자리로 이어지는 횡정삭을 피해 돛대로 향했다. 돛대가 가까워질수록 횡정삭과 단삭의 간격이 촘촘해졌지만, 네빌은 겁먹지 않고 서서히 작아지는 삭구 틈새에 신중하게 손발을 넣으며 올라가서 마침내 풋내기 구멍의 가장자리를 붙잡았다.

풋내기 구멍을 기어올라 장루 위로 나가자, 네빌은 가슴을 젖히고 의기양양한 표정으로 장루병들을 바라보았다. 아까까지 야유를 받던 남자가 눈앞에 나타났으니 장루병들이 떨떠름한 표정을 지을 줄 알았다. 하지만 예상은 빗나갔다. 장루병들은 활짝 웃는 얼굴로 손뼉을 치며 네빌을 환영해주었다. 용기를 보여준 사람은 지위 고하를 막론하고 칭송받는 것이 함선의 불문율이다.

멋쩍게 웃던 네빌은 쑥스러움을 감추듯 고개를 숙였다. 장루 틈새로 갑판이 눈에 들어온 순간, 웃음이 물거품처럼 사라지고 네빌은 반사적으로 쪼그려 앉았다. 갑판이 너무 멀어서

간이 쪼그라들 지경이었고, 사람들은 네빌의 발바닥에 가려질 만큼 작아 보였다. 이렇게 높은 곳까지 용케 올라왔구나, 새삼 그런 생각이 들었다. 횡정삭을 오르는 도중에 아래를 보았다면 겁을 먹고 얼어붙어서 그 자리에서 옴짝달싹도 못 했으리라. 그러나 더욱 무섭게도 돛대는 여기서 끝난 것이 아니다. 여기서부터 더 경사가 급한 횡정삭이 돛대 위쪽을 향해 뻗어 있다. 이 위로는 장루같이 안정된 발판이 없다. 있는 것이라고는 가로장이라고 해서, 꼭대기 돛 하부에 들보를 교차시켜 만든 듯한 작은 돌출부뿐이다. 숙련된 장루병들은 바람이 불어오는 가운데, 그런 위태로운 물건에 몸을 맡긴 채 안전줄도 없이 움직인다. 그야말로 목숨 아까운 줄 모르는 인간들이다.

"어이, 봐봐." 장루병 중 한 명이 아래를 보며 말했다. "저 녀석, 아까부터 꼼짝도 안 하는데."

장루병이 가리킨 건 포잭이었다. 그는 아직도 뱃전 부근에 있었다. 횡정삭에 연결된 단삭을 두 단 정도밖에 올라오지 못한 것처럼 보였다.

"보아하니 글렀군." 네빌 옆에 있던 장루병이 말했다. "저래서는 앞으로 갑판 닦이나 구정물 퍼내기 담당으로밖에 못 써먹겠어."

인내심이 한계에 달했는지 후드가 주먹을 쳐들며 불호령을 내렸다.

"야, 이 자식아! 언제까지 번데기처럼 거기 가만히 달라붙어 있을 거냐!"

"못 올라가겠습니다." 포잭은 애처롭게 울면서 호소했다. "높은 곳은 안 됩니다. 더 이상은 무리예요."

"여기에…… 무리라는 말은 존재하지 않는다!"

후드는 횡정삭을 잡고 뱃전 위로 뛰어오르더니, 호주머니에서 채찍을 꺼내 포잭의 엉덩이를 후려쳤다.

포잭은 비명을 지르며 발버둥 쳤다. 버둥대던 발끝이 우연히 후드의 이마를 정통으로 때렸다. 갑판장은 갑판으로 나가떨어졌다. 잠시 입을 떡 벌리고 있던 후드는 벌겋게 달아오른 얼굴로 일어서서 갑판 하사들에게 명령했다.

"스미스, 다이안, 이놈을 끌어내려라!"

스미스와 우락부락하게 생긴 갑판 하사가 포잭의 옷을 잡고 갑판으로 끌어당겼다. 포잭은 어깨부터 갑판에 내동댕이쳐졌다.

"어이구……"

어깨를 문지르며 일어서려는 포잭 앞에 후드가 떡 버티고 섰다.

"네놈이 무슨 짓을 했는지 아나?"

"어? 네?"

후드는 채찍에 달린 아홉 가닥 술을 만지작거리며 말했다.

"똥에 꼬여드는 똥파리보다 못한 똥 찌꺼기 주제에 네놈은 내게 폭력을 행사했다. 도저히 그냥 넘어갈 수 없는 규율 위반이야. 네놈은 재판을 거쳐 응당한 처벌을 받아야 해."

포잭이 몸을 덜덜 떨었다.

"폭, 폭력이라니요. 일부러 그런 게 아닙니다. 우연히 발이 닿았을 뿐이잖습니까."

후드는 무시하고 말을 이었다.

"그리고 문제 있는 수병을 교육하는 것도 사관의 임무지. 스미스, 다이안, 이놈의 윗옷을 벗기고 단단히 붙잡아라! 지금 이 자리에서 채찍질을 해야겠다."

갑판 하사들이 포잭을 붙들고 옷을 벗기려 했다.

"안 됩니다! 안 돼, 싫어! 살려줘요! 살려줘!"

눈앞에서 무시무시한 처벌이 시행되려 하자 신병들은 얼어붙었지만, 군함에서 오래 생활한 사람들에게는 익숙한 일상의 한 장면이었다. 어떤 사람은 히죽히죽 웃었고, 어떤 사람은 전혀 신경 쓰지 않았다. 또 어떤 사람은 채찍질을 당할 신병에게 동정심을 품었다.

갑판 하사들은 포잭의 두 팔을 꽉 붙잡고 후드에게 등이 보이도록 세웠다. 포잭은 죽어라 몸부림쳤지만 갑판 하사들의 손아귀에서 벗어날 가능성은 전혀 없었다. 후드는 잔인한 웃음을 띤 채 채찍의 술을 만지작거리며 희생자에게 다가갔다.

그런데 그때 누군가가 후드를 말리러 나섰다.

"잠깐만요."

"응?" 후드는 고개를 돌려 말을 건 사람을 보았다.

후드를 말리러 나선 사람은 조지였다. 조지는 굳은 표정이었지만, 그래도 후드를 똑바로 바라보았다.

"뭐냐?"

"그를 용서해주십시오. 일부러 갑판장님을 걷어찬 게 아닙니다. 아파서 발버둥 치다가 우연히 발이 닿은 것처럼 보였습니다. 갑판장님의 채찍에 맞기 전에도, 발이 갑판장님의 이마에 닿았을 때도 그는 무서워서 눈을 꼭 감고 있었으니까요."

"감히 상관에게 참견하는 건가?"

"제가 본 광경을 있는 그대로 말씀드리고 있을 뿐입니다. 불운한 사고였습니다. 채찍으로 때릴 정도의 일은 아닙니다."

후드는 이 훼방꾼을 얼른 쫓아내고 싶었다. 가학적인 성향이 발동돼 빨리 채찍질을 하고 싶어 좀이 쑤셨기 때문이다. 채찍으로 위협할까 싶었지만, 자비우스 대위가 보는 앞에서 그러기는 꺼려졌다. 대위는 규율에 엄격하지만, 합당하지 않은 채찍질을 용인하는 사람은 아니다. 그래서 이렇게 말했다.

"그렇게 채찍질을 말리고 싶다면 지금 가로장까지 올라갔다 와라."

후드는 씨익 웃으며 돛대 저 위쪽을 올려다보았다.

"가로장은 장루보다 훨씬 높은 곳에 있는 발판이지. 거기까지 올라갔다 내려오면 채찍질을 하지 않겠다. 시간은 10분. 네 놈이 꾸물대는 모습을 가만히 구경하고 있을 만큼 한가하지는 않으니까 말이야."

후드는 채찍으로 손바닥을 가볍게 내리치며 대답을 기다렸다. 이 정도면 훼방꾼이 물러날 줄 알았다. 오늘 막 수병이 된 사람이 가로장까지 어떻게 올라간단 말인가. 거기에다 10분만에 다녀오라는 조건까지 달렸다. 이런 제안을 받아들일 신병은 없다.

하지만 조지는 입술을 살짝 깨물고 나서 말했다.

"하겠습니다."

후드의 손이 멈췄다.

"뭐라고?"

"이제 올라가도 되겠죠?"

조지는 상대의 대답도 기다리지 않고 횡정삭에 뛰어올라 부리나케 위로 올라갔다. 스미스만큼 매끄러운 몸놀림은 아니었지만 네빌보다는 훨씬 가뿐해 보였다.

엄청난 속력으로 올라오는 신병을 보고 장루에서 장루병들이 웅성거렸다. 네빌도 무서움을 잊어버리고 횡정삭을 붙잡은 채 조지를 내려다보았다.

횡정삭이 나누어지는 지점에 다다르자, 조지는 스미스처럼 장루 가장자리로 이어지는 경로를 선택해 몸을 끌어올렸다. 얼마 후 장루에 도착했지만, 조지의 목표는 거기가 아니다. 장루에는 발을 들여놓지 않고 횡정삭을 더 올라갔다. 함선이 흔들리고 바람이 몰아치는데도 아랑곳없이 조지는 약 36.5미터 높이에 있는 가로장까지 거뜬히 올라갔다.

이쯤 되자 이야기를 들은 비번 수병들도 갑판에 나와서 아래쪽이 소란스러워졌다. 조지가 갑판으로 돌아오자 수많은 수병이 등을 두드리며 거칠게 축하해주었다. 하지만 조지는 영광에 취하지 않고 곧장 후드에게 다가갔다.

"10분 안 걸렸죠?"

후드는 찢어버릴 것처럼 채찍을 꽉 잡아당겼다.

"이 자식, 배에서 생활한 적이 있나 보군. 아무 경험도 없는 생무지의 몸놀림이 아니야." 후드는 이를 갈며 말했다. "서류를 내어줄 때 예전 직업도 물어봤을 거야. 하지만 오늘 등록된 신병 중에 선원은 없다고 했어. 네 이놈, 거짓말을 했겠다!"

"여기 오기 전에 무슨 일을 했느냐고 물어보길래 구두장이라고 대답했을 뿐입니다. 그 이전에 무슨 일을 했는지는 물어보지 않았잖습니까."

"지금 나랑 말장난하자는 건가!"

"자자." 원숭이를 어깨에 얹은 자비우스 대위가 끼어들었. "선원 경험이 있다는 사실을 숨긴 건 칭찬받을 일이 아니지만, 이렇게 우수한 수병이라는 걸 알았으니 좋게좋게 넘어가자고."

자비우스 대위의 어깨에서 원숭이가 끽끽 울었다.

"봐, 몬타나도 그렇다잖아." 자비우스가 원숭이의 머리를 손가락으로 쓰다듬었다.

"흠, 대위님이 그렇게 말씀하신다면……." 후드는 더는 성질을 부리지 않고 물러났다.

"그나저나 용감한 수병, 자네 이름은 뭔가? 조지라, 그렇군. 자네에 대해서는 함장님께 보고해두겠네. 틀림없이 하급 수병에서 상급 수병으로 승격시켜주실 거야. 앞으로 장루병으로서 활약을 기대하겠네."

"네, 알겠습니다." 조지는 대위에게 경례했다. 그리고 바로 후드에게 돌아서서 말했다. "그런데 갑판장님, 아까 하신 약속은……."

"알았어! 그놈을 놓아줘라!" 후드는 풀려난 포책에게 소리쳤다. "이봐, 똥 찌꺼기! 네놈이 아무 쓸모도 없다는 걸 잘 알았다. 앞으로는 쭉 갑판 당직이다!"

그러고 나서 돛대 주변에 뻣뻣하게 서 있는 신병들에게 불호령을 내렸다.

"뭘 멀뚱하게 서 있나! 훈련은 아직 안 끝났어. 다음 차례다, 다음!"

돛대 오르기 훈련은 15시 30분을 알리는 일곱 번 종이 울리고 나서야 끝났다. 현측 통로에서 구경하고 있던 7번 식탁의 동료들이 네빌과 조지에게 달려왔다.

"다 봤어!" 맨디가 조지의 어깨에 팔을 둘렀다. "배를 타본 경험이 있으면 처음부터 그렇게 말했어야지. 그러면 즉시 상급 수병으로 등록됐을 텐데. 하급 수병과 상급 수병은 임금이 다르다고."

조지는 소싯적 경험을 자랑하려는 기색 없이 덤덤한 목소리로 말했다.

"아주 옛날 일인걸요. 아까도 해볼 때까지는 진짜로 할 수 있을지 확신이 서지 않았습니다. 몸이 횡정삭을 오르는 감각을 기억하고 있어서 다행이에요."

"그런데 조지가 선원이었던 줄은 몰랐네. 구두장이가 되기 전에 상선을 탔었던 거야?"

"응, 맞아." 네빌의 물음에 조지는 짤막하게 대답했다.

"뱃일을 그만뒀다니 아깝군." 가이가 말했다. "실력이 녹슬었는데도 그 정도라니. 선원 시절에는 돛대 위의 왕자로 칭송받은 거 아니야?"

"말이야 쉽지." 맨디가 말했다. "선상 생활이 얼마나 가혹한지는 너도 잘 알잖아? 넌더리가 나서 그만둘 법도 해."

"그건 그렇고 멋있었어, 조지." 네빌은 눈을 반짝이며 말했다. "그렇게 무서워 보이는 사람에게 대들다니 대단해."

"난 그저…… 불합리한 폭력이 자행되는 광경을 보아 넘길 수 없었어. 그게 다야."

그 후, 1차 반당직은 아무 일도 없이 지나갔다. 18시에 2차 반당직이 시작됐음을 알리는 네 번 종이 울리자, 네빌 일행은 중갑판으로 내려갔다. 식탁에 다다르자 네빌은 말했다.
"이제 저녁을 먹는 거죠?"
"아니." 맨디가 고개를 젓고 네빌에게 빙긋 웃었다. "저녁 식사 전에 중요한 의식이 진행돼."
"의식이요?"
"거창한 말 좀 쓰지 마." 초가 어이없다는 듯 핀잔을 주었다. "의식은 무슨 얼어 죽을 의식. 그냥 술을 배급해주는 거야."
람지가 양철 들통을 들고 다가왔다.
"자, 생명수가 왔다."
람지가 식탁에 들통을 내려놓았다. 가이가 말없이 식기 선반의 걸쇠를 풀고 나무 컵을 모두에게 나누어주었다. 들통에는 8분의 1파인트(1파인트는 약 0.56리터)짜리 계량컵이 묶여 있었다. 맨디가 들통에 든 액체를 계량컵에 가득 차게 퍼냈다. 랜턴 불빛을 받은 계량컵 속 액체는 호박색으로 보였다.

순서대로 계량컵을 사용했다. 차례가 돌아오자 네빌도 눈동냥으로 흉내 내어 술을 따랐다. 거품이 전혀 일지 않는 것으로 보건대 맥주는 아닌 듯했다.

"이건 그로그야." 네빌이 술을 살펴보는 것을 알아차리고 맨디가 알려주었다. "럼주와 물을 1 대 3 비율로 섞은 거지. 하루가 끝날 때 보상으로 나눠줘. 마셔봐."

네빌은 시키는 대로 그로그를 입에 댔다. 달콤한 향이 은은하게 콧속을 감돌았다.

"마시기 편하군요. 맥주보다 맛이 깔끔해요."

"물을 탔으니까." 가이가 말했다. "원래 럼주는 마시면 목구멍이 확 불타는 것처럼 느껴질 만큼 독한 술이야. 사관은 럼주를 원액으로 마실 수 있지. 정말 팔자가 좋다니까."

맨디는 그로그를 단숨에 들이켜고 컵을 내려놓으며 말했다.

"그럼 다음은 맥주로 가볼까." 맨디는 입을 떡 벌린 네빌을 보았다. "이제 저녁 식사 시간이야."

네빌의 첫 야간 당직은 파란만장했다.

일단 네빌은 노천갑판이 너무 어두워서 놀랐다. 함내에서는 몇 개 안 되는 랜턴 불빛이 그나마 주변을 희미하게 비췄지만, 노천갑판은 마치 자루를 뒤집어씌운 것처럼 컴컴했다. 노천갑판에 있는 조명기구라고는 함선끼리 충돌하는 것을 방지하기 위해 선미루 갑판에 놓아둔 큼지막한 랜턴 두 개뿐이었다. 덕분에 선미루 갑판에서는 주변이 그나마 보이지만, 선미루 갑판 아래의 후갑판과 선수루 갑판은 어둠이 지배하고 있었다. 칠흑 같은 구렁에 빠진 두 갑판을 비추는 유일한 불빛은 달빛이지만, 지금은 달도 구름에 가렸다.

옆 사람의 얼굴조차 제대로 안 보이는 상태로 일하나 싶어 네빌은 불안감에 사로잡혔다. 하지만 그건 쓸데없는 걱정으로 끝났다. 야간 항해는 빨리 나아가기보다 침로에서 벗어나지 않는 것에 중점을 두므로, 바람의 영향을 덜 받도록 돛의 크기를 줄여놓았다. 돛을 조종하라는 명령도 없었으므로, 수병들은 뱃전에 등을 기댄 채 느긋한 시간을 보냈다. 기본적으로 당직 시간에 사담은 금지지만, 네빌 주변에서 서로 속삭이는 소리가 들렸다. 후드 갑판장의 코를 납작하게 만든 조지에 대한 이야기였다. 선상 생활은 항상 비슷비슷하니 변화가 적으므로, 수병들은 무슨 일이든 새로운 소식이 들리기를 늘 갈구했다.

"그나저나 그 신병, 굉장했어. 느닷없이 가로장까지 올라가서 깜짝 놀랐다니까."

"그러게. 후드도 설마 내기에 질 줄은 몰랐겠지."

"그때 후드의 표정을 봤거든. 이야, 속이 다 시원하더라."

"그런데 그 녀석은 뭐야? 이름이 조지랬나? 어느 배에서 일한 거지?"

"조지는 여기 오기 전에 구두장이였습니다." 네빌은 말했다.

"뭐? 너, 그 녀석을 알아?"

"여기 오기 전에 조지와 같은 구둣방에서 일했어요."

네빌 주변에 사람들이 모여들어 질문을 퍼부었다. 하지만 네빌이 구두장이 조지 블랙만 알 뿐, 선원 조지 블랙에 관해서는 전혀 모른다는 것을 알자 순식간에 흩어졌다.

종이 세 번 울렸다. 네빌은 속으로 시간을 계산했다. 야간 당직은 20시부터 시작됐으니까 지금은 21시 30분이다. 앞으로 종소리를 다섯 차례 더 들어야, 즉 두 시간 반이나 더 이러고 있어야 한다고 생각하자 네빌은 우울해졌다. 낮에는 경치(그래봤자 바다와 하늘뿐이지만)라도 보면서 그나마 시간을 때울 수 있었지만, 지금은 잉크병에 갇힌 것처럼 컴컴해서 그럴 수도 없다. 그러자 의식이 점점 내면으로 향하면서 마리아만 자꾸 떠올랐다. 마리아도 절망으로 가득한 쇠창살 속에 갇혀 있으리라. 남겨두고 온 아내를 생각하자 가슴이 꽉 죄어들고 마음이 순식간에 곪는 것 같았다. 괴혈병에 걸려 묵은 상처에서 피가 흐르는 것처럼, 네빌의 마음에서 자신의 운명을 저주하는 기분이 줄줄 새어 나왔다. 사위 노릇을 하겠답시고 장인을 바래다주지 않았더라면, 술집에 들르자는 유혹에 넘어가지 않았더라면, 딱 한 잔만 마시고 얼른 집에 돌아갔더라면, 이러한 선택지 가운데 뭐든지 하나만 골랐다면 이런 곳에 끌려오지 않았을 것이다. 마리아는 지금쯤 어쩌고 있을까? 슬픔에 못 이겨 눈물로 밤을 지새우는 건 아닐까? 펑펑 우는 아내를 상상하자 네빌은 마음이 아팠다.

했지만, 곧 정체를 알아차렸다. 비번인 2조 사람들이 잠자고 있는 해먹이었다. 네빌은 쓴웃음을 지으며 해먹 사이를 통과해 불을 다 꺼놓은 취사실로 들어갔다. 그리고 선수로 향하는 문을 열었다.

문을 연 순간 네빌은 당황해서 굳어버렸다. 선미 쪽 바닥에서 선수 쪽 천장을 향해 튀어나온, 사람 몸통보다 두 배는 굵어 보이는 기둥이 의무실 한복판을 떡하니 차지하고 있었다. 이 기둥은 선수에 유니콘 뿔처럼 튀어나온 제1사장앞돛대에 밧줄을 묶을 수 있도록 배의 앞부분으로 돌출시킨 장대의 밑동 부분이었다. 이 기둥을 기준으로 의무실은 우현과 좌현 쪽으로 나누어져 있었다. 네빌이 들어간 우현 쪽에는 해먹이 여덟 개 달려 있었고, 그중 하나에는 상태가 안 좋아 보이는 남자가 누워 있었다.

"누구지?" 좌현 쪽에서 묻는 소리가 들렸다.

네빌은 뭐라고 대답해야 좋을지 몰라 해먹 사이를 누비듯이 지나쳐 좌현 쪽으로 향했다. 제1사장을 지나치자 좌현 쪽이 확실히 보였다. 좌현 쪽에는 해먹이 없고, 벽 앞에 서랍장과 동그란 탁자가 놓여 있었다. 탁자 주변에는 의자도 여러 개 있었다.

책을 펼쳐 든 남자가 의자에 앉아 있었다. 미간에 깊은 주름을 잡은 40대 남자가 옅은 회색 눈으로 네빌을 보며 물었다.

"천국으로 가는 대기실에 볼일이라도?"

"의, 의사 선생님을 찾고 있습니다. 주먹에 맞았는데 코피가 멈추질 않아서요."

"내가 이 함선의 군의관이야."

네빌은 설마 이 남자가 의사일 줄은 몰랐다. 갑판장 후드와 똑같은 복장이라 사관인 줄 알았다.

"당신이요?"

"나를 모르는 걸 보니, 오늘 육지에서 징집됐나 보군. 난 아서 레스톡, 군의관이자 준위부사관 출신이지만 사관에 준하는 대우를 받는 준사관지. 즉, 자네 상관이야. 친절한 마을 의사는 아니니까 말투에는 주의하도록. 치료가 마음에 들지 않아도 폭언은 금지야."

네빌은 레스톡의 험악한 표정과 말에 자세를 바로 했다. 그러자 군의관은 바로 표정을 풀었다.

"하핫, 농담이야. 환자가 누구든 난 평등하게 대해."

긴장이 풀린 네빌은 레스톡을 따라 웃음을 지었다.

레스톡은 탁자의 의자를 꺼내고 네빌에게 앉으라고 했다. 그리고 깨끗한 천을 건네며 말했다.

"이걸 코에 대고 있어. 부러지지 않았는지 진찰해볼게."

레스톡은 네빌의 코를 잡고 감촉을 확인했다.

"흠, 부러지지는 않은 것 같군. 콧속이 찢어져서 피가 멎지 않는 건지도 몰라. 뭐, 한동안 그렇게 코를 꽉 누르고 있으면 될 거야. ……그나저나 방금 주먹에 맞았다고 했는데, 싸웠나?"

네빌은 자초지종을 들려주었다. 그러자 군의관은 찡그린 얼굴로 나지막하게 중얼거렸다.

"내일 낮에는 일거리가 생기겠군."

"그게 무슨 말씀이십니까?"

"내일이 되면 알아. 그보다 코는 아픈가?"

"네, 제법요."

그러자 레스톡은 격벽 앞에 있는 선반장 서랍에서 호박색 액체가 든 통을 꺼냈다. 그리고 호박색 액체를 유리잔에 4분의 1쯤 따라서 네빌에게 주었다.

"브랜디야. 통증을 조금은 잊을 수 있겠지."

네빌은 고맙다고 인사하고 유리잔을 받아 브랜디를 천천히 마셨다. 열기를 띤 찌릿함이 목구멍을 통과하자 가슴 안쪽에 따스함이 번져나갔다.

"좀 어때?"

"코가 이래서 맛은 잘 모르겠습니다."

"술맛을 물은 게 아니야. 선상 생활은 어떠냐고 물은 거지."

"물론 괴롭습니다. 느닷없이 바다 위로 끌려와서 수병 노릇을 해야 하다니요. 제 아내는 임신 중이란 말입니다. 그리고 설령 제가 홀몸이더라도 군함을 타는 건 사양하고 싶네요. 마치 지하 감옥의 죄수가 된 기분입니다. 물론 위로 올라가면 햇빛을 볼 수 있지만, 바람이 거센 데다 물보라도 심해서 오래 있으면 너무 추워요. 더구나 식사도 처참하고요. 오늘 먹은 소고기는 얼마나 질기고 짠지, 도저히 음식이라고 할 수 없는 수준이었습니다."

네빌은 유리잔 속에서 흔들리는 브랜디를 가만히 바라보며 자신의 심정을 정리할 말을 찾았다.

"솔직히 이런 곳에 있고 싶지 않습니다. 하지만 어쩔 방법도 없으니 여기에 머무르는 수밖에요. 가족과 꼭 다시 만나겠다는 소망이 마음을 지탱해주니까, 그나마 이 부조리한 생활을 버틸 수 있는 겁니다."

"자네만 가족과 생이별을 당하고 여기로 끌려온 게 아니야. 오히려 이 함선의 수병들 대부분 그렇겠지. 하지만 그들은 매일 동료와 함께 웃으며 지내고 있어."

"오랜 세월 고달픈 항해에 지쳐서 가족을 그리워하는 마음이 옅어진 것 아닐까요?"

레스톡은 고개를 저었다.

"아까 자네가 말했잖나. 어쩔 방법도 없으니 여기에 머무르는 수밖에 없다고. 자신의 힘이 미치지 않는 사태에 직면했을 때, 운명을 저주하며 눈물로 하루하루를 보내느냐, 힘겨운 와중에도 즐거움을 찾아내서 웃느냐. 자네라면 어느 쪽을 고를 텐가?"

네빌은 유리잔에 남은 브랜디를 천천히 돌렸다.

"이봐, 수병은 쾌활하다는 이야기를 들어본 적 없나? 육지 사람에게 수병은 노래하며 일하고, 동료들과 술을 마시며 왁자지껄 떠든다는 인상이 있잖아. 하지만 그들은 즐거워서 노래하고 떠드는 게 아닐세. 고된 선상 생활을 잊어버리기 위해 노래와 술로 즐거움을 만들어내려는 거지. 등을 쭉 펴고 긍정적으로 생활하고 싶다면 자네도 그래야 해."

"아주 친절하게 대해주시는군요."

"난 사관이지만 군의관이니까. 괴로워하는 사람을 내버려둘 수는 없지. 자, 이제 코피는 멎었나?"

코피는 멎었지만 숨을 쉬기는 여전히 힘들었다. 네빌은 남은 브랜디를 들이켠 후 감사를 표하고 의자에서 일어섰다.

레스톡은 마지막으로 네빌에게 충고했다.

"절망 속에서 작은 희망을 찾아내도록 해. 그러지 못한 사람은 다들 스스로 바다에 뛰어들어 물고기 밥이 됐으니까."

네빌이 후갑판으로 돌아가자 소동은 완전히 정리된 뒤였다. 남은 당직 시간은 아무 일도 없이 지나갔고, 여덟 번 종이 교대 시간을 알렸다. 네빌은 크게 하품을 하며 기지개를 켰다. 현재 시각은 자정. 이렇게 늦게까지 깨어 있기는 처음이었다. 밤늦게까지 깨어 있는 건 양초를 마음대로 쓸 수 있는 부자나 누리는 특권이므로 육지에서 지낼 때는 동경했지만, 어둠 속에서 시간을 보내며 대기해야 하는 건 그냥 고문이다.

"고생 많았어." 맨디가 말을 걸었다. "하루를 통틀어 선상에서 지내본 소감은 어떤가?"

"살아남으려 기를 쓰느라 뭔가 느낄 여유도 없었습니다."

어둠에 싸인 갑판에 확성기로 키운 목소리가 울려 퍼졌다.

"오늘 육지에서 징집된 인원들은 최하갑판으로 가서 해먹을 지급 받아라!"

"최하갑판은 알지?" 맨디가 말했다. "중앙 승강구를 쭉 내려가면 바로 해먹을 지급해주는 곳이 나올 테니, 헤맬 일은 없을 거야. 하지만 뭐, 그 후의 일도 있고 하니 안내해줄게."

맨디는 현측에 줄지은 그물망에서 자기 해먹을 꺼낸 후, 네빌을 데리고 중앙 승강구를 내려갔다. 최하갑판으로 내려가자 오른쪽에 해먹을 나누어주는 사무 하사의 모습이 보였다. 그에게 용건을 말하자 해먹과 모포를 두 장씩 지급해주었다. 한 장은 해먹과 모포를 세탁할 때 사용하는 예비용이라고 했다.

침구류를 받은 네빌은 승강구를 올라갔다. 그런데 하갑판에서 맨디가 불러세웠다.

"이봐, 어디 가는 거야? 우리 잠자리는 여기라고."

맨디가 선미 쪽을 가리켰다.

"네? 하지만 여기는 하갑판이잖아요?"

"자는 곳과 식사하는 곳은 별개야. 중갑판에서 밥을 먹었다고 해서 잠자리까지 거기인 건 아니지. 잠잘 때는 식탁조가 아니라 같은 당직조끼리 모여서 자. 따로따로 흩어져서 자면 야간 당직을 빼먹는 놈이 나올 수도 있겠지?"

"그렇군요. 그렇게 컴컴해서야 누가 있고 누가 없는지 구분이 안 될 테니까요."

하갑판에서는 당직을 마친 수병들이 취침 준비를 하고 있었다. 조심하지 않으면 부딪칠 것처럼 혼잡했지만, 맨디 말로는 여유가 있는 편이라고 했다.

"함선이 정박하면 취침 인원이 두 배로 늘어나. 정박 중에는 야간 당직이 없으니까, 지금 위에 나가 있는 놈들도 아래로 내려오거든. 그럴 때는 아침에 일어나면 귀리 자루 속에 머리를 처박은 게 아닐까 싶을 만큼 가슴이 답답해."

네빌이 소속된 후갑판 우현조는 취침 장소도 하갑판 우현이었다. 옆에는 배의 밑바닥에 고인 물을 배수하기 위한 사슬 펌프가 있었다.

해먹은 들보에 달린 걸쇠에 거는 방식이었다. 맨디는 자신의 해먹을 먼저 준비한 후, 네빌에게 해먹을 달라고 했다.

"자, 해먹을 낮게 쳐줄게."

맨디는 해먹 위아래에 달린 끈을 솜씨 좋게 다루어 걸쇠에 걸 고리를 만들었다. 끈을 충분히 남기고 고리를 만들었으므로, 걸쇠에 걸자 해먹은 무릎 바로 위까지 내려왔다. 한편 맨디의 해먹은 배꼽 정도 높이였다.

"이렇게 높이에 차이를 두고 누우면 사람이 많아도 조금은 넓게 느껴지는 법이거든."

네빌은 해먹에 누우려 했다. 하지만 익숙지 않은 침구가 칭얼거리는 어린아이처럼 몸을 뒤틀어서 네빌은 갑판에 엉덩방아를 찧었다.

"그렇게 조심스레 누우려고 하면 안 돼. 해먹에 누울 때는 기세가 중요하지. 시범을 보여줄 테니 잘 봐."

맨디는 해먹 안쪽을 오른손으로 잡고 오른발을 먼저 얹었다. 왼손은 균형을 잡듯 뻗은 상태로 힘껏 갑판을 박차서 몸을 띄웠다. 그리고 그대로 몸을 비틀며 위를 보는 자세로 해먹에 드러누웠다.

"뛰어오른 순간에 오른손을 빼내고, 왼발을 오른발 옆에 내리려고 의식하는 게 비결이야."

네빌은 시킨 대로 해보았다. 맨디의 해먹보다 많이 낮아서 기세는 필요 없었다. 네빌은 몸을 비틀어서 해먹에 드러누웠다. 자다가 떨어지지는 않을까 걱정됐지만, 얼마 지나지 않아 수마가 덮쳐왔다. 익숙지 않은 환경에서도 바로 잠들 만큼 네빌은 피곤했다.

바다 위에서 보낸 첫날은 이렇게 끝났다.

"전원 기상!" 수병들을 깨우는 목소리가 승강구를 통해 하갑판에 다다랐다.

네빌은 아직 졸려서 해먹에 누워 있고 싶었지만, 주변의 수병들은 새로운 하루의 임무를 수행하기 위해 재빨리 일어났다.

"이봐, 빨리 일어나지 않으면 갑판 하사가 해먹의 줄을 잘라버릴 거야." 맨디가 네빌을 흔들면서 말했다.

"졸려 죽겠습니다. 지금 몇 시인가요?"

"나 원 참. 빨리 정신 차려. 당직은 네 시간마다 교대니까 4시지."

"아무리 생각해도 네 시간 이상 못 자는 건 말도 안 됩니다."

"부족한 잠은 다음번 비번 시간에 채우면 되잖아. 자, 빨리 일어나."

네빌은 어쩔 수 없이 왼발을 갑판에 내려놓으려다 해먹이 반회전해서 그대로 떨어졌다.

"어이쿠!" 갑판에 내동댕이쳐진 네빌은 아파서 쩔쩔맸다.

"깜박했는데, 해먹은 내려올 때 더 조심해야 해. 잠 다 깼나?"

졸음은 달아났지만 나른함은 여전히 네빌의 온몸에 들러붙어 있었다. 젖은 모포를 덮어쓴 것처럼 몸이 무거웠고, 마치 녹이라도 슨 것처럼 관절을 움직이기 힘들었다.

"얼른 해먹을 말아. 노천갑판의 그물망에 넣어둬야 하니까."

네빌은 맨디의 도움을 받아 해먹을 소시지처럼 가늘고 길게 말았다. 노천갑판에 올라가서 해먹을 그물망에 넣자, 갑판 청소가 수병들을 기다리고 있었다.

시작되는 지옥

사관후보생이 모래를 뿌린 곳을 성서처럼 네모난 돌로 문지르는 것이다. 수병들은 바지가 더러워지지 않도록 바짓자락을 무릎까지 걷어붙인 후, 네발로 엎드려서 갑판을 닦았다. 차갑고 딱딱한 갑판이 수병들의 무릎을 사정없이 괴롭혔다. 한바탕 닦고 나면 사관후보생이 바닷물로 모래를 씻어내고 수병들을 다른 청소 구역으로 데려간다. 아침 당직은 이러한 행동의 반복이었다.

갑판 청소라는 허드렛일에 동원됐다는 사실이 구두장이로 열심히 살아온 네빌의 자존심에 상처를 입혔다. 울분과 무릎의 통증을 참으며 중앙갑판을 청소하고 있는데 머리 위에서 목소리가 들렸다.

"이봐, 좀 비켜봐."

네빌은 고개를 들었다. 누구나 인정할 법한 추남이 서 있었다. 좌우의 눈은 아몬드와 호두처럼 짝짝이였고, 코는 주먹코라는 말이 딱 어울리게 생겼다. 두툼한 입술 사이로는 삐뚤삐뚤한 치열이 보였다. 단정한 옷차림은 어디 팔아먹었는지 모자도 재킷도 착용하지 않았다. 셔츠 단추는 위에서 두 번째까지 풀어놓았고, 바지의 무릎 부분이 해져서 맨 무릎이 드러났다.

"안 들려? 좀 비키라고." 추남은 개라도 쫓아내듯 손짓했다.

네빌이 뒤로 물러나자 추남은 네빌이 있던 곳에 무릎을 꿇었다.

"있다, 있어, 여기야." 추남은 갈라진 갑판 틈새를 손가락으로 더듬었다. "어이, 뱃밥^{밧줄을 풀어서 섬유 상태로 만든 것} 줘." 그는 도구함을 들고 뒤에 서 있는 조수에게 말했다. 조수가 얼른 건네주자 추남은 끌 같은 도구를 사용해 갈라진 갑판 틈새에 뱃밥을 쑤셔 넣었다. 틈새가 메워지자 나무망치로 뱃밥을 두드려서 단단하게 다졌다.

"죄송하지만, 뭐 하는 건가요?" 네빌은 호기심이 동해서 물었다.

추남은 작업을 멈추지 않고 대답했다.

"엉? 뭐야, 내가 뭘 하는지 모르겠다는 건가?"

"목공장님, 이 녀석은 어제 등록된 신병이 아닐까 싶은데요." 뱃밥을 건넨 조수가 말했다.

"엉? 그럼 모를 만도 한가. 이걸로 갈라진 갑판 틈새를 막는 거야. 틈새를 그냥 놔두면 나무에 물이 스며들어서 썩거든."

"이야, 그렇군요."

"그건 그렇고 난 괘념치 않지만, 다른 사관에게는 그런 말투를 쓰지 않는 게 좋을 거야."

"엇, 사관?"

"응." 추남이 일어섰다. "난 헨리 팔코너라고 해. 이 함선의 목공장이지. 목공장의 계급은 준위라고."

"실례했습니다, 준위님." 네빌은 채찍질이 무서워서 허둥지

등 경례했다.

"됐어. 난 괘념치 않는다고 했잖아." 팔코너는 조수에게 돌아서서 명령했다. "자, 이제 타르 칠이다."

단단하게 다진 뱃밥에 타르를 칠하자 갈라진 틈새는 완전히 감춰졌다.

"자, 다음이다, 다음. 오늘 수리해야 할 곳이 스물두 군데나 돼. 꾸물거리지 말고 얼른 가자."

팔코너는 조수를 데리고 수리가 필요한 다른 곳을 향했다.

오전의 두 번 종9시이 울렸을 때, 비번인 신병들에게 소집 명령이 내려졌다. 어제 실시했던 돛대 오르기 훈련이 후갑판에 모인 신병들의 뇌리를 스쳤다. 따라서 이번에는 뭘 시킬지 조마조마한 마음으로 다음 명령을 기다렸다.

존 코글란 3등 대위의 모습이 신병들의 불안감에 박차를 가했다. 왼쪽 눈에 안대를 찬 그는 짙은 눈썹과 콧수염을 위협하듯 찡그린 채 신병들을 둘러보았다.

잠시 후 커다란 나무 상자를 든 수병들이 차례차례 중앙 승강구에서 나타났다. 상자를 전부 내려놓은 후, 수병들을 이끌고 온 선임 위병장함선을 순찰하고 범죄를 수사하는 경찰 같은 역할의 준사관 알프레드 마이어가 코글란에게 경례하고 보고했다.

"권총과 커틀러스날이 살짝 휜 한 손용 칼. 좁고 장애물이 많은 범선 갑판에서 전투용으로 주로 사용됐다를 준비했습니다."

대위는 말없이 고개를 끄덕인 후, 녹아내리는 얼음처럼 칠칠하지 못하게 서 있는 신병들 앞으로 걸어갔다.

"이 중에 전투 경험이 있는 사람?" 코글란은 애꾸눈으로 신병들을 노려보며 느닷없이 말했다. "물론 없겠지. 싸움을 해봤더라도 기껏해야 술집에서 치고받은 정도 아니겠나? 바다에서 벌어지는 전투에 비하면 그런 싸움은 어린아이 장난이나 마찬가지야. 헐버트호는 경계 임무를 맡고 있지만, 적함을 발견하면 당연히 전투에 돌입한다. 그때 우리 함선에 제대로 싸우지 못하는 자가 있어서는 절대로 안 된다는 것이 함장님의 생각이시다."

코글란은 차고 있던 가느다란 검을 칼집째로 허리에서 벗겨내 지팡이 짚듯 갑판을 탁 짚었다.

"따라서 너희에게는 훈련이 필요하다. 전장에서 최소한의 역할은 할 수 있도록 말이지. 해전에서 전장을 지배하는 것은 대포다. 대포의 숫자가 승패를 가른다고 할 정도지. 하지만 백병전으로 적함에 마지막 일격을 가해야 하는 상황도 적지 않다. 활대끼리 부딪칠 만큼 접근해서 적함에 뛰어들어 적병을 쓰러뜨린 후, 군함기를 끌어내리고 승리의 함성을 지른다. 그것이 바다의 백병전이다."

코글란은 마치 백병전이야말로 전장의 꽃이라는 듯 한순간

입매를 누그러뜨렸다.

"자, 수병의 무기는 다양하지만 일단은 기본부터. ……마이어 선임 위병장."

이름을 불렀을 뿐이지만, 선임 위병장은 자신이 해야 할 일을 잘 알고 있었다. 그는 나무 상자에서 권총과 커틀러스를 꺼내 들고 코글란 대위 옆에 섰다.

"권총과 커틀러스, 백병전에 임할 때는 이 두 가지가 수병의 기본 장비다. 일단 권총부터. 권총을 다뤄본 사람은 거의 없을 테니 권총의 작동 원리부터 설명하도록 하지."

권총의 작동 원리는 네빌이 상상했던 것보다 단순했다. 권총을 사용하려면 일단 콕을 뒤로 젖혀야 한다. 방아쇠를 당기면 콕이 빠르게 내려오고 부싯돌이 화약 접시를 때려서 덮개를 여는 동시에 불꽃을 일으킨다. 권총 자체의 움직임은 이것이 전부다. 무기로 사용하려면 빈총의 화약 접시와 약실에 화약을 넣고 탄환을 장전해야 한다. 불꽃이 화약 접시의 점화약에 불을 붙이고, 그 불길이 약실로 전달돼 탄약이 폭발하면, 그 폭발력이 사람을 죽일 수 있을 만큼 강하게 탄환을 총구로 밀어낸다.

설명이 끝나자 신병들에게 권총이 지급됐다. 그리고 실제로 콕을 젖히라는 명령이 떨어졌다. 마이어 선임 위병장이 돌아다니면서 신병들이 콕을 제대로 젖혔는지 상태를 확인했다.

그 후 코글란 대위는 팔을 뻗어 권총을 겨누라고 명령했다. "발사!"라는 구령과 함께 방아쇠를 당기자, 철컥하고 경쾌한 소리가 일제히 울려 퍼졌다. 다음으로는 화약을 넣고 탄환을 장전한 권총을 쏴보기로 했다. 신병들은 세 명씩 순서대로 뱃전 앞에 서서 마이어에게 점화약과 탄약, 탄환을 장전하는 요령을 배웠다. 네빌은 제일 먼저 실탄을 쏠 세 명에 포함됐다. 이렇게 위험한 물건을 다루는 건 처음이었지만 방법은 의외로 간단했다. 점화약은 화약 접시의 덮개를 열고 화약 접시에 부으면 되고, 탄약과 탄환은 총구로 넣고 나무 막대로 꾹꾹 눌러서 다지면 끝이었다. 그 과정에서 방아쇠를 건드리지 말라고 신신당부한 것 외에 다른 주의 사항은 없었다. 권총을 겨누라고 코글란이 명령하자, 네빌을 비롯한 수병들은 수평선을 향해 권총을 내밀었다.

마이어가 수병들의 자세를 확인하고 잘못된 점을 바로잡았다. 세 사람이 올바른 사격 자세를 취하자 코글란이 명령을 내렸다.

"발사!"

네빌은 과감하게 방아쇠를 당겼다. 뻥, 하고 귀를 찢을 듯한 소리가 사방에 울렸고 사수들의 얼굴 앞으로 흰 연기가 피어올랐다. 난생처음 총을 쏴봤지만, 온몸을 옭매었던 긴장감이 사라졌을 뿐 손맛이고 감동이고 없었다. 결국 아무것도 없이 드넓은 바다로 탄환을 날려 보냈을 뿐이니까.

신병들은 차례차례 권총을 쐈다. 마지막 조가 사격을 마치자 코글란은 권총을 정리하라고 명령했다.

"자, 이제 권총 쏘는 법을 다 배웠다. 하지만 그 정도로 강해졌다고 느껴서는 곤란하지. 권총은 분명 뛰어난 무기다. 손가락을 움직여 방아쇠만 당기면 적을 갑판에 쓰러뜨릴 수 있고, 손이 닿지 않는 상대도 공격할 수 있어. 하지만 내가 보기에 권총은 이점보다 결점이 더 많아."

신병들이 당혹스러운 표정을 짓는 가운데 코글란 대위는 말을 이었다.

"애당초 권총은 불확실한 무기다. 멀리 있는 적병을 쓰러뜨리려 해도, 흔들리는 배 위에서는 탄환이 빗나가기 십상이지. 그리고 연달아 발사할 수도 없어. 한 번 쏘고 나면 끝이야. 물론 백병전이 벌어지는 와중에 느긋하게 재장전할 여유는 없다. 사방이 적병으로 넘쳐나니까. 권총은 너희의 목숨을 지켜주는 물건이 아니다, 알겠나? 그저 전투에 임할 때 탄환을 앞장세운다고 생각해라. 적함에 올라타기 직전에 적병이 뭉쳐 있는 곳에다 발사하는 거다. 그러면 조준하지 않아도 명중할 확률이 높아. 발사한 권총은 바로 버려라. 탄환이 없는 권총은 무용지물이니까. 대신에 이걸 들고 싸우는 거다."

코글란은 나무 상자에서 커틀러스를 꺼냈다. 녹 방지용 기름을 바른 칼날이 햇빛을 받고 번쩍 빛났다.

"이것이야말로 수병에게 가장 중요한 무기지. 이 녀석을 자유자재로 다룰 수 있으면 백병전에서 살아남을 확률이 아주 높아진다. 이걸로 적을 쓰러뜨림으로써 목숨을 지키는 거야. 오늘부터 커틀러스에 숙달될 때까지 매일 훈련하겠다. 지지부진한 녀석은 반당직 시간에 추가 훈련을 시킬 테니 그리 알아. 일단 기본 동작을 미스터 마이어가 보여주겠다. 나중에 실제로 시킬 테니까 잘 봐두도록."

선임 위병장은 커틀러스를 들고 차렷 자세를 취했다.

"준비!"

코글란의 구령에 맞춰 마이어는 커틀러스를 쥔 오른손을 허리에 대고 왼손을 등 뒤로 돌렸다.

"찔러!"

마이어는 오른발을 앞으로 내디디며 커틀러스를 쭉 내밀었다. 동작은 크지 않았지만, 체중이 실린 칼끝이 무시무시한 소리를 내며 허공을 갈랐다.

"커틀러스의 기본 동작은 찌르기다. 실수로라도 양손으로 붙잡고 쳐들지는 마라. 텅 빈 몸통에 적병의 칼이 꽂힐 테니까. 인간은 칼끝만 쑤셔 넣어도 충분히 무력화할 수 있다. 목을 찌르면 사망하고, 배를 찌르면 대부분 통증과 출혈과 공포로 그 자리에 주저앉아 전의를 상실하지. 그러니 찌르기를 철저히 연습해."

 신병들은 나눠 받은 커틀러스로 연습을 실시했다. 외날인 커틀러스가 생각보다 묵직해서 네빌은 거친 밧줄이 둘둘 감긴 칼자루를 꽉 움켜쥐었다. 신병들은 충분한 거리를 두고 늘어서서 찌르기 연습을 했다. 고작 열 번 만에 네빌은 손이 떨려왔다.

 "멍청아! 그렇게 비실비실 찔러서는 적병은커녕 범포 한 장도 못 뚫겠다." 코글란이 불호령을 내렸다.

 그 후로도 다른 공격 동작과 방어 동작을 연습했다. 연습은 여섯 번 종11시이 울리고 나서야 끝났다. 네빌은 일과를 마친 항만 노동자 같은 걸음걸이로 식탁에 돌아갔다. 어제는 활대 위의 왕자라고 칭찬받은 조지도 코글란의 혹독한 훈련에 지친 표정이었다.

 식탁에는 점심 식사가 이미 준비돼 있었다. 오늘 나온 음식은 소금물에 삶은 돼지고기와 완두콩 수프였다.

 "둘 다 완전히 녹초가 됐군." 코구가 걱정스럽게 말했다.

 초가 완두콩 수프를 떠먹으며 말했다.

 "뭐, 지칠 만도 하지. 비번 시간에도 못 쉬니까."

 "함장도 인정사정 없군." 람지가 돼지고기를 자르면서 말했다. "겨우 어제 수병이 된 녀석들을 지독하게 몰아붙이다니 말이야."

 맨디가 코웃음 쳤다.

"쳇, 당연하지. 함선에 쓸모없는 녀석들을 태우고 다닌 탓에 침몰하는 사태가 발생했다간 무능하다는 낙인이 찍힐 테니까."

"여러분은 훈련을 안 합니까?" 네빌이 물었다.

"물론 정기적으로 하지." 맨디가 대답했다. "상급 수병은 커틀러스와 권총 외에 머스킷총열에 강선이 없는 전장식 장총을 가지고도 훈련해. 장루에 올라서 적을 조준 사격할 때도 있으니까. 그리고 매주 월요일과 목요일에는 대포 훈련도 있지."

월요일은 내일이다.

"그럼 아직 쉴 틈은 없겠군요." 네빌은 어깨를 축 늘어뜨리고 말했다.

"뭐, 그렇게 침울해하지 마. 오후 당직도 서야 하니까 배부르게 먹고 기운 차려." 가이가 네빌과 조지의 맥주잔에 맥주를 따르고 노래했다.

괴로운 훈련에는 맥주가 약일세
함선에서 제일가는 약이라네
실은 그로그도 퍼마시고 싶지만
쩨쩨한 사관 나리가 줘야 말이지
그러니 다 함께 맥주를 마시자
불호령과 채찍질을 잊어버리기 위해
맥주, 맥주, 더 많이, 더 많이

노래를 부르며 술을 마시자 식탁은 서서히 쾌활한 분위기에 휩싸였다. 누군가 노래하면 다른 사람은 빈 맥주잔과 손으로 식탁을 두드리며 장단을 맞췄다. 네빌도 동료들과 함께 시끌벅적한 분위기에 끼었다. 군의관 말대로 얼마 안 되는 휴식에 불평불만을 늘어놓기보다 사람들과 함께 떠들며 시간을 보내는 편이 훨씬 마음 편했다.

하지만 점심을 먹고 나서 네빌은 전함 생활의 참혹한 일면을 또 한 가지 접하게 됐다. 정오를 알리는 여덟 번 종이 울린 직후, 호루라기 소리가 울려 퍼졌다.

"전원, 후갑판에 집합! 징벌에 입회한다!"

확성기로 키운 후드 갑판장의 목소리가 네빌이 있는 식탁까지 들렸다.

"분명 어젯밤 있었던 소동 때문이겠지." 맨디가 일어서며 말했다. "얼른 가자. 꾸물거리다 우리가 채찍질당했다간 우스갯감도 못 돼."

후갑판은 수병들로 가득했고, 타륜 주변에는 사관들이 엄격한 얼굴로 늘어서 있었다. 수병들은 사관들의 영역에 침입하지 않도록 일정한 거리를 유지했다. 또한 선미루 갑판에는 붉은색 제복을 입은 해병대원들이 후갑판을 내려다보듯 한 줄로 죽 늘어서서 삼엄한 분위기를 자아냈다.

선미루 갑판으로 이어지는 왼쪽 계단 옆에 네빌에게는 익숙지 않은 물건이 있었다. 자세히 보자 승강구를 막는 격자 덮개 두 개를 밧줄로 묶어서 연결해둔 것이었다. 격자 덮개 하나는 선미루 갑판의 벽에 기대어놓았고, 다른 하나는 그 격자 덮개 밑에 깔려 있었다. 격자 덮개 옆에는 마이어 선임 위병장이 등을 쭉 펴고 서 있었다. 마이어 옆에는 수병 두 명이 딱딱하게 굳은 얼굴로 서 있었다. 네빌은 그들이 누구인지 금방 알아보았다. 우둔한 개구리같이 생긴 남자는 어젯밤 갑판에서 잔뜩 토해서 혼란을 일으킨 수병이었다. 다른 한 명은 토사물이 묻었다는 이유로 격분해서 마구잡이로 날뛴 끝에 네빌을 포함한 동료 몇 명에게 부상을 입힌 수병이었다. 이름은 분명 홀랜드였던가.

뒤 돛대 뒤편에 있는 함장실에서 그레엄 함장이 서류를 들고 나왔다. 눈에는 어느 사관보다도 엄격한 빛이 깃들어 있었다. 그레엄이 햇빛이 비치는 곳으로 나오자 마이어가 함장에게 경례했다.

"준비 마쳤습니다."

그레엄은 말없이 고개를 끄덕인 후, 서류에 적힌 이름을 읽었다.

"이든 거너. 재봉 하사 조수."

이름을 불린 남자는 마이어의 부하 위병장에게 재촉을 받고 함장 앞에 섰다. 그는 어깨를 움츠린 채 벗은 모자를 양손으로 만지작거리며 쭈뼛쭈뼛 함장의 표정을 살폈다.

마이어 선임 위병장이 거너의 죄상을 보고했다.

"이자는 어제 야간 당직 시간에 술에 취한 상태로 후갑판으로 나왔고, 구토해서 갑판을 더럽혔습니다. 짐을 조사한 결과, 해군에서는 절대 지급하지 않는 술이 나왔습니다."

"이자는 그 술을 어디서 구했지?"

마이어는 입술을 핥은 후 약간 시원치 못한 말투로 답했다.

"그게…… 사우샘프턴에 정박했을 때 장사꾼에게 산 것 같은데……."

그레엄 함장이 서류에서 눈을 들었다. 사우샘프턴에서는 승조원에게 상륙 허가를 내리지 않았고, 장사꾼을 태운 보트가 함선으로 왔다.

"장사꾼을 태웠을 때 누가 짐을 검사했나?"

"케플러 사관후보생입니다."

함장은 즉시 본인을 호명했다.

"케플러 사관후보생!"

줄지어 서 있던 사관들 사이에서 말상 남자가 튀어나왔다. 사관후보생이 삼각모를 벗고 뭔가 말하려 했지만, 함장의 결정이 더 빨랐다.

"직무 태만이다. 재판이 끝난 후에 다음 네 번 종14시까지 횡정삭에서 반성해! 물러가라."

함장은 횡정삭에 손발을 묶어서 매달아두는 벌을 내렸다. 케플러 사관후보생은 고개를 푹 숙이고 줄로 돌아갔다. 횡정삭에 매달리는 것은 바닷물과 바람에 시달릴 뿐 아니라 모두의 구경거리가 되는 굴욕적인 벌이다.

그레엄은 거너에게 고개를 돌렸다.

"자, 본론으로 돌아가지. 거너, 변명할 말은 없나?"

거너는 입을 벌렸지만 말은 나오지 않았다. 입을 몇 번 뻐끔뻐끔한 후, 떨리는 목소리를 간신히 짜냈다.

"어, 그게…… 저는 야간 당직 제외 인원이라, 바, 밤에 맡은 임무는 없었습니다."

"그러니까 만취해도 된다는 건가? 임무는 없더라도 적함이 나타나지 않는다는 보장이 어디 있나? 밤안개를 틈타 느닷없이 적함이 나타났을 때, 네놈은 휘청거리는 다리로 전투에 임할 생각인가?"

거너는 창백하게 질린 얼굴로 더는 말을 꺼내지 않고 그저 우두커니 서 있었다.

"휴가도 아닌데 지급되지도 않은 술을 마시고 정신을 못 차릴 정도로 취하다니, 말도 안 되는 짓이다. 도저히 그냥 넘어갈 수 없어. 네놈을 채찍질 여덟 번에 처한다."

썰물이 흐르는 소리처럼 조용한 술렁임이 수병들 사이에 퍼져나갔다. 만취했다는 이유로 채찍질 여덟 번이라니, 구토해서 갑판을 더럽힌 죄를 더해도 엄한 벌이었다.

위병장 두 명이 부들부들 떠는 거너를 양쪽에서 붙잡고 선미루 갑판 벽에 기대놓은 격자 덮개로 끌고 갔다. 거너는 윗도리를 벗고 두 팔과 두 다리를 벌린 상태로 격자 덮개에 묶였다. 갑판 하사 두 명이 고양이의 술을 손으로 쓸면서 거너 좌우에 섰다. 해병대의 타북병이 긴장감 어린 장단으로 북을 두드려 채찍질할 순간이 다가왔음을 알렸다.

분위기를 고조하듯이 북까지 울리다니 완전히 구경거리라고 네빌은 생각했다. 그렇다, 이것은 실제로 구경거리였다. 군함에서 죄를 저지른 자가 어떻게 되는지 모두의 머릿속에 새겨넣기 위한 무시무시한 구경거리다.

"실시!" 그레엄이 큰소리로 명령했다.

오른쪽에 선 갑판 하사가 채찍을 크게 휘둘러 거너의 하얀 등을 내리쳤다. 거너는 비명을 질렀고, 그의 등에는 끔찍한 채찍 자국이 빨갛게 남았다.

"하나!" 선임 위병장이 소리쳤다.

다음에는 왼쪽 갑판 하사가 채찍을 휘둘렀다. 짐승이 울부짖는 듯한 소리가 울려 퍼지고, 빨간 자국이 교차됐다.

"둘!"

갑판 하사 두 명이 번갈아 채찍을 휘둘렀다. 그 광경을 바라보고 있으니 네빌은 속이 울렁거렸다. 채찍에 맞을 때마다 거너의 등가죽이 벗겨지고 벌건 상처가 얼굴을 드러냈다. 거너의 비명 소리가 네빌의 목에 감겨서 숨을 쉬기가 힘들었다. 채찍질이 끝나자 허여멀겠던 거너의 등은 자홍색 덩어리로 변했다.

"저게 해군에서 유명한 붉은 체크무늬 셔츠야." 맨디가 상처를 가리키며 네빌에게 말했다. "붉은 체크무늬 셔츠를 입어야 어엿한 수병이라고 농담하듯 말하는 녀석도 있지만, 저런 꼴을 당하기는 싫어. 너도 조심하도록 해. 중대한 규율을 위반하면 고양이 맛을 더 많이 볼 테니까."

격자 덮개에서 풀려난 거너는 그 자리에 푹 쓰러졌다. 제 발로 걷지도 못할 지경이라 군의관 레스톡과 그의 조수가 의무실로 데려갔다.

술에 취해 사고를 친 수병을 처벌하고 나자 그레엄 함장은 다음 서류로 시선을 옮겼다.

"에릭 홀랜드, 상급 수병."

홀랜드가 함장 앞으로 나섰다. 아까 채찍질당하는 장면을 봐서인지 두려움으로 딱딱하게 굳은 얼굴이었다.

선임 위병장이 홀랜드의 죄상을 보고했다.

"이자는 어젯밤 당직 시간에 주먹을 휘둘러 수병 여러 명을 폭행했습니다. 그중에는 다친 수병도 있습니다. 거너가 구토했을 때 토사물이 다리에 튀어서 화를 못 참고 주먹을 휘둘렀다고 합니다."

함장이 죄인을 보고 말했다.

"홀랜드, 왜 거너가 아니라 다른 사람을 때렸나?"

홀랜드는 생침을 꿀꺽 삼킨 후 용기를 내서 설명했다.

"컴, 컴컴해서 주변이 보이지 않았습니다. 저에게 토한 녀석을 때린다고 때렸는데, 그만 상관없는 사람이 맞았습니다."

그레엄은 고개를 설레설레 흔들었다.

"그렇게 사려가 부족하다니 놀랄 지경이군. 원래 같으면 족쇄를 채워서 갑판에 묶어두는 벌이 타당하겠지. 하지만 기록에 따르면 네놈은 2주 전에도 싸움을 벌여서 선임 위병장이 요주의 인물 목록에 이름을 올렸어. 목록에 이름이 오른 자가 또 규율을 위반하면 가중 처벌된다는 건 네놈도 알겠지?"

"아, 압니다." 홀랜드는 말을 더듬거리며 대답했다.

"따라서 하루 동안 영창행에 처한다. 거기서 충분히 반성하도록."

인두로 지지기라도 한 것처럼 홀랜드가 두 눈을 부릅떴다. 경직된 그의 얼굴은 마치 사형 선고라도 받은 것처럼 공포와 거부감으로 가득했다. 수병들도 거너에게 채찍질이 선고됐을 때보다 더 크게 술렁였다. 분위기를 가라앉히기 위해 부함장이 "조용히 해라!" 하고 목소리를 높여야 했다.

선임 위병장이 홀랜드를 끌고 가자 후드 갑판장이 고함을 질렀다.

"이걸로 징벌 입회는 끝났다! 각자 맡은 바 위치에 가서 당직을 서라!"

후갑판에서 수병들이 흩어질 때도 사방팔방에서 열띠게 웅성거리는 소리가 들렸다.

네빌은 맨디에게 물었다.

"왜 다들 이렇게 흥분한 겁니까? 영창에서 지내는 게 채찍질보다 견디기 힘들어요?"

맨디는 의미심장한 웃음을 지었다.

"영창에 다녀온 사람은 비운의 죽음을 맞는다. 이 함선에는 그런 미신이 있거든."

"미신이라니요?"

"자, 얼른 당직을 서러 가자. 버넌 대위가 아무리 온후한 사람이라도 계속 노닥거리는 놈들이 눈에 띄면 고양이에 손이 가겠지. 그만큼 이 이야기는 할 말이 많아. 자세하게 알고 싶으면 저녁 식사 시간에 가이에게라도 물어봐. 녀석은 이 이야기를 아주 좋아하니까 기꺼이 들려줄 거야."

그날 저녁 식사 시간, 음식을 다 분배한 직후에 맨디가 말을 꺼냈다.

"다들 주목. 네빌이 영창의 저주가 뭔지 궁금하대."

가이가 휘파람을 불었다.

"불쌍한 홀랜드가 영창에 처박혀서 신경이 쓰이나?"

"영창에 다녀온 사람은 다들 비운의 죽음을 맞는다고 들었는데요. 정말입니까?"

코구가 씩 웃었다.

"그 영창에는 사연이 있거든. 죽은 프랑스인 함장의 망령이 붙었어."

"죽은 프랑스인 함장이라니, 그건 또 뭡니까?"

맨디가 완두콩 수프를 끌어당기며 말했다.

"가이, 넌 늘 그 이야기를 신병에게 들려주며 겁을 줬잖아. 해봐."

가이가 신난 표정으로 이야기를 시작했다.

"오래전부터 이 함선에 전해져 내려오는 이야기야. 세인트 제도의 전투_{1782년, 미국 독립 전쟁 중에 영국 해군과 프랑스 해군이 벌인 전투}에 참가한 헐버트호가 전투 중에 파라뮤즈호라는 적함을 나포했어. 그리고 파라뮤즈호의 승조원을 전원 포로로 삼아 헐버트호에 태웠지. 포로 중에는 적함의 함장도 있었어. 아무리 그래도 지위가 높은 함장을 다른 포로와 똑같이 대접할 수는 없잖아. 그래서 함장은 하갑판의 선미 구획에 있는 영창에 넣고, 다른 포로들은 짐을 꺼내서 비운 선창에 처박았지. 그런데 웬걸? 다음 날 아침에 해병대원이 식사를 가지고 갔다가 바지를 들보에 묶어서 목을 맨 프랑스인 함장을 발견한 거야. 자기 함선을 빼앗겼으니 견딜 수가 없었겠지. 프랑스인 함장의 시체는 예의를 갖춰

서 수장했어. 자, 본론은 지금부터야."

가이는 맥주를 한 모금 마시고 말을 이었다.

"헐버트호는 다른 함선과 함께 귀로에 올랐어. 그런데 승리에 들뜬 탓인지 수병 두 명이 규율로 금지한 도박을 했지 뭐야. 그 녀석들은 영창으로 직행했지. 그날 밤, 영창에서 비명이 들렸어. 해병대원이 달려가자 영창에 갇힌 수병 두 명이 족쇄를 찬 채 벌벌 떨고 있었대. 녀석들 말로는 허공에 떠오른 푸르스름한 빛을 봤다는 거야. 그 이야기는 바로 함내에 퍼졌고, 프랑스인 함장의 망령이 나왔다며 다들 수군거렸지. 여기까지라면 괴담으로 끝났겠지만, 그다음에 일어난 일이 헐버트호를 공포로 몰아넣었어."

"무슨 일이 일어났는데요?"

"처벌받은 수병 중 한 명이 영창에서 나온 다음 날에 돛대에서 떨어져 죽었어. 녀석은 숙련된 수병이었고, 그날은 바람도 딱히 강하지 않았는데 말이야. 그런데 돛대에서 떨어지다니 이상하잖아? 그로부터 며칠 후, 함께 처벌받았던 다른 수병에게도 비극이 덮쳐왔어. 그날 헐버트호는 폭풍에 휘말렸지. 그야말로 함선이 뒤집히지는 않을까 싶을 만큼 거센 폭풍이었대. 그런 와중에 갑판까지 밀려 올라온 큰 파도가 영창에 다녀온 녀석을 휩쓸어 간 거야. 녀석은 죽은 걸로 처리됐는데, 폭풍이 물러간 후 놀랄 만한 사실이 밝혀졌지. 폭풍에 희생된 사람은

시작되는 지옥

그 녀석 하나뿐이었어. 희생자가 더 나왔어도 이상할 것 없는데, 마치 노린 것처럼 도박한 수병만 바다에 떠내려간 거야. 그렇듯 영창에 다녀온 사람이 일주일도 안 돼서 둘 다 죽는 바람에 프랑스인 함장의 망령이 영창에 온 사람을 저주한다는 소문이 퍼진 거지."

네빌은 식사하는 것도 잊고 가이의 이야기에 푹 빠졌다.

"그럼 영창에 다녀와서 죽은 사람이 또 있습니까?"

"암, 물론이지. 꽤 많아."

"많기는 무슨. 죽은 사람 이름 하나도 못 댈 거면서." 초가 어처구니없다는 투로 말했다. "다들 이 함선의 영창을 두려워하지만, 내가 승선한 후로 영창에 다녀온 녀석이 죽은 적은 없어."

"그럼 그 이야기는 엉터리인가요?"

"완전히 엉터리는 아니야." 맨디가 말했다. "프랑스인 함장이 영창에서 자살한 이야기는 진짜지. 그 후 영창에 다녀온 두 수병이 죽었다는 이야기도 사실이고. 하지만 일주일 이내에 연달아 죽지는 않았던 모양이야. 반년이나 1년, 아무튼 영창에 다녀온 지 한참 있다가 죽었다는군. 어떻게 죽었는지도 확실치는 않고 말이야. 돛대에서 떨어진 녀석은 야간에 바람이 강하게 불 때 돛을 줄이는 작업을 하다가 그랬다는 이야기도 있고, 또 한 녀석은 다른 수병과 함께 물살에 쓸려가서 죽었다는 이야기가 유력해."

맨디는 맥주를 마시고 이야기를 정리했다.

"뭐, 요컨대 다들 함선에 갇혀 지내느라 좀이 쑤시는 거야. 그래서 사소한 일에 점점 살을 붙여서 다 함께 즐기는 거지. 프랑스인 함장의 망령 이야기는 이 함선에 전해져 내려오는 이야기 가운데 제일 유명한 이야기라 영창에 가는 녀석이 나올 때마다 다들 화제로 삼아."

"뭐, 어쨌거나 영창행은 딱 질색이지만." 람지가 말했다. "그냥 어두운 방에 가둬놓기만 하는 게 아니거든. 족쇄를 바닥에 달린 쇠막대에 연결해놔. 즉, 자유롭게 움직일 수 없고, 내내 앉아만 있어야 해. 온종일 그 상태라고. 정말이지 듣기만 해도 진저리가 나는군……."

영창행이 어떤 벌인지 설명하는 것으로 프랑스인 함장의 망령 이야기는 끝났다.

다음 날 아침 식사는 귀리 죽과 비스킷이었다. 귀리 죽은 귀리가 흐물흐물해질 때까지 푹 끓였고, 위에 당밀을 뿌렸다. 달콤한 맛을 더한 귀리 죽을 잼처럼 비스킷에 발라서 다들 묵묵히 식사를 했다.

식사가 끝난 후, 맨디가 새 나무통을 테이블에 올려놓았다.

"네빌, 오늘치 식료품을 식료품장의 방에서 받아와."

요리는 물론 요리장과 그의 부하가 맡지만, 전열함의 승조원 모두를 먹일 식료품을 그들끼리 취사실에 옮기기는 불가능하다. 따라서 식탁조 중 한 명이 식료품장의 방에서 하루치 식료품을 받아서 취사실까지 옮기는 것이 해군의 관례였다.

"식료품장의 방은 최하갑판 선수 쪽에 있어. 전면부 승강구로 가면 돼. 다른 조도 이 시간에 식료품을 받으러 가니까 보면 알 거야."

네빌은 양손으로 나무통을 들고 최하갑판으로 내려갔다. 눅눅한 최하갑판에 도착하자 우현에 있는 방을 향해 수병들이 줄을 서 있었다. 다들 나무통을 들고 왔다. 분명 저기가 식료품장의 방이겠거니 싶어서 네빌도 제일 뒤에 줄을 섰다.

식료품을 배급받은 식사 담당이 차례차례 방에서 나왔고, 드디어 네빌의 차례가 됐다. 식료품장의 방은 네빌의 장인이 운영하는 푸줏간의 창고에 가까운 분위기였다. 문 바로 오른편에 고기를 해체하는 나무 받침대가 있고, 식료품장이 커다란 칼로 소금에 절인 고기를 식탁조가 먹을 만큼 잘라냈다. 받침대 반대쪽 벽 앞에 줄지은 사람 허리 높이만 한 커다란 통에는 절단된 고기와 말린 완두콩, 귀리, 비스킷이 들어 있었다. 통 옆에는 치즈를 보관하는 선반이 있었다. 수병들은 커다란 통 앞에 선 식료품장의 부하에게 식탁 번호를 말하고 식료품을 받아갔다. 네빌도 따라 했다.

조수가 나무통에 비스킷을 넣었을 때, 천장에 매달린 랜턴의 불빛이 비스킷 표면을 비추었다. 네빌은 비스킷에 하얀 반점이 있다는 것을 알아차렸다. 어쩐지 이상해서 비스킷을 좀 더 자세히 확인하려고 통을 들여다보았다.

비스킷의 하얀 반점은 꿈틀거리고 있었다. 그것이 뭔지 알아차린 순간, 네빌은 비명을 질렀다.

"으악! 뭡니까, 이 비스킷은!"

네빌은 거부하듯 비스킷이 든 통을 앞으로 쭉 내밀었다. 하얀 반점의 정체는 구역질이 올라올 만큼 기운차게 움직이는 구더기였다. 네빌은 몸서리를 칠 만큼 소름이 끼쳤지만, 다른 사람들은 무덤덤하니 별 반응이 없었다. 식료품장, 식료품장의 부하, 네빌 뒤에 줄을 선 수병까지, 다들 짜증 나는 주정뱅이를 바라보듯 성가시다는 시선을 보냈다.

네빌이 비명을 지른 후 생긴 침묵에 누군가 슥 끼어들었다.

"웬 소란이야?"

목소리가 들린 쪽을 보자 문가에 사관 차림의 남자가 서 있었다. 눈꺼풀이 얇고 매부리코에 마흔 살 안팎으로 보였다. 그는 어깨로 늘어뜨린 말총머리를 신경질적으로 만지작거리며 씹는 담배를 질겅질겅 씹었다. 말총머리를 만지작거리는 오른손 손등에는 해골 문신이 있었다.

"파커 사무장님." 식료품장이 히죽히죽 웃으며 말했다. "비스킷에 바지선의 선장구더기의 별명. 비스킷을 바지선에 빗대어 유머러스하게 표현했다이 승선했다고 이 녀석이 불만인 모양인데요."

시작되는 지옥

윌리엄 파커 사무장은 들보에 걸어둔 나무 타구-침, 가래, 씹는 담배를 뱉기 위해 사용하는 용기에 씹는 담배를 뱉었다.

"구더기 정도로 호들갑을 떨다니, 사우샘프턴에서 승선한 신병이로군?"

"아, 네……."

"구더기가 뭐 어떻다고 그래? 어제도 그저께도 비스킷을 먹었잖아?"

"하지만 제가 먹은 비스킷에는 구더기가 붙어 있지 않았습니다."

"핫!" 파커는 코웃음을 쳤다. "모르는 게 약이라더니. 구더기를 취사실에서 제거해서 그런 거지. 원래는 네놈이 먹은 비스킷에도 구더기가 드글드글했어."

그 말을 들은 순간, 네빌은 목구멍이 꽉 죄어드는 듯했다.

"육지 물은 빨리 빼도록 해. 비스킷에는 구더기가 들끓는 법이지. 고기는 돌처럼 딱딱해질 때까지 소금에 절여야 하고. 버터는 뻣뻣하게 마르고 치즈에서는 코를 찌르는 냄새가 나는 게 당연해. 이게 선상 생활의 상식이다. 불만이 있다면 네놈은 식사를 거르도록 해주지. 난 이 함선의 모든 물자를 관리하는 책임자니까 하려고 하면 할 수 있어."

상대의 오만한 태도에 네빌은 울컥했지만, 분노를 씹어 삼키고 말했다.

"식료품이 필요 없다는 건 아닙니다. 그냥 갑자기 구더기가 눈에 들어와서 놀랐을 뿐입니다."

"그럼 냉큼 취사실로 꺼져. 네놈 때문에 배급이 지체되잖아."

네빌은 달아나듯 식료품장의 방에서 빠져나왔다.

취사실에 식료품을 가져가자 고기는 물을 담은 통에 넣고, 비스킷은 삼베 자루에 넣으라고 요리장이 지시했다. 비스킷이 든 삼베 자루가 바닥에 여러 개 놓여 있었으므로, 네빌은 요리장이 구더기를 어떻게 제거했는지 알았다. 벌어진 자루 아가리에 시선을 주자, 비스킷 위에 죽은 물고기가 얹힌 접시가 놓여 있었다. 구더기는 바싹 마른 비스킷보다 수분이 있는 물고기가 더 좋은지, 접시 위로 모여들었다. 접시를 꺼낸 요리장은 포문을 열고 구더기가 끓는 물고기를 버렸다. 그리고 새 물고기를 접시에 담아 다시 비스킷 위에 내려놓았다. 이러한 방법을 되풀이해서 구더기를 최대한 많이 제거한 것이다.

네빌이 나무통을 들고 식탁으로 돌아가자 맨디밖에 없었다.

"다녀왔습니다."

"수고 많았……. 어, 왜 그래?" 맨디는 네빌의 얼굴이 해쓱해졌다는 걸 알아차렸다.

"그게, 비스킷에 구더기가 들끓는 걸 봐서……."

"하하하." 맨디는 유쾌하게 웃었다. "바지선의 선장과 마주쳤구나."

"다들 아무렇지도 않나 보네요. 사무장도 비스킷에는 구더기가 들끓는 게 당연하다고 하더군요."

맨디가 웃음을 지우고 그야말로 입속에 구더기라도 들어간 것처럼 인상을 찡그렸다.

"사무장이랑 이야기했어? 짜증 나는 놈이지?" 거침없는 말투였다.

"네. 불평하면 식사를 거르게 해주겠다고 위협하더라고요."

"잘 기억해둬. 파커 사무장은 우리의 주적이야."

"그렇게 성격이 안 좋습니까?"

"확실히 성격도 안 좋지만, 그보다는 직책이 문제지. 사무장은 함선에 실린 온갖 보급품과 승조원의 급여를 관리하고 지급하는 직책이야. 이게 무슨 뜻인지 알겠어?"

"편한 일이라는 뜻인가요?" 모르겠어서 네빌은 적당히 대답했다.

"아니." 맨디는 고개를 저었다. "뻥땅을 칠 수 있다는 뜻이지. 식료품은 쥐가 먹거나 물에 젖어서 못 쓰게 되기도 해. 그런 식료품은 폐기하지만, 그걸 기록하는 것도 사무장이야. 정말로 못 쓰게 된 식료품의 양보다 더 큰 수치를 기입하면, 우리 뱃속에 들어가지 않고 선창에도 존재하지 않는 식료품이 생기지. 사무장은 그 식료품을 마음대로 사용할 수 있어. 예를 들면 상륙했을 때 팔아치워서 돈으로 만들 수도 있는 거야."

네빌은 놀란 나머지 목소리가 커졌다.

"그런 짓을 하는데도 처벌을 안 받는 겁니까?"

"착각은 금물이야. 사무장이 그런 짓을 한다는 증거는 없거든. 어디까지나 소문이지. 다만 사무장이라는 직책상 언제든지 삥땅을 칠 수 있어. 그리고 파커 사무장은 원래 수병이었으니까, 수병 시절에 자기가 당한 만큼 한몫 챙기려고 함선의 보급품에 손을 대도 이상할 것 없겠지. 수병들은 다들 그렇게 말해."

"사무장이 원래 수병이었다고요?" 그 아니꼬운 남자가 한때는 목숨 걸고 돛대 위에서 일했다니, 도무지 믿기지가 않았다.

"응, 손등의 문신 못 봤어? 문신은 수병의 문화야. 사관후보생으로 있다가 사관이 된 사람은 몸에 문신이 없지. 사관의 몸에 있는 문신은 수병 시절의 흔적인 셈이야. 수병에서 사관으로 출세했으니 우수하겠지만, 도저히 존경할 마음은 안 들어."

맨디는 이걸로 이야기가 다 끝났다는 듯이 두 팔을 들고 기지개를 켰다.

"뭐, 사무장의 활동 장소는 어두침침한 함내니까, 당직 시간에 얼굴 마주치지 않아도 된다는 게 그나마 다행이지. 당직 시간에 봐야 할 끔찍한 상관은 후드 갑판장만으로 충분하니까."

오후의 네 번 종14시이 울렸을 때, 식탁과 식기, 짐을 모조리 선창으로 옮기라는 명령이 떨어졌다.

시작되는 지옥

"무슨 일입니까?" 식탁에서 동료와 수다를 떨고 있던 네빌이 물었다.

맨디가 식탁의 고정쇠를 풀면서 말했다.

"어제 말했잖아. 포격 훈련이야."

수많은 수병이 줄지어 선창으로 향했다. 그 행렬에 섞인 네빌은 심장이 터질 것만 같았다. 대포는 자신과 아무 인연도 없는 존재다. 어제 권총을 쐈을 때도 긴장돼 죽을 뻔했는데, 오늘은 그보다 훨씬 커다란 쇳덩이를 다루어야 한다. 게다가 대포는 혼자서 쏘는 것이 아니라 여러 명이 호흡을 맞춰서 쏴야 한다. 네빌은 자신의 불찰로 다른 사람에게 피해를 주지는 않을까 불안했다.

식탁과 생필품이 없어진 갑판은 휑뎅그렁하니 넓은 공간으로 변했다. 네빌은 하갑판에 있는 자신의 담당 대포에 자리를 잡았다. 다행히도 네빌이 소속된 포대에는 아는 사람이 두 명이나 있었다. 한 명은 흑인 수병 코구, 한 명은 소년 수병 잭이었다.

숙련된 수병들이 도르래를 사용해 포문을 차례차례 들어 올렸다. 열린 포문으로 들어온 햇빛이 갑판을 비췄다. 햇빛이 비치자 하갑판은 동굴이 아니라 반지하에 만들어진 창고 같은 분위기를 자아냈다.

포격 훈련의 지휘자는 버넌 대위와 셔츠가 몸에 딱 달라붙을 만큼 체격이 우람한 사관이었다. 그 사관은 얼굴 아래쪽이 검고 짧은 수염에 뒤덮인 데다 눈빛도 험악해서 군인이라기보다는 해적 두목 같아 보였다.

"제군들!" 버넌 대위가 목소리를 높였다. "지금부터 포격 훈련을 실시하겠다. 다만 오늘은 훈련에 처음 참가하는 인원도 있으므로, 하든 장포장이 포격의 기초를 설명하겠다. 이미 훈련을 여러 번 받은 사람도 귀 기울여 듣도록."

하든 장포장이라고 불린 덩치 큰 사관이 앞으로 나섰다.

"신병들, 난 장포장인 망고 하든이다. 평소 대포를 관리하지만, 훈련 때는 포격도 지도하지. 훈련에 들어가기에 앞서 한 가지 말해두겠다. 대포는 1킬로미터 이상 거리에 있는 적함에 구멍을 뚫을 수 있을 만큼 강력한 무기지만, 반대로 아주 위험한 폭발물이 될 수도 있다. 포탄을 날려 보내는 데는 머스킷과는 비교도 안 될 만큼 많은 화약이 필요하거든. 실수로 화약에 불이라도 붙었다간 죽는 거야. 포격 훈련 때는 화약을 올바르게 다루는 방법을 제일 먼저 숙지해라! 빠르게 포격하는 건 그다음이야!"

하든 장포장은 말을 한 번 끊었다가, 수병들을 둘러보며 위협하듯 말을 이었다.

"대포는 해전의 성패를 좌우한다. 열심히 훈련에 임하도록! 그리고 아까도 말했지만, 정해진 순서에 따라 다루지 않으면 대포는 위험한 폭발물로 변한다. 따라서 훈련 태도가 불성실한 놈이 보이면 두드려 패겠다. 난 입으로만 떠드는 사람이 아니야!"

네빌은 침을 꿀꺽 삼켰다.

"그럼 일단 대포를 쏘기까지 과정을 보여주겠다. 본즈!"

"네!" 구레나룻을 멋지게 기른 수병이 소리 높여 대답했다.

"너희 포대가 대포를 제일 잘 다루니까 시범을 보여줘라. 자, 다른 사람들은 본즈가 담당한 대포 주변에 모여. 물론 신병들은 제일 앞에서 견학해라."

본즈 포대의 대포 주변에 사람들이 모여들었다. 장포장은 떡 버티고 서서 지시를 내렸다.

"신병들이 이해할 수 있도록 천천히 진행해. 일단 고정 장치를 해제해라."

나무 포가에 얹힌 대포는 양 측면의 고정줄과 후면의 포삭으로 고정돼 있었다. 측면 고정줄을 느슨하게 풀고, 포삭은 뒤로 늘여서 갑판 중앙부의 바닥에 설치된 고리에 묶었다. 포문 앞에 딱 고정됐던 대포가 뒤로 끌려갔고, 포문과 대포 사이에 장전 작업을 할 수 있을 만한 공간이 생겼다.

"자, 이제 대포는 따분한 장식품에서 난폭한 소로 변했다. 그럼 시범을 보이기에 앞서 포대원이 분담한 역할에 대해 설명하겠다. 포대는 여섯 명이 한 조를 이루고, 포대원에게는 1번부터 6번까지 번호가 매겨진다."

하든은 대포를 다루는 여섯 명의 역할을 설명해 나갔다.

"1번인 포대장은 장약을 넣고 조준해서 발포하는 역할이다. 2번은 포신을 조정하고, 3번은 포탄을 넣는다. 4번은 젖은 수세미로 대포 속에 남은 불씨를 없앤다. 5번은 포대장에게 장약을 건네고, 6번은 장약고에서 대포까지 장약을 옮기는 역할로 파우더 몽키라고도 하지. 다만 포가를 포문 앞으로 옮길 때는 2번부터 5번이 힘을 합친다. 이 대포는 1톤을 족히 넘거든. 포가에 실어도 혼자 힘으로는 꿈쩍도 안 해."

하든은 신병들의 얼굴을 둘러본 후 말을 이었다.

"신병들은 5번을 담당해라. 파우더 몽키에게 장약을 받아서 포대장에게 넘겨주기만 하면 돼. 물통 이어 나르기를 하는 것만큼 간단한 일이니까 못 하겠다는 말은 꺼내지도 마라. 자, 그럼 본즈 포대가 실제로 발사 시범을 보이겠다. 위험하니까 뒤로 좀 물러나."

하든은 발치에 놓아둔 뚜껑 달린 원통형 용기를 키가 껑충한 소년 수병에게 건네주었다.

"그럼 실시!"

포탄을 장전하는 3번 수병과 파우더 몽키 수병이 동시에 움직였다. 머리가 희끗희끗한 3번 수병은 승강구 쪽으로 달려갔다. 포탄은 승강구 주변 바닥에 설치된 포탄 거치대에 담겨 있었다. 횡목으로 승강구를 감싸듯이 만든 포탄 거치대에는 반원

형으로 파낸 자국이 있었다. 거기에 윤이 날 만큼 잘 닦고 기름을 칠한 지름 약 15센티미터의 포탄이 놓여 있었다.

소년 수병은 원통형 용기의 뚜껑을 열고 화약으로 꽉 찬 주머니를 꺼냈다. 코 옆에 커다란 점이 있는 5번 수병이 주머니를 받아서 신중한 손길로 본즈에게 넘겨주었다. 본즈는 포구에 장약 주머니를 넣고, 손으로 포신 안쪽까지 쑤셔 넣었다. 본즈가 포구에서 물러나자 복잡한 표정의 2번 수병이 누름봉으로 장약을 더 세게 밀어 넣었다. 포탄을 들고 돌아온 3번 수병이 2번 수병의 도움을 받아 포구에 포탄을 넣었다. 포탄과 장약이 밀착되도록 2번 수병이 누름봉으로 포탄을 세게 눌렀다. 포탄이 충분히 밀착되자 대포 속의 포탄과 장약을 단단히 고정하기 위해 천으로 만든 마개를 끼우고, 누름봉으로 단단히 눌렀다. 포격에 필요한 물건을 전부 넣고 나자, 본즈가 대못처럼 굵은 바늘을 점화구에 꽂았다. 장약 주머니가 찢어지고 화약이 노출됐다. 그리고 대포 근처에 준비해둔 나무 상자에서 화약을 묻힌 바닷새의 깃털을 꺼내 점화구에 꽂았다. 이 새 깃털이 도화선 역할을 한다.

"됐다, 대포 전진!"

하든이 명령하자 두 수병이 포가 뒤편에 지렛대를 밀어 넣었고, 다른 두 수병이 측면 고정줄을 잡아당겨 대포를 포문 앞으로 이동시켰다.

"발사 준비."

대포가 정위치에 다다르자 하든이 소리쳤다. 호령과 함께 커다란 콕이 철컥 소리를 내며 젖혀졌다. 본즈가 방아끈을 최대한 길게 늘여서 잡고 대포 뒤에 섰다. 언제든 포격할 수 있는 상태가 되자 숨 막힐 듯한 긴장감이 감돌았다. 본즈 포대는 움직임 없이 하든의 명령을 기다렸다.

함선이 물결에 흔들려 포문 쪽 현측이 위로 향했을 때 하든이 소리쳤다.

"발사!"

본즈가 방아끈을 잡아당기자 콕이 내려갔다. 동시에 포대원 모두 귀를 막고 대포에서 물러났다. 화약으로 범벅된 깃털이 쉭, 하는 소리와 함께 불탔다. 잠시 후 천둥 치는 듯한 소리가 귀를 때려서 네빌은 충격으로 무릎이 떨렸다. 포삭이 흐트러지며 포가가 뒤로 쭉 밀려났고, 팽팽해진 측면 고정줄이 포가를 정지시켰다. 시야를 가리는 연기와 코를 찌르는 화약 냄새가 대포 주변을 꽉 채웠다.

포탄은 머나먼 바다로 날아갔지만, 포격 절차는 아직 끝나지 않았다. 뻐드렁니인 4번 수병이 물통에 처박아둔 수세미봉을 들고 대포 앞으로 가서 포구에 양모로 만든 수세미를 쑤셔 넣었다. 대포 안쪽에서 물이 증기로 변하는 소리가 세차게 들려왔다. 4번 수병은 수세미를 꼼꼼히 돌려가며 포열 내부를 식히고 화약 찌꺼기를 닦아냈다.

4번 수병이 대포에서 물러나자 하든이 말했다.

"이것이 포격 순서다. 장전, 대포 이동, 발포, 소제, 총 네 단계를 거친다. 각 단계를 확실히 수행하도록. 장전이 불완전하면 포탄은 멀리까지 날아가지 못해. 대포를 이동시킬 때는 네 명이 힘을 합쳐야 한다. 그리고 콕이 내려가면 즉시 대포에서 떨어져라. 아니면 포가에 치여서 크게 다칠 테니까. 아무리 급박한 상황에서도 소제는 소홀히 하지 마라. 대포 속에 불씨나 열기가 남아 있으면 재장전할 때 폭발할 우려가 있다. 알겠나?"

하든은 손뼉을 짝 쳤다.

"좋아, 그럼 포대별로 포격 순서를 연습하도록!"

장약과 포탄은 지급되지 않았으므로, 각 포대는 장약과 포탄을 들고 있다는 설정 아래 훈련에 임했다. 네빌은 잭에게 받은 가상의 장약 주머니를 포대장에게 넘겨주는 시늉을 했다. 하지만 대포 이동은 시늉으로 넘어가지 않았다. 네빌은 포가의 오른쪽 고정줄을 담당했는데, 그야말로 힘에 부치는 역할이었다. 포가에 바퀴가 달려서 쉽게 움직일 것 같아 보였지만, 근육이 비명을 지를 만큼 용을 써도 꿈쩍도 하지 않았다. 함선이 흔들려서 갑판이 내리막처럼 기울어지자 겨우 대포가 한 발짝 앞으로 나아갔다. 일단 움직이기만 하면 편해질 줄 알았건만, 함선이 다른 방향으로 흔들려 갑판이 오르막처럼 기울자 대포는 움직이기 귀찮다는 듯이 멈췄다. 마침내 대포가 정위치에 다다랐을 때, 네빌은 갓 태어난 새끼 양이 일어설 때처럼 팔이 덜덜 떨렸다.

모든 조가 대포를 포문까지 전진시키고 방아끈을 당기자 버넌 대위가 확성기를 입에 대고 명령했다.

"이번에는 실제로 장약을 사용해서 훈련하겠다. 장약고에 장약통이 있으니 파우더 몽키가 가져와라!"

실탄을 사용해 훈련한다는 말을 듣고 네빌은 불안감에 휩싸였다. 일단 장약과 포탄을 넣을 수 있도록 대포를 뒤로 물렸다. 잭이 장약통을 가져오자 네빌은 통에서 꺼낸 장약 주머니를 떨리는 손으로 포대장에게 넘겨주었다. 포대장이 장약을 투입하고 코구가 포탄을 굴려 넣는 모습을, 네빌은 마치 자신의 생사에 관련된 일처럼 지켜보았다. 대포를 전진시키라는 명령이 떨어지자 네빌은 고정줄을 힘껏 잡아당겼다. 긴장과 피로 때문에 머리가 어질어질했다.

"홀수번 대포, 발사 준비!"

네빌의 대포는 3번이니까 홀수번이다. 포대장이 콕을 신중하게 뒤로 젖혔다. 발사 준비를 마친 포대원들이 버넌 대위의 명령을 기다렸다. 하갑판 우현에 배치된 대포는 총 14문, 그 절반인 7문이 일제히 불을 뿜는 것이다. 아까와는 비교도 안 될 만큼 충격이 클 것이라고 네빌은 예상했다. 심장이 꽉 죄어들

만큼 깊은 침묵이 이어졌다.

버넌 대위가 소리쳤다.

"발사!"

네빌은 얼른 대포에서 물러났다. 다음 순간, 함선이 날아가 버리는 것이 아닐까 싶을 정도로 어마어마한 폭음이 울려 퍼졌다. 네빌은 몸을 휩쓰는 강한 바람에 압도당해 뻣뻣하게 굳어버렸다. 기둥처럼 뿜어져 나간 포화, 뒤에 있는 사람을 죽일 것처럼 밀려 나가는 포가, 순식간에 피어오른 연기. 네빌은 그 모든 광경을 보았지만 기억에는 남지 않았다. 그저 매운 연기에 눈물을 글썽이며 우두커니 서 있을 따름이었다.

잠시 후 연기가 걷히고 포문 너머로 아득히 먼 곳에 펼쳐진 수평선이 보였다. 포탄이 어디 떨어졌는지 나타내는 흔적은 전혀 없었다. 함선이 뒤집힐 것처럼 느껴질 만큼 강한 포격을 드넓은 바다는 여유롭게 삼켜버렸다.

네빌은 그날 1차 반당직 시간을 멍하게 흘려보냈다. 포격 훈련 때 받았던 충격이 채 가시지 않아서 정신이 얼떨떨했다. 어리벙벙한 기분으로 1차 반당직을 마치고 저녁 식사 시간이 됐다. 그때 묘한 일이 일어났다.

잭이 삼베 자루와 함께 걸어둔 식사용 나무통을 내리고 괴상한 소리를 질렀다.

"으엥, 뭐야 이건?"

"왜?" 초가 물었다.

"통 속에 이런 게 들어 있어."

잭은 통에 들어 있던 물건을 꺼내서 보여주었다. 낡은 칼이었다. 물고기 비늘 무늬가 조각된 나무 칼자루 한가운데 녹색 보석이 박힌 특징적인 모양새였다. 칼날과 칼자루 이음매가 녹슬어서 오래된 물건임을 알 수 있었다.

"처음 보는 물건인데." 람지의 말에 다른 사람들도 동의했다.

조금 늦게 조지가 식탁으로 돌아왔다.

"무슨 일 있습니까?"

"오, 조지. 이 칼, 네 거야?"

맨디가 칼을 보여주자 조지는 격하게 반응했다. 마치 유령이라도 본 듯 눈을 부릅뜬 채 공포로 얼굴이 일그러졌다. 그리고 그 상태로 돌처럼 굳어버렸다.

"이봐, 왜 그래?"

맨디가 걱정스레 물었다. 식탁장의 말에 조지는 다시 움직였다. 하지만 눈앞의 동료들은 거들떠보지도 않고 거듭 고개를 돌려서 주위를 확인했다. 시선이 중앙 승강구로 향했을 때, 조지는 숨을 삼키며 다시 움직임을 멈췄다.

네빌은 조지의 시선을 좇았지만, 계단을 올라가는 누군가의 다리밖에 보지 못했다.

"뭐야, 진짜 이상한데?" 맨디가 조지의 어깨를 잡았다.

식탁조 동료들이 초췌해진 조지를 걱정했지만, 그는 괜찮다는 말만 되풀이했다. 무슨 말을 한들 씨알도 안 먹힐 태도라 어색한 분위기 속에서 저녁을 먹었다. 수수께끼의 칼은 식탁 구석에 놓아두었다. 깨작깨작 식사하던 조지는 몇 번이나 칼에 시선을 주었다. 그 칼에 관해 뭔가 아는 것이 분명했지만, 조지가 발산하는 무거운 기운 때문에 다들 물어볼 엄두도 내지 못했다.

여덟 번 종[20시]이 울리자 당직을 교대하기 위해 식탁조 사람들은 중앙 승강구로 향했다. 조지는 마지막으로 자리에서 일어섰다. 하지만 바로 담당 구역으로 향하지 않고 칼을 집어 들었다. 그리고 포문을 힘껏 밀어 올려 빈틈을 만들었다. 조지는 잉크처럼 시커먼 바다에 칼을 내던졌다.

제2장

일어나는 비극

헐버트호는 동쪽으로 계속 항해했다. 그날 이후 조지는 어두운 표정으로 생각에 잠기는 시간이 많아졌다. 네빌이 무슨 일이냐고 물어도 걱정할 것 없다고 쌀쌀맞게 대답했다.

신병 훈련도 이어졌다. 횡정삭에 오를 때 단삭에 체중을 너무 싣지 말고 팔 힘을 사용하면 수월하게 올라갈 수 있다고 배웠지만, 구두장이였던 네빌에게 장루까지 자기 몸을 끌어올릴 만한 팔 힘은 없었다.

하급 수병 중에서 돛대 오르기 실력이 제일 크게 향상된 사람은 뜻밖에도 함선으로 끌려올 때 반항적인 태도를 보였던 가브리엘이었다. 네빌은 횡정삭을 빠르게 올라가는 가브리엘의 모습을 보고 자기보다 훨씬 뛰어나다는 사실을 인정하지 않을 수 없었다. 아니꼽게도 가브리엘은 성격은 악랄하기 짝이 없지만, 옛날부터 웬만한 일은 요령을 잘 터득해서 자신의 것으로 만드는 재주가 있었다.

이렇듯 힘들지만 변화 없는 시간을 보내던 어느 날, 사건이 발생했다. 헐버트호가 덴마크 연안 부근을 항해할 때였다.

그날은 서쪽 하늘이 붉게 물든 시간에 앞바다에서 해안으로 부는 바람이 급격하게 강해졌다. 선미루 갑판에서 지휘하는 그레엄 함장은 흘러가듯 이동하는 조각구름을 보고 걱정 섞인 한숨을 토해냈다. 함장의 걱정에는 이유가 있었다. 현재 헐버트호는 해난 사고가 자주 발생하는 해역에 있었기 때문이다. 선상에서 보기에 시선을 끄는 존재는 저 멀리 줄지은 가파른 절벽뿐이다. 하지만 바닷속에서는 절벽 가장자리부터 울퉁불퉁하게 솟아난 융기가 벼락 줄기처럼 수없이 뻗어 나온 상태로 먹잇감이 될 배가 다가오기를 기다린다. 절벽 가장자리에서 연안까지 1킬로미터는 그런 융기로 가득하다. 능력 없는 함장은 앞바다에서 부는 바람에 배가 떠밀려도 육지는 아직 머니까 괜찮다고 방심한다. 그렇게 낙관한 끝에 육지에서 뻗어 나온 보이지 않는 엄니에 배의 밑바닥을 물어뜯겨서 난파당한다.

"꼭대기 돛을 접어라. 나머지 돛도 두 단계씩 줄이도록 해."

강풍의 영향을 적게 받기 위한 명령이었다. 헐버트호가 돛을 조정했지만 함장은 거기에 만족하지 않고 즉시 다음 명령을 내렸다.

"풍상으로 나아간다. 선수를 10시 방향으로 돌리고 돛을 최대한 우현으로."

허버트호의 선수가 풍상을 향해 30도쯤 기울어졌다. 그리고 좌현 쪽에서 최대한 바람을 많이 받을 수 있도록 아래 활대 세 개가 가동 범위 끝까지 돌아갔다. 이렇게 하면 범선은 느리기는 하지만 바람을 거슬러서 나아갈 수 있다. 그레엄은 만약에 대비해 악마의 엄니가 솟은 해안에서 조금이라도 멀어지려고 했다.

하지만 바람은 그 노력을 비웃듯 헐버트호를 가지고 놀았다. 강풍이 불어오는 방향이 바뀌어 헐버트호는 다시 해안 쪽으로 밀려갔다. 그레엄 함장은 다시 돛의 방향을 바꾸라고 명령했지만, 이번에는 작업하는 도중에 풍향이 바뀌었다.

"바람이 안정되지를 않는군요." 머레이가 속이 탄다는 듯 말했다.

그레엄은 혀를 찼다. 악전고투하는 동안 해는 수평선 아래로 사라졌고, 하늘은 시커먼 잉크 색깔로 물들었다. 오늘 밤은 초승달이라 주변 상황을 파악하기가 불가능했다. 악마의 엄니가 숨은 해역에서 아직 벗어나지 못했다. 무리하게 항해하다 자신도 모르게 해안에 너무 접근해서 좌초되는 것만은 피하고 싶었다. 함장은 결단을 내렸다.

"앞 활대는 우현 방향으로, 중앙 활대는 고정, 뒤 활대는 좌현 방향으로."

그레엄 함장은 세 돛대의 활대가 각자 다른 방향을 향하게끔 명령을 내렸다. 이는 '카운터 브레이스'라고 하여, 돛을 각각 다른 방향으로 돌림으로써 어느 방향에서 바람이 불어도 추진력이 최소화하도록 돛을 조정하는 기술이다. 그레엄은 카운터 브레이스로 종잡을 수 없는 강풍 속에서 버티며 해안으로 밀려가는 것을 막을 생각이었다.

"오늘 밤은 견디는 시간이야. 내일 아침에는 바람이 약해지기를 바라는 수밖에."

그레엄 함장은 함장실로 돌아갔다.

헐버트호는 그 자리에서 거의 움직이지 않고 심야 당직 시간을 맞았다. 네빌은 야간 당직을 마친 수병들과 스쳐 지나가며 계단을 올랐다. 바람이 여전히 강해서 후갑판으로 나온 순간 머리털이 거꾸로 섰다. 바다 냄새조차 지워버릴 만큼 세찬 바람에 함선도 위아래로 흔들렸다. 비가 내리지 않는 것이 천만다행이었다.

"오늘은 바람이 세군." 누군가가 네빌에게 말을 걸었다.

네빌은 뒤를 돌아보았다. 사방이 어둠에 잠긴 가운데 하얀 털모자가 희미하게 보였다. 조지였다.

"장루에서 떨어지지 않도록 조심해."

"응, 고마워."

조지는 상급 수병으로 등록됐고, 담당 구역도 선수루 갑판에서 중앙 돛대의 장루로 바뀌었다. 주간 당직 시간에는 다른 장루병과 함께 돛을 펼치거나 줄이는 작업을 하고, 야간 당직 시간에는 보초병으로서 혼자 장루에 올라 함선 주위에 이변이 없는지 살핀다.

조지는 횡정삭을 타고 장루에 올라갔고, 네빌은 뱃전에 기대어 앉았다. 이제는 야간 당직에도 익숙해져서 어지간한 악천후가 아닌 한 밤사이에는 할 일이 거의 없다는 걸 잘 안다. 네빌과 같은 구역을 맡은 수병 중에는 이 시간에 잠을 청하는 사람도 있을 정도였다. 물론 잠을 자다가 사관에게 들키면 그 자리에서 채찍질을 당할 우려가 있었다.

네빌이 자리를 잡고 앉은 지 1분도 지나기 전에 누군가 옆을 지나갔다. 그리고 횡정삭이 삐걱거리는 소리가 들렸다. 아까 지나간 사람이 횡정삭을 올라간 것이다.

대체 누구지? 네빌은 의아했다. 야간 보초병은 조지뿐이다. 그리고 조지는 이미 장루에 올라갔다. 그런데 또 누가 횡정삭을 올라가는 걸까?

네빌 말고도 수수께끼의 인물을 알아차린 사람이 있었다.

"이봐, 뭐 하는 거야? 너는 당직이 아니잖아." 맨디의 목소리였다.

몇 초 침묵이 흐른 후 대답이 돌아왔다.

"밤바람이나 좀 쐬려고."

"취침 시간이야."

"알아. 잠깐 바람 쐬고 바로 내려갈 거야."

그 인물은 차갑게 대꾸하고 다시 횡정삭을 올라갔다.

"한밤중에, 그것도 이렇게 바람이 강한데 밤바람을 쐬겠다고?" 맨디가 어이없다는 듯 말했다. "누군지 모르지만 제정신이 아니로군. 들보에 머리를 너무 부딪혀서 정신이 나갔나?"

네빌은 방금 횡정삭을 올라간 사람이 누구인지 알아차렸다. 틀림없이 가브리엘의 목소리였다. 잘못 들었을 리 없었다. 그런데 가브리엘은 왜 장루에 올라간 걸까? 바람을 쐬고 싶다면 갑판에 서 있기만 해도 충분하다. 장루에서는 조지가 보초를 서고 있다. 혹시 조지에게 볼일이 있나 싶었지만, 바로 그 생각을 머리에서 떨쳐냈다. 가브리엘과 조지는 솔즈베리에서 면식이 없었다. 헐버트호에 끌려온 후에도 당직 시간이 달라서 친해질 기회가 없었다. 그러니 가브리엘이 생판 남인 조지를 만나려고 일부러 횡정삭을 올라가지는 않을 것이다.

네빌은 어둠을 올려다보았지만 당연히 장루는 윤곽조차 보이지 않았다. 물론 두 사람이 이야기를 나누는지도 알 수 없었다. 날씨가 좋은 날에도 고함을 질러야 장루에서 갑판까지 목소리가 닿는다. 날씨가 이러니 이야기를 나눈들 말소리가 들릴 리 없다.

네빌이 가브리엘의 이상한 행동에 대해 여러모로 생각하고 있는데, 횡정삭이 흔들리며 삐걱대는 소리가 들렸다. 누군가 횡정삭을 내려오고 있다는 증거다. 조지가 무단으로 담당 구역을 벗어날 리 없으니, 분명 가브리엘이리라. 장루에 있던 시간은 10분 정도일까.

가브리엘이 갑판에 내려서자 네빌은 과감하게 물어보았다.

"장루에는 왜 올라간 거야?"

"밤바람을 쐬러 간다고 했잖아."

가브리엘은 멈춰 서지도 않고 재빨리 지나가며 대답했다. 초승달이 떠서 주변이 잘 보이지 않는 데다, 강풍으로 함선이 심하게 흔들리는 가운데 굳이 장루까지 올라갔다가 10분쯤 지나서 내려왔다. 생각하면 할수록 이상한 행동이었다.

아무래도 수상쩍어서 네빌은 이런저런 추측을 해보았다. 그런데 생각의 바다에 가라앉은 네빌의 의식을 현실로 되돌리는 일이 벌어졌다.

바로 근처에서 뭔가 부딪친 것처럼 둔탁한 소리가 들렸나 싶더니 "윽" 하고 쥐어짜는 듯한 목소리가 났다. 그리고 뭔가가 앉아 있던 네빌을 내리눌렀다.

"으앗, 뭐야?" 네빌은 놀라서 반사적으로 소리쳤다.

기대듯이 위에서 누르고 있는 물체를 만져보자, 사람이었다.

"무슨 일이야?" 어둠 속에서 누군가가 목소리를 높였다.

일어나는 비극

"잘 모르겠습니다." 네빌은 일어서면서 대답했다. "누가 쓰러진 것 같아요."

주변의 수병들이 바람 부는 보리밭처럼 웅성거렸다. 다들 누가 쓰러졌는지 확인하려 했지만, 초승달 밑에서 랜턴도 없이 신원을 확인하기는 불가능했다.

"아무것도 안 보이네. 어이, 누가 불 좀 가져와." 누군가가 말했다.

"무슨 일이야?" 선미루 갑판에서 로이든 2등 대위의 목소리가 날아들었다.

"누군가 쓰러진 모양입니다."

"불을 가져와라!" 얼마 전에도 비슷한 일이 있었다고 생각하며 대위는 명령했다.

하지만 이번 사태는 얼마 전 구토 소동과는 비교도 안 될 만큼 심각했다. 로이든 대위가 랜턴을 들고 후갑판으로 내려가자 드디어 무슨 일이 생겼는지 밝혀졌다.

네빌에게 기대어 쓰러진 사람은 에릭 홀랜드였다. 요전에 네빌을 때려서 코피를 터뜨린 장본인이지만, 이번에는 그가 코피를 흘리고 있었다. 자세히 보자 오른쪽 귀에서도 피가 흘러나왔다. 예삿일이 아니었다.

"군의관을 불러와!" 로이든 대위가 명령했다.

"무슨 일입니까?" 위에서 목소리가 들렸다. 조지였다. "왜 이렇게 소란스러운 거예요?"

"수병 한 명이 쓰러졌어!" 맨디가 바람에 지지 않을 만큼 큰 소리로 대답했다.

조지는 더 이상 물어보지 않았고 장루에서 내려오지도 않았다. 갑판에서 말썽이 생긴 것이 보초를 맡은 담당 구역에서 이탈할 이유는 되지 않는다.

몇 분 후, 레스톡이 달려왔다.

"지나가게 좀 비켜줘."

레스톡이 수병들을 헤치면서 말했다. 이제는 후갑판의 좌현을 담당한 수병들도 모여들어서 홀랜드 주변은 사람들로 북적거렸다.

"이거 심각하군." 군의관은 홀랜드를 보자마자 말했다. "활대에서 떨어졌나?"

"아니요, 갑자기 쓰러졌습니다."

그 대답에 레스톡은 얼굴을 찡그렸다.

"살 수 있겠나?" 로이든 대위가 물었다.

군의관은 환자를 진찰한 후 말했다.

"이미 죽었습니다."

주변에 있던 사람들이 충격을 받고 술렁거렸다.

"코와 귀에서 동시에 피가 나는 건 머리에 강한 충격을 받았다는 뜻이지. 저절로 이렇게 될 리는 없고, 분명 무슨 일이 일어난 거야. 이 수병이 쓰러지기 전에 무언가 보거나 들은 사람 없나?"

네빌은 홀랜드가 쓰러지기 직전에 둔탁한 소리를 들은 기억이 났다. 레스톡에게 설명하자 군의관은 불을 좀 더 가져오라고 지시했다. 레스톡은 랜턴 네 개가 비추는 가운데 홀랜드의 머리를 신중하게 살폈다.

"이거로군." 군의관은 홀랜드의 머리를 가만히 들여다보며 말했다. "정수리가 깨졌어."

"어쩌다 그런 일이?" 로이든이 물었다.

"상처의 상태로 보건대, 무겁고 단단한 물건으로 힘껏 때린 것 같군요."

로이든은 숨을 삼켰다.

"군의관, 지금 무슨 말을 하는 건지 알고서 하는 소리겠지?"

"그럼요. 누군가 이 수병을 살해한 것이 틀림없습니다."

수병들은 저마다 놀라움에 찬 목소리를 내질렀다. 수병이 질병이나 당직 중 사고로 죽는 일은 드물지 않았지만, 함내에서 살인이 발생하는 건 이례적인 일이었다. 갑판에 혼란이 퍼져나가자 로이든 대위가 "정숙!" 하고 날카롭게 소리쳤다.

시끌벅적 떠들던 목소리가 소곤거리는 목소리로 바뀌자 로이든 대위가 물었다.

"살인이 벌어지는 순간을 목격한 사람 없나?"

명확하게 대답하는 사람은 없었다. 애당초 옆에 있는 사람의 얼굴조차 똑똑히 보이지 않는 초승달 밤에 그 끔찍한 순간을 목격하기는 불가능했다.

아무도 대답하지 않자 로이든은 안타까움을 참지 못하고 네빌에게 눈을 돌렸다.

"이봐, 자네 이름은?"

"네, 네빌 보우트입니다." 갑자기 이름을 물어보는 바람에 놀라서 네빌은 더듬더듬 대답했다.

로이든은 한순간 이맛살을 찌푸렸다. 얼핏 해군 보트와 비슷하게 들려서 당황한 것이리라.

"보우트, 피해자는 앉아 있던 자네 위로 쓰러졌지. 즉, 피해자는 자네 근처에 있었다는 뜻이야. 누군가 다가오는 걸 못 알아차렸나? 아니면 도망친 사람은 없었고?"

"아무것도 알아차리지 못했습니다. 워낙 어두웠던 데다 바람도 심하게 불었고, 생각에 잠겨 있었는지라……. 둔탁한 소리와 신음소리가 들린 후 느닷없이 홀랜드가 쓰러져서 놀랐다는 것밖에 드릴 말씀이 없습니다."

로이든 2등 대위는 한숨을 쉬고 고개를 내저었다.

"누구든 상관없으니 대답해봐. 피해자에게 접근한 자가 있었을 거다. 그런 기척을 느끼지 못했나?"

삭구가 바람에 흔들리는 소리와 물살이 선체를 때리는 소리를 깨뜨릴 목소리는 들리지 않았다.

"거참, 아무도 없나! 아무리 어둡고 바람 소리가 시끄러워도 그렇지, 이 많은 사람 중에 도움이 되는 녀석이 하나도 없단 말이야? 보지도 듣지도 못하다니 허수아비가 따로 없군!"

"저주다!" 갑자기 누군가가 말했다. "죽은 프랑스인 함장의 저주가 분명해!"

"마, 맞아!" 다른 수병이 거들고 나섰다. "홀랜드는 영창에 다녀왔잖아. 프랑스인 함장의 망령이 씐 영창에!"

헐버트호에서 오래 근무한 수병에게 프랑스인 함장의 망령은 해변에 묻힌 해골과도 같은 존재였다. 평소는 숨겨져서 보이지 않지만, 큰 파도가 밀려오면 모래가 씻겨나가서 뼈가 드러난다. 그리고 주변에 무시무시한 기척을 흩뿌린다.

"정숙! 조용히 해라!" 로이든 대위가 호통쳤다. "프랑스인 함장의 망령 이야기는 옛날에 수병들이 심심풀이 삼아 떠들어 댄 헛소리야. 세상에 저주 같은 건 없어."

사관으로서 혼란을 수습하기 위해 딱 잘라 부정했지만, 실은 로이든도 목소리가 떨리는 걸 참느라 애썼다. 미신을 중시하는 로이든은 눈에 보이지 않는 영적인 존재가 있다고 철석같이 믿었다.

"함장님께 보고하러 가야겠군. 군의관의 지시에 따라 시체를 옮기도록 해. 바크 사관후보생, 내가 다녀오는 동안 감독을 맡아라! 다른 사람은 담당 구역으로 돌아가서 당직을 서!"

로이든 대위는 함장실로 향했고, 홀랜드의 시체는 방수포로 싸서 아래층으로 옮겼다. 홀랜드 주변에 모여 있던 수병들도 무거운 발걸음으로 담당 구역으로 돌아갔다.

어둠 속에서 네빌은 기억을 더듬었다. 홀랜드가 쓰러졌을 때 네빌은 가브리엘의 수상한 행동에 대해 생각하고 있었다. 주변은 칠흑 같은 어둠에 휩싸여 있었고, 바람과 물결 소리가 자잘한 소리를 모조리 지워버렸다. 하지만 아무리 그렇기로서니 누군가 접근하는 걸 전혀 알아차리지 못할까? 지금까지 야간 당직 시간에 사람이 움직이는 기척을 못 느낀 적은 없었다. 사람이 다가오거나 멀어지는 기척은 달이 두꺼운 구름에 가려진 날에도, 오늘처럼 물결과 바람이 강한 날에도 느껴지는 법이다. 실제로 가브리엘이 다가왔을 때는 바로 알아차렸다. 그런데 홀랜드가 살해당했을 때는 아무 기척도 느끼지 못하다니 이상했다. 머릿속에 얼굴도 모르는 프랑스인 함장의 모습이 떠올라 네빌은 몸을 부르르 떨었다.

아침의 네 번 종(6시)이 울렸을 때 그레엄은 군의관을 데리고 포열 상갑판의 선미에 있는 함장 식당 함장이 손님이나 사관을 대접할 때만 사용한다 으로 향했다. 어젯밤에 살해당한 수병의 시체는 아까 확인했다. 그레엄은 레스톡의 설명을 듣고서 홀랜드가 사고로 죽은 것이 아니라 살해당했다는 사실을 받아들였다. 홀랜드는 오늘 오후에 수장해서 신의 곁으로 보내주기로 했다. 그는 선상 생활이라는 가혹하기 그지없는 환경에서 벗어나 안식을 얻었지만, 남은 사람들은 살인이라는 큰 문제를 해결해야 한다. 그레엄은 화가 나서 어깨를 들먹이며 걸음을 옮겼다. 살인자가 함내를 자유롭게 활보하다니, 함장으로서 절대 용납할 수 없는 일이었다.

그레엄은 함장 식당의 문을 밀어서 열었다. 우현에서 좌현으로 뻗은 탁자에 앉아 있던 사람들이 함장에게 시선을 주었다. 부함장, 대위, 소위, 항해장, 갑판장, 장포장, 목공장, 사무장, 선임 위병장, 종군 목사, 요리장, 교관, 군의관 조수, 무기관리인, 재봉장. 부사관보다 계급이 높은 사람이 한자리에 모였다. 그레엄과 레스톡이 자리에 앉자 이야기가 시작됐다.

"무슨 일이 일어났는지는 이미 들었겠지." 그레엄 함장이 찌푸린 얼굴로 말했다. "어젯밤 심야 당직 시간에 후갑판에서 수병 하나가 살해당했어. 피해자는 에릭 홀랜드 상급 수병. 누군가가 둔기로 머리를 때렸지. 처벌받아 마땅한 살인자는 아직 체포하지 못했고."

사관들은 진지한 표정으로 귀를 기울였다. 아무리 노련한 사관이라도 함내에서 살인을 경험한 사람은 거의 없었다. 애당초 함선은 세상과 단절된 장소라 달아날 곳이 없다. 그리고 살인자는 당연히 교수형이다. 이렇듯 꽉 막힌 공간에서 살인을 저지르다니, 말 그대로 제 손으로 제 목을 조르는 꼴이었다.

"살인이 벌어졌을 때 로이든 2등 대위가 당직 주임이었지. 당시 상황을 들어보도록 할까. 부탁하네, 대위"

"네, 알겠습니다."

로이든은 어젯밤 자신이 보고 들은 사실을 이해하기 쉽게 설명했다.

2등 대위의 설명이 끝난 직후, 갑판장 후드가 입을 열었다.

"범인은 후갑판 우현에서 당직을 서던 수병이겠군요." 자신만만한 목소리였다. "거기 있던 수병들 모두 살인자가 다가온 줄 몰랐다고 했죠? 그럼 해답은 하나입니다. 살인자는 이미 홀랜드 근처에 있었던 겁니다. 홀랜드에게 딱 붙어 있다가 빈틈을 노려 때린 거예요. 흉기는 바로 바다에 던지고, 무슨 일이 벌어졌는지 전혀 짐작이 안 간다는 듯 다른 수병들과 함께 놀란 척한 거죠. 달리 어떻게 설명할 수 있겠습니까?"

긍정이 담긴 침묵이 흘렀다. 로이든 대위의 설명을 듣고 후드와 같은 결론에 다다른 사관이 적지 않았다.

순풍을 탔다 싶었는지 후드는 우쭐한 표정으로 말했다.

"제 생각에는 최근에 승선한 네빌 보우트라는 신병이 수상합니다. 얼마 전에 홀랜드에게 폭행당했었죠?"

"그만한 일로 사람을 죽인다고?" 버넌 5등 대위가 회의적인 어조로 말했다.

"가끔 개망나니 같은 녀석이 신병으로 오기도 하니까요."

함장이 무거운 목소리로 말했다.

"미스터 후드, 후갑판 우현 당직 중 한 명이 살인범이라는 의견에는 나도 동의해. 하지만 추측만으로 누군가를 죄인으로 단정해서는 안 되네. 선상에서는 육지의 법률 대신 독자적인 규율에 따라 질서를 유지하네만, 재판이 공정해야 한다는 점은 육지와 다를 바 없어."

함장이 타이르자 갑판장은 입을 다물었다.

"살인자와 함께 지내는 것만큼 기분 나쁜 일은 또 없지." 그레엄 함장은 엄숙하게 말했다. "얼른 죄인을 찾아내서 활대에 목을 매달도록 하세. 어디 보자, 이번 살인 사건은 버넌 5등 대위가 맡아서 조사하도록."

버넌은 놀란 나머지 고개를 홱 돌려 함장을 보았다.

"제가요?"

"수병들은 동료를 팔아넘기는 짓을 혐오해. 뭔가 중요한 사실을 보거나 들었더라도 사관에게 알리지 않고 덮어뒀을 가능성도 있겠지. 그런 측면에서 봤을 때, 자네는 수병들에게 신망이 두터워. 자네가 사건 조사를 맡았다는 걸 알면 수병들도 협력적으로 나오겠지."

수병에서 대위 자리까지 올라간 버넌은 함장의 말이 무슨 뜻인지 이해하고도 남았다. 사관은 수병보다 생활 수준이 훨씬 높다. 전함에서는 돼지나 소, 닭과 거위 같은 동물을 식료품으로 사용하기 위해 기른다. 그런 신선한 고기와 알은 사관에게만 공급되고 수병은 입도 댈 수 없다. 술도 물을 탄 럼주가 아니라 비단을 쓰다듬듯 매끄럽게 목구멍으로 넘어가는 와인을 마실 수 있다. 침소도 개인 선실이나 범포로 사방을 막은 공간이므로 사생활이 보장된다. 평소 임무를 수행할 때도 지시를 내리는 입장이라 수병들처럼 사고를 당할 위험성은 없었다. 여기에 위압적인 태도와 채찍질까지 더해지므로 사관과 수병 사이에 유대감이 존재할 가능성은 전혀 없다. 사관은 지배 계급, 수병은 노예 계급이라고 인식하는 수병도 적지 않다. 따라서 수병과 사관 사이에는 냉랭한 벽이 생긴다. 이번 사건에서도 앞에서는 복종하는 척하면서 뒤로는 범인을 감싸는 사람이 있을지도 모르는 노릇이다.

버넌도 수병 시절에는 사관에게 부정적인 감정을 품고 지냈다. 타고난 용기와 바다 사나이의 기지, 거기에 행운이 어우러져 대위로 출세하기는 했지만, 고된 수병 생활을 톡톡히 맛본 터라 남들에게는 자신이 당한 것처럼 하지 않겠다고 다짐했다. 그래서 버넌은 무턱대고 호통을 치거나 느닷없이 채찍을 꺼내 들지 않고 항상 공정한 태도로 수병들을 대했다. 그런 버넌의 태도를 보고 물러터졌다고 비판하는 사관도 있었지만, 버넌이 수병들에게 신망이 두텁다는 건 부정할 수 없는 사실이었다.

"버넌 5등 대위." 그레엄이 말했다. "이번 살인 사건을 맡아서 조사해주겠나?"

부탁이 아니라 명령이었다.

"네, 알겠습니다." 버넌은 즉시 경례하며 명령을 받들었다.

그레엄은 만족스럽게 고개를 끄덕인 후 선임 위병장 마이어에게 말했다.

"미스터 마이어, 버넌 대위의 지휘 아래 대위를 보조해주도록 해."

"네, 알겠습니다!" 선임 위병장 역시 진지한 표정으로 경례했다.

이야기가 마무리됐다. 그레엄은 사관들을 해산시키기 전에 말했다.

"버넌 5등 대위는 살인범을 찾아낼 때까지 매일 2차 반당직 시간에 내게 와서 그날 조사한 내용을 보고하도록 해. 그리고 다른 사관들도 함내에서 수상한 행동을 하는 자가 없는지 유심히 살피고, 수병들이 살인에 관한 이야기를 하지 않는지 귀를 기울이도록. 이상!"

사관들은 줄줄이 함장 식당에서 나갔다.

목공장 팔코너는 식당에서 나오자마자 크게 하품을 했다. 팔코너에게 이번 모임은 따분한 시간이었다. 살인은 분명 꺼림

칙해서 빨리 해결해야 할 일이다. 하지만 그의 머릿속은 함선을 수리할 생각으로 가득했다. 함선에서는 매일 어딘가 상태가 시원치 않은 곳이 눈에 띈다. 뽑아도 뽑아도 자라나는 잡초처럼, 고쳐도 고쳐도 상한다. 선체 손상이 누적되면 항해에 심각한 영향을 초래하기도 한다. 함선, 그리고 여기서 생활하는 모든 승조원을 지킨다는 중책에 비하면 살인은 작은 문제였다.

팔코너는 최하갑판의 침소에서 목공 도구함을 꺼내서 선수에 있는 목공장의 창고로 향했다. 조수 두 명이 창고에서 기다리고 있었다. 팔코너는 널빤지와 못을 모으며 조수에게 물었다.

"오늘은 어디부터지?"

눈초리가 처져서 서글퍼 보이는 조수가 수리 목록을 보고 대답했다.

"하갑판 8번 포문 부근의 배수구입니다. 물이 샌다나 봐요."

"그럼 발판이 필요하겠군. 가져와."

작업할 장소에 도착하자 팔코너는 발판에 올라가서 들보 위를 랜턴으로 비췄다. 들보 위에 만들어놓은 배수구를 자세히 살피자 물이 스며 나오는 곳이 있었다. 팔코너는 발판에서 내려와서 목공 도구함을 열었다.

그리고 움직임을 멈췄다.

"이봐." 팔코너는 조수에게 물었다. "내 큼직한 쇠망치 어디 갔어?"

도구 상자에 들어 있어야 할 커다란 쇠망치가 없어졌다. 어제까지는 분명 들어 있었는데.

팔코너는 함선 수리 말고 다른 일에는 흥미가 없었지만, 홀랜드가 둔기에 머리를 맞아 사망했다는 사실은 아직 머릿속에 남아 있었다. 그리고 지금 도구 상자에서 쇠망치가 사라졌다.

팔코너는 2와 2를 더해서 4를 도출했다.

네빌은 하갑판 중앙 승강구 근처에서 다른 신병들과 함께 삭구를 잇는 방법을 배우고 있었다. 돛과 활대를 지탱하기 위해 범선에는 삭구를 수많이 매어놓는다. 하지만 세찬 비바람과 도르래의 마찰 때문에 삭구는 늘 손상을 입는다. 그러다가 예고도 없이 갑작스럽게 뚝 끊어지므로, 표면에 풀어지거나 해어진 부분이 보이면 반드시 수선해야 한다. 삭구 수선은 수병의 임무로, 이걸 할 줄 모르면 아무리 선상 생활을 오래 했어도 어엿한 수병으로 대해주지 않는다.

이 기본 중의 기본 기술은 니퍼 호이슬이라는 상급 수병이 가르쳤다. 네빌은 그가 거북했다. 호이슬은 머리를 짧게 잘랐고 미남이라고 해도 될 만큼 이목구비가 반듯한 수병이다. 입가에 늘 옅은 웃음을 띤 채 싹싹해 보이는 분위기를 풍기지만, 툭하면 선배랍시고 우쭐대는 사람이었다.

네빌은 삭구 잇는 방법을 처음으로 배운 날이 지금도 씁쓸

한 기억으로 남아 있다. 삭구는 엮음법으로 수선하는데, 호이슬이 자신의 솜씨를 자랑하고 싶었는지 초보는 이해할 수 없을 만큼 빠른 속도로 삭구를 이어나갔다. 좀 더 천천히 해달라고 신병들이 불평하자 호이슬은 머쓱해하는 기색도 없이 "어쩔 수 없군. 한 번 더 시범을 보여줄 테니 눈 똑똑히 뜨고 잘 봐" 하고 은혜라도 베풀 듯이 생색을 냈다. 당연히 대부분은 실습 결과가 형편없었지만, 네빌은 구두장이로 일한 경험도 있고 해서 손재주가 뛰어난 편이었다. 실제로 사용할 수 있을 만큼 단단히 연결된 삭구를 보고 호이슬은 다음과 같이 말했다.

"아, 잘하네. 나보다는 못하지만."

순수하게 칭찬만 하면 될 텐데, 네빌을 깎아내리는 말을 덧붙였다. 게다가 악의 없이 아주 자연스럽게 나온 말이라 질이 더 안 좋다. 이때부터 네빌은 호이슬과 되도록 말을 나누지 말아야겠다고 결심했다.

이날도 호이슬은 변함없었다. 오늘은 지금까지 배운 내용을 복습하는 의미에서 아무 도움 없이 혼자 엮음법을 실시해보라고 했다. 네빌은 삭구 두 줄의 끄트머리를 가닥가닥 풀었다. 다음으로 풀린 가닥이 서로 엇갈리도록 두 삭구를 밀착시켰다. 그러고 나서 풀리지 않은 삭구의 가닥 사이에 틈새를 만들고, 풀어낸 가닥을 순서대로 끼워 넣었다. 이렇게 양쪽 가닥을 서로 맞물리게 엮자 두 삭구는 하나로 이어졌다. 네빌은 마지막

일어나는 비극

으로 결합부에 타르를 발라서 작업을 끝냈다.

완성된 삭구를 보고 호이슬은 평소와 다름없이 말했다.

"시범 없이도 꽤 잘 이었네. 좀 더 연습하면 나처럼 할 수 있을 거야. 열심히 해."

"네, 알겠습니다." 네빌은 억양 없는 목소리로 대답했다.

다른 수병들도 차례차례 두 삭구를 하나로 이었지만, 전부 실력이 네빌만 못했다.

"음." 호이슬은 완성된 삭구를 훑어보며 말했다. "죄다 실제로는 못 써먹을 것들뿐이군. 가르쳐준 내용을 기억하긴 해?"

자신의 지도 방식에 문제가 있다는 생각은 호이슬의 머릿속에 없는 듯했다. 그는 조지가 이은 삭구를 집어 들었다.

"이건 아슬아슬하게 합격점이려나? 블랙, 후드 갑판장 앞에서 활극 배우 같은 모습을 보여서 상급 수병이 됐지? 상급 수병이면서 엮음법 실력이 이래서는 비웃음을 살 거야."

"죄송합니다." 조지는 기운 없이 말했다.

네빌은 조지가 걱정이었다. 식사용 나무통에서 나온 수수께끼의 칼을 본 뒤로 조지는 분명 이상해졌다. 여전히 식탁조의 대화에 끼지 않고 혼자 골똘히 생각에 잠길 때가 많았다. 왜 그러느냐고 물어도 말을 얼버무릴 뿐이라 네빌로서는 어쩔 방도도 없었다.

"아이고, 이런, 이런." 호이슬이 다들 들으라는 듯 우스꽝스러운 목소리로 말했다. "이봐, 포잭. 엮음법을 실뜨기 놀이로 착각한 거 아니야?"

포잭의 얼굴이 붉게 달아올랐다. 호이슬은 그의 손에서 삭구를 낚아채 높이 쳐들었다. 엮음법으로 이은 부분은 원래보다 약간 두꺼워지는데, 포잭의 삭구는 가닥끼리 얽히고설켜서 빵처럼 펑퍼짐하게 부풀어 올랐다.

"넌 실력이 전혀 늘지 않는군. 이렇게 보기 흉한 삭구를 만들어서 어쩌자는 거야? 그러고 보니 돛대 오르기도 엉망진창이었지? 첫날 훈련을 받을 때 횡정삭에 들러붙어서 '엄마! 살려줘!' 하고 소리를 질렀다면서?"

물론 그런 일은 없었고 주변 수병들도 그 사실을 알고 있었지만, 분별없는 몇몇 사람이 웃음으로 호이슬의 비위를 맞췄다.

포잭은 고개를 푹 숙인 채 어깨를 떨었다.

"돛대에도 못 올라가, 엮음법도 형편없어, 수병 노릇을 하기는 글렀군."

호이슬은 포잭의 삭구를 아무렇게나 팽개치고 손을 털었다.

"자, 다들 처음부터 다시 해봐. 언제까지나 삭구 하나 제대로 잇지 못하는 애물단지로 지내기는 싫지?"

하지만 수업은 거기서 잠깐 중지됐다.

"잠깐 괜찮겠나?"

그 자리에 있던 수병들 모두 목소리가 들린 쪽을 보았다. 버

일어나는 비극

년 대위와 선임 위병장이 서 있었다.

"아, 대위님 오셨습니까." 호이슬이 모자를 벗고 인사했다. "어쩐 일이십니까?"

"어젯밤에 수병 하나가 살해당했다는 건 알지?"

"네, 그야 물론입니다." 호이슬은 짐짓 몸을 떨었다. "그때 후갑판 좌현 당직이었는데, 소동이 벌어져서 정말 놀랐습니다."

"함장님의 명령으로 내가 이번 사건을 조사하게 됐어. 그래서 사건 당시 후갑판 우현 당직이었던 수병들에게 이야기를 들으러 다니는 중이야."

버넌은 네빌을 보고 말했다.

"보우트, 잠깐 괜찮겠나?"

"아, 네." 네빌은 벌떡 일어섰다.

"자네 이야기를 듣고 싶군. 차분히 이야기할 수 있는 곳으로 자리를 옮기지. 따라와."

네빌은 선임 위병장과 함께 선수 쪽으로 향하는 버넌을 부랴부랴 따라갔다. 대위와 선임 위병장은 돼지우리 앞에서 걸음을 멈췄다. 돼지우리는 선수 부분에 차수판을 둘러친 곳이다. 짚을 깐 돼지우리 안에서는 돼지 삼십여 마리가 꿀꿀 울면서 돌아다니고 있었다. 돼지 냄새도 한몫해서 도저히 마음이 차분해질 만한 곳이 아니었지만, 버넌에게 차분히 이야기할 수 있는 곳이란 주변에 사람이 없는 곳이라는 뜻인 듯했다.

"자, 여기라면 이야기가 다른 사람 귀에 들어갈 걱정이 없겠지." 버넌은 돼지를 바라보며 말했다. "조사 내용은 되도록 비밀로 하고 싶어. 함내에서는 다들 오락거리에 굶주려 있으니까 말이야. 소문은 가장 가볍게 즐길 수 있는 오락거리지. 하지만 소문이 퍼지면 진실이 왜곡될 위험성도 있어. 이야기를 더 재미있게 만들기 위해 있는 말 없는 말로 점점 살을 붙이다 보면, 소문은 기괴한 키메라 같은 허구로 변해서 수병들에게 불안과 혼란을 안기겠지. 그러면 조사를 받을 때도 사실이 아니라 망상에서 비롯된 이야기만 늘어놓을 테니 사건 해결에 방해가 될 거야. 자네도 여기서 나눈 이야기를 함부로 남에게 발설하지 않도록 해."

"네, 알겠습니다."

"그럼 물어보지. 듣기로는 자네가 홀랜드 바로 옆에 있었다면서? 사건이 발생했을 때 홀랜드가 자네에게 쓰러졌다는데 틀림없겠지?"

"네. 저는 뱃전에 등을 대고 앉아 있었습니다. 홀랜드는 제 바로 옆에 서 있다가 둔탁한 소리가 난 후에 제 쪽으로 쓰러졌습니다."

"그렇다면 홀랜드가 머리를 얻어맞았을 때, 범인은 자네의 바로 근처에 있었다는 뜻이겠군?"

"네, 그런 셈입니다." 네빌은 자신 없이 말했다. "하지만 어제는 초승달이라 주변이 정말로 어두웠습니다. 사람의 모습은 보지 못했어요."

"보이지 않았더라도 뭔가 느끼지는 못했나? 홀랜드가 얻어맞기 전에 누군가 다가오는 기척을 느꼈다든가?"

"정말로 아무것도 느끼지 못했습니다. 바람과 물결이 강해서 주변이 시끄러웠던 데다 생각을 좀 하느라 다른 데는 신경을 쓰지 않아서……."

"하지만 홀랜드가 얻어맞는 소리는 들었다는 거지?"

"아, 네." 사실을 확인할 뿐이었지만, 네빌은 책망이라도 당한 것처럼 가슴이 뜨끔해서 쩔쩔매며 대답했다.

"그렇게 긴장할 필요 없어." 버넌은 부드럽게 말했다. "당직을 섰던 다른 수병 몇 명에게도 이야기를 들었는데, 다들 자네처럼 살인자가 접근한 줄 몰랐다고 하더군."

버넌의 배려에 네빌은 긴장이 풀렸다.

"하지만 이렇게까지 수확이 없어서야 곤란한걸. 로이든 대위님이 보고 들은 것 말고 다른 정보가 있어야 함장님께 보고를 드릴 수 있을 텐데. 보우트, 살인자가 접근하는 줄은 몰랐더라도 다른 건 어때? 지금까지 야간 당직을 섰을 때와 달리 특이한 점은 없었나?"

그 질문에 네빌은 가브리엘이 횡정삭을 올라간 일을 떠올렸다. 가브리엘이 떠난 후에 살인이 발생했으므로, 수수께끼 같은 그의 행동에는 완전히 흥미를 잃었지만, 그것이야말로 지금까지 당직을 서면서 경험하지 못했던 별난 일 아닐까.

네빌은 비번일 가브리엘이 나타나서 밤바람을 쐬겠다며 횡정삭을 올라갔다고 이야기했다.

예상대로 버넌은 흥미롭다는 듯 눈썹을 치켜세웠다.

"흠, 비번인 수병이 횡정삭을 올라갔다니 분명 예삿일은 아니로군. 그런데 당시는 캄캄했잖나. 그런데도 그 수병이 자네의 고향에서 함께 온 남자라고 확신하는 건가?"

"네, 목소리로 알았습니다. 그의 목소리를 못 알아들을 리는 없어요."

버넌은 납득한 표정으로 고개를 끄덕였다.

"밤바람을 쐬겠다는 핑계로 횡정삭을 올라가다니 거짓말 냄새가 풀풀 풍기는군. 취침 시간은 수병에게 황금과도 같아. 그걸 줄이다니 말도 안 되는 소리야. 아무래도 가브리엘이라는 녀석에게는 그날 밤 돛대 위로 올라가야 할 중대한 이유가 있었던 거겠지. 하지만 그는 살인이 벌어지기 전에 돛대에서 내려왔고, 후갑판에서도 떠났지?"

"네. 틀림없습니다."

"대위님, 그 수병이 수상한 행동을 하기는 했습니다만, 살인이 벌어지기 전에 사라졌다면 이번 일과는 무관하지 않겠습니까?" 마이어 선임 위병장이 끼어들었다.

"뭐, 그렇게 단정 지을 건 없겠지. 모처럼 새로운 정보가 들어왔으니, 호기심을 최대한 발휘해 쫓아가보는 게 어떻겠나? 의외로 중요한 사실이 발견될지도 몰라. 그리고 자네도 가브리엘이라는 수병이 왜 그런 행동을 했는지 의아하지?"

"뭐, 그건 부정하지 않겠습니다."

"보우트, 그밖에 또 알아차린 점은 없나?"

"없습니다."

"그런가, 고마워. 이제 엮음법 연습을 하러 돌아가게."

네빌은 경례한 후 수병들이 있는 곳으로 돌아갔다.

"자, 선임 위병장 생각은 어때?"

마이어는 영리한 사람이므로 굳이 질문의 의도를 확인하지 않았다.

"역시 범인은 후갑판 우현에서 당직을 서던 수병이겠죠."

"이유는?"

"어젯밤은 초승달이 떴으니까요. 초승달 밤이 얼마나 어두운지는 저도 잘 압니다. 충돌 방지용 랜턴이 있는 선미루 갑판 외에는 선반장 속에 갇힌 것처럼 컴컴해요. 그렇듯 어둠에 지배당한 후갑판에 살인자가 나타났다고 치죠. 주변은 암흑천지라 누가 어디에 있는지조차 알 수 없습니다. 그런 상황에서 어떻게 홀랜드에게 다가가 때려죽이겠습니까?

하지만 우현 당직병 중에 살인자가 있다면 이야기는 달라집니다. 함내에는 랜턴이 있으니까요. 해먹에서 일어나 밤하늘 밑으로 나오는 사이에 살인자는 홀랜드 뒤에 딱 붙어서 이동할 수 있습니다. 밖으로 나온 뒤에도 목표물에게 붙어 있으면, 둔기로 어디를 때려야 할지 알겠죠. 분명히 말씀드리자면 살인자는 피해자 바로 근처에 있던 자입니다. 보우트라는 그 녀석이 아주 수상해요."

"확실히 보우트는 홀랜드 곁에 있었지. 하지만 곁이라고 해도 오른쪽과 왼쪽이 있어. 아주 수상한 녀석이 한 명 더 있는 것 아닌가?"

"네, 무슨 말씀인지는 알겠습니다. 하지만 이제 와서 보우트 반대편에 누가 있었는지는 알 길이 없겠죠. 애당초 아무도 없었을 가능성도 있습니다."

버넌은 고개를 끄덕였다.

"아무래도 함장님께는 네빌 보우트가 수상하다고 보고드리는 수밖에 없겠군."

"오, 이런 곳에 계셨습니까."

버넌과 마이어는 목소리가 들린 쪽을 보았다. 팔코너였다.

"미스터 팔코너, 어쩐 일이지?"

"실은 대위님께 알려드리는 게 좋을 것 같아서요······."

팔코너는 자신의 목공 도구함에서 쇠망치가 사라졌다는 사실을 알렸다. 그 말을 듣고 버넌은 고개를 끄덕였다.

일어나는 비극

"과연. 둔기를 사용한 살인 사건이 벌어진 다음 날, 자네의 쇠망치가 없어졌다는 건가. 단순한 우연이 아니겠군. 그런데……."

버넌은 입술을 깨물고 이마를 긁적였다.

"왜 그러십니까, 대위님?" 마이어가 물었다.

"우리는 후갑판 우현 당직병 가운데 범인이 있다는 전제 아래 이야기를 진행했어. 그리고 후갑판 야간 당직병 중에 사관과 부사관은 없지."

"네, 야간 당직 시간에 사관과 부사관은 선미루 갑판에만 배치되니까요. 그게 어쨌다는 말씀이십니까?"

"그렇다면 범인은 수병인 셈이야. 하지만 수병이 굳이 목공장의 침소에 숨어들어 쇠망치를 훔쳐낼까?"

팔코너의 침소는 최하갑판 선미 쪽에 있다. 거기는 사관후보생과 사무장, 군의관도 잠자리로 사용하는 공간으로, 명백히 사관과 부사관의 영역이었다. 함내에는 이렇듯 사관과 부사관의 영역이 존재하고 수병들은 마음대로 거기 드나들 수 없다. 만약 수병이 그런 곳에서 눈에 띄면 즉시 추궁을 당하고, 용건도 없이 어슬렁거렸다는 사실이 밝혀지면 그 자리에서 채찍질을 당해도 불평할 수 없을 정도다.

버넌은 만약을 위해 팔코너에게 물었다.

"목공장, 자네의 도구함에 든 것 말고 다른 쇠망치는 없나?"

"설마요. 목공 창고에 가면 또 있죠."

선수 쪽에 위치한 목공 창고는 수병이라도 자유롭게 출입할 수 있는 곳이다. 드나드는 사람도 거의 없으므로 수병이 범인이라면 거기서 쇠망치를 가져오는 편이 훨씬 안전하다. 굳이 팔코너의 침소에 가서 상관과 마주칠 위험을 무릅쓸 필요는 없다.

"정말로 그 쇠망치가 흉기일까요?" 마이어가 의문을 제기했다. "누군가 무슨 이유로 빌려 갔을 수도 있잖습니까?"

팔코너는 고개를 저었다.

"부하에게 물어봤지만 전혀 아는 바가 없다고 했어. 그리고 빌려 갈 거면 내게 양해라도 구해야지. 멋대로 가져가면 도둑질과 다를 바 없잖아. 그리고 함내에서 도둑질을 하면 엄벌을 받지."

"이야기를 정리해볼까." 버넌이 말했다. "도구함에서 사라진 쇠망치가 흉기라고 아직 단언할 수는 없어. 하지만 가령 그것이 흉기라면 이야기는 완전히 달라져. 수병이 범인이라면 굳이 목공장의 도구함에서 흉기를 고르지는 않겠지. 최하갑판의 선미 말고도 칼이나 쇠망치를 보관하는 곳이 또 있으니, 거기서 흉기를 조달하면 돼. 수병의 출입이 금지된 곳에서 흉기를 조달했다면, 범인은 사관 중 한 명일 가능성이 아주 크다는 뜻이야."

이 사실이 폭풍처럼 세 사람을 뒤흔들었다. 수병들이 끈끈한 유대감으로 뭉쳐 있는 것처럼, 사관들 사이에도 오랜 시간 쌓아온 유대감이 있다.

버넌이 꾹 다물고 있던 입을 열었다.

"이렇게 우두커니 서 있어본들 뾰족한 수는 없겠지. 미스터 팔코너의 쇠망치를 가져가지 않았는지 사관들에게 물어보자고. 어쩌면 특별한 사정이 생겨서 말없이 가져갔을 뿐인지도 몰라."

그럴 가능성은 작을걸요, 하고 목공장은 속으로 중얼거렸다.

"마이어, 자네는 부사관들에게 확인해주게. 난 사관들을 맡을게. 그리고……." 버넌은 약간 머뭇거리며 말했다. "어젯밤에 사건이 발생했을 때, 뭘 하고 있었는지도 일단 물어보도록 해."

"알겠습니다." 마이어는 어두운 목소리로 명령을 받들었다.

변화 없는 생활을 보내는 수병들은 늘 새로운 소식에 굶주려 있다. 어젯밤에 일어난 살인 사건은 수병들에게 군침 도는 진수성찬이나 마찬가지였으므로, 식사 시간이 되면 비스킷과 소금에 절인 고기는 제쳐놓고 사건 이야기를 게걸스럽게 집어삼켰다.

"어이! 맨디, 네빌!" 가이가 눈을 반짝이며 말했다. "너희 어제 살인이 벌어졌을 때 피해자 바로 옆에 있었지? 무슨 일이 일어났는지 자세히 말해봐."

"뭘 또 자세히……." 네빌은 뭐라고 설명하기가 난감했고, 사람이 죽었는데 신나게 떠드는 가이의 태도도 마음에 들지 않았다. "딱히 할 이야기 없어요. 정말로 무슨 일이 벌어졌는지 모릅니다. 캄캄해서 아무것도 안 보였거든요."

"하지만 쓰러지는 홀랜드에게 부딪칠 만큼 가까이 있었잖아? 그런데 아무것도 몰랐다는 거야?"

"그만해, 가이." 맨디가 타일렀다. "너도 어젯밤 당직이었으니까 알잖아. 하늘에는 초승달밖에 없었고 때리는 것처럼 바람이 강했어. 어젯밤은 눈도 귀도 제 역할을 못 했다고."

"하지만 바로 옆에 있었잖아?" 가이가 물고 늘어졌다.

"야, 가이." 코구가 놀리는 듯한 웃음을 지으며 말했다. "네빌이 뭔가 낌새를 못 알아차린 것도 무리는 아니야. 범인은 프랑스인 함장의 망령이니까. 평범한 인간은 못 알아차리겠지."

"그런데 망령이 사람을 때려죽일까?" 잭이 의문을 꺼냈다. "망령은 보통 상대를 저주해서 죽이잖아?"

"그러게, 꼬맹이 말에도 일리가 있어." 람지가 맥주잔에서 입을 떼고 말했다. "망령 하면 저주지. 상대에게 불운을 안겨서 사고로 죽이거나 들러붙어서 병으로 죽여. 때려죽이는 건 너무 직접적이야."

"그럼 누가 그랬다는 건데?" 코구가 물었다.

"그러고 보니……." 맨디가 나지막이 말했다. "어젯밤 비번이었던 녀석이 밤바람을 쐬겠다며 횡정삭을 올라갔지. 잠깐 있다가 내려와서 갑판 아래로 돌아가기는 했는데, 홀랜드는 바로 그 후에 당했어."

"그래서 그 녀석이 수상하다고?" 초가 손에 묻은 비스킷 가루를 털면서 말했다. "살인은 그 녀석이 떠난 후에 벌어졌잖아? 행동 자체는 수상하지만, 그냥 정신이 회까닥한 거 아니야?"

"가브리엘이라는 녀석입니다." 네빌은 별생각 없이 알려주었다.

맨디의 눈이 동그래졌다.

"뭐야 네빌, 그 미치광이를 알아?"

"저랑 동향 출신이에요. 그리고 가브리엘은 미치지 않았습니다."

"그럼 왜 한밤중에 돛대에 올라간 건데?"

네빌은 조지를 보고 물었다.

"조지, 어젯밤에 중앙 돛대에서 보초병으로 당직을 섰지. 가브리엘이 돛대를 올라갔을 때 무슨 말 못 들었어?"

스푼을 입으로 가져가던 조지가 움직임을 딱 멈췄다. 스푼에 얹힌 소고기가 접시에 떨어졌다. 다른 사람들도 조지에게 시선을 주었지만, 그는 접시에 떨어진 고기만 가만히 바라봤다.

"조지? 귀먹었어?" 가이가 더는 못 참겠다는 듯 재촉했다.

조지는 털모자를 왼손으로 꽉 움켜쥐었다.

"가브리엘은 분명 장루까지 올라왔어. 갑자기 '오늘은 바람이 강하네' 하고 말을 걸어서 놀랐지. 뭐 하러 왔느냐고 물어보자 그냥 바람 쐬러 왔다고 하더군. 녀석은 아무 말도 없이 장루에 있다가 몇 분 후에 내려갔어. 그게 다야."

여기저기서 불만스럽게 중얼거리는 소리가 들렸다. 예상치도 못했던 기상천외한 이야기를 기대했는데, 조지가 가브리엘의 주장을 확실히 뒷받침해서 다들 실망한 것이다. 하지만 네빌은 조지의 말을 의심했다. 조지는 말하기 전에 머리로 손을 뻗어서 털모자를 잡았다. 조지가 모자나 머리카락을 세게 움켜쥐는 것은 고민에 빠졌거나 불안할 때 나오는 버릇이다. 구두를 만들 때도 모양이 원하는 대로 잘 나오지 않으면 자주 머리에 손을 댔다. 즉, 조지는 가브리엘과 함께 있었을 때 어땠는지 알려달라는 요구를 받고 강한 불안감에 휩싸인 것이다. 결국 다들 실망할 만큼 평범한 대답을 꺼내놓았지만, 사실대로 대답했다면 조지의 버릇은 나오지 않았으리라. 조지는 가브리엘과 함께 있었을 때 무슨 일이 있었는지 대답하기 싫었다. 그래서 얼버무리고 넘어가기 위해 거짓말을 지어낸 것 아닐까?

"자자, 들었지?" 초가 비스킷을 부수면서 말했다. "순조롭게 나아가면 내일쯤에는 스카겐 정박지에 도착한다는 모양이야."

"오오, 그것참 반가운 소리로군." 맨디가 말했다. "운이 좋으면 잠깐 휴식 시간을 얻을 수 있을지도 몰라."

"왜요?" 네빌이 물었다.

"아직 도착하지 않은 함선이 있으면 기다려야 하거든. 기다리는 동안은 항해하지 않아도 되니까 닻을 내리고 돛을 접어. 돛을 조종할 필요가 없으니까 우리도 쉴 수 있는 거지."

"뭐, 사관들이 밀린 잡일을 떠맡기지만 말야." 코구가 말했다.

살인에서 휴일을 어떻게 보내느냐로 화제가 옮겨갔다. 그렇지만 그 후에도 네빌은 조지가 몇 번이나 털모자를 세게 움켜쥐는 모습을 목격했다.

한낮의 네 번 종[14시]이 울린 후에 홀랜드를 수장했다. 시체는 관 대신 범포를 꿰매서 만든 길쭉한 주머니에 넣었다. 바다에 잘 가라앉도록 포탄도 같이 넣었다. 시체를 넣은 주머니를 선수루 갑판으로 옮겨 장례식을 치렀다. 장례식에는 희망자만 참석했는데, 홀랜드와 친했던 식탁조 동료와 당직 구역이 같았던 수병들이 대부분이었다. 네빌도 짧게나마 같은 당직 구역에서 일했던 만큼 장례식에 참석했다.

장례식은 간략했다. 종군 목사가 성서 문구를 인용해 추도사를 한 후, 수병 네 명이 시체가 얹힌 널빤지를 해먹 보관용 그물망이 달린 흉벽까지 들어 올려 시체를 바다에 빠뜨렸다.

"홀랜드의 영혼이 신의 곁에 다다르기를…… 아멘."

종군 목사의 기도를 마지막으로 장례식이 끝났지만, 수병들은 해산하지 않았다. 네빌이 돌아가려고 하자 맨디가 불러세웠다.

"이봐, 어디 가는 거야? 아직 중요한 행사가 남았어."

"네?"

"경매 말이야."

네빌은 영문도 모른 채 맨디에게 이끌려 앞 돛대 앞으로 향했다. 홀랜드가 속했던 식탁의 식탁장이 소지품을 담은 삼베 자루를 옆에 내려놓고 서 있었다.

"저건 홀랜드의 자루야. 지금부터 녀석의 유품을 경매에 부치는 거지."

"죽은 사람의 물건을 사서 다시 쓴다고요?"

"그건 부차적인 일이고, 중요한 건 돈을 낸다는 거야. 여기서 물건값으로 치른 돈을 유족에게 보내줘. 유족의 생활에 조금이라도 보탬이 되도록 돈을 내는 거지."

종소리가 딸랑딸랑 울리자, 수병들이 모여들고 경매가 시작됐다. 첫 경매 물품은 오래 써서 낡은 담배통이었다. 1페니도 안 될 것 같은 물건이었지만 1실링에 낙찰됐다. 그 후로도 구깃구깃 주름진 셔츠, 이가 빠진 수병용 칼, 손때 묻은 트럼프, 엄지 부분에 구멍이 난 장갑 등 보통은 절대로 안 팔릴 물건들이 차례차례 높은 가격에 낙찰됐다.

맨디는 장갑을 1실링 6펜스에 구입했다. 그는 구입한 장갑

일어나는 비극

을 네빌에게 내밀었다.

"자, 받아둬."

"어? 하지만……."

"괜찮아. 이제 추위를 견뎌야 할 계절이 올 텐데, 넌 방한 도구가 하나도 없잖아? 돈은 신경 쓰지 마. 난 이걸 가지고 싶었던 게 아니니까. 맨입으로 장갑을 받기가 꺼려진다면, 나중에 내게 도움이 될 만한 일을 해줘. 여기서는 서로 도와야 살아갈 수 있으니까."

"고맙습니다." 네빌은 장갑을 받았다.

"고맙기는 무슨."

2차 반당직 시간을 알리는 네 번 종[18시]이 울렸을 때, 버넌과 마이어는 함장실에 있었다. 집무 책상에 앉은 그레엄 함장은 함선으로 다가오는 먹구름이라도 본 것처럼 험악한 표정이었다. 함장은 방금 버넌에게 살인 사건의 조사 내용을 보고받은 참이었다.

"즉……." 그레엄은 오른손 엄지로 관자놀이를 문지르며 말했다. "범인은 수병이 아니라 사관일 가능성이 크다는 건가."

버넌과 마이어는 사관들에게 팔코너의 쇠망치를 가져가지 않았느냐고 물어보았지만, 다들 그런 짓은 하지 않았다고 대답했다. 그러나 쇠망치가 저절로 사라질 리 없다. 누군가 거짓말한 것이다. 지금 상황에서 거짓말을 해야 할 이유는 하나뿐이다.

덧붙여 버넌과 마이어가 확인한 바에 따르면, 어젯밤에 사건이 발생했을 때 당직 말고 다른 사관들은 전부 자고 있었다고 한다. 현장에 없었다는 사실을 증명하지 못하는 이상, 누가 범인이라도 이상할 것 없다.

"정말이지 믿기지가 않는군."

그레엄은 의자에서 벌떡 일어나 책상 뒤를 왔다 갔다 했다.

"뭐, 사라진 쇠망치가 흉기로 사용됐다면 그렇다는 말씀입니다만." 마이어가 머뭇머뭇 말했다.

"뭐라고?" 함장은 선임 위병장에게 날카로운 시선을 던졌다. "그 밖에 쇠망치가 사라질 이유가 또 있다는 건가?"

"목공장에게 심술을 부리려고 그랬을 가능성은 없을까요?"

"없어." 함장은 즉시 단언했다. "팔코너는 소박하게 자기 할 일만 열심히 하는 사람이야. 적을 만들 만한 인물은 아니지."

그레엄은 함장으로서 각 사관의 성격과 인간관계를 파악해 두었다. 설마 자기 휘하에 살인을 저지를 법한 자가 있을 것이라고는 생각지 않았으므로 버넌과 머레이의 보고에 충격을 받은 것이다.

"그런데 함장님……." 버넌은 발밑을 확인하며 걸음을 내딛듯 조심스러운 어조로 입을 열었다. "어떻게 해야 할까요? 저는 수병과 거리가 가깝다는 이유로 조사 임무를 맡았습니다. 상대가 사관이라면 제가 계속 조사해도 의미가 없습니다만……."

그레엄은 멈춰 서서 주먹으로 책상을 툭툭 두드렸다. 그레엄도 어쩌면 좋을지 몰랐다. 아버지의 추천으로 해군에 입대해 지금까지 거칠고 사나운 바다에서 지내왔지만, 살인은 두 번밖에 경험하지 못했다. 둘 다 수병끼리 싸우다가 위험한 선을 넘은 끝에 벌어진 일이었다. 목격자가 많으므로 범인은 바로 체포돼 사형을 당했다. 목격자가 없는 살인 사건은 처음이었고, 하물며 사관이 범인이라면 문제가 너무 심각하다.

그레엄은 숨을 푹 내쉬고 나서 말했다.

"조사 지휘권은 앞으로도 자네에게 맡기겠네. 경직된 생각일지도 모르지만, 달리 묘안이 떠오르지 않는군. 힘든 일을 떠맡겨서 미안하네."

"아닙니다. 맡겨주신 이상은 최선을 다하겠습니다."

그레엄 함장은 헛기침을 한 후 두 사람에게 고개를 돌렸다.

"그런데 미스터 버넌, 미스터 마이어……."

그레엄은 말을 끊고 버넌, 다음으로 마이어의 눈을 뚫어져라 바라보았다.

"자네들은 아니겠지?"

세 사람 사이에 팽팽하게 긴장된 분위기가 감돌았다. 확실히 말하지는 않았지만 의도는 명백했다. 함장은 두 사람이 살인자가 아닌지 확인하고 싶은 것이다.

"물론 아닙니다." 마이어가 먼저 대답했다.

"네, 그런 짓은 저지르지 않았습니다." 버넌도 이어 대답했다.

함장은 머스킷을 조준할 때처럼 눈을 가늘게 떴다.

"결백함을 증명할 수 있겠나?"

사관들에게 야간은 휴식 시간이다. 배가 뒤집힐 위험이 없는 한, 밤중에 돛을 조종할 일은 거의 없다. 따라서 대위 한 명을 당직 주임으로 배치하고, 당직 주임을 보좌할 사관후보생 네 명과 조타장_{함장이나 항해장의 지휘 아래 타륜을 조작하는 책임자}, 조타 하사가 한 명씩 당직을 선다. 늦은 밤에 당직이 아닌 사관은 다들 잠자리에 들었을 것이다. 다시 말해 범행이 발생했을 때 어디 있었는지 증명하지 못한다면, 그 사관은 범인일 수도 있다는 뜻이다.

버넌은 입술을 깨물고 나서 말했다.

"저는 제 방에서 자고 있었습니다. 그 사실을 증언해줄 사람은 없고요."

"저도 마찬가지입니다." 이어서 마이어도 말했다.

함장은 손으로 얼굴을 문질렀다.

"그렇군……." 예상했던 대답이었다. 그렇게 입맛대로 되는 일은 없는 법이다.

"걱정되신다면 앞으로는 로이든 대위에게 조사를 맡기는 게 어떠시겠습니까?"

일어나는 비극

"당시 당직이었던 사관도 전폭적으로 신뢰할 수는 없어. 당직이라면 어둠을 틈타 살인을 저지르고 아무 일도 없었다는 듯 제자리로 돌아갈 수도 있겠지."

그리고 입 밖에 꺼내지는 않았지만, 함장은 로이든을 높이 평가하지 않았다. 자신이 맡은 구역의 질서를 유지하는 것이 고작인 그 늙다리에게 이번 일은 너무 무거운 짐이다.

그레엄은 흔들림 없는 어조로 말했다.

"결백을 증명하지 못하더라도 역시 자네들에게 맡기겠네."

자만일지도 모르지만 그레엄은 자신에게 사람을 보는 눈이 있다고 믿었다. 버넌은 동료에게도 수병에게도 신망이 두터운 사관이다. 규율을 엄격하게 적용하지만, 태도가 온화해서 적을 만들 만한 인물이 아니다. 마이어는 함내의 질서를 지키는 선임 위병장으로서 직무를 충실하게 수행해왔다. 둘 다 인간으로서 도리에 어긋나는 짓을 저지르지는 않을 것이다.

하지만 자신의 눈이 흐려지지 않았는지 한 번만 더 확인하기로 했다.

"다만 맹세를 받아야겠어."

함장은 우현 쪽에 있는 서가에서 성서를 꺼내 집무 책상에 내려놓았다.

"성서에 손을 얹고 살인자가 아니라고 신 앞에 맹세하게."

신도 두려워하지 않는 무법자를 상대로는 의미 없는 짓일지도 모른다. 하지만 그레엄은 두 사람의 태도를 자기 두 눈으로 확인해두고 싶었다.

두 사람은 맹세했다. 함장이 보기에 버넌과 마이어가 주저하거나 떨떠름해하는 것 같지는 않았다.

그레엄 함장은 고개를 끄덕인 후, 두 사람에게 조사를 맡기겠다고 한 번 더 선언했다. 두 사람이 물러가자 그레엄은 자신의 눈이 틀리지 않았기를 빌었다.

중갑판의 선미 구획에는 휴게실과 범포로 구분한 사관의 방이 있다. 휴게실은 사관들이 식사하고 오락을 즐기는 공간으로, 함내에서 가장 활기찬 곳이다. 그날 잡은 소나 돼지로 만든 스테이크며 거위 꼬치구이로 혀를 호강시키고, 희석하지 않은 럼주가 목구멍으로 짜릿하게 흘러드는 쾌락을 맛본다. 식사를 마친 사람은 선미의 창가에 있는 타두재 _{갑판에서 튀어나온 키의 회전축} 가리개용 탁자에서 휘스트 등의 카드 게임을 하거나 취미로 바이올린을 켜는 등 즐거운 시간을 보냈다.

이날도 사관들은 식사와 오락을 만끽했지만, 버넌과 마이어는 술을 적당히 마시고 식사를 끝낸 후 인적 없는 함장 식당으로 자리를 옮겼다. 두 사람은 랜턴에 불을 붙이고 마주 앉아 오늘 판명된 사실을 정리했다.

"흠, 우리 둘 다 몹시 골치 아픈 문제를 짊어지게 됐군." 대위가 말했다.

"네, 설마 사관을 의심해야 할 줄은 꿈에도 몰랐습니다."

버넌은 고개를 저었다.

"그보다 더 골치 아픈 문제가 있어."

"더 골치 아프다니요?"

"우리는 처음에 홀랜드와 같은 당직조 수병 중에 범인이 있을 거라고 의심했어. 왜지?"

"그야……." 마이어는 입을 벌렸지만 말은 나오지 않았다. 그도 사건의 이상한 점을 알아차렸다. "그렇구나! 사관은 범행을 저지를 수 없습니다."

버넌은 고개를 끄덕였다.

"범인은 다른 수병들에게 들키지 않고 홀랜드를 때려죽였어. 아무리 초승달 밤이라도 그런 재주를 부릴 수 있는 인간은 없을 테니, 홀랜드 바로 근처에 있던 사람이 범인일 것이라는 결론이었지."

대위는 가볍게 한숨을 내쉬었다.

"그런데 목공장의 침소에 있던 도구함에서 쇠망치가 사라졌고 그 쇠망치가 흉기임이 거의 확실해지자, 이제는 사관 가운데 범인이 있는 것 아니냐는 쪽으로 의혹이 발전했어. 사관 중 한 명이 범인이라면 그자는 어떻게 누구에게도 들키지 않고 홀랜드에게 접근했지? 난 아무래도 모르겠군."

탁자 위에 깍지를 끼고 있던 마이어는 문득 어떤 경험이 생각나서 눈을 크게 떴다.

"대위님." 선임 위병장은 기운차게 말했다. "당직 수병에게 들키지 않고 홀랜드를 살해할 방법이 있습니다."

버넌은 심장이 쿵쿵 뛰었다. 기대와 호기심에 가득 찬 눈으로 부하를 보며 물었다.

"대체 어떤 방법이지?"

마이어는 대위의 질문에 직접 대답하지 않고 자신이 과거에 체험했던 일을 이야기했다.

"대위님, 수병이 돛대에서 떨어지는 사고를 목격한 적 있으시죠?"

"그럼, 선상에서 오래 생활한 사람은 누구나 그렇겠지. 그런데 그게 이번 사건과 무슨 상관인가?"

마이어는 허둥대지 않고 침착하게 말을 이었다.

"저는 목격한 건 물론이고, 하마터면 위에서 떨어진 수병과 부딪칠 뻔한 적이 있었습니다. 얼굴에 바람이 느껴질 만큼 가까이에 수병이 떨어졌어요. 식은땀이 줄줄 흘렀죠."

마이어는 당시 흘린 식은땀을 닦아내듯 손으로 이마를 문질렀다. 그리고 진지한 눈으로 대위를 바라보며 말했다.

"어쩌면 홀랜드에게도 비슷한 일이 일어난 것 아닐까요? 즉, 살인범은 돛대 위에서 홀랜드를 노리고 쇠망치를 던진 겁니다. 흉기가 명중해서 홀랜드는 사망하고, 쇠망치는 튕겨 나가서 바다에 빠진 거죠."

마이어가 열띤 목소리로 말했지만, 버넌의 마음은 돛대를 지지하는 전지삭처럼 꿈쩍도 하지 않았다.

"이보게, 좀 과음한 것 아닌가?"

대위의 차분한 말에 마이어의 가슴속에서 자라나던 성취감이 시들었다.

"자네의 주장은 구멍투성이야." 버넌은 냉정하게 지적했다. "야간에 당직이 끝나기 전에 갑판에 숨어 있으면, 심야 당직조가 오기 전에 횡정삭을 오를 시간은 충분하겠지. 몸을 숨길 곳도 널렸어. 예를 들어 방수포로 덮어둔 보트는 숨어 있기에 딱 적당해. 그러니까 돛대에 오를 때까지는 문제가 없겠지.

하지만 그다음부터는 문제뿐이야. 살인범이 홀랜드를 노리고 쇠망치를 던졌다고 했지? 하지만 초승달 밤이라 어두워서 누가 어디 있는지 모르는 상황이었잖나. 낮에도 돛대 위에서 쇠망치를 던져서 특정 인물의 머리를 맞추기는 힘들 텐데, 캄캄한 밤중에 그런 재주를 부릴 수 있는 인간은 없을 거야."

마이어는 창피해서 눈을 내리떴다. 과거의 경험이 수수께끼를 풀 열쇠라는 확신이 한없이 부풀어 올라 사건 당시의 상황은 염두에 두지 않았다.

"그리고 내려올 때는 어떻게 할 건가? 갑판에는 횡정삭을 타고 내려와야 해. 하지만 횡정삭 주변 갑판에는 수병이 많았어. 아래로 내려가면 수병들에게 반드시 들키겠지. 그렇다고 그 자리에 머물러 있으면 날이 새서 활대에 있는 모습이 드러날 테고. 아니, 생각해보면 해가 뜨기를 기다릴 필요도 없겠군. 4시가 되면 아침 당직이야. 다들 일어나서 누가 없는지 바로 알아차릴걸."

버넌 대위는 한숨을 쉬었다.

"아무튼 돛대 위에서 쇠망치를 던져서 죽였다는 건 너무 황당무계한 소리야. 발언하기에 앞서 좀 더 냉정하게 생각해보길 바라네."

"죄송합니다." 마이어는 몹시 송구스러워했다.

그렇지만 뒤에서 몰래 접근하기도, 위에서 기습하기도 여의치 않다면 범인은 대체 어떻게 홀랜드의 목숨을 빼앗았을까? 생각하면 할수록 불가능한 범죄로 느껴졌다. 그래도 함장에게 명령을 받은 이상, 쉽게 항복할 수는 없었다.

"함장님은 명확한 해답과 범인의 이름을 원하시겠지. 엄격한 분이시니까 살인자가 함내를 자유롭게 활보하는 걸 절대 용납하지 못하실 거야."

버넌은 우울한 표정으로 고개를 내저었다.

"당분간 편안히 잠들기는 글렀군."

다음 날, 오전의 다섯 번 종10시 30분이 울린 후였다. 자비우스 4등 대위는 망원경을 들고 선수루 갑판 제일 앞쪽에 서 있었다. 어깨에는 그의 애완동물인 원숭이 몬타나가 앉아 있었다.

자비우스는 사관후보생 시절에 인도의 동물 상인에게서 몬타나를 구입했다. 지금처럼 신경도 배 둘레도 굵지 않았던 사관후보생 시절, 자비우스는 선상에서 고향을 그리워하며 시름에 젖곤 했다. 그때 친절한 선배 사관이 애완동물을 기르면 외로움을 달랠 수 있을 거라고 조언해주었다. 그래서 당시 근무했던 함선이 네가패덤인도 남동부의 도시에 기항했을 때 노천 시장에서 어린 벵골원숭이를 샀다. 그것이 바로 몬타나였다.

함선을 타고 바다로 나가자 스트레스를 받았는지 처음 한동안 몬타나는 똥을 던지는 등 자비우스를 애먹였지만, 이제는 숙련된 사관처럼 느긋하니 대부분 자비우스에게 달라붙어서 시간을 보냈다.

자비우스도 몬타나가 느닷없이 똥을 던졌을 때는 난감하기 짝이 없었지만, 본인의 임무 이외에 신경 쓸 일이 생겨서 다행이었으리라. 열심히 몬타나를 돌보고 훈련하는 데 몰두하자 고향과 가족을 그리워하는 마음이 엷어졌다. 이제 자비우스와 몬타나는 돛대를 지지하는 횡정삭과 전지삭처럼 끊으려야 끊을 수 없는 관계였다.

자비우스는 망원경으로 손바닥을 일정한 박자로 가볍게 두

드리며 앞을 똑바로 응시했다. 한편 몬타나는 주인의 어깨 위에서 선수루 갑판 아래쪽을 내려다보았다.

선수루 갑판 앞쪽에서 아래로 눈을 돌리면 '뱃머리'가 보인다. 뱃머리는 칸막이조차 없어 비바람을 고스란히 맞으며 볼일을 봐야 하는 화장실의 통칭이다. 헐버트호에 승선한 수병은 오백 명이 넘지만 화장실은 고작 여섯 개뿐이다. 엉덩이에 바닷바람이 닿아서 개방감이 느껴지는 변기 외에, 널빤지로 만들어서 통나무 오두막이라 부르는 원통형 칸이 두 개 있었지만, 이건 사관과 부사관용 화장실이라 수병이 사용할 수 없다. 따라서 낮에는 엉덩이를 드러낸 수병들이 뱃머리에 득시글거렸다. 차례를 기다릴 여유가 없는 수병은 전용 양철통에 볼일을 본 후, 포문으로 배설물을 바다에 버렸다.

몬타나는 아래쪽에서 펼쳐지는 일에 흥미를 보였지만, 자비우스는 시선을 수평선 저편으로 향했다. 4등 대위는 오른쪽 눈에 망원경을 댔다. 망원경을 통해 수평선 저편에 있는 광경이 똑똑히 눈에 들어왔다.

자비우스는 마음이 들떠서 저절로 입매가 누그러졌다. 수평선 위로 돛이 보였다. 그것도 한 척이 아니었다. 전열함 한 척과 프리깃함 _경무장한 소형 전함. 속도가 빨라서 경계, 정찰, 호위, 전투 등 다양한 임무에 활용됐다_ 세 척, 총 네 척이다. 선미에서는 영국 국기가 펄럭였다.

"전방에 정박 중인 전함 네 척 발견! 발트해 함대입니다!"

자비우스는 선미를 향해 소리쳤다. 헐버트호는 드디어 합류 지점인 스카겐 정박지에 도착했다.

오후의 세 번 종 13시 30분이 울린 후, 헐버트호는 정박한 함대에 합류했다. 헐버트호가 다가가자 다른 함선에서 수병들이 노천갑판에 우르르 몰려나와 손을 흔들며 환호했다. 헐버트호의 수병들도 노천갑판에서 손을 흔들어 답했다.

네빌은 다른 함선들을 보고 압도당했다. 지금까지 항해하면서 군함이란 감옥과 다를 바 없다고 생각했다. 억지로 끌려와서 중노동에 시달리고 있으니 그렇게 생각하는 것도 무리는 아니었다. 하지만 다른 군함을 보자, 우리는 세상에서 격리된 존재가 아니라 함께 싸우는 동료가 있다고 바다에서만 통하는 독특한 유대감을 맛보았다. 또한 자신이 해군의 일원임을 새삼스레 의식하는 한편, 언제 전쟁의 불길에 휘말려도 이상할 것 없다는 위기감도 밀려왔다.

그레엄이 선수를 풍하 방향으로 돌려서 침로를 변경하라고 명령하자, 헐버트호는 한 줄로 정박한 함대의 제일 뒤쪽으로 미끄러지듯 이동했다. 그리고 펼쳐둔 가운데 돛과 꼭대기 돛을 활대까지 끌어 올려 정박할 준비에 들어갔다. 돛을 접는 것과 동시에 사람 몸통만큼 굵은 닻줄이 무시무시한 소리와 함께 풀려나가서 닻이 바다 밑바닥에 꽂혔다. 닻을 내린 할버트호는 선미를 흔들며 정지했다.

함선이 완전히 멈추자 그레엄이 명령했다.

"내 보트를 내리게."

그레엄은 중앙 돛대 꼭대기에서 하늘색 삼각기가 펄럭이는 전열함을 바라보았다. 저 군함이 바로 이 함대의 기함인 사지타리우스호였다.

"엘름 제독님께 도착했다고 인사를 드려야지. 앞으로 방침이 어떨지도 알아둬야 하고."

선미의 기중기로 함장용 보트를 신중히 내렸다. 함장이 올라타자 정장과 노잡이 열 명이 보트를 움직여 사지타리우스호로 향했다.

함장은 1차 반당직 시간에 세 번 종 17시 30분이 울리기 직전에야 기함에서 돌아왔다. 현문 선박의 뱃전 옆에 만들어놓은 출입구에서 후갑판에 내려서자마자 그레엄은 대위들을 소집했다.

대위들이 함장 집무실에 모이자 그레엄은 책상에 해도를 펼쳤다.

"엘름 제독님께 들은 방침을 전달하겠다."

함장은 유틀란트 반도의 끄트머리를 가리켰다.

"현재 우리는 여기에 있다. 우리 함대는 전열함 세 척과 프리깃함 네 척으로 편성되고, 경계 임무는 나머지 함선이 다 모인 후에 개시한다. 그때까지는 여기에 정박하라는군."

"그런데 경계는 어떤 형태로 실시합니까?" 머레이 부함장이 물었다.

"함대를 나눈다. 프리깃함은 두 척이 한 조로 행동하고 전열함은 단독으로 행동한다."

"함대를 나눈다고요?" 코글란 3등 대위가 애꾸눈을 가늘게 뜨고 말했다.

"사자는 토끼를 사냥할 때도 온 힘을 다하는 법이라지만, 우리의 목적은 사냥이 아니야. 감시지. 눈은 많은 편이 좋다는 뜻이야. 그리고 통상 파괴 공해상에서 적국의 상선을 공격하거나 진로를 방해하는 해전 전략에 나서는 건 사략선 국가의 허가를 받고 무장해서 적국의 상선을 약탈하는 민간 선박이겠지. 그런 배는 대개 단독으로 행동해. 따라서 우리 쪽도 단독 행동에 나서도 문제없을 거라고 하셨어."

사략선과 전열함이 맞붙으면 전열함이 이긴다. 이것은 해가 동쪽에서 떠오르는 것과 마찬가지로 당연한 사실이었다. 그러므로 실제로 바다에서 마주치면 전투는 벌어지지 않고, 도망치는 사략선을 쫓아가는 술래잡기가 시작되리라.

"그럼 경계 항로는 어떻게 됩니까?" 코글란이 물었다.

그레엄 함장은 해도를 손가락으로 짚으며 설명했다.

"프리깃함은 스카게라크 해협 덴마크 북쪽 바다, 도거 뱅크 북해 중부의 해역, 텍셀섬 네덜란드의 섬을 잇는 삼각 항로를 항해한다. 한 조는 시계 방향으로 항해하고, 다른 한 조는 반시계 방향으로 나아가지. 그리고 전열함은 프리깃함이 항해하는 삼각형 속 발트 무역 항로에 진을 치고 적함이 보이지 않는지 보초병처럼 눈을 번뜩이는 거야."

어느 함선이 어느 항로와 어느 해역을 담당할지는 함대가 전부 집결한 후에 결정할 예정이었다.

"그런데 함장님." 자비우스가 말했다. "나포 상금은 어떻게 분배합니까?"

나포 상금이란 적함을 나포했을 때 국가에서 지급하는 상금이다. 적함의 크기에 따라 지급되는 액수가 다른데, 당연히 배가 클수록 액수가 높아진다. 또한 포로에도 상금이 붙으므로 제독이나 함장급 거물을 붙잡으면 큰돈이 손에 들어온다. 상금은 승조원끼리 나누어 가지는데, 지위가 높을수록 받는 몫이 커진다.

그리고 함대를 편성해 적함을 나포하면 제독은 함대가 받는 총상금의 8분의 1을 차지할 수 있다. 자비우스가 궁금해하는 건 이 점이었다. 이번 임무를 위해 함대가 편성됐지만, 엘름 제독은 함대를 해체해서 운용하려 한다. 함선 지휘권은 제독에게서 함장에게 넘어가므로, 만약 적함을 나포하면 공적은 순전히 그 함선의 것이다. 그런데도 제독의 권리를 내세워 상금을 8분의 1이나 뜯어간다면 그런 횡포는 또 없다. 해군에는 나포 상금을 받을 목적으로 입대한 사람도 많다. 제독이 아무 고생도 하지 않고 이익을 강탈해 자신들의 몫이 줄어드는 건 참을 수 없는 일이었다.

걱정하는 자비우스에게 그레엄이 대답했다.

"걱정할 것 없네. 엘름 제독님은 경계 중에 적함을 나포했을 경우, 상금은 나포한 함선에게 전부 주겠다고 하셨다. 제독님 몫 때문에 상금이 줄어들 일은 없어."

자비우스는 진지한 표정으로 고개를 끄덕였다. 하지만 대위로서 함장 앞에서 품위를 지키기 위해 그랬을 뿐, 속으로는 경쾌한 스텝을 밟았다.

현재 단계에서 결정된 사항을 전달한 후 함장은 대위들을 해산시켰다. 하지만 버넌은 남으라고 지시했다.

"조사는 어때? 잘 진행되고 있나?" 함장은 다른 대위들이 나가자마자 물었다.

"신통치 않습니다."

버넌은 차렷 자세로 대답했다. 수병이 범인이라면 흉기를 구한 장소에 의문이 생기고, 사관이 범인이라면 범행을 저지르기가 여의치 않다고 설명한 후 오늘 조사한 내용을 보고했다. 버넌과 마이어는 사관에게서, 그리고 사건이 벌어진 당시 당직을 섰던 수병에게 진술을 들었다. 사관에게는 최근에 용건도 없이 최하갑판을 어슬렁거린 수병이 없었느냐고 물어보았다. 수병에게 진술을 청취할 때는 후갑판 우현 당직병 외에 다른 구역의 당직병에게도 그날 밤 수상하게 행동한 사람이 없는지 확인했다. 결과는 양쪽 다 허탕이었다. 사관은 의심스러운 수병을 보지 못했다고 대답했고, 당직병들은 수상하게 행동한 사람이 없었다고 진술했다.

"그런데 대위." 함장이 이의를 제기했다. "중앙 돛대에 올라간 수병이 있다고 하지 않았었나? 그자에 관해서도 철저히 조사했나?"

"미스터 마이어가 그 수병, 가브리엘 스마일스에게 이야기를 들었습니다. 마이어가 신문하자 그냥 밤바람을 쐬고 싶어서 올라갔다는 말로 일관했다고 합니다."

"돛대에 올라갔다면 장루의 보초병과 마주쳤겠지. 보초병에게도 이야기를 들었나?"

"네, 그쪽도 미스터 마이어가 맡았습니다. 보초병의 진술도 스마일스의 주장을 뒷받침했습니다."

"미스터 버넌, 자네 생각은 어때?"

"스마일스와 보초병이 입을 맞췄을 가능성이 있습니다. 보초병 블랙은 스마일스와 동향 출신이니까요. 그리고 스마일스가 강풍이 부는 밤에 일부러 돛대에 올라가서 밤바람을 쐴 만큼 제정신이 아니라는 것도 한 가지 가능성입니다."

"그의 행동에 내막이 없다고?"

"네. 어디까지나 가능성입니다만, 선상에서 생활하다 보면 사람은 미치기도 합니다. 제가 본 바를 예로 들자면, 한 수병이 어느 날부터 비번 때나 당직 때나 중앙 돛대의 아래 활대 오른쪽 끄트머리를 히죽거리며 바라보기 시작했습니다. 활대 끄트머리에 세상의 온갖 재미가 다 담겨 있다는 것처럼요. 한 달쯤 그랬을까요. 어느 날 아침, 그 수병은 자기가 늘 바라보던 활대 끄트머리에 목을 맨 시체로 발견됐습니다. 바지도 속옷도 훌렁 벗어버린 모습이었죠."

"확실히 희한한 이야기로군. 느닷없이 고함을 지르며 바다로 뛰어드는 녀석이 훨씬 멀쩡하게 느껴져."

"함장님께서는 오랜 선상 생활 끝에 정신이 이상해진 사람을 보신 적 없으십니까?"

"굳이 자세히 설명하지는 않겠네만, 물론 있지. 그러나 아무리 수많은 사례를 열거한들 스마일스가 미쳤다는 증거가 될 수는 없어. 스마일스를 최대한 잘 감시하게."

"네, 알겠습니다. 마이어의 부하에게 감시를 시키겠습니다."

하지만 버넌은 성과가 있을 것이라고 생각지 않았다. 동굴 같은 함내에서 오백 명도 넘는 수병 중 한 명을 감시하는 것은 쉬운 일이 아니다.

함선이 정박하자 야간 당직은 중지됐다. 즉 20시부터 4시까지 통째로 취침 시간이다. 그 사실을 알았을 때, 네빌은 헐버트호에 끌려온 후 처음으로 인간답게 잘 수 있겠다 싶어 가슴이 설렜다. 하지만 현실은 녹록하지 않았다. 수병들이 일제히 잠자리에 들자 갑판이 사람들로 꽉 차서 몸을 움직거리기도 힘들 지경이었다. 해먹의 높낮이를 바꿔서 조금이라도 공간을 확보하면 된다는 수준의 문제가 아니었다. 해먹을 낮춰서 누운 네빌의 머리 위로 해먹 두 개가 시야를 가렸고, 좌우에는 숨결이 느껴질 만큼 얼굴이 가까이 있었다. 아침에 일어나면 귀리 자루 속에 머리를 처박은 게 아닐까 싶을 만큼 가슴이 답답하다는 맨디의 말은 결코 과장이 아닐 듯했다.

네빌은 심한 압박감에 기분이 불쾌해졌지만, 얼마 지나지 않아 피로에 못 이겨 잠들었다. 하지만 자정이 지났을 무렵 소변이 마려워서 깨어났다. 자다가 소변이 마려워진 건 처음 겪는 일이 아니었다. 식사할 때 맥주가 듬뿍 나오므로 자다 깨서 소변을 보러 간 적이 많았다. 하지만 이번에는 전에 없이 갑판이 비좁은 상태라 조심스레 행동해야 했다. 네빌은 옆 사람을 깨우지 않도록 신중하게 해먹에서 내려와, 낮은 자세를 유지한 채 해먹 사이의 좁은 틈새로 나왔다. 그리고 그 옆걸음질로 좁은 통로를 지나 중앙 승강구로 나아갔다. 중앙 승강구 부근의 들보에는 양철통을 걸어두었다. 얼마 없는 수병용 화장실을 보충하기 위해 놓아둔 물건이다. 화장실을 사용할 수 없을 때는 물론, 야간에도 이 양철통은 활약했다. 어두워서 돌아다니기 힘든 밤중에 굳이 저 멀리 뱃머리까지 가는 수병은 없었.

일어나는 비극

네빌은 얼른 승강구 계단에 걸터앉아 양철통을 사용했다. 평소는 하갑판 포문을 열고 양철통을 비우지만, 오늘은 소변이 든 양철통을 들고 좁은 공간을 나아가기가 꺼려졌다. 그래서 네빌은 침소로 사용하지 않는 포열 상갑판에 가서 포문으로 소변을 버리기로 했다.

포열 상갑판에는 인기척이 전혀 없었다. 네빌은 들보에 몇 개 걸린 랜턴의 불빛에 의지해 가까운 포문으로 다가가 어깨를 대고 힘껏 밀었다. 칠흑 같은 틈새가 생기자 양철통 아가리를 대고 갑판에 쏟아지지 않게 조심해서 소변을 버렸다. 갑판을 더럽히면 가벼운 벌칙으로 그로그 배급을 중지한다. 양철통을 깔끔하게 비운 후, 네빌은 하갑판으로 돌아가기로 했다.

하지만 침소로 곧장 돌아가지 않고 중갑판으로 내려가는 계단에서 걸음을 멈췄다. 승강구 근처 들보에 매달린 랜턴 불빛에 낯익은 얼굴이 비쳤다. 네빌은 그 얼굴을 빤히 바라보았다.

"가브리엘." 네빌은 무심코 상대의 이름을 불렀다.

"네빌이야? ……마침 잘됐군."

가브리엘은 계단을 올라와 네빌의 귀에 얼굴을 가까이 댔다.

"네게도 이야기하려고 했어."

네빌은 가브리엘의 얼굴을 피하듯 몸을 뒤로 물렸다.

"무슨 이야기를?"

"쉿! 조용히."

가브리엘은 주변이 거의 보이지 않는데도 고개를 돌려 살핀 후 다시 네빌에게 얼굴을 가까이 댔다.

"잘 들어." 지금까지보다 더 작은 목소리였다. "과장하는 게 아니라 정말로 중요한 이야기야. 남이 들으면 안 되니까 너도 조용히 해."

"도대체 뭔데?" 네빌도 가브리엘을 따라 목소리를 낮췄다.

가브리엘은 한 번 더 의미 없이 주변을 경계하고 나서 입을 열었다.

"야, 이 배에서 달아나고 싶지 않아?"

네빌은 일단 자신의 귀를 의심한 후, 다음으로 가브리엘이 제정신인지 의심했다. 너무 뜬금없는 데다 완전히 황당무계한 소리다. 놀란 나머지 말문이 막혀서 네빌은 뭐라고 말을 꺼낼 수가 없었다.

"이 망할 놈들이 우리를 일상에서 억지로 떼어내서 이렇게 어둡고 냄새나고 위험한 곳에 처박았어. 세상천지에 이렇게 무도한 짓이 또 어디 있겠냐? 그래서 여기서 달아나기 위해 계획을 세우는 중이야."

"제정신이 아니로군." 네빌의 입에서 반사적으로 그런 말이 튀어나왔다.

가브리엘이 열띤 어조로 말을 이었다.

"확실히 바다 위에서 도망치기는 불가능하겠지. 하지만 어디선가 기회가 찾아올 거야. 항구에 배를 댄다거나, 그런 기회가. 기회가 왔을 때를 대비해 동료를 모으고 있어."

네빌은 눈썹을 찡그렸다.

"동료라고?"

"응. 함께 끌려온 사람들과 온종일 사관을 욕하는 수병에게 의사를 타진하는 중이야. 너한테도 제안하려고 했지."

네빌은 심장이 크게 고동쳤다.

"날 위험한 일에 끌어들이겠다는 거야?"

"집에 가기 싫어? 마누라가 기다리고 있잖아?"

가브리엘이 마리아를 언급하자 네빌은 마음이 크게 흔들렸다. 맨디는 프랑스와 진행 중인 전쟁이 끝나면 병역에서 해방될 가능성이 크다고 했다. 하지만 전쟁이 과연 언제 끝날까? 더구나 전쟁이 끝날 때까지 살아남는다는 보장도 없었다. 결말이 보이지 않는 전쟁에 몸을 던지는 것은 연옥을 하염없이 방황하는 것과 똑같은 짓이다. 전쟁이 끝나지 않아도 집에 돌아갈 수 있다. 마리아와 재회하기를 갈망하는 네빌에게 그 가능성은 밝은 빛이 비치는 탈출구처럼 느껴졌다.

네빌의 표정이 달라졌다는 걸 알아차렸는지, 가브리엘은 입매를 누그러뜨리고 다정한 목소리로 말했다.

"이제부터 동료들과 집회를 열 거야. 너도 같이 가자."

"뭐?" 갑작스러운 제안에 네빌은 주춤했다.

"걱정하지 마. 동료가 되라고 강요는 안 할게. 그냥 어떤 사람이 있고 무슨 이야기를 하는지 한번 참관해봐. 그러고 나서 우리 동료가 될지 말지 결정해. 물론 거절해도 상관없어. 다만 그때는 우리 계획을 비밀로 해줘. 어때, 나쁜 제안은 아니지? 시험 삼아 집회에 와봐."

네빌은 망설였다. 지금 가브리엘을 따라가도 손해는 없다. 그가 무슨 활동을 하는지는 모르지만, 집회에 참석하면 그것도 확실해진다. 어쩌면 가브리엘과 그의 동료들이 활로를 열어줄지도 모를 일이다.

네빌은 마음을 굳혔다.

"참관할게. 하지만 아직 동료가 되겠다고 결정한 건 아니야."

가브리엘은 씩 웃었다.

"알았어. 그럼 안내할게."

네빌은 양철통을 제자리에 돌려놓고 가브리엘을 따라갔다. 중앙 승강구를 계속 내려가서 선창에 다다랐다. 포격 훈련에 앞서 식탁과 짐을 보관하러 내려와본 적은 있었지만, 오래 머물고 싶은 곳은 아니었다.

헐버트호의 선창은 탄약고를 경계로 앞쪽과 뒤쪽으로 나누어진다. 중앙 승강구를 통해서는 뒤쪽 선창으로 내려갈 수 있다. 뒤쪽 선창을 비추는 불빛이라고는 중앙 승강구 바로 앞의 조명 도구 보관실 창문에서 새어 나오는 랜턴 불빛과 후면부 승강구의 들보에 걸린 랜턴 불빛뿐이었다. 안 그래도 불빛이 미덥지 못한데, 옆으로 눕혀서 쌓아 올린 식료품 통과 음료 통이 어둠에 삼켜질 것 같은 불빛을 차단했다. 따라서 선창을 자유롭게 돌아다니려면 랜턴이 필수였다.

또한 선창은 함내에 흩뿌려진 물이 마지막으로 다다르는 곳이기도 하다. 선창에 고인 물은 사슬 펌프로 배수하는데, 그래도 물기를 완전히 제거할 수는 없다. 남은 물은 바닥짐_{선체를 안정시키기 위해 배의 밑바닥에 싣는 자갈} 속에 고인다. 바닥짐에 고인 감수澁水는 결국 썩어서 악취를 뿜어내는 구정물로 변한다. 이 구정물이 선창에서 코가 삐뚤어질 만큼 역한 냄새가 나는 원인이다.

선창의 현측에는 사람 머리만 한 높이에 통로가 튀어나와 있었다. 설치된 계단으로 통로에 올라가자 선창 중간쯤에 불빛이 보였다. 가브리엘은 쌓여 있는 나무통 위로 내려가서 불빛이 보이는 곳으로 조심조심 다가갔다. 분명 저기에 가브리엘의 동료가 모여 있을 것이라고 네빌은 짐작했다.

가브리엘을 따라 불빛이 비치는 곳으로 가자 수병 네 명이 랜턴을 둘러싸고 나무통 위에 앉아 있었다. 그중 두 명은 네빌도 예상했던 인물이었다. 가브리엘의 졸개인 휴 브레이크과 프레디 척이다. 둘 다 육지에서 지내던 시절의 경박한 표정은 사라졌고 어둡고 음험한 얼굴로 변했다. 다른 한 명은 당직 구역은 다르지만 여러 번 봤던 남자였다. 휘어진 코와 이마에 비스듬히 남은 흉터가 인상적이라 기억에 선명히 남아 있었다.

마지막 한 명을 보고 네빌은 무심코 이름을 부를 정도로 놀랐다.

"조지!"

가브리엘의 동료 중 한 명은 조지 블랙이었다. 조지는 이제 완전히 익숙해진 삭막한 눈빛을 네빌에게 던졌다.

"야야, 너무 큰 소리 내지 마." 가브리엘이 조바심 섞인 목소리로 나무랐다.

"조지, 너도 계획에 가담한 거야?" 네빌은 목소리를 낮춰서 물었다.

조지는 거북한 듯 시선을 돌렸다.

"응, 맞아."

"내가 끌어들였지." 가브리엘이 말했다. "살인 사건이 일어난 날 밤에."

그제야 네빌은 모든 일의 아귀가 맞아떨어지는 기분이었다. 가브리엘은 그날 밤, 조지를 자신의 계획에 끌어들이기 위해 강풍을 무릅쓰고 돛대를 올라간 것이다. 갑판 당직이라면 다른 사람이 있어서 비밀리에 권유할 수 없지만, 보초병은 야간에 장루에서 혼자 당직을 서니까 방해할 사람이 없다. 가브리엘은 조지가 보초병이 됐다는 사실을 알고서 야간 당직 때 접촉한 것이다.

하지만 조지가 가브리엘의 동료가 되다니 네빌로서는 의외였다. 그토록 건실했던 조지가 이렇게 위험한 다리를 건너기로 했을 줄은 꿈에도 몰랐다. 조지는 그 정도까지 선상 생활이 정신적으로 힘들었던 걸까?

네빌이 생각에 잠긴 가운데 가브리엘이 말을 꺼냈다.

"자, 그럼 오늘 집회를 시작하지."

가브리엘과 네빌은 둘러앉은 사람들 사이에 끼었다.

"그 녀석도 신병이야?" 이름을 모르는 수병이 말했다.

"게리, 당신과는 초면이지? 이 녀석은 네빌이라고 해. 우리처럼 억지로 끌려왔지. 아직 동료가 되겠다고 결심한 건 아니지만, 우리 계획에 흥미가 있는 것 같길래 데려왔어."

가브리엘은 코가 휘어진 수병을 네빌에게 소개했다.

"네빌, 이쪽은 게리 월든. 나랑 같은 식탁조고, 이 배에서 3년이나 썩은 하급 수병이야."

"잘 부탁해." 게리가 손을 살짝 들었다.

"네, 잘 부탁합니다." 네빌은 게리의 얼굴에서 시선을 돌리고 대답했다.

게리는 네빌이 눈을 돌리기 전에 호기심 어린 표정을 지었다는 걸 알아차렸는지, 자진해서 설명했다.

"코가 휜 것도, 이마에 흉터가 생긴 것도 사관 놈들 때문이야." 게리는 생각만 해도 화가 치민다는 듯이 말했다. "놈들은 조금이라도 실수하면 채찍을 휘둘러. 사람을 사람으로 여기지 않는 악마라고. 잘못돼도 한참 잘못됐어. 그리고 잘못은 고쳐야지."

"그래서 게리는 우리에게 협력해주기로 했다는 말씀." 가브리엘은 기쁜 표정으로 말했다.

소개가 끝나고 집회가 시작됐다. 네빌은 그들의 이야기에 귀를 기울였다. 인원수를 한 손으로 헤아릴 수 있을 만큼 소규모 반란 동맹이지만, 이야기의 내용은 충실했다. 여기 있는 사람들은 해도는 물론이고 위도와 경도도 볼 줄 모른다. 따라서 헐버트호가 영국 연안에 접근했을 때 탈출한다는 것이 기본 원칙이었다. 그들은 기회가 왔을 때 어떤 방법으로 탈출할지를 두고 철저하게 의논을 나누었다.

함선을 탈취하겠다는 식의 허무맹랑한 계획을 세웠다면 가브리엘의 동맹에 가담할 마음이 사라졌겠지만, 현실적인 이야기를 듣고 있으니 네빌도 그들이 믿음직스럽게 느껴졌다.

탈출 수단은 보트로 정한 것 같았지만, 어떻게 보트를 빼앗느냐가 문제였다. 항구에 정박했을 때는 해병대가 노천갑판에서 보초를 서는 데다, 보트를 내리려면 현측의 기중기를 사용해야 한다. 해병대에게 들키지 않고 기중기를 사용하기는 바닷물을 한 방울도 남김없이 마시는 것만큼이나 불가능하다.

"쳇, 배가 뒤집힐 정도로 큰 사건이라도 터지지 않는 한 보트를 빼앗을 기회는 없을 것 같군." 가브리엘이 정리하듯 말했다.

"배가 항구에 정박해서 수병 모두에게 상륙 허가를 내려주면 좋을 텐데." 프레디가 투덜거렸다. "그러면 마음대로 달아날 수 있잖아."

휴가 말을 이어받았다.

"상륙 허가는 제쳐놓고 항구에 정박만 해도 돼. 땅이 아래에 보이기만 해도 뭔가 방법이 생길 거야."

"그런 기대는 버려." 게리가 머리를 긁적이며 말했다. "정박한다고 무슨 수가 생기면 내가 3년이나 여기 처박혀 있었겠어?"

"보트를 빼앗는 것 말고도 탈출할 방법은 있어."

조지가 불쑥 말했다. 나지막한 목소리였지만 다들 알아듣고 뚫어지게 그를 바라보았다.

"이봐, 진심으로 하는 소리야?" 게리가 몸을 앞으로 내밀고 물었다.

조지는 의기양양해하는 기색 하나 없이 담담하게 말했다.

"함선을 유지하려면 보급이 필수지. 군함의 물자는 민간 보급선이 보충한다고 들었어. 그러니까 보급선이 왔을 때, 선장에게 돈을 쥐여주고 데려가달라고 부탁하는 거야. 나중에 우리가 사라졌다는 사실이 발각돼도 보급선은 이미 수백 킬로미터 밖에 있을 테니, 헐버트호로서는 어쩔 방도가 없겠지."

나머지 사람들이 눈을 반짝이며 서로 얼굴을 보았다. 조지의 계획은 보트 탈취보다 현실감 있고 실현될 가능성도 커 보였다. 하지만 희망이 불타오르기 전에 조지가 덧붙여 말했다.

"물론 이 작전에도 결함은 있어."

"뭐?" 갑자기 찬물을 끼얹자 가브리엘이 인상을 찌푸렸다.

"돈이야. 보급선 선장에게 줄 돈이 필요해. 상대도 위험한 다리를 건너는 셈이니 나름대로 큰돈을 쥐여줘야 해."

"얼마나? 1기니?"

"이 인원수라면 그 스무 배는 필요하겠지."

"뭐라고?" 가브리엘의 눈이 휘둥그레졌다. "아무리 그래도 그렇지, 너무 과한 것 아니야? 괜히 허풍 떨지 마."

"오히려 어중간한 액수를 건네면 위험해. 자칫하면 보급선 선장이 그레엄 함장에게 고발할 가능성도 있어. 상대가 확실히 만족할 만큼 충분한 보상을 해주어야 해."

부풀어 오르던 희망이 단숨에 쪼그라들었다. 20기니는 거금이다. 구두장이로 1년간 부지런히 일해도 받을 수 있을까 말까 한 돈이다. 함선을 떠날 때 정산해서 급여를 받는 수병이 그렇게 큰돈을 어떻게 준비한단 말인가?

"돈을 마련할 방법은 있어?" 의논이 시작되고 나서 처음으로 네빌이 말을 꺼냈다. 네빌은 더 이상 이 동맹을 방관하는 제삼자가 아니었다.

네빌이 질문하고 10초쯤 지나서 침묵을 깨부수는 목소리가 들렸다.

"훔쳐야지." 게리였다.

다들 일제히 게리를 보았다.

"이 함선에 돈이 없지는 않아. 승조원에게 급여를 주고 상인에게 물자를 구입하기 위한 자금이 사무장의 금고에 들어 있지. 거기서 20기니를 빼내는 거야."

"들통나지 않을까?" 가브리엘이 제일 중요한 질문을 했다.

"사무장은 비품을 관리하느라 매일 돈을 헤아릴 만큼 한가하지 않아. 언젠가 들통나긴 하겠지만 금방은 아니겠지. 그러니까 보급선이 왔을 때 금화를 훔쳐서 보급선 놈들에게 찔러주면 사무장이 알아차리기 전에 달아날 수 있을 거야."

"그럼 문제는 전혀 없다는 거야?" 가브리엘이 확인했다.

"뭐, 한 가지 이야기하자면……." 입을 떼기가 쉽지 않다는 듯 게리가 천천히 말했다. "사무장의 창고는 최하갑판 선수 쪽에 있어. 그러니 우리도 접근하기 어렵지는 않지만, 가재^{해병대원을 가리키는 말. 붉은 군복 차림이라 이렇게 부르기도 했다}가 보초를 서. 사무장의 창고 앞에 교대로 온종일 서 있지."

"나 원 참, 그럼 창고에 어떻게 들어가라는 거야?" 프레디가 어이없다는 투로 따졌다.

"자자, 진정하고 들어봐." 게리가 허둥지둥 덧붙였다. "가재라고 늘 창고 앞에 죽치고 있는 건 아니야. 상관이 소집 명령을 내리거나 다른 곳에서 말썽이 벌어지면 그쪽으로 향하지. 그리고 놈들도 인간이야. 똥오줌이 마려우면 볼일을 보러 가야 해. 그럴 때는 창고 앞이 텅 비어."

"보급선이 오는 것과 때맞춰 그런 우연이 일어날까?" 네빌이 말했다.

가브리엘이 콧방귀를 뀌었다.

"꼭 우연에 의지할 것 없이 보초병을 창고 앞에서 떼어내면 그만이잖아. 이쪽은 여러 명이야. 문제가 생겼다고 이야기를 꾸며내서 해병대원을 잠깐 다른 곳으로 데려간 사이에 별동대가 창고에서 금화를 쌔비면 돼."

휴와 프레디가 가브리엘의 방안에 찬성했다. 조지는 아무 말도 하지 않았지만, 게리는 신중한 태도를 보였다.

"난 너희보다 여기 오래 있어서 잘 알아. 가재 놈들은 수병 나부랭이의 말에 웬만해서는 꿈쩍도 안 해. 뭔가 훨씬 설득력 있는 이야기를 준비해야……."

"준비하면 되지. 시간은 충분하니까." 가브리엘은 자신만만하게 대꾸했다.

게리는 여전히 불안한 눈치였지만 일단 가브리엘의 방안에 찬성했다.

"반대 의견은 없지? 그럼 이 방침으로 진행한다."

가브리엘은 네빌을 보았다.

"네빌, 마침 집회에 참석했을 때 완벽한 탈출 계획이 나오다니 넌 행운아야. 확인할 필요도 없겠지만 일단 물어보지. 네빌, 우리와 함께할 건가?"

네빌은 마음을 정했다.

"응, 함께할게."

"좋았어." 가브리엘은 웃음을 지으며 말했다.

몰래 해먹으로 돌아간 뒤에도 네빌은 정신이 말똥말똥하니 잠이 오지 않았다. 마치 거친 바다에 농락당하는 배처럼 가슴이 울렁거렸다. 전쟁이 끝나기 전에 이 고역에서 벗어난다는 생각만 해도 전에 없이 활력이 솟구쳤다. 자려고 애써 눈을 감자 웃음을 머금은 마리아의 얼굴이 눈꺼풀 안쪽에 떠올랐다.

하지만 다음 날, 살아갈 의욕을 되찾은 네빌을 다시 절망의 구렁텅이로 빠뜨리는 일이 일어났다.

나머지 군함을 기다리는 동안 헐버트호에는 평온한 시간이 찾아왔다. 마침 날씨도 좋아서 수병들은 선수루 갑판에 커다란 나무통을 내놓고 빨래를 하거나 볕을 받으며 해진 옷을 기우는 등 제각기 할 일을 하며 오전 시간을 보냈다.

네빌은 선수루 갑판에서 다른 수병들과 함께 해먹을 빨았다. 도중에 앞 돛대에서 제1사장으로 뻗은 전지삭이 눈에 들어왔다. 도저히 손은 닿지 않겠지만 만약 저기 빨래를 널면 잘 마르겠다 싶었다. 하지만 삭구에는 타르를 칠해놓았다는 사실이 바로 떠올라서, 저기 널었다가는 기껏 빤 빨래가 엉망이 되겠다고 자조하며 상상을 떨쳐냈다.

햇볕에 감싸인 평온한 시간은 정오를 맞이하기 30분 전, 일곱 번 종이 울렸을 때 끝났다.

"전원 후갑판에 집합!" 확성기로 키운 목소리가 함내에 울려 퍼졌다.

네빌은 손에 묻은 물과 거품을 바지에 닦으며 얼른 후갑판으로 향했다. 전원이 소집되면 늘 그렇듯 후갑판은 수병들로 미어터질 지경이었지만, 네빌은 무슨 일이 일어나는지 잘 보이는 곳에 자리를 잡을 수 있었다.

타륜 앞에 사관들이 근엄한 표정으로 죽 늘어섰다. 그 앞에는 어울리지 않게도 수병이 한 명 서 있었다. 그 모습을 본 순간 네빌은 징벌 입회임을 깨달았다. 하지만 채찍질을 하기 위해 죄인을 동여매는 무시무시한 격자 덮개는 어디에도 없었다. 그 대신 지난번에 격자 덮개가 놓여 있던 곳에 나무통이 있었다.

네빌은 곧 처벌받을 수병을 관찰했다. 몸매만 보면 수병이라기보다 상인 같았다. 찬찬히 살펴보는 사이에 네빌은 그 수병이 자신과 함께 끌려온 사람이라는 걸 알아차렸다. 통통했던 뺨은 수척해졌고 얼굴은 절망에 물들었지만, 헐버트호로 향하는 보트에 함께 탔던 사람이라고 확신했다.

일어나는 비극

대체 무슨 짓을 저질렀을까 생각하고 있으니, 함장실에서 그레엄이 나왔다. 지난번에 채찍형을 선고했을 때보다 훨씬 엄격한 표정이었다.

마이어가 죄인을 그레엄 앞으로 끌고 가서 경례했다. 그레엄은 고개를 끄덕이고 수병들에게 고함을 질렀다.

"제군들, 이자는 선미루 갑판 좌현 당직 2조에 속한 샘 폰스 하급 수병이다."

지난번과는 징벌을 진행하는 절차가 달랐다. 여기에는 뭔가 중대한 의미가 있는 걸까?

"이자는 중죄를 저질렀다. 모두 함께 먹어야 할 식료품을 훔쳐 먹었어!"

몹시 놀랐는지 큰 파도가 바위에 부딪친 듯한 소리가 수병들 사이에서 들렸다.

"저 자식, 어마어마한 짓을 저질렀군."

익숙한 목소리가 뒤쪽에서 들려 네빌이 돌아보자 코구였다.

"왜 다들 놀라는 거죠? 기껏해야 식탐을 좀 냈을 뿐이잖습니까."

"함선에서 식료품을 훔쳐 먹는 건 부엌의 요리를 슬쩍 집어 먹는 것과는 사정이 달라. 식탁에서 선상 생활의 기초를 알려 줬을 때, 도둑질은 중죄라고 설명했잖아. 식료품을 슬쩍해서 몰래 먹는 것도 엄연한 도둑질에 해당해."

코구는 양손을 바지에 닦으며 말했다.

"도둑질을 한 놈에게 어떤 벌이 내려지는지 잘 봐둬."

네빌은 그레엄 함장에게 시선을 돌렸다. 함장은 수병들을 휩쓴 놀라움의 파도가 가라앉기를 기다렸다가 폰스를 추궁했다.

"폰스, 네놈은 어젯밤 한 번 종(0시 30분)이 울린 후에 식료품장의 방에서 치즈를 훔쳐 먹다가 해병대원에게 적발당했다. 맞나?"

폰스는 도망치듯 함장 좌우로 시선을 돌렸다. 마치 어딘가에 제일 적당한 대답이 없는지 찾는 것처럼.

"대답해!" 그레엄이 호통쳤다.

"네, 네!" 폰스는 완전히 움츠러들어서 외치듯이 대답했다. "맞습니다."

"왜 그런 짓을 했지? 일단 해명을 들어보마."

"배, 배가 고팠습니다."

"우리 함선에서는 하루에 세 번 식사가 나온다. 네놈은 안 먹었나?"

"머, 먹었습니다." 폰스는 이마에 땀을 흘리며 대답했다. "하, 하지만 그렇게 부실한 식사는 아무리 먹어도 먹은 기분이 안 듭니다. 그, 그래서 밤중에 배가 고파져서 그만……."

그레엄은 고개를 내저었다.

"멍청하기 짝이 없는 놈이로군."

폰스는 벌벌 떨면서도 호소했다.

"저, 저기, 제가 먹은 건 고작해야 치즈 한 조각인데요."

이 변명이 그레엄의 심기를 더욱 불편하게 만들었다.

"고작 한 조각이니까 봐달라고? 그럼 얼마나 먹어야 처벌감이라는 건가? 두 조각? 세 조각? 아니면 거기에 비스킷도 더해야? 아무리 양이 적어도 도둑질은 도둑질이야! 그리고 이 함선의 식료품은 모두의 것이다. 그걸 훔쳤으니 모두에게 도둑질을 한 거나 마찬가지야!"

폰스는 함장의 시퍼런 서슬에 겁을 먹고 할 말을 잃어버렸다. 그레엄은 벌을 선고했다.

"샘 폰스 하급 수병, 해군 징벌 규정에 의거해 네놈을 건틀릿에 처한다!"

건틀릿이 뭔지 네빌이 궁금해할 틈도 없이 그레엄이 수병들에게 명령했다.

"건틀릿에 참가하고 싶은 사람은 채찍을 들고 정렬하라! 다른 사람들은 후갑판에서 물러나!"

헤아릴 수 없을 만큼 많은 수병이 선미루 갑판의 계단 옆에 있는 나무통으로 향했다. 뭐가 뭔지 몰라서 네빌이 그 자리에 우두커니 서 있자 코구가 어깨에 손을 얹었다.

"방해되지 않도록 뒤로 물러나자."

네빌은 코구와 함께 현측 통로까지 물러났다. 그때 우연히 윌리 포잭과 한자리에 서게 됐다.

"무, 무슨 일이 벌어지려는 거지?" 흉흉한 분위기를 느꼈는지 포잭이 불안한 목소리로 중얼거렸다.

앞으로 나선 수병들이 차례차례 뚜껑이 없는 나무통 속에 손을 넣었다가 꺼냈다. 그들의 손에는 고양이가 하나씩 들려 있었다. 저것은 채찍 보관용 나무통이었다. 채찍을 든 수병들이 우현과 좌현에 두 줄씩 늘어섰다.

수병들로 후갑판에 통로가 만들어지자 그레엄이 해병대원에게 명령했다.

"죄인의 옷을 벗기고 손을 묶어라!"

해병대원 두 명이 폰스를 난폭하게 붙잡고 순식간에 윗도리를 벗겼다. 그리고 밧줄로 폰스의 손을 배 앞에다 묶은 후 뒤로 물러났다.

"뭐, 뭘 어쩌려고……." 폰스는 벌어지는 일들을 따라가지 못해 멍한 표정이었다.

그레엄이 폰스 앞에 서서 설명했다.

"네놈은 이제부터 동료들의 채찍에 맞는 거다." 그레엄은 늘어선 수병들에게 시선을 주었다. "우현에 두 줄, 좌현에 두 줄이 있다. 네놈이 두 줄 사이를 걸어가면 동료들이 네놈에게 채찍을 휘두를 거야. 우현의 두 줄 사이를 통과한 후 맞은편 좌현의 두 줄을 통과해서 돌아와라. 그 사이에 동료들의 채찍질을 견디면서 네놈의 죄를 청산하는 거다."

폰스는 새파랗게 질린 얼굴로 늘어선 수병들을 보았다. 얼핏 보기에도 백 명이 넘는 수병이 채찍을 들고 서 있었다. 즉, 백 번 넘게 채찍질당해야 한다는 뜻이다.

"물론 달려서 빠져나가는 건 용납되지 않는다. 부정행위를 방지하기 위해 길잡이를 세우겠다."

함장이 눈짓으로 신호하자 선임 위병장 마이어와 그의 옆에 있던 해병대원이 앞으로 나섰다. 마이어는 차고 있던 커틀러스를 뽑아서 칼끝을 폰스의 배 앞에 겨눴고, 해병대원은 총검을 등에 겨눴다.

"선임 위병장의 발걸음에 맞춰서 걸어라."

폰스는 꼼짝없이 출발 지점에 세워졌다. 그는 단두대 앞에 세워진 귀족처럼 창백한 얼굴이었다. 호흡도 거칠어서 당장이라도 쓰러질 것처럼 보였다.

"절대로 봐주지 마라!" 그레엄이 늘어선 수병들에게 말했다. "살살 때리는 자는 폰스와 같은 죄로 간주하겠다!"

물론 자청해서 집행자로 나선 만큼 수병들은 적당히 봐줄 마음이 없었다. 어떤 사람은 규칙을 어긴 자에게 순수히 분노를 느꼈기 때문에, 어떤 사람은 평소에 쌓인 울분을 풀기 위해, 어떤 사람은 사관이 된 듯한 기분을 맛보기 위해. 이렇듯 수병들은 제각기 다른 마음을 품고 그 자리에 서 있었다.

"준비!" 그레엄이 소리치자, 두 줄로 늘어선 수병들은 몸을 돌려 마주 보았다. 곧 시작될 공포의 시간을 기대하라는 듯 살 떨리는 북소리가 박자에 맞춰 울려 퍼졌다.

"실시!" 함장이 명령했다.

즉시 제일 앞의 수병들이 폰스에게 고양이 맛을 보여주었다. 폰스는 비명을 질렀고, 채찍에 맞은 피부는 줄 모양으로 벌겋게 부어올랐다. 폰스는 최대한 빨리 걸어가고 싶어 했지만, 마이어의 커틀러스가 폰스의 앞길을 막았다. 마이어는 산책하듯 천천히 뒷걸음쳤다. 느릿느릿 걷는 동안 폰스의 몸에 차례차례 채찍이 날아들었다. 아직 우현에 만들어진 통로를 절반 정도밖에 지나지 못했지만, 폰스의 등, 위팔, 어깨, 목덜미, 그리고 뺨과 귀에서도 피가 배어났다. 폰스는 비명을 지르고 몸을 뒤틀며 고통을 참는 수밖에 없었다.

수병들은 인정사정이 없었다. 엄숙한 표정으로 채찍을 휘두르는 사람도 있고, 콧김이 거칠어진 사람도 있었다. 어떤 사람은 가학적인 웃음을 지으며 채찍을 내리쳤다.

우현 통로를 빠져나오자 폰즈의 온몸은 피맺힌 상처로 가득했다. 정신도 몸과 다를 바 없이 심하게 상처 입은 것처럼 보였다. 폰스는 초점이 맞지 않는 눈을 치뜬 채 턱이 젖을 만큼 침을 줄줄 흘리며 온몸을 죽어가는 매미처럼 바들바들 떨었다. 하지만 아직 절반밖에 끝내지 못했다.

"자, 빨리 걸어!"

폰스 뒤에서 따라가던 해병대원이 고함을 질렀다. 이제 좌현 통로로 들어가야 하는 죄인이 걸음을 멈춘 탓이었다.

"사, 살려줘……." 폰스가 기어드는 목소리로 말했다.

"걸으라는 말 못 들었나! 안 걸으면 찌른다!"

폰스는 으어억, 하고 인간 같지 않은 신음소리를 내며 걸음을 옮겼다. 눈에서는 눈물이 뚝뚝 떨어졌다.

폰스가 좌현 통로에 발을 들여놓았다. 채찍이 쉬익, 하고 메마른 소리와 함께 공기를 가르며 상처투성이인 폰스의 몸을 덮쳤다. 등은 이미 너덜너덜해져서 피가 맺히지 않은 곳이 없을 정도였다. 채찍이 상처 난 곳을 거듭 때렸다. 그럴 때는 고통을 견디기가 더 힘든지 폰스의 비명소리가 훨씬 높아졌다.

좌현 통로를 중간쯤 지났을 때 이변이 발생했다. 폰스의 등에 생긴 한층 깊은 상처를 채찍이 또 할퀴었다. 터져나간 살을 더 깊이 후벼 파는 통증을 견딜 수 없었는지, 폰스는 형벌이 시작되고 나서 제일 크게 비명을 질렀다. 정신을 고통에 지배당해 눈앞에 커틀러스가 있다는 사실도 잊어버린 듯 폰스는 발을 크게 내디뎠다.

마이어가 얼른 커틀러스를 뒤로 뺐지만 늦었다. 칼끝이 손가락 한 마디쯤 배를 파고들자 폰스는 그 자리에 푹 쓰러졌다. 채찍질당한 상처와는 비교도 안 될 만큼 빠르게 배에서 피가 흘러내렸고, 갑판에 천천히 피가 퍼져나갔다.

"칼에 찔렸습니다!" 마이어가 크게 외쳤다.

"채찍질 중지!" 그레엄이 소리를 질렀지만 그럴 필요는 없었다. 늘어선 수병들은 얼어붙은 것처럼 움직임을 멈추고 쓰러진 폰스를 가만히 내려다보았다.

군의관 레스톡이 즉시 뛰쳐나와 폰스의 배를 살펴보았다.

현측 통로에서 상황을 지켜보던 네빌은 아연실색했다. 네빌 곁에 있던 포잭은 겁에 질린 나머지 심하게 구역질을 했다.

"드물게 저런 사고가 일어나." 코구가 말했다. "고통을 참지 못해 반쯤 미쳐버린 녀석이 함부로 움직이다가 칼에 찔리는 거지. 이런 형벌을 어떻게 생각해냈는지 몰라. 내가 지냈던 농장에서도 이렇게 잔혹한 짓은 하지 않았어."

레스톡이 그레엄에게 보고했다.

"함장님, 형벌을 속행하기는 어려울 것 같습니다! 서둘러 의무실에 데려가야 합니다!"

자기 발치로 시선을 떨어뜨린 그레엄이 바로 고개를 들고 큰 소리로 말했다.

"지금까지 죄인이 흘린 피로 죗값을 치렀다고 보고 징벌을 끝낸다! 해산!"

후갑판에 늘어섰던 수병들이 흩어졌고 레스톡의 조수가 폰스를 옮겼다.

"이게 도둑질한 사람에게 내려지는 벌이야." 코구가 말했다.

일어나는 비극

"끔찍하군." 네빌은 떨리는 목소리로 말했다. "이렇게 무서운 벌은 처음 봤습니다."

"하지만 더 있어."

"뭐라고요?" 네빌은 저도 모르게 코구를 보았다.

"건틀릿보다 무서운 벌이 두 개 더 있다고. 궁금해?"

그게 말이 되느냐고 생각하면서도 네빌은 고개를 끄덕였다.

"하나는 함대 조리돌림이야. 죄인이 함대를 돌면서 각 함선의 갑판 하사에게 채찍질을 당하는 형벌이지. 다 합쳐서 삼백 번쯤 채찍질을 당해. 아까 봤던 건틀릿보다 훨씬 횟수가 많아. 그냥 죽으라는 뜻이야."

"삼백 번이나요? 대체 무슨 짓을 하면 그런 벌을 받습니까?"

"탈함. 즉, 함선에서 도주했다가 붙잡힌 녀석에게 내려지는 벌이지."

코구는 별 뜻 없이 말했겠지만, 네빌은 심장이 멎을 것처럼 큰 충격을 받았다. 탈함은 현재 네빌과 동료들이 꾸미고 있는 일이었다.

"왜 그래?" 코구가 네빌의 얼굴을 빤히 들여다보며 물었다.

"네?"

"얼굴이 새파랗게 질렸어."

"아, 상상했더니 기분이 안 좋아서……." 네빌은 얼른 얼버무렸다. "그, 그건 그렇고 탈함자에게 내려지는 벌이라니. 기껏 도망쳐놓고 붙잡히는 얼간이가 있나 보네요."

"다들 빠져나왔으니 됐다고 안심하는 거겠지. 그래서 집으로 돌아갔다가 붙잡혀."

"어, 뭐라고요?" 네빌은 혼란스러웠다. "그게 무슨 말입니까?"

"승선할 때 이름과 주소를 말한 거 기억 안 나? 그 기록이 남아 있으니 찾아야 할 곳은 뻔하지."

네빌은 머리가 점점 싸늘하게 식어가는 기분이었다. 승선하면서 명부에 기록할 때, 네빌은 주소를 솔직하게 말했다. 이래서야 달아나도 해군의 추적자가 찾아온다는 뜻이다.

네빌은 더 이상 이야기가 귀에 들어오지 않았지만, 코구는 그런 줄도 모르고 말을 이었다.

"그리고 또 하나는 채찍질 사백 번이야. 이건 건틀릿이나 함대 조리돌림보다는 덜 호들갑스럽지만, 채찍을 사백 번이나 맞고서 살아남을 인간은 없어. 사백 번이면 분명 등뼈가 드러나지 않으려나."

네빌은 형벌이고 나발이고 명부 생각으로 머릿속이 가득했지만, 코구는 네빌이 무서운 이야기를 듣고 넋이 나가서 반응이 없다고 여겼는지 이야기를 계속했다.

"채찍질 사백 번은 사무장의 창고에서 도둑질을 한 자에게 내려지는 벌이지."

사무장의 창고라는 말이 나오자 네빌은 다시 이야기에 귀를 기울였다. 사무장의 창고에서 도둑질하는 것도 그들의 계획에 포함된 일이었다.

"사무장의 창고는 알지? 최하갑판 앞쪽, 식료품장의 방 옆에 있는 곳. 실수로라도 거기서 뭔가 꺼내려고는…… 어이, 형씨, 괜찮아?"

코구의 마지막 말은 네빌 옆에 있던 포잭을 향했다. 네빌이 천천히 고개를 돌리자 포잭은 갑판에 주저앉아 뱃전에 등을 대고 있었다. 아까 그 처참한 형벌을 보고 정신을 잃은 모양이었다.

점심을 먹은 후 네빌은 곧장 가브리엘을 찾아가서 당장 '그 일'에 관해 의논하고 싶다고 진지한 표정으로 다그쳤다. 가브리엘은 목공 작업을 위해 최하갑판 현측에 내놓은 통로로 네빌을 데려갔다. 목공 통로는 남의 시선이 없어서 밀담을 나누기에 적당한 곳이었다.

"의논이라니 무슨 의논?"

네빌이 코구에게 들은 이야기를 전하자 가브리엘은 덤덤하게 반응했다.

"아, 그거라면 알아."

네빌은 눈을 끔뻑끔뻑했다.

"안다고?"

"주소 때문에 꼬리가 잡힌다는 건 게리가 알려줬어. 다른 사람들도 다 알아."

"그럼 어째서 그렇게 냉정한 건데? 집에 못 돌아간다는 뜻이잖아."

"뭐가 그리 걱정이야?" 가브리엘은 성가시다는 듯 인상을 찌푸렸다. "계속 집에 머물 생각은 없어. 돌아가면 필요한 걸 챙겨서 새로운 곳에 정착해야지. 너도 그러면 되잖아."

"내게는 아내가 있고 곧 아이도 태어나. 처자식을 먹여 살려야 하는데, 집이며 일자리며 다 버리란 말이야?"

"내 알 바 아니지. 그건 네 문제잖아? 난 여기서 도망치기만 하면 돼."

네빌은 깨달았다. 가브리엘의 목적은 이 함선에서 달아나는 것이지만, 자신의 목적은 마리아 곁으로 돌아가는 것이다. 자신은 지켜야 할 성역을 떠날 수 없지만, 나머지 사람들은 그렇지 않다.

"그래서 어쩔 건데?" 가브리엘이 물었다. "우리 동맹에 머무를 거야? 아니면 빠질 건가?"

네빌은 대답할 수 없었다. 그의 앞에는 두 가지 장벽이 버티고 있었다. 하나는 이 함선에서 달아난다는 장벽. 또 하나는 해군의 추적을 피한다는 장벽. 첫 번째 장벽을 넘으려면 가브리엘의 동맹에 머무르는 편이 낫다. 하지만 그 후에는……?

네빌의 침묵을 참다 못했는지 가브리엘이 말을 꺼냈다.

"머무르든 빠지든 마음대로 해."

다음 순간 가브리엘이 네빌의 옷깃을 붙잡고 자기 쪽으로 끌어당겼다.

"다만 우리 계획은 절대로 누설하지 마."

협박하듯 말한 후 가브리엘은 옷깃을 놓고 가버렸다.

네빌은 어둡고 좁은 목공 통로에 홀로 남겨졌다.

여드레 후, 함대에 속한 군함이 정박지에 총집결했다. 각 함선의 함장들은 기함에 가서 작전을 마지막으로 확인했다. 발트해 쪽, 영국 본토 쪽, 그 중간에 감시 구역을 설정하고, 전열함은 거기서 경계에 나서기로 했다. 헐버트호는 영국 본토 쪽 해역을 맡았다.

다음 날, 함대는 흩어져서 각각 할당된 감시 구역으로 향했다. 발트해에서 영국 방면으로 나아갈 때는 대부분 맞바람이 불었다. 항해에 차질이 생겨서 헐버트호는 그레엄의 예상보다 사흘 늦게야 경계 지점에 도착했다.

목적지에 도착하자 그레엄 함장은 아침과 오전 당직 때만 함선을 남북으로 이동시키고, 나머지 시간에는 그 자리에 머물렀다. 전열함의 목적은 어디까지나 감시 구역에 들어온 적함과 맞서 싸우는 것이다. 굳이 적극적으로 먹잇감을 찾아 나설 필요는 없다. 오후 시간에는 수병들을 훈련시키며 언제 적함과 마주쳐도 대응할 수 있도록 만반의 태세를 갖추었다.

규칙적이고 단조로운 생활은 얼마 지나지 않아 무너져 내렸다. 경계를 시작하고 닷새 후에 사건이 발생했다.

그날은 공교롭게도 아침부터 비가 내려서 당직병들 모두 방수포로 만든 비옷을 입고 닻 조종에 나섰다. 오전 당직이었던 네빌도 비옷을 입었지만, 비는 막아도 추위까지 막을 수는 없었다. 네빌이 함선으로 끌려온 지도 한 달 넘게 지났다. 이제는 추위가 몸에 스미는 계절이라 이렇게 비가 오는 날에 팔다리가 젖으면 서서히 체온을 빼앗긴다.

당직이 끝나고 점심시간이 됐다. 이날 점심 식사는 삶은 돼지고기와 완두콩 수프였다. 네빌은 수프가 담긴 접시를 잡고 곱은 손을 녹였다.

빗속에서 당직을 서느라 힘들었는지 불평이 식탁을 오갔지만, 네빌은 묵묵히 식사를 했다. 탈함자에게 어떤 벌을 내리는지 들은 후로 얌전히 함선에 남아 있는 편이 낫지 않겠느냐는 생각이 날로 커졌다. 모아둔 돈도 없는데 마리아와 아이를 데리고 다른 곳으로 떠나는 건 무모한 짓이다. 돈이 있으면 이야기는 달라지겠지만……

"이봐." 가이가 네빌을 보고 말했다. "어떻게 된 거야? 요즘에 통 기운이 없는걸. 우리 식탁조 신입은 둘 다 의기소침하기 짝이 없군."

"분명 이곳 생활에 염증이 난 거겠지." 람지가 말했다.

"어느 날 갑자기 투신 자살하고 그러지는 마. 밥맛 떨어지니까." 초가 완두콩을 먹으며 담담히 말했다.

"괜찮으니 걱정 안 해도 돼요." 대답과 달리 네빌의 목소리에는 힘이 전혀 없었다.

초는 네빌을 힐끗 보고 말했다.

"얼굴은 입보다 정직하지. 괜찮지가 않은 얼굴이야."

"오늘치 술이 배급되면 내 그로그를 나눠줄게." 맨디가 미소를 지으며 말했다. "더 많이 마시면 그만큼 기운도 나겠지."

"정말로 괜찮습니다. 그냥 요즘 좀 피곤해서……."

네빌은 말하다 말고 입을 다물었다. 아무 조짐도 없이 물고기가 해수면에서 뛰어오르듯이 머릿속 상념의 바다에서 좋은 생각이 번쩍 떠올랐다. 맨디가 꺼낸 '더 많이'라는 말이 마중물 역할을 했다. 현재 탈함 계획상으로는 보급선에 건넬 20기니를 사무장의 창고에서 훔칠 예정이다. 하지만 딱 20기니만 훔쳐야 할 필요는 없다. 예를 들어 50기니를 훔쳐서 뇌물을 주고 나머지 30기니를 차지한다면 어떨까. 30기니나 있으면 타지에서 집과 새로운 일자리를 구할 때까지 충분히 먹고살 수 있다. 욕심을 부리는 것이 문제를 해결하기 위한 멋진 방책으로 느껴졌다.

"어이, 왜 그래?" 맨디가 걱정스럽게 물었다.

"아니요, 아무것도 아닙니다." 네빌은 밝은 표정으로 말했다. 방금까지 옷처럼 몸을 두르고 있던 우울한 기운은 이미 사라졌다.

식탁조 동료들은 네빌이 갑작스럽게 달라졌다는 걸 알아차렸지만, 깊이 캐묻지 않고 식사를 계속했다.

비가 내리는 날은 추위, 습기, 음울한 분위기 등 싫은 점 천지지만 좋은 점이 딱 하나 있다. 노천갑판에서 실시하는 훈련을 쉰다는 것이다. 이날도 백병전 훈련을 할 예정이었지만 비로 취소돼서 수병들은 오후 시간을 자유롭게 보낼 수 있었다.

네빌은 그 시간에 가브리엘과 접촉을 꾀했다. 가브리엘은 휴, 프레디, 게리와 함께 하갑판의 돼지우리 근처에 있었다. 돼지우리 앞에는 다리가 네 개 달린 커다란 냄비 형태의 이동식 난로가 놓여 있었다. 네 사람은 둘러앉아 그 난로를 쬐고 있었다. 비밀 이야기를 해도 문제없는 사람뿐이었다. 네빌은 가브리엘에게 다가가서 동맹에 남겠다고 알렸다.

"이야, 그래?" 가브리엘은 감정이 담기지 않은 목소리로 답했다. "요전에는 우리와 관계를 끊을 것 같은 눈치였는데, 대체 무슨 바람이 불어서 마음이 바뀐 걸까?"

"역시 여기 남아 있어서는 앞날이 캄캄할 것 같아서. 도망친 후에 어떻게 할지는 육지에 돌아가서 생각하면 돼."

사무장의 창고에서 도주 자금을 슬쩍한다는 계획에 관해서는 입도 벙긋하지 않았다. 이 생각을 밝히면 다들 욕심이 동해서 계획 자체가 망가질 만큼 돈을 두고 옥신각신할 우려가 있다. 그렇지만 사무장의 창고에 숨어드는 역할은 자신이 맡아야 한다.

"그리고 할 말이 하나 더 있는데."

"뭔데?" 가브리엘이 의아하다는 듯 물었다.

"사무장의 창고에 숨어드는 역할을 내게 맡겨주면 안 될까?"

가브리엘이 눈썹을 치켜세웠다.

"너한테? 왜?"

"실은 얼마 전에 사무장이 짐을 운반하라고 명령해서 창고에 들어가봤거든. 그러니 너희보다는 창고 사정을 잘 알아. 내가 제일 지체없이 일을 해낼걸. 자신 있어."

새빨간 거짓말로 꾸며낸 이야기지만, 네 사람은 '어떻게 할까?'라는 표정으로 서로 얼굴을 마주 보았다.

"뭐……." 가브리엘은 애매모호한 표정으로 네빌을 보았. "계획에 관해서는 다 모여서 이야기하는 편이 낫겠지. 블랙 아저씨를 데려와."

네빌은 중갑판으로 돌아가서 식탁에 앉아 있던 조지를 데리고 가브리엘 패거리 곁으로 돌아갔다. 하지만 탈함 계획 이야기는 꺼낼 수 없었다. 네빌이 조지를 데리러 간 사이에 제삼자가 난롯가에 자리를 잡았다.

네빌이 다가가자 그 사람이 고개를 돌렸다.

"어, 너희도 왔나."

신병들에게 삭구 보수하는 방법을 가르치는 호이슬이었다.

"오늘은 몹시 쌀쌀하군." 호이슬은 난로 속에서 벌겋게 타오르는 석탄에 손을 가까이 대고 말했다. "난 추운 게 딱 질색이거든. 겨울은 정말 싫어."

"아, 그러시군요." 네빌은 건성으로 대답했다.

호이슬은 씩 웃더니 난로를 쬐었다. 다른 곳으로 갈 낌새는 전혀 없었다.

가브리엘이 슬며시 손가락으로 아래쪽을 가리켰다. 선창으로 자리를 옮겨서 이야기하자는 뜻이리라. 네빌은 얼른 난롯가를 떠나려 했지만, 그것도 여의치 않았다.

"거기, 한가해 보이는 수병들!"

난로를 쬐고 있던 사람들은 목소리가 들린 쪽을 보았다. 천장에 매달린 랜턴의 불빛에 이쪽으로 성큼성큼 다가오는 식료품장의 모습이 비쳤다.

난롯가에 다다르자 식료품장은 날카로운 어조로 말했다.

"너희, 지금 할 일 없지?"

"네, 무슨 일이십니까, 식료품장님." 호이슬이 등을 펴고 대답했다.

"선창의 쥐를 좀 잡아야겠다. 아까 선창에서 치즈통을 꺼내 와서 열었는데, 쥐가 대여섯 마리 튀어나오지 뭐야. 이러다 선창이 쥐의 낙원으로 변하겠어. 빨리 잡아 없애야 해."

어둡고 냄새가 고약한 선창에 오래 있기만 해도 싫은데, 쥐와 술래잡기까지 해야 하다니. 기꺼이 그런 일을 맡을 수병은 없다. 네빌은 물론 다른 사람들도 입가를 일그러뜨리거나 눈썹을 찡그리며 싫은 내색을 했다.

식료품장은 수병들의 얼굴을 보고 이맛살을 찌푸렸다.

"불만은 없겠지? 너희도 쥐똥으로 범벅된 치즈나 귀리 죽을 먹기는 싫잖아?"

"물론입니다, 식료품장님." 호이슬이 평소 목소리로 답했다.

"그럼 곤봉과 랜턴을 줄 테니 쥐를 잡으러 가. 거기 세 명은 앞쪽 선창을 담당해."

식료품장은 가브리엘, 휴, 프레디를 가리키며 명령했다.

"그리고 나머지 사람은 뒤쪽 선창에서 쥐를 퇴치해. 일곱 번 종(15시 30분)이 울리면 쥐를 몇 마리나 잡았는지 확인하겠다. 늙어서 골골거리는 할망구보다 못하다는 소리를 듣기 싫거든 최대한 쥐를 많이 잡도록 해. 알겠나?"

"네, 알겠습니다." 다들 불만 어린 목소리로 대답했다.

네빌, 조지, 게리, 호이슬은 랜턴과 곤봉을 들고 중앙 승강구를 통해 선창으로 내려갔다. 감시하는 사람은 없으므로, 네 사람은 귀찮은 티를 팍팍 내며 선창 옆쪽 통로로 올라가서 안쪽으로 슬렁슬렁 나아갔다.

"어휴, 왜 나까지 쥐를 잡아야 한담." 호이슬이 기가 찬다는 듯 투덜거렸다. "이런 일은 하급 수병이 할 일인데. 게다가 더럽게 춥네."

호이슬 말대로 선창은 비에 젖은 갑판에 뒤지지 않을 만큼 쌀쌀했다. 안 그래도 추운데, 불쾌감을 부추기는 요소가 더 있었다.

"앗, 차가워!"

네빌의 목덜미에 물방울이 떨어졌다. 최하갑판에 스민 물이 선창에 똑똑 떨어져 내렸다.

"이런, 이런, 천장에서 물이 새다니 이 함선에도 슬슬 문제가 생기는군." 호이슬은 머리에 떨어진 물방울을 털어내다가 문득 조지를 보았다.

"이봐, 그 모자 제법 따뜻해 보이는걸."

호이슬은 양해도 구하지 않고 조지의 모자를 낚아채서 자기 머리에 썼다.

"흠, 좀 나은데. 물방울도 신경 쓸 필요 없고."

호이슬의 오만방자한 행동에 성격이 무던한 조지도 화가 났는지 불쾌함이 묻어나는 말투로 항의했다.

"그건 제 모자입니다."

일어나는 비극

"알아, 잠깐만 빌려줘. 하급자로서 상급자를 배려할 줄 알아야겠지?"

"저는 당신과 똑같은 상급 수병인데요."

"하지만 내가 이 함선에 더 오래 있었어."

더 이상 항의해봤자 소용없겠다 싶었는지 조지는 콧김을 세게 내쉬고 호이슬에게 등을 돌렸다. 그리고 쥐를 잡기 위해 쌓여 있는 나무통 위로 이동했다. 긴장됐던 분위기가 풀리자 다른 세 명도 쥐를 잡으러 흩어졌다.

네빌은 나무통에서 후면부 승강구 부근의 바닥으로 내려가서 쥐 사냥에 나섰다. 랜턴을 높이 쳐들어 주변을 비추자 나무통 뒤쪽으로 재빨리 달려가는 작고 검은 형체가 여러 개 보인 것 같기도 했다. 덧없이 흔들리는 랜턴 불빛만으로는 사실 잘 보이지 않는다. 네빌은 쥐의 기척을 느끼려고 귀를 쫑긋 세웠지만, 선체를 문지르는 바닷물 소리밖에 들리지 않았다. 선창은 수면 아래에 있으므로 선체가 물살에 씻기는 소리가 잘 들렸다. 선체 바로 너머가 바닷속이라고 생각하자 저절로 폐쇄감이 강해졌다.

쥐 한 마리가 멍하니 있는 네빌의 발 언저리를 가로질렀다. 네빌은 정신을 차리고 얼른 곤봉을 휘둘렀다. 바닥을 내리쳤을 때 쥐는 이미 옆으로 늪혀서 쌓아둔 통과 통 사이의 틈새로 도망치고 없었다. 랜턴을 들고서는 곤봉을 마음껏 휘두를 수 없을 듯해서 네빌은 후면부 승강구 계단에 랜턴을 놓아두고 쥐를 찾았다. 쌓아 올린 나무통 너머에서 이따금 곤봉으로 바닥이나 나무통을 후려치는 소리가 들려왔다. 다른 사람들은 쥐를 잡느라 바쁜 것이리라. 네빌도 자세를 낮추고 쥐를 찾았지만, 전혀 눈에 띄지 않았다. 네빌은 시험 삼아 아까 쥐가 숨어든 곳 부근의 나무통을 몇 번 두드려 보았다. 그러자 통과 통 사이에서 쥐가 몇 마리 튀어나왔다. 이 방법이면 되겠구나 싶어 네빌은 닥치는 대로 나무통을 두드리고 쥐가 나타나면 곤봉으로 내리쳤다. 악전고투하던 네빌은 20분 후에야 간신히 쥐를 한 마리 잡았다. 살이 으깨어지는 감촉이 곤봉을 통해 손에 전해졌다. 곤봉을 치우자 쥐가 피를 흘리며 찌부러진 몸을 경련했다. 네빌은 속이 거북해졌다. 그 후로도 나무통을 계속 두드렸지만, 쥐가 나타나는 빈도는 점차 줄어들었고 결국 더 이상 쥐가 튀어나오지 않았다. 분명 놀라서 다른 곳으로 도망친 것이리라. 이제 여기서는 수확이 더 없을 것 같아서 네빌은 랜턴을 들고 선창 옆쪽 통로로 올라가 중앙 승강구 쪽으로 걸어갔다. 통로를 나아갈 때, 선창 한복판쯤과 맞은편 통로에 랜턴 불빛이 하나씩 보였다. 누군지 모르지만 저기서 쥐를 잡고 있는 것이리라.

네빌은 통로에서 내려와 중앙 돛대 밑동 부근에서 쥐를 찾기로 했다. 중앙 돛대 밑동 주변은 나무통 말고 다른 물건으로 복잡했다. 돛대 양옆에는 사람 한 명이 유유히 들어갈 수 있을 만큼 두꺼운 나무 벽이 있고, 벽 안쪽 공간은 탄환을 보관하는 창고였다.

그리고 돛대 외에도 천장으로 뻗은 나무 기둥이 두 개 더 있었다. 돛대의 절반 굵기인 그 기둥은 배 밑바닥에서 물을 퍼내기 위해 사용하는 사슬 펌프의 일부였다. 텅 빈 기둥 내부에는 같은 간격으로 동그란 가죽 원판을 부착한 쇠사슬이 들어 있다. 쇠사슬이 회전하면 기둥 내부에 딱 맞는 크기의 원판이 배 밑바닥에 고인 물을 위쪽 배수구까지 퍼 올리는 구조다. 비 오는 날은 빗물이 배 밑바닥에 사정없이 고이므로, 명령받은 수병이 사슬 펌프를 돌리고 있으리라. 쇠사슬이 기둥 속을 회전하는 소리가 들려왔다.

네빌은 탄환 창고를 빙 돌아서 중앙 돛대로 향했다. 탄환 창고의 벽이 끊기고 돛대 밑동이 보였을 때, 예상치도 못했던 광경이 눈에 들어와서 네빌은 숨이 멎을 뻔했다.

세 번째 랜턴이 탄환 창고 바로 옆에 놓여 있었다. 어두침침한 선창에 드러누운 남자 모습이 그 랜턴 불빛 속에 드러났다.

"호이슬 씨?"

네빌은 드러누워 있는 남자의 이름을 불렀다. 위를 보고 쓰러진 호이슬의 얼굴에 평소의 경박스러운 표정은 없었다. 대신 돛대가 부러진 순간이라도 목격한 것처럼 경악한 표정이 맺혀 있었다. 머리 주변에 고인 거무스름한 액체가 구정물이 아니라는 것은 모자로 알 수 있었다. 호이슬이 빼앗아서 쓴 조지의 하얀 모자는 그 액체를 빨아들여 반쯤 검붉게 물들었다. 피, 그것도 호이슬 자신의 피가 분명했다. 칼이 깊숙이 박힌 호이슬의 목에서 피가 줄기를 이루어 조용히 흘러나오는 것이 보였다.

네빌은 얕은 호흡을 되풀이하며 뒷걸음쳤다. 소리를 지르려 해도 "헉, 헉" 하고 거친 숨소리밖에 나오지 않았다. 간신히 "도와줘……"라는 목소리를 작게 짜낸 후, 같은 말을 필사적으로 밀어냈다.

"도와줘……. 도와줘! 누가 좀 도와줘!"

네빌은 그 후에 뭐가 어떻게 됐는지 잘 기억이 나지 않았다. 그저 반쯤 미친 듯이 고래고래 고함을 지르다가 어느 틈엔가 최하갑판과 하갑판을 연결하는 중앙 승강구의 계단에 앉아 있었다. 서서히 평정심을 되찾은 네빌이 앞을 보자 버넌 대위가 서 있었다.

어떻게 된 건지 주변이 어두침침해서 사물이 잘 보이지 않았다. 그래도 어둠 속에서 빛나는 버넌 대위의 엄격한 눈만은 똑똑히 보였다.

"함장님! 범인은 네빌 보우트입니다. 틀림없어요!"

갑판장 후드가 큰소리로 주장했다. 동시에 팔을 쳐들려다

탁자에 주먹을 세게 부딪혀서 끙끙 앓는 소리를 냈다.

호이슬이 살해당했다. 2차 반당직 시간에 사관들은 또 함장 식당으로 소집됐다. 단기간에 살인 사건이 두 번이나 발생하다니 심상치 않은 사태였다. 평소 흐트러짐 없이 군기를 유지하는 사관 중에도 불안한 표정을 짓는 사람이 적지 않았다.

무거운 분위기 속에서 버넌 대위가 사건을 설명했다. 피해자는 니퍼 호이슬 상급 수병. 살해 현장은 뒤쪽 선창. 다른 수병과 함께 쥐를 잡으러 내려갔다가 살해당한 것으로 보인다. 그리고 함께 쥐를 잡던 네빌 보우트가 첫 번째 발견자라는 정보가 나오자, 후드가 흥분해서 아까처럼 주장한 것이다.

후드는 탁자에 부딪힌 주먹을 문지르면서 찡그린 얼굴로 말했다.

"보우트라는 그 수병은 저번에 살인 사건이 발생했을 때도 피해자 바로 근처에 있지 않았습니까. 이번에도 녀석이 시체를 발견했고요. 우연치고는 너무 지나칩니다."

일리 있는 말이었다. 오백 명도 넘는 수병 중에 같은 수병이 두 번이나 시체 바로 옆에 있었다니, 우연이라고는 믿기 힘들었다. 탁자 여기저기에서 찬성하는 목소리가 들렸다.

"잠깐, 잠깐."

그레엄은 차분한 목소리로 말했다. 또 살인이 벌어지다니 그레엄 입장에서도 통탄할 일이었지만, 안절부절못하며 조바심을 내지는 않았다.

"버넌 대위의 보고가 아직 끝나지 않았어. 일단 보고를 마저 들어볼까."

함장은 계속하라고 대위에게 눈짓했다.

"그럼……." 버넌 대위는 보고를 이어나갔다. "피해자는 칼에 목을 찔려 사망한 것으로 보입니다. 시체의 목에는 칼이 꽂혀 있었습니다. 레스톡 군의관의 견해로는 범인이 뒤에서 호이슬의 목을 찔렀다는군요. 그렇죠, 미스터 레스톡?"

군의관은 고개를 끄덕였다.

"칼날이 피해자의 목에 거의 다 박혀 있었으니까요. 정면에서는 이렇게 깊이 찌르기가 힘듭니다. 보통 아닌 힘과 기술이 필요해요. 따라서 범인이 뒤에서 접근해 피해자의 입을 막고 목을 힘껏 찔렀다고 봅니다."

"출혈은 어느 정도였지?" 코글란 대위가 물었다. "목을 다치면 피가 무섭게 뿜어져 나올 텐데. 뒤에서 찔렀다면 범인의 소맷자락에 범죄의 흔적이 남지 않았을까?"

"안타깝게도 그럴 가능성은 기대하기 힘들겠군요." 군의관이 대답했다. "칼을 뽑거나 비틀었다면 피가 뿜어져 나왔겠죠. 하지만 범인은 그냥 찌르는 것으로 범행을 마쳤습니다. 칼이 박혀 있으면 피가 뿜어져 나올 통로가 막힙니다. 물론 상처에서 피는 나겠지만 목을 따라 얌전히 흘러내리는 정도죠. 범인

일어나는 비극

의 소맷자락에 피보라가 튀지는 않을 겁니다."

"그거 아쉽군." 코글란은 짜증 섞인 목소리로 말했다.

"네빌 보우트는 물론, 피해자와 함께 뒤쪽 선창에서 쥐를 잡았던 조지 블랙, 게리 월든에게도 이야기를 들었습니다. 두 사람 다 열심히 쥐를 잡느라 피해자가 습격당하는 장면은 목격하지 못했고, 자기들 외에 다른 사람은 선창에서 보지 못했다고 진술했습니다."

"흥." 자비우스 대위가 콧방귀를 뀌었다. "보지도 못하고 듣지도 못했다니, 그 자리에 있던 수병들 목 위에는 머리가 아니라 삼공 도르래^{작은 원반에 구멍이 세 개 뚫린 도르래}라도 달린 것 아닌가?"

"자비우스 대위님, 그렇게 비난하는 건 지나친 처사입니다." 버넌이 부드럽게 달랬다. "선창은 나무통이 있는 곳과 없는 곳이 있어서 요철이 심하니까요. 그런 구조에서는 시야가 쉽게 차단되는 법입니다. 안 그래도 어두운 데다 구조까지 그러니까 범행이나 범인을 목격하지 못한 것도 무리는 아니겠죠. 더구나 살해 현장이 중앙 돛대 앞이라 위치가 너무 안 좋습니다. 아시다시피 선창의 중앙 돛대 양옆에는 탄환 창고가 있어서 좌우의 시선이 차단됩니다. 그리고 중앙 돛대 주위에는 배수용 펌프가 있어서 나무통을 놓아둘 수 없는 반면, 돛대 뒤편에는 나무통이 잔뜩 쌓여 있습니다. 이 나무통에 피해자의 모습이 가려지겠죠. 범행을 목격하려면 중앙 돛대 바로 뒤편에 있는 나무통에 올라가든지, 중앙 승강구 쪽에 있는 수밖에 없습니다."

"그런데……." 파커 사무장이 조심스레 입을 열었다. "흉기인 칼의 출처는 밝혀졌습니까?"

"아쉽게도 현재로서는 몰라. 취사실, 삭구 보관실, 수술실, 각종 창고, 그리고 개인 소지품까지 이 함선에는 온갖 곳에 칼이 있으니까. 예를 들어 창고에 아무렇게나 보관해둔 칼을 하나 슬쩍한들 아무도 모르겠지."

"즉." 장포장 하든이 거침없이 말했다. "이번 흉기는 수병이라도 사용할 수 있었다는 뜻이로군요."

이 발언에 많은 사관이 불편한 듯 의자 위에서 엉덩이를 움찔거렸다. 팔코너의 도구함에서 쇠망치가 사라진 일은 아직도 사관들 사이에 어두운 그림자를 드리우고 있었다.

"하핫." 후드가 유쾌하게 웃었다. "그렇지만 이제 쇠망치를 도둑맞은 일로 골치를 썩이지 않아도 되겠습니다. 결국 쇠망치도 보우트가 훔친 겁니다."

로이든이 회의적인 목소리로 의문을 제기했다.

"수병이 굳이 사관의 방에서 물건을 훔치는 위험을 감수했다고?"

"당시는 보우트가 강제 징집돼서 끌려온 지 얼마 지나지 않은 시기였잖습니까. 그래서 수병 신분으로 사관의 영역에 들어가는 것이 얼마나 위험한 짓인지 몰랐던 겁니다. 무지한 탓에 그런 만행을 저지른 거죠. 발각됐다면 문책당한 끝에 벌을 받았겠지만, 운 좋게도 들키지 않고 쇠망치를 가져갔던 겁니다. 그리고 그걸로 피해자의 머리를 쾅 때린 겁니다."

"그렇게 단정하기는 이르지 않을까." 버넌은 공감이 가지 않는다는 표정으로 말했다.

후드는 물러서지 않았다.

"그렇지만 대위님, 보우트가 범인이 아니라면 말입니다." 후드는 사관이 범인이라면, 이라는 표현을 일부러 피했다. "첫 번째 사건 때 범인이 어떻게 주변 수병들에게 들키지 않고 홀랜드에게 다가간단 말입니까?"

버넌은 입을 다물었다. 후드는 기회를 놓치지 않고 말을 퍼부었다.

"그것 보십시오. 사건 당시 아무리 어두웠더라도 그렇게 많은 사람에게 기척을 들키지 않고 다가갈 방법은 없습니다. 애당초 목표물의 위치조차 파악할 수 없을걸요? 따라서 범인은 처음부터 피해자 근처에 있었던 인물인 셈입니다. 그리고 유력한 용의자인 보우트 주변에서 또 시체가 나왔으니, 더 말해 뭐 하겠습니까."

또 탁자 여기저기서 동의하는 목소리가 들렸다. 다들 살인이라는 꺼림칙한 문제를 냉큼 마무리하고 싶은 눈치였다.

"정숙." 함장이 위엄 있는 목소리로 시끄러운 분위기를 가라앉힌 후, 버넌을 보고 물었다. "버넌 대위, 보우트가 범인이라는 주장에 대해 신중한 자세인 듯한데, 이유라도 있나?"

버넌은 깍지낀 손을 테이블에 얹었다.

"네, 오늘 벌어진 살인 사건과 관련해 알아차린 사실이 하나 있습니다."

"뭔가? 말해보게."

"사건이 발생했다는 보고를 받고 선창으로 이어지는 중앙 승강구 계단으로 향했을 때, 그곳의 들보에 걸어둔 랜턴이 꺼져 있었습니다. 그래서 계단 주변만 가려진 것처럼 컴컴했죠."

"그게 어쨌는데?" 머레이 부함장이 의아한 듯 물었다.

"그 랜턴에는 기름이 충분히 남아 있었습니다. 그런데도 불이 꺼졌으니, 누군가 의도적으로 그랬을 가능성이 큽니다."

버넌은 한 박자 쉬고 나서 말을 이었다.

"즉, 범인이 범행을 마치고 선창에서 나갈 때 다른 사람에게 얼굴을 들키지 않도록 랜턴을 끈 것 아닐까, 제 생각은 그렇습니다. 최하갑판에는 사람이 거의 없습니다만, 그래도 사관후보생의 침소가 있으니까요. 범인은 그들의 눈에 띌 가능성을 염두에 두고 계단 주변을 어둡게 한 것 아닐까요?"

사관들 사이에 웅성거림이 퍼져나갔다. 어쩐지 성가셔하는 낌새가 감도는 웅성거림이었다.

"랜턴이 저절로 꺼졌을 가능성은 없을까요?" 파커가 말을 꺼냈다. "우리 함선에서 사용하는 랜턴은 죄다 오래됐으니까요. 상태가 안 좋아서 가끔 멋대로 꺼지기도 합니다."

"확실히 그럴 가능성도 있겠지." 버넌은 인정하면서도 자신의 의견을 피력했다. "하지만 우연치고는 너무 작위적이라고 생각해."

"그렇다면 난." 머레이 부함장이 심술궂게 반론했다. "보우트가 두 번이나 시체 곁에 있었던 것도 우연치고는 너무 작위적이라고 말하겠네."

버넌은 머쓱한 듯 아무 말도 없이 몸만 살짝 움직거렸다.

그레엄이 식당에 퍼져나가는 침묵을 깨뜨렸다.

"버넌 대위, 달리 보고할 내용은 또 없나?"

"네, 없습니다."

"좋아. 그럼 정리해볼까. 살인 사건이 두 번 일어났고, 두 번 다 네빌 보우트라는 수병이 시체 바로 옆에 있었다. 아주 수상쩍지만, 네빌 보우트가 범행을 저지르는 결정적인 순간을 본 사람은 아무도 없다. 이건 우연인가, 필연인가."

그레엄은 앉은 자세로 등을 뒤로 젖혔다.

"더 이상 논의해봤자 결론은 나지 않겠지. 따라서 다수결에 부치겠다."

그레엄은 날카로운 눈으로 사관들을 둘러보았다.

"네빌 보우트가 범인이라고 생각하는 사람은 손을 들어라.

손을 든 사람이 과반수라면 보우트를 구속해 내일 재판을 열겠다. 괜찮겠지!"

사관들은 대답하지 않았다. 확인이 아니라 결정된 사항을 전하는 말이었기 때문이다.

"그럼." 그레엄이 엄숙하게 말했다. "네빌 보우트가 살인자라고 생각하는 사람은 손을 들게."

저마다 의사를 표시한 사관들을 보고 그레엄은 고개를 끄덕였다.

수병들 사이에서도 두 번째 살인 사건은 큰 화제가 됐다. 다만 여기서는 이야기의 초점이 달랐다.

저녁을 먹은 후 식탁에서 가이가 입을 열었다.

"그거 알아? 호이슬도 영창에 다녀온 적이 있대."

"이런, 프랑스인 함장에게 저주당해 죽은 사람이 또 나왔다는 건가?" 맨디가 웃으며 말했다.

"시간이 꽤 걸렸네." 초가 냉담하게 말했다. "나도 들었는데, 호이슬이 영창에 다녀온 지 2년도 넘었다는군. 그동안 병이나 사고로 죽을 가능성은 얼마든지 있었다고."

"어휴." 가이가 노골적으로 싫은 내색을 했다. "재미없게 그딴 소리 좀 하지 마. 저주에 기한이 어디 있어? 어이, 잭. 네 생각도 그렇지?"

"음." 제일 나이가 어린 잭은 뺨을 긁적이고 대답했다. "하지만 저주에 기한이 없다면 비칠거리는 할아범이 되고 나서 죽어도 저주 탓인 건가?"

"엇, 그건……."

"야야, 가이." 맨디가 웃음을 지었다. "이제는 어린애 말발에도 밀리는군."

"시끄러워."

살인보다도 저주를 화제 삼아 시끄럽게 떠드는 가운데, 네빌은 묵묵히 조지를 바라보았다. 살해당한 호이슬의 시체를 발견한 충격은 저녁 식사가 시작됐을 무렵에 많이 가라앉았다. 동료들이 사건에 관해 질문을 퍼부을 즈음에는 주변에 주의를 기울일 수 있을 만큼 평소 상태로 돌아왔다. 그래서 네빌은 조지의 낌새가 또 이상해졌다는 걸 알아차렸다. 조지는 이야기에 끼지 않고 찌푸린 얼굴을 약간 숙인 채, 가끔 아연한 표정을 지었다. 지금까지보다 더더욱 평소 조지와 동떨어진 모습이라 네빌로서는 이상하다고 받아들일 수밖에 없었다.

보다 못한 네빌은 과감하게 말을 걸었다.

"이봐, 조지. 아까부터 아무 말도 없는데 무슨 일이라도 있는 거야?"

식탁조 동료들이 조지에게 시선을 주었다. 식탁에 팔꿈치를 짚고 있던 조지가 머리에서 손을 천천히 뗐다. 피로한 기색이

역력한 얼굴이었다.

"생각 좀 하느라."

"무슨 생각?"

"나였을지도 몰라."

"뭐?"

"범인은 날 노린 건지도 모른다고."

"응?" 맨디가 눈썹을 치켜세우며 목소리를 높였다. "죽은 건 호이슬인데, 왜 그런 소리를 하는 거야?"

"그는 내 모자를 쓰고 있었어. 어둠 속에서도 눈에 잘 띄는 흰색 털실 모자를." 조지는 머리카락을 쓸어올렸다. "범인은 얼굴이 아니라 그 모자를 표시물 삼아서 범행을 저지른 게 아닐까……. 그런 생각이 머리를 떠나질 않더군."

예상치도 못한 발언에 식탁조 동료들은 당황했다.

"왜 범인이 널 노리는데?" 코구가 어리둥절한 표정으로 물었다.

"그건……."

조지가 고개를 들어 동료들의 얼굴을 차례대로 둘러보았다. 다들 흥미로운 동물을 구경하는 듯한 눈빛으로 조지의 다음 말을 기다렸다.

반쯤 벌어진 조지의 입에서 말은 나오지 않았다. 조지는 거듭 눈을 깜박이며 뭔가 찾듯 시선을 좌우로 돌리다가 서서히

일어나는 비극

고개를 숙였다.

"그건 모르겠군."

"에이, 모르겠거든 너무 생각하지 마." 가이가 웃으면서 타일렀다.

다른 동료들도 모호하게 웃음을 지었지만 네빌은 웃지 않았다. 아까 조지는 분명 갈등했다. 어쩌면 목숨을 위협받는 이유를 알지만 이 자리에서는 말하기 싫은 걸 수도 있다. 그때 네빌의 생각을 방해하는 일이 일어났다.

중갑판에 웅성거리는 소리가 퍼져나갔다. 중앙 승강구로 내려온 사람들이 흉흉한 분위기를 뿜어냈기 때문이었다. 중갑판에 나타난 사람은 버넌 대위와 마이어 선임 위병장, 그리고 해병대원 두 명이었다.

그들은 네빌이 있는 식탁으로 다가왔다.

버넌 대위는 네빌을 똑바로 바라보며 석상같이 딱딱한 표정으로 말했다.

"네빌 보우트. 널 두 건의 살인 혐의로 구속하겠다."

문이 천천히 닫히고 네빌은 영창에 홀로 남겨졌다. 그냥 감금된 것이 아니다. 현측 내판에서 튀어나온 쇠막대 형태의 족쇄에 다리를 고정한 상태로 앉혀놔서 자유롭게 움직일 수가 없었다. 그뿐만이 아니었다. 밧줄로 묶은 손목을 갑판에 달린

U자 모양 고정쇠에 동여맸다. 이래서는 얼굴을 긁기는커녕 갑판에 드러누울 수도 없었다. 영창행은 아무것도 없는 방에 죄수를 가둬두는 것에 그치지 않고, 죄수에게서 자유를 빼앗아 고통을 주는 벌이었다.

영창에는 죄수를 묶어놓기 위한 도구 말고 아무것도 없었다. 랜턴 하나 걸어놓지 않았다. 영창에는 조명 도구가 없지만, 격벽에 빛줄기가 가로 방향으로 뻗어 있었다. 격벽은 널빤지를 여러 개 대서 만들었으므로, 널빤지와 널빤지 사이의 작은 틈새에 영창 바깥의 랜턴 불빛이 비춰들어 빛줄기처럼 보이는 것이다. 그리고 다행스럽게도 격벽은 천장에 딱 붙도록 설치하지 않았다. 들보 아래까지 다다르는 높이라 천장과 격벽 사이에 큼지막한 틈이 있다. 그 틈새로도 희미한 불빛이 스며들었다.

하지만 빛이 비쳐들거나 말거나 네빌에게는 아무 의미도 없었다. 팔다리라도 잃은 것처럼 마음이 산산조각 났고, 그 충격에서 아직 헤어나지 못해 멍한 상태였다.

'내가 살인 사건을 저질렀다고?' 이 말이 끊임없이 네빌의 머릿속을 내달렸다. 홀랜드가 둔기에 맞아 쓰러졌을 때 바로 근처에 있었다. 호이슬의 시체도 자신이 제일 먼저 발견했다. 그건 사실이지만, 결코 그들을 해치지는 않았다. 목소리 높여 그렇게 호소했지만 버넌 대위는 "내일 재판에서 주장하도록 해" 하고 하갑판 선미 쪽에 있는 영창에 네빌을 가뒀다.

네빌은 재판에서 결백함이 증명될 것이라고는 믿지 않았다. 지금까지 순회 재판을 여러 번 방청했지만, 용의자가 성서에 손을 얹고 무죄를 주장해도 반드시 마지막에는 유죄 판결을 받았다.

재판에 회부된 시점에 다 끝난 셈이다. 교수형을 선고받고 활대 끄트머리에 매달리는 결말이 기다리고 있다. 절망이 마음을 점점 장악해서 네빌은 체념하기에 이르렀다. 네빌은 곧 죽음이 찾아온다는 생각에 사로잡혔다. 자연스레 마리아의 얼굴이 떠올라 네빌은 남겨질 아내와 아직 보지 못한 아이를 생각하며 눈물을 흘렸다.

얼마나 시간이 흘렀을까, 영창 문이 열렸다. 마이어 선임 위병장이 귀리 죽을 들고 들어왔다. 어느덧 아침이 왔다. 결국 네빌은 한숨도 자지 못하고 아침을 맞았다. 절망이 수마를 물리치기는 했지만, 잠들지 못한 제일 큰 이유는 엉덩이가 아파서였다. 같은 자세로 오랜 시간 딱딱한 갑판에 앉아 있으니 엉덩이가 아팠다. 그래서 통증을 완화하기 위해 움직일 수 있는 범위 안에서 최대한 자세를 바꾸며 밤을 지새웠다. 마음이 빈사 상태에 처해도 육체는 고통을 호소하는 법이다.

"아침이다."

선임 위병장이 귀리 죽을 바닥에 내려놓고 네빌의 손에 묶인 밧줄을 풀어주려고 했다. 네빌은 "됐습니다" 하고 자포자기

한 말투로 거부했다.

마이어는 뭔가 말하려다 생각을 바꿨는지 입을 다물었다. '마지막 식사가 될 수도 있어'라는 말을 하려던 것 아니었을까 네빌은 짐작했다.

선임 위병장이 귀리 죽을 들고 영창에서 나가자 네빌은 다시 홀로 남겨졌다. 아침이 왔으니 재판까지 몇 시간 남지 않았다. 버넌 대위는 오후의 두 번 종(13시)이 울리면 재판이 시작될 것이라고 했다. 그 사실을 의식하자 몸을 꽉 옥죄는 듯한 압박감이 밀려왔다. 이제는 시간이 흘러가는 것 자체가 일종의 고문이었다. 바로 저 앞에 보이는 죽음만큼 무서운 것은 또 없다. 네빌은 공포를 참아내려고 온몸에 힘을 꽉 주었다.

미쳐버릴 듯한 시간이 얼마나 지났을까. 또 영창 문이 열렸다. 문가에 선 버넌 대위와 해병대원의 모습이 네빌의 눈에 들어왔다. 버넌 대위 뒤편에 서 있던 해병대원 두 명이 네빌에게 다가와 팔과 다리를 풀어주었다. 몸이 자유로워지자 네빌은 손목을 문지르며 천천히 일어섰다.

"네빌 보우트, 나와라." 대위가 딱딱한 목소리로 말했다.

"벌써 시간이 그렇게 됐습니까?" 네빌의 입에서 몹시 밝은 목소리가 튀어나왔다. 정신이 한계에 몰려 자포자기했기에 나오는 반응이었다.

"아직 점심 식사 전인 줄 알았는데······."

"그래, 아직 점심 식사 전이야."

예상외의 대답에 네빌은 굳어버렸다.

"네?" 그렇게 묻는 것이 고작이었다.

"재판은 중지됐다."

"그게 무슨, 어째서요?"

미처 해방감을 느끼기도 전에 의문이 입에서 튀어나왔다. 반가운 소식이었지만, 밤이 별안간 낮으로 바뀐 것처럼 급격한 변화를 따라가기가 힘들어서 네빌은 환희를 제대로 곱씹을 수가 없었다.

"호이슬을 살해한 범인이 자수했거든."

네빌은 깜짝 놀라서 반사적으로 물었다.

"누굽니까?"

버넌은 문가에 시선을 주었다. 손목이 묶인 남자가 마이어 선임 위병장에게 이끌려 문가에 나타났다.

이 함선에 끌려온 뒤로 놀랄 일이 꽤 많았지만, 이때만큼 놀란 적은 없었다. 랜턴 불빛에 비친 그 남자는 네빌도 잘 아는 사람이었다.

네빌과 함께 강제 징집돼서 끌려온 잡화점 주인의 아들, 윌리 포잭이었다.

버넌은 영창 앞에서 네빌에게 자초지종을 설명했다. 포잭은 오늘 아침 식사 시간에 느닷없이 사관 휴게실을 찾아와서 자신이 호이슬을 살해했다고 자백했다. 당연히 소란이 벌어졌고, 버넌과 마이어가 진술을 듣기로 했다. 포잭 말로는 평소 툭하면 호이슬에게 무능한 인간 취급을 당해서 살의가 쌓였다고 한다. 그리고 호이슬이 선창으로 들어가는 모습을 우연히 보고서, 저기라면 들키지 않고 호이슬을 처리할 수 있겠다는 생각으로 범행에 나섰다고 진술했다. 흉기인 칼은 삭구 잇는 법을 배울 때 사용한 것으로, 몰래 슬쩍해두었다가 범행 때 호이슬을 찔렀다는 이야기였다. 또한 자수한 이유는 네빌이 살인 혐의로 붙잡히자 양심의 가책을 느꼈기 때문이었다. 버넌이 이 사실을 함장에게 보고한 결과, 내일 포잭을 교수형에 처하기로 결정됐다. 이리하여 포잭이 영창에 들어가고 네빌은 풀려난 것이다.

설명이 끝난 후에도 네빌은 여전히 이해가 안 된다는 표정이었다.

"뭔가 모르겠는 점이라도 있나?" 버넌이 물었다.

"아니요, 그런 건 아닙니다." 네빌은 신중하게 말을 골랐다. "다만 저는 포잭과 동향 출신이라 나름대로 그를 잘 압니다. 포잭이 사람을 죽이다니 그럴 리가……."

"군함이 자아내는 광기에 물들었는지도 모르지. 그 어떤 사람도 바다에서 지내다 보면 변하는 법이야."

버넌은 그걸로 다 설명이 된다는 듯이 말했다.

"아무튼 자네에 대한 의혹은 풀렸어." 어디까지나 호이슬을 죽였다는 의혹이 풀렸다는 뜻이다. 홀랜드 살해 사건과 관련해 네빌은 여전히 검지도 하얗지도 않은 회색 같은 입장이었다.

"이제 자네가 맡은 임무로 돌아가도록."

"네, 알겠습니다."

네빌은 경례한 후 얼른 영창을 떠나려다가 다시 버넌에게 돌아섰다.

"저기, 이제 관계없을지도 모르지만, 말씀드리고 싶은 일이 있습니다."

"뭐지?" 버넌은 고개를 갸우뚱했다.

네빌은 어젯밤, '범인이 노린 건 나였을지도 모른다'라고 조지가 털어놓았던 말을 버넌에게 전했다. 대위는 그 정보를 듣고 턱을 문질렀다.

"과연. 범인이 모자를 보고 인물을 식별했을 가능성이 있다는 건가."

"하지만 포잭이 자백했다면 아니겠죠. 죄송합니다." 네빌은 괜한 소리를 했다 싶어서 미안한 기분으로 덧붙여 말했다.

"아니, 상관없어. 자, 이제 물러가게."

호이슬이 살해된 사건은 해결됐으니 신경 쓰지 않아도 되겠지만, 어쩐지 찜찜한 그 이야기가 버넌의 머릿속에 딱 달라붙었다. 버넌의 머릿속에 낀 안개가 걷힌 건, 그날 밤 당직 주임으로 임무를 수행 중일 때였다.

버넌은 선미루 갑판을 우현에서 좌현으로, 좌현에서 우현으로 왕복했다. 여섯 번 종[23시]이 울렸을 때 버넌은 장루에 큰 소리를 질렀다.

"보초병, 이상 없나?"

컴컴한 장막 저편에서 "이상 없습니다" 하고 대답이 들렸다. 버넌은 야간 당직 주임 때 이렇게 정기적으로 장루 보초병에게 말을 걸었다. 어둠 저편에서 보초병이 졸고 있을 가능성도 있기 때문이다.

버넌은 고개를 끄덕이고 선미루 갑판을 다시 왔다 갔다 하려 했다. 그런데 한 발짝 내디딘 직후에 작은 사고가 발생했다.

이날 밤은 바람이 강하지 않았지만, 날씨가 변덕을 부렸는지 갑자기 바람이 한바탕 휘몰아쳐서 버넌은 무심코 손으로 삼각모를 잡았다. 얼마 지나지 않아 바람이 잦아든 후, 모자를 누르고 있던 버넌의 얼굴에 얇고 부드러운 뭔가가 부딪혔다. 대위는 약간 놀랐지만 자신의 얼굴에 들러붙은 물체를 재빨리 떼어내서 확인했다. 별것 아니었다. 수병의 스카프였다. 아까 강한 바람이 불었을 때 날려온 것이리라.

버넌은 다시 장루에 대고 크게 소리쳤다.

"보초병, 스카프를 떨어뜨리지 않았나?"

일어나는 비극

아까 그 바람을 타고 아래쪽 후갑판에서 선미루 갑판으로 붕 떠오르듯 날아올 리는 없었다. 그래서 장루 보초병의 스카프가 아니겠느냐고 대위는 짐작했다. 그의 짐작은 옳았다. 잠시 후 밤의 장막 저편에서 "네, 그렇습니다" 하고 송구스러워하는 대답이 들려왔다.

강풍에 날려온 스카프를 나중에 보초병에게 돌려줘야겠다고 생각했을 때였다. 함선에 손을 흔드는 인어라도 목격한 것처럼 충격이 버넌의 온몸을 감쌌다.

장루 보초병…… 강풍…… 이거라면 전부 앞뒤가 맞게 설명할 수 있다.

0시가 되어 당직 근무가 끝나자 버넌은 즉시 선임 위병장의 침소로 향했다. 범포 칸막이를 걷고 들어가서 다른 사람이 깨지 않도록 조심스레 마이어를 불렀다.

"무슨 일입니까?" 사관이 깨우자 마이어는 최대한 빨리 해먹에서 내려왔지만, 한밤중에 깨워서 그런지 불만이 약간 묻어나는 목소리였다.

"홀랜드 살해 사건의 진상을 알아낸 것 같다."

선임 위병장은 이 말에 잠이 완전히 달아난 듯했다. 셔츠와 놋쇠 단추가 달린 재킷을 입고 대위와 함께 타두재 가리개용 탁자로 향했다. 들보에 걸어놓은 랜턴이 두 사람을 희미하게 비추는 가운데, 버넌은 말을 꺼냈다.

"마이어, 일단 자네에게 사과해야겠군. 범인은 사건 당일 밤, 역시 돛대 위에 있었어."

너무나 의외의 말에 선임 위병장은 개복치 같은 표정으로 놀랐다.

"아니요, 대위님." 마이어는 당혹스러워하며 입을 열었다. "그건 대위님께서 분명히 부정하셨잖습니까? 초승달 밤이라 어두워서 누가 어디 있는지도 모를 지경인데, 돛대 위에서 쇠망치를 던져서 홀랜드를 살해하기는 불가능하다고요."

"전제가 잘못됐어. 범인은 쇠망치를 던져서 홀랜드를 살해할 마음이 눈곱만큼도 없었어."

"그게 무슨 말씀이십니까?" 마이어는 이야기를 따라오지 못했다.

"좀 더 자세하게 설명하지. 범인은 사건 당시 쇠망치를 들고 중앙 돛대의 아래 활대에 있었어. 그런데 실수로 들고 있던 쇠망치를 떨어뜨린 거지. 그게 우연히 머리에 맞아서 홀랜드는 사망한 거고."

마이어는 그제야 대위의 이야기를 이해했다.

"즉, 그건 사고였다는 말씀이십니까?" 말해놓고 마이어는 인상을 찌푸렸다. "아니, 그렇다면 범인은 뭣 때문에 쇠망치를 들고 활대 위에 올라간 건데요?"

"물론 사람을 죽이기 위해서지. 다만 살해 대상은 홀랜드가 아니었어. 보초병 조지 블랙이었지."

"뭐라고요?" 선임 위병장은 엄격한 평소 분위기와는 동떨어진 목소리로 소리쳤다.

"그렇게 보면 아귀가 딱 들어맞아. 분명 자초지종은 이렇겠지. 범인은 야간 당직 시간에 몰래 노천갑판으로 나가서 보트 거치대처럼 인적이 없는 곳에 몸을 숨겼어. 그 후 교대 시간이 돼서 야간 당직이 함내로 돌아가고, 심야 당직이 노천갑판으로 나오기까지 사람들이 없는 틈을 타서 횡정삭을 올라간 거야. 그리고 아래 활대로 이동해 블랙이 장루로 올라오기를 기다렸겠지. 목표물이 나타나면 어둠을 틈타 때려죽이는 게 살인자의 원래 계획이었을 거야."

"하지만 실패했군요."

"그렇지. 스마일스가 장루에 나타나서 계획이 틀어진 것 아닐까. 그 때문에 범인은 예정보다 오랫동안 아래 활대에 머물러야 했어. 그날 밤은 바람이 강했으니, 활대에 머무르려면 신경을 곤두세워야 했겠지. 그러다 한층 강한 바람에 휘말렸는지, 무거운 쇠망치를 오른손에서 왼손으로 바꿔 쥐려다 그랬는지, 이유는 뭐든 간에 실수로 쇠망치를 떨어뜨리고 말았어. 쇠망치는 불쌍한 홀랜드의 머리를 정통으로 때린 후, 바다에 빠졌고. 그래서 홀랜드가 쓰러졌을 때 누구도 범인의 기척을 느끼지 못했던 거야."

앞뒤가 잘 맞는 이야기였지만 마이어는 여전히 납득하지 못했다. 왜냐하면 큰 의문이 아직 남아 있었기 때문이다.

"중앙 돛대의 아래 활대에 범인이 있었다고 치고, 그자는 어떻게 활대에서 사라졌을까요? 예전에 대위님도 말씀하셨잖습니까. 횡정삭 주변에는 수병들이 있어서 아래로 내려오면 그들에게 들킵니다. 그렇다고 언제까지나 그 자리에 머물러 있으면 아침 당직이 시작돼서 침소에 없다는 사실이 발각될 테고, 결국은 날이 밝아서 돛대 위에 있는 모습이 훤히 드러납니다."

버넌은 범인의 탈출 방법도 생각해놓았다.

"범인은 **앞 돛대**의 전지삭을 타고 제1사장에 내려선 거야. 그리고 제1사장에서 뱃머리로 내려와서 함내로 돌아간 거지. 밤중에는 다들 양철통에다 볼일을 보니까 뱃머리에는 아무도 없어. 범인은 마음 놓고 자기 침소로 갈 수 있었겠지."

마이어는 또 이야기를 따라가지 못해서 어리둥절한 표정이었다.

"대위님, 범인은 중앙 돛대의 아래 활대에 있었다는 이야기였잖습니까. 그런데 갑자기 앞 돛대로 옮겨간다고요? 중앙 돛대에서 앞 돛대까지 십수 미터도 넘습니다. 노천갑판에 내려오지 않고 이동하기는 불가능하다고요."

"그날 밤에는 가능했어. 미스터 마이어, 중요한 사실을 간과했군."

일어나는 비극

"제가 뭘 간과했다는 말씀이십니까?"

"강풍." 버넌은 힘주어 말했다.

"네?" 마이어가 미간의 주름으로 당혹스러움을 표현했다.

"살인이 일어난 밤은 바람이 강해서 함선이 해안으로 흘러가지 않도록 카운터 브레이스를 실시했지. 앞 활대는 우현 방향으로 돌렸고, 중앙 활대는 고정된 상태였어. 즉, 앞 아래 활대는 오른쪽이 한계까지 선미 방향으로 기울어졌고, 중앙 아래 활대는 가로로 일직선 상태였지. 이게 무슨 뜻인지 알겠지? 중앙 아래 활대의 오른쪽 끄트머리와 앞 아래 활대의 오른쪽 끄트머리가 서로 닿을 만큼 가까워진 거야. 손을 뻗으면 닿을 거리니까 건너가기는 간단하겠지. 그리고 앞 돛대까지 가서 전지삭을 붙잡고 제1사장까지 주르르 미끄러져 내려간 거야."

"손바닥이 다 벗겨지겠는데요."

"삭구를 끌어안듯이 붙잡으면 괜찮아. 그러면 팔과 다리로 조여서 미끄러져 내려가는 속도도 조정할 수 있어. 다만 재킷 팔 부분과 바지에 타르가 묻겠지. 이 사실을 빨리 알아차렸으면 의복을 검사해서 범인을 알아낼 수 있었겠지만, 이제 너무 늦었어. 벌써 옷을 빨았겠지."

"그야 어쩔 수 없죠."

"그렇지. 하지만 우리가 꾸물거린 탓에 두 번째 피해자가 나오고 말았어."

"네?" 선임 위병장은 한순간 얼떨떨한 표정을 지었다. "두 번째 피해자라니, 호이슬 말씀이십니까? 하지만 포잭이 자기가 범인이라고 자수했는걸요. 설마 홀랜드도 포잭이 죽였다는 겁니까?"

"아니. 포잭은 장루에 올라갈 엄두도 못 내는 하급 수병이잖나. 포잭에게는 무리지. 미스터 마이어, 내 생각에는 포잭이 사형을 당하고 싶어서 거짓으로 자백한 것 같아."

"자청해서 사형당하려는 사람이……." 어디 있겠느냐고 말하려다가 마이어는 입을 다물었다. 강제 징집돼서 끌려온 수병 중에는 선상 생활을 견디다 못해 자살하는 사람도 드물지 않다.

"포잭은 죽고 싶은 거로군요."

버넌은 고개를 끄덕였다.

"자살할 용기가 없어서 사형을 바란다. 딱히 이상한 일은 아니겠지."

"그러면 홀랜드와 호이슬은 같은 자에게 살해당했다는 뜻이군요."

"내 생각은 그래. 다만 범인은 그 두 사람을 살해할 작정이 아니었어. 홀랜드는 아까 말했다시피 사고였고, 호이슬은 블랙의 하얀 털실 모자를 쓰고 있던 탓에 착오로 살해당한 거야."

"진짜 목표물이 조지 블랙이라면 범인은 정말로 얼간이로군요. 두 번이나 실패해서 스스로를 위험에 빠뜨렸어요."

일어나는 비극

"확실히 얼간이지. 하지만 악운이 센 놈이기도 해. 어둠의 가호가 있었다고는 해도 두 번이나 남의 눈을 피해 사람을 죽인 데다 아직도 꼬리를 잡히지 않았으니까."

"이제 어떻게 하실 겁니까?"

"날이 새면 이 사실을 함장님께 보고해야지. 그리고 포잭과 블랙에게 이야기를 들을 거야." 버넌은 단호한 어조로 말했다. "특히 블랙의 이야기가 중요해. 그는 범인이 누군지 알 가능성이 커. 분명 짚이는 점이 있는 거겠지. 아니면 범인은 자기를 노린 건지도 모른다고 우는소리를 할 리 없어."

버넌은 자리에서 일어섰다.

"자, 할 일이 정해졌으니 잠자리로 돌아가지. 한밤중에 깨워서 미안하네."

"아닙니다. 어깨의 짐을 내려주신 덕에 푹 잘 수 있겠습니다."

"난 들떠서 잠이 올 것 같지 않군."

버넌은 자기 침소로 돌아가서 해먹에 드러누워 멍하니 내일 일정을 머릿속에 그렸다. 함장은 6시에 일어나니까 몸단장을 하는 시간도 고려해 6시 반쯤에 찾아가면 된다. 그 후에 블랙과 포잭에게 이야기를 듣는다. 내일 오전 중에는 전부 마무리될 것이다.

하지만 근심거리도 하나 있었다. 블랙은 범인이 자신을 노린다고 생각하면서 왜 도움을 요청하지 않는 걸까. 어쩌면 그에게는 남에게 말 못 할 비밀이 있는지도 모른다. 그 비밀을 지키고 싶어서 대화를 거부한다면? 그런다면 내키지 않지만 고양이를 먹여서라도 진실은 토해내게 하는 수밖에 없다.

버넌으로서는 최대한 원만하게 일을 마무리하고 싶었다.

그러나 실제로는 무엇 하나 버넌의 생각대로 되는 법이 없었다.

아침의 두 번 종(鐘)이 울린 후, 앞 돛대의 장루 보초병이 앞쪽에 불빛이 보인다고 보고했다. 코글란과 로이든이 선수루 갑판으로 가서 야간용 망원경을 들여다보았다. 망원경에 배의 형체가 뚜렷하게 떠올랐다. 그것도 한 척이 아니라 두 척이었다.

코글란은 망원경에서 눈을 떼고 말했다.

"얼른 전령을 보내서 함장님께 배를 발견했다고 보고해라."

약 10분 후, 함장이 옷을 갖춰 입고 나타났다. 함장은 거두절미하고 코글란에게 물었다.

"어디 배지?"

"아직 모르겠습니다. 어두워서 식별 신호기가 보이지 않습니다."

그렇다면 할 일은 하나다.

"국적 불명의 배를 쫓아간다."

로이든이 놀란 표정으로 말했다.

일어나는 비극

"저게 프랑스 군함이라면요? 두 척인데요."

함장은 어처구니가 없다는 듯 콧방귀를 뀌었다.

"한 척이든 두 척이든 만약 프랑스 군함이라면 우리는 적을 뻔히 목격해놓고 그냥 보내준 셈이 돼. 그래서는 국왕 폐하를 뵐 낯짝이 없어. 적어도 저 배가 어느 나라의 배인지는 확인해야지."

그레엄은 위엄 있는 말투로 한마디 덧붙였다.

"그리고 저 배가 프랑스 군함일 상황에 대비해 전투를 준비하게."

호루라기와 확성기가 총동원됐다. 헐버트호가 풍상에서 정체불명의 배에 접근하는 동안, 수병들은 식탁과 짐 등을 선창으로 옮겼다. 정체불명의 배 두 척과는 8킬로미터쯤 떨어져 있었는데, 헐버트호는 그 거리를 좀처럼 좁히지 못했다. 상대도 헐버트호의 존재를 알아차린 듯, 배 두 척은 일정한 거리를 유지한 채 달아나기 시작했다. 분명 상대도 헐버트호의 국적이 확실해질 때까지 두고 보려는 것이리라.

어둡고 차가운 하늘 아래서 긴박감이 수병들의 살갗을 바작바작 태웠다. 마침내 수평선에서 아침 해가 고개를 내밀었다.

햇빛이 저 앞쪽의 배 두 척을 비추었다. 선미에서 혁명의 상징인 삼색기가 펄럭였다.

제3장

사라진 살인자

"이제 확실해졌군."

그레엄 함장은 선수루 갑판에서 망원경을 들여다보며 말했다. 그의 주변에 집합한 대위들도 다들 망원경을 들고 있었다.

"프리깃함 두 척이군요." 버넌이 말했다.

헐버트호는 돛에 바람을 가득 받으며 적함의 꽁무니를 쫓았지만, 프리깃함은 전열함보다 속력이 빠르다. 아무래도 따라잡기는 불가능하다. 헐버트호와 적함은 거리가 점점 벌어졌다.

프리깃함은 용골부터 돛대 꼭대기까지 철저히 군함으로서 건조한 배다. 상선을 개조한 사략선보다 훨씬 전투에 적합하다. 그런 배가 두 척이나 된다. 적함의 전력이 예상했던 것보다 만만치 않았지만, 그래도 자비우스는 멀어지는 적함을 바라보며 속상하다는 듯 말했다.

"젠장, 돈이 되는 나무가 도망치는군."

"자자, 원래 우리 임무는 해역 감시야. 적을 무역로에서 쫓아내는 것만으로도 임무를 완수한 셈이라고." 로이든이 어쩐지 안심한 듯한 어조로 말했다.

코글란도 동의했다.

"그렇지. 적함도 우리와 맞붙을 마음은 없을걸. 놈들의 목표는 영국으로 향하는 무역선일 테니까."

"아니, 그렇지도 않은 것 같군." 그레엄이 망원경을 들여다보며 말했다. "여기서 한바탕 붙어볼 작정이야."

대위들은 망원경을 눈에 댔다. 선미를 이쪽으로 향하고 도망치던 프리깃함 두 척이 그 자리에 멈춰 헐버트호에게 현측이 향하도록 선수를 돌리는 참이었다.

버넌은 망원경에서 눈을 떼고 놀란 듯이 말했다.

"프랑스의 목적은 통상 파괴 아닙니까? 여기서 우리와 싸워봤자 아무 이득도 없을 텐데요."

"신정부 수립 때 프랑스 해군도 인원을 재정비했다는 이야기를 들었네." 그레엄이 담담하게 말했다. "신정부를 적대시하는 함장을 싹 숙청하고, 혁명을 신봉하는 자들을 함장으로 발탁했지. 그런데 새로 함장이 된 사람 중에는 경험이 부족한 사관과 부사관, 그것도 모자라 일개 수병도 있다는군. 그렇듯 함장 자격이 없는 인간은 종종 잘못된 판단을 내리는 법이지."

"미쳤군요." 코글란이 내뱉듯이 말했다.

그레엄은 적함의 판단을 비난했지만, 속으로는 싸우면 골치 아프겠다고 생각했다. 일단 2 대 1이라 수적으로 불리하다. 그리고 풍향과 풍속이 헐버트호를 곤경으로 몰아넣었다. 예전부터 영국 해군에서는 풍상에서 공격하는 것이 최고라고 여겨왔다. 풍상에 있으면 적함과 거리를 조절해 공격 주도권을 잡을 수 있다. 하지만 지금처럼 강풍이 불 때는 풍상이 불리해진다. 풍상에서 적을 포격하려고 현측을 적에게 돌렸다고 치자. 그러면 뒤쪽에서 강풍을 받은 함선이 고개를 숙이듯 기울어져서 하갑판의 포문이 해수면 근처까지 내려간다. 그런 상태로 하갑판의 포문을 열면 바닷물이 들어와서 최악의 경우에는 함선이 침몰할 위험성이 생긴다. 덧붙여 하갑판에 배치된 대포는 파괴력이 높은 32파운드 포_{약 14.5킬로그램짜리 포탄을 쏠 수 있는 대포로}, 이걸 사용하지 못하면 군함의 전투력이 대폭 줄어든다. 적은 그 사실을 아는지 모르는지 전투에 나서려 한다.

하지만 이러한 불안 요소를 떨쳐낼 수 없는 것은 아니다.

"어떻게 하시겠습니까, 함장님?" 부함장 머레이가 명령을 요청했다.

그레엄은 망원경으로 적함을 관찰했다. 프리깃함 두 척은 좌현을 헐버트호 쪽으로 돌리고 옆으로 나란히 멈춰서서 이미 포문을 열었다. 언제라도 포격할 준비를 마쳤다는 뜻이다. 그레엄은 적함이 아니라 그 사이의 허공에 주목했다. 프리깃함 두 척 사이에 약 185미터 정도 거리가 있었다. 저 정도 공간이 있으면 충분하다.

그레엄은 망원경을 접으며 명령을 내렸다.

"돌격한다. 적함과 적함 사이로 파고들어 전열을 끊은 후, 양현에서 일제히 포격해서 해치운다."

적함과 적함 사이로 파고들면 좌현과 우현의 대포를 동시에 사용할 수 있으므로 수적 열세는 사라진다. 그리고 선미에 바람을 받으므로 하갑판 포문으로 바닷물이 들어올 염려도 없다.

그렇지만 이것은 위험한 도박이기도 했다. 적함에 선수를 향한 채 접근할 때는 대포를 사용할 수 없다. 즉, 헐버트호는 적함의 사정거리에 들어간 순간부터 적함 사이로 파고들 때까지는 오로지 공격을 받아야 한다. 만약 적의 포격에 돛대라도 부러지면 추진력을 잃은 헐버트호는 딱 좋은 과녁이 되는 셈이다. 프랑스 쪽도 접근하는 군함에 사슬탄^{반구형의 쇳덩이를 사슬로 연결한 포탄. 삭구를 절단하거나 돛과 돛대를 파괴할 목적으로 사용한다}을 날려서 발목을 붙잡으려고 하리라. 함선이 멈추면 이보다 더 큰 위기는 없다.

그래도 그레엄 함장은 돌격하기로 했다. 아니, 그레엄뿐만 아니라 영국 해군의 함장이라면 누구나 같은 결정을 내렸으리라. 자신의 책무를 다하기 위해.

"일단 함선을 멈추고 승조원을 전부 후갑판에 집합시켜라.

우리 함선이 어떤 행동에 나설지 전달한 후, 적함에 접근한다."

네빌은 너무 두려운 나머지 심장이 춤추는 것처럼 날뛰었다. 프랑스 군함을 발견했다는 소식을 들은 후부터 불안감이 마음을 갉아먹었고, 전투 준비 명령이 내려지자 불안감은 공포로 바뀌었다. 후갑판의 흉흉한 분위기가 더더욱 전투를 의식시켜서 네빌은 죽을 가능성을 염두에 두지 않을 수 없었다. 집합한 수병들의 태도는 다양했다. 흥분해서 적을 모욕하는 말을 빠르게 내뱉는 사람도 있었고, 굳은 표정으로 말문을 닫은 사람도 있었다. 네빌처럼 죽을상으로 주변을 둘러보는 사람들도 있었다. 그런 수병은 분명 이번이 첫 전투이리라.

"정숙!" 부함장 머레이가 선미루 갑판에서 호통쳤다. "이제부터 본함은 전투태세에 들어간다. 적은 풍하 방향으로 8킬로미터 밖에 있는 프랑스 프리깃함 두 척이다. 적함은 나란히 정지한 상태로 현측을 이쪽으로 돌려서 이미 전투태세에 들어갔다. 본함은 적함 사이를 파고들어 양 현 일제 포격으로 단숨에 승부를 지을 예정이다. 공격 명령이 떨어질 때까지 각자 맡은 전투 구역에서 대기해라. 지금까지 훈련한 성과를 보여주는 거다!"

머레이가 설명을 마치고 물러나자 그레엄 함장이 앞으로 나섰다.

"제군들, 이제 본함은 적함을 향해 돌격한다. 우리 숫자가 부족하다고 겁낼 건 없다. 영국 해군의 전열함은 세상에서 제일 뛰어난 군함이니까. 그리고 우리는 전통 있는 영국 해군의 일원이다. 반면 프랑스 해군은 지금까지 닦아온 체제를 파괴하고 새로 결성한 허약한 군대다. 그런 약졸들을 두려워해서야 되겠나! 놈들에게 영국 해군이 왜 바다를 제패했는지 보여주는 거다! 자, 긍지를 품고 불굴의 정신으로 전진하자!"

수병들이 사기 높게 고함을 질렀다. 네빌도 용기를 북돋우기 위해 소리를 지르려 했지만, 목구멍이 막힌 것처럼 아무 소리도 나오지 않았다.

실전이라는 미지의 영역이 네빌을 무겁게 짓눌렀다. 훈련이 아니다. 정말로 공격받는 것이다. 포격 훈련 때 쐈던 그 무시무시한 포탄이 이번에는 이쪽으로 날아온다. 그 와중에 정확히 반격해야 한다는 생각에 네빌은 승선하고 처음으로 구역질을 했다. 어쩌면 자신의 실수로 누군가 죽을지도 모른다는 걱정에 사로잡혀 가슴속에서 두려움이 더욱 크게 부풀어 올랐다.

주변에 있던 식탁조 동료가 그런 네빌을 보다 못해 말을 걸었다.

"네빌, 괜찮나? 얼굴이 새파랗게 질렸어." 맨디가 평소와 다름없는 어조로 말했다. "무서워?"

"멍청한 소리 좀 하지 마. 안 무서운 놈이 어디 있냐." 가이가 옆에서 핀잔을 주었다.

"시끄러워! 난 네빌의 긴장을 조금이라도 풀어주려고……."

"네가 한마디 한다고 풀릴 긴장이면 벌써 풀렸겠지." 람지도 이죽거렸다.

"흥, 너희는 좀 닥쳐. 잘 들어, 네빌. 영국 군함은 선체를 두껍게 만들어서 아주 튼튼해. 어지간한 대포로는 선체를 뚫지도 못한다고."

맨디의 말을 이어받듯 초가 말했다.

"그리고 프랑스는 그 군함에 대항하기 위해 대포를 개량해 왔지."

"멍청아, 쓸데없는 소리 하지 마!"

초는 어깨를 으쓱했다.

"적을 잘 알아두는 것도 중요하잖아?"

맨디는 마음을 다잡은 표정으로 다시 말했다.

"뭐, 어쨌든 겁먹을 필요 없어. 우리는 함장님이 명령하는 대로 자신의 책무만 다하면 돼."

"훈련받은 대로만 하면 괜찮아." 잭이 격려했다.

"그리고 적의 포탄이 이쪽으로 날아오지 않게 해달라고 항상 기도해." 코구가 말했다. "기도하면서 행동하는 거야."

"뭐, 아무튼." 맨디가 웃음을 지으며 말했다. "다 끝나고 나면 다들 식탁에 모여서 그로그라도 마시자고."

주변에 있던 수병들이 흩어졌다. 각자 담당 구역으로 향하기 전에 조지가 네빌을 붙잡았다.

"네빌." 조지도 전투가 두려운 것 같았지만, 또렷한 목소리로 네빌을 격려했다. "죽지 마."

"알았어." 그렇고말고. 마리아와 다시 만날 때까지는 죽을 수 없다. 반드시 살아남겠다.

헐버트호는 앞 돛대와 중앙 돛대의 아래 돛만 제외하고 모든 돛을 활짝 펼쳤다. 아래 돛까지 활짝 펼치면 전투할 때 방해되므로 아래 돛은 절반이 조금 못 되게 크기를 줄였다. 그레엄 함장은 일단 돛을 좌현으로 향하도록 명령해서, 적함이 비스듬히 왼쪽에 보이는 위치까지 함선을 이동시켰다.

"적함에 움직임은 있나?" 함장이 큰 소리로 물었다.

"없습니다!" 선수에서 자비우스가 대답했다.

그레엄은 조용히 고개를 끄덕였다.

"돛을 우현으로 향하고 이동해라."

활대가 돌아가고 헐버트호는 적함을 향해 나아갔다.

한편 네빌이 있는 하갑판은 침묵과 긴장이 지배하고 있었다. 적함과는 아직 거리가 있지만, 포문으로 밀어낸 대포는 제 역할을 다할 순간이 오기를 이제나저제나 기다리고 있었다. 갑판 중앙에는 물과 모래가 담긴 나무통을 늘어놓았고, 평소 빨래에 사용하는 나무통도 일정한 간격으로 놓아두었다. 장전 작업에 지체가 없도록 빨래통에는 광택이 도는 포탄을 담아두었다. 포대원들은 담당 대포에 찰싹 달라붙어 때가 오기를 기다렸다.

네빌은 맡은 위치에 서서 기력을 쥐어짰다. 네빌뿐만이 아니었다. 수병들 대부분이 승강구에서 들려오는 큰북 소리를 곱씹으며 필사적으로 용기를 불러일으켰다.

그런 분위기를 알아차렸는지 장포장 하든이 입을 열었다.

"야 이놈들아, 벌써 마음 졸이면 어떻게 하냐. 적함이 가까워지려면 아직 멀었어. 웃으면서 이야기를 나누라고는 하지 않겠지만, 좀 더 여유를 가지도록 해. 첫 포격이 날아온 후에 인상을 써도 늦지 않아."

하든이 말한 첫 포격은 25분 후에 시작됐다. 저 멀리서 거인이 쇠망치로 대지를 내리친 것 같은 소리가 들렸다. 네빌은 아랫배부터 오그라들었지만 20초가 지나도 헐버트호에는 아무 변화도 없었다.

하든이 선수에 있는 닻줄 구멍으로 바깥을 살폈다. 시야 오른쪽의 프랑스 군함이 포연에 휩싸여 있었다.

"쯧쯧, 덜떨어진 것들. 포탄만 낭비했군."

하든은 얕잡아보듯 말하고 몸을 돌렸다.

"잘 들어라! 곧 위에서 포격 명령이 떨어질 거야. 첫발은 내가 지시를 내리겠지만, 그 후로는 중지하라고 호령할 때까지 알아서 뻥뻥 쏘도록 해. 이제부터 마음 단단히 먹도록!"

그 후로 간헐적으로 포성이 이어졌다. 프랑스 쪽은 조준해서 쏘는 것 같았지만, 아직 거리가 있어서인지 해수면에 물기둥만 솟아올랐다. 그러나 거대한 전열함이 언제까지고 포격을 피해낼 수는 없는 노릇이었다.

네빌의 머리 위에서 깨지고 갈라지는 소리가 크게 울려 퍼진 직후, 비명과 욕설이 뒤섞여 들려왔다. 네빌은 무슨 일이 일어난 건지 상상도 하기 싫었다. 하지만 상상할 것도 없이 금방 네빌의 눈앞에서 현실로 나타났다. 4번 대포와 5번 대포 사이의 현측이 갑자기 박살 나고 벌겋게 달아오른 포탄이 날아들었다. 4번 대포의 소제 담당이 붕 날아갔다. 포탄에 맞았는지 갑판에 내동댕이쳐진 그의 가슴에는 큼지막한 구멍이 뚫렸다. 그러고도 포탄의 기세는 줄어들지 않고, 반대쪽 현측에 있던 포대원 중 한 명의 무릎 아래를 절단한 후에야 좌현에 세게 부딪혀서 멈췄다. 죽음과 피를 초래한 것은 포탄만이 아니었다. 포탄이 구멍을 뚫고 날아들었을 때, 산산조각 난 목재가 산탄처럼 포대원들을 덮쳤다. 나뭇조각을 덮어쓴 5번 대포의 장전 담당은 웅크려 앉아 온몸에서 피를 흘리며 신음했다. 같은 포대의 파우더 몽키는 널빤지가 칼처럼 목에 깊숙이 박혀서 사망했다.

한순간에 벌어진 참극을 보고 네빌은 머리가 마비됐다. 자신이 이 자리에 없는 듯한 착각에 빠져, 죽은 사람과 퍼져나가는 핏물을 멍하니 바라만 보는 목각 인형으로 변했다.

그때 승강구에서 명령이 내려왔다.

"우현 1번부터 7번, 발사!" 그 말이 들린 후 머리 위에서 천둥소리에도 뒤지지 않을 만한 굉음이 울려 퍼졌다. 위쪽 갑판에서 먼저 포격한 것이다.

하든이 콧김을 씩씩거리며 말했다.

"좋아! 놈들에게 본때를 보여주자!"

대포는 이미 조준해서 언제든지 쏠 준비를 마쳤다.

"야, 위험해!" 누군가 네빌의 셔츠 옷깃을 힘껏 잡아당겼다. 네빌은 뒤로 물러나며 엉덩방아를 찧었다.

"우현, 1번부터 7번, 발사!"

각 포대의 포대장이 방아끈을 당기자 갑판을 뒤흔드는 포성과 함께 포가가 미쳐 날뛰는 소처럼 아까 네빌이 서 있던 곳으로 돌진했다.

"멍하게 있지 마. 죽고 싶어?"

네빌을 잡아당긴 사람은 코구였다. 그가 도와주지 않았다면 지금쯤 네빌은 포가에 깔렸으리라.

"죄송합니다."

"정신 똑바로 차려." 코구는 빠르게 말한 후 포문으로 바깥 상황을 살폈다. 프랑스 프리깃함의 선수와 선미에서 먼지가 피어오르는 것이 보였다.

"헷, 꼴 좋다."

"가만히 있지 말고 시체를 치워!" 하든이 고함을 질렀다. "거기 너랑 너. 포문으로 바다에 버려."

하든이 지목한 사람 중 한 명은 네빌이었다. 네빌은 덩치가 크고 수염을 짙게 기른 수병과 함께 포탄에 당한 시체를 치우기로 했다.

"어이, 다리를 잡아." 털보 수병이 신경질적으로 말했다.

네빌은 시키는 대로 시체의 다리를 잡았다. 가슴에 뚫린 커다란 구멍을 통해 찌부러진 내장이 보여서 속이 메스꺼웠다.

대포가 물러나서 비어 있는 포문으로 시체를 떨어뜨렸다. 네빌이 몸을 돌리자 하든이 피에 젖은 갑판에 모래를 뿌리고 있었다. 피를 밟고 미끄러지는 것을 방지하기 위해서다.

이어서 우현 8번부터 14번까지 대포를 발사하라는 명령이 내려왔다. 하든이 모래가 든 통을 든 채 호령하자 대포가 포효와 불기둥을 뿜어냈다.

그 후로 봇물이 터진 것처럼 포격이 이어졌다. 우현에 배치된 45문의 대포가 불기둥과 포연을 쏟아내며 포탄을 발사했다. 포격이 끊기는 시간은 거의 없었다.

네빌이 속한 포대도 다음 포탄을 발사할 준비에 나섰다. 첫 발을 쏜 후 남은 열기와 불씨를 수세미봉으로 깨끗이 닦아내고 장약과 포탄을 장전했다. 그리고 마개를 쑤셔 넣고 누름봉으로 꾹꾹 다졌다. 마지막으로 모두 힘을 합쳐 대포를 포문까지 밀고 갔다. 포대장은 프랑스 군함에 한 방 먹인 것이 기쁜지 가학적인 웃음을 지었다.

대포를 포문 밖으로 밀어냈지만, 안개 같은 포연이 헐버트호와 적함 사이에 자욱해서 조준하기가 힘들었다. 그때 중앙 승강구로 부사관이 내려와서 크게 소리쳤다.

"손이 비는 후갑판 당직병, 중앙 돛대 앞으로 집합!"

코구가 네빌을 힐끗 보았다.

"가봐. 여기는 우리끼리도 충분해."

네빌은 고개를 끄덕이고 중앙 승강구를 뛰어올라 노천갑판으로 나갔다. 중갑판과 포열 상갑판도 성난 고함소리가 오가는 전쟁터로 변했지만, 노천갑판은 그중에서도 가장 긴박감이 넘쳤고 최악이라고도 할 수 있는 상황이었다. 선수루 갑판 우현에는 피가 고여서 커다란 웅덩이가 생겼다. 해먹을 놓아두는 흉벽이 일부 날아갔고, 침구류 조각이 핏물에 빠져서 빨갛게 물들었다. 적의 포탄이 거기로 날아들어 여러 사람이 휘말린 것이리라. 현측 통로에는 해병대원이 죽 늘어서서 적함에 머스킷을 겨누고 있었다. 후갑판에서는 머리가 날아간 시체를 바다에 버리려 하는 참이었다. 죽을지도 모른다는 공포에 대항해 죽을 각오로 분투하느라 알아차리지 못했을 뿐, 네빌이 모르는 사이에 수많은 포탄이 헐버트호에 명중한 것이다.

그레엄은 선미루 갑판에 서서 포연 너머의 적함을 응시하고 있었다. 이쪽의 접근에 반응해 상대가 움직일 낌새를 보이면 즉시 그에 맞춰 함선을 움직여야 한다. 아무리 작은 변화도 놓칠 수 없었다.

후갑판에는 이미 당직병 몇 명이 모여 있었다. 하지만 뭘 어째야 하는지 몰라서 적의 포격에 움츠러들기만 했다.

"후갑판 당직병, 모였나!"

갑판장 후드가 나타났다. 어깨에는 원형으로 둘둘 만 삭구를 멨고, 부하의 도움을 받아서 약 3미터 길이의 목재도 두 개 들고 왔다. 갑판장은 목재를 갑판에 내려놓고 당직병들에게 말했다.

"중앙 돛대의 가운데 활대가 부러졌다."

그 자리에 있던 사람들 모두 고개를 쳐들었다. 저 높이 보이는 가운데 활대의 우현 쪽이 뚝 부러져서 축 늘어진 돛이 서글프게 펄럭이고 있었다. 하지만 손상된 곳은 거기만이 아니었다. 모든 돛에 수많은 구멍이 숭숭 뚫려 있었다. 돛에 구멍이 나면 바람을 제대로 받지 못하므로 속력이 낮아진다.

"이 목재를 덧대서 활대를 수리한다." 후드는 갑판에 내려놓은 목재를 발끝으로 툭 치면서 말했다. "횡정삭을 타고 목재를 위로 옮겨!"

후드는 집합한 당직병들에게 각자 역할을 맡겼다. 수병의 기량을 비교해 능력 있는 수병일수록 높은 위치에 배치했고, 가장 솜씨 좋은 수병들에게는 가운데 활대에 목재를 덧대고 동여매는 작업을 맡겼다. 네빌에게는 장루까지 올라가라는 명령이 떨어졌다.

"좋아, 그럼 옮겨라!" 후드는 큰 소리로 명령했다.

일단 보수용 삭구를 어깨에 멘 수병들이 횡정삭을 올라갔다. 그리고 가운데 활대로 이어지는 횡정삭을 담당한 수병들, 마지막으로 후갑판에서 장루로 이어지는 횡정삭을 담당한 수병들이 올라갔다.

횡정삭을 오르내리는 훈련은 여러 번 받았으므로 이제 네빌도 장루 정도는 손쉽게 올라간다. 하지만 포탄이 쏟아지는 가운데 횡정삭을 올라가는 것은 훈련과 달라도 너무 달랐다. 저 멀리서 파괴자의 행차를 알리는 굉음이 울려 퍼질 때마다 몸이 굳고 손발이 멈췄다. 네빌은 기도하며 횡정삭을 올라갔다.

장루에 오르자 상급 수병들이 머스킷을 쏘는 광경이 눈에 들어왔다.

"빨리 활대를 고쳐." 머스킷을 든 수병 한 명이 네빌을 보고 말했다. "조금만 더 가까워지면 총도 훨씬 도움이 될 거야."

그렇게 말한들 네빌로서는 어쩔 도리도 없었지만 일단 "네" 하고 대답했다. 상대는 네빌이 있다는 사실을 잊어버린 듯 다시 사격에 집중했다.

횡정삭을 붙잡은 수병이 네빌에게 목재를 건넸다. 네빌은 목재를 받아 위쪽 횡정삭에 있는 수병에게 넘겨주었다. 물통 이어 나르기의 요령이다. 목재 두 개를 넘겨주자 네빌의 역할은 끝났다. 이제 보수를 맡은 수병들이 잘 해내기를 바랄 뿐이다.

네빌이 횡정삭을 타고 내려오자 위에 있던 수병도 잇달아 내려왔다. 그때 바람을 가르는 소리와 함께 맹렬한 기세로 회전하는 사슬탄이 날아들었다. 양쪽에 달린 쇳덩이가 빙빙 돌자 쭉 펴진 쇠사슬은 삭구와 목숨을 찢어발기는 사신의 낫으로 변했다. 네빌의 머리 위에서 풍압이 느껴졌다. 사슬탄이 네빌 위에 있던 수병의 다리를 횡정삭 몇 줄과 함께 잘라버렸다. 횡정삭을 놓친 수병이 비명을 지르며 바다로 떨어졌다. 네빌은 수병의 피를 머리부터 덮어썼다.

어느덧 갑판에 내려선 네빌은 몸을 벌벌 떨었다. 너무 무서운 나머지 수병이 사슬탄의 먹잇감이 되고 나서 갑판에 내려서기까지의 기억이 싹 사라졌다. 떨림이 멈추지 않았다. 사슬탄이 약 60센티미터만 아래로 날아왔으면 네빌이 목숨을 잃었을 것이다.

전장은 벌벌 떨고 있을 여유를 주지 않는다. 네빌의 뒤쪽에서 뭔가 부서지는 소리가 들렸다. 포탄이 선미루 갑판의 측면을 정통으로 때려서 갑판 일부가 산산조각 났다. 갑판이 부서지면서 강한 충격을 받았는지 그레엄 함장을 포함해 선미루 갑판에 있던 사람들이 대부분 쓰러졌다.

포탄이 명중한 충격이 가라앉자 선미루 갑판에서 목소리가 들렸다.

"누구 없나! 도와줘!"

네빌은 선미루 갑판으로 이어지는 계단을 올라갔다. 부서진 흔적 바로 근처에 사관후보생이 쓰러진 채 비명을 지르고 있었고, 그 옆에 한 부사관이 어쩔 줄 모르는 표정으로 쪼그려 앉아 있었다. 네빌은 고통스럽게 비명을 지르는 사관후보생을 알고 있었다. 프레스 갱을 인솔해 솔즈베리에서 강제 징집에 나섰던 사람이었다. 네빌의 운명을 비틀어버린 원수나 다름없는 그는 큰 부상을 입었다. 길쭉한 나뭇조각이 창처럼 왼쪽 넓적다리를 관통해 줄줄 흐르는 피가 흰색 반바지와 타이츠를 시뻘겋게 물들였다.

악연으로 맺어진 사람이 중상을 입은 모습을 보았지만 네빌은 속이 후련하지 않았다. 이 사관후보생을 원망하지 않는다고 하면 거짓말이지만, 지금 그런 사정은 아무래도 상관없었다.

네빌이 다가가자 부사관이 고개를 들었다.

"수술실에 데려가야 하니까 좀 도와줘."

네빌과 부사관은 크게 다친 사관후보생을 부축해 수술실로 향했다. 수술실은 최하갑판 선미에 있었다. 후면부 승강부를 신중하게 내려가서 최하갑판에 다다르자, 포성과 고함소리에 섞여 지옥 밑바닥에서 새어 나오는 듯한 신음소리가 들려왔다. 수술실로 다가갈수록 고통에 찬 신음소리가 서서히 커졌다. 방 앞에 도착하자 새끼를 낳는 암소에게 악마가 붙은 것 같은 목소리가 모든 소리를 밀어젖히고 네빌의 귀에 꽂혔다.

수술실에 들어가서야 그 목소리의 정체가 뭔지 알았다. 나무 수술대에 부상자를 눕혀놓고 한창 절단 수술을 진행하는 중이었다. 정강이가 부러져서 뼈가 튀어나온 부상자는 브랜디를 마신 후 재갈을 물고 수술대에 누워, 레스톡의 조수들에게 몸을 꽉 붙잡힌 채 수술을 받고 있었다. 레스톡이 골절 부위보다 조금 위쪽 근육을 칼로 갈랐다. 살이 잘려나갈 때마다 재갈을 문 부상자는 절규했다. 얼핏 보기에는 고문으로밖에 보이지 않았다.

절규가 갑자기 뚝 끊겼다. 너무 고통스러운 나머지 부상자가 기절한 것이다.

"잘 참았어."

레스톡이 작게 말했다. 근육을 가른 후 톱으로 뼈를 절단하고, 삶은 수건과 붕대로 상처를 지혈하면 수술은 끝난다.

환자를 붙잡을 필요가 없어지자 군의관 조수 한 명이 네빌 일행에게 다가왔다.

"부상자를 그쪽 침대에 눕히도록."

침대는 출입구 쪽 벽 앞에 줄지어 있었다. 짚단 위에 해먹 천을 씌운 간소한 침대다. 비좁게 자리 잡은 침대 스물여섯 개는 거의 다 찼다. 대부분 혼자서는 움직일 수도 없는 중상자들뿐이었다. 몇 안 되는 빈자리에 사관후보생을 눕힌 후 부사관이 "힘내십시오" 하고 사관후보생을 격려했다.

네빌은 수술실을 떠나기 전에 침대에 누운 부상자들을 둘러보았다. 팔이나 다리가 없어진 사람도 있고, 배에서 피를 흘리는 사람도 있었다. 여기에 누운 사람 중 과연 몇 명이 목숨을 건질까. 전투가 시작된 후 네빌은 수많은 죽음을 목격했다. 인간이 한낱 물고기만도 못하게 죽어나가다니, 도저히 이 세상의 광경이 아닌 것 같았다. 이것이…… 이것이 전쟁인가. 네빌은 도망치고 싶었지만 어쩔 방도가 없었다. 승조원은 함선과 운명을 함께하니까.

네빌이 수술실에서 나오자 갑자기 목소리가 날아들었다.

"어이, 거기! 이쪽으로 와서 좀 도와줘."

네빌은 목소리가 들린 쪽을 보았다. 최하갑판 선미 쪽에 누군가 랜턴을 들고 서 있었다.

"꾸물대지 말고, 빨리!"

네빌은 시키는 대로 서둘러 다가갔다. 가까이에서 보자 그 남자는 목공장 팔코너의 조수였다.

"구멍 막는 걸 도와줘. 이쪽이야!"

조수는 현측 내판을 따라 설치된 목공 통로를 종종걸음으로 나아갔다. 뒤따라가던 네빌은 통로에 물이 고였다는 사실을 알아차렸다. 그리고 폭포 같은 물소리가 귀에 들어왔다. 네빌은 목공장 조수가 말했던 구멍이 무엇인지 깨달았다.

현장에 도착하자 상상했던 광경이 네빌의 눈에 들어왔다. 적의 포탄이 수면 아래쪽의 현측에 명중해 바닷물이 흘러들고 있었다. 옆으로 힘차게 뿜어져 나오는 물이 목공 통로 벽을 때렸다. 네빌은 잔뜩 겁에 질렸다. 이대로 가다가는 배가 가라앉는다.

구멍 옆에서는 팔코너가 두 조수와 함께 통로에 쪼그려 앉아 뭔가 작업을 하고 있었다.

도와줄 사람을 데려왔다고 조수가 보고하자 팔코너는 고개를 들었다.

"수고했어." 네빌이 겁에 질린 표정으로 물줄기를 바라보고 있다는 걸 알아차리고 팔코너가 말을 걸었다. "걱정하지 마. 이 정도로 가라앉지는 않아. 사슬 펌프도 최대한 작동시키고 있으니까 말이야."

팔코너가 일어섰다.

"그럼 해볼까. 이봐." 네빌에게 지시가 내려졌다. "내 조수들과 함께 이걸 구멍에 쑤셔 넣어."

팔코너가 가리킨 건 밧줄로 한데 묶은 널빤지를 범포로 감싼 물건이었다. 아무래도 이것이 마개 역할을 하는 모양이다. 네빌은 목공장의 조수들과 함께 급조한 마개를 들어 올려 물이 뿜어져 나오는 구멍에 쑤셔 박았다. 물줄기의 위력이 어마어마해서 네빌은 순식간에 팔이 저리고 화끈화끈 달아올랐다. 팔코너가 커다란 나무망치로 마개 위쪽을 후려갈겼다. 나무망치를 휘두를 때마다 마개가 구멍을 파고들었고, 물줄기도 약해졌다.

"흠, 응급처치는 이 정도면 됐나."

팔코너는 나무망치를 내렸다. 살의가 느껴질 만큼 세찼던 물줄기가 완전히 멈췄다.

"죽는 줄 알았네." 네빌이 중얼거리자 팔코너가 반응했다.

"뭐라고? 함선이 가라앉을 줄 알았나?" 팔코너는 대담하게 웃었다. "우리가 있는 한 그런 일은 일어나지 않아."

네빌이 최하갑판에 있을 때 전투는 종반에 다다랐다. 중앙 돛대의 가운데 활대를 보수하자 헐버트호는 기세를 약간 되찾아 다시 돌진했다. 프랑스 군함 두 척과의 거리는 약 200미터도 안 됐다. 할버트호는 드디어 적함과 적함 사이에 위치했다. 그레엄 함장은 현측을 드러낸 적함과 할버트호의 선체가 수직을 이루도록 선수를 돌리라고 명령했다. 이로써 좌측 적함이 좌현의 포격 범위에 들어왔다.

그 모습을 보고 그레엄은 즉시 명령을 내렸다.

"좌현, 포격 개시!"

호닝이라는 사관후보생이 중앙 승강구에서 소리를 질러 함장의 명령을 아래쪽에 전달했다. 전달된 명령이 좌현 대포에 숨을 불어넣었다. 지금까지 대기 중이었던 좌현 쪽 포대는 울분을 풀듯 포격을 시작했다.

헐버트호가 접근하자 프랑스 군함도 선수를 돌려서 적을 포격 범위에 넣으려 했지만, 우측 군함이 방향 전환에 애를 먹었다. 헐버트호의 포격에 중요한 부분이 파괴돼 심각한 혼란이 생긴 듯했다.

좌측 군함은 순조롭게 방향을 전환하는 것처럼 보였지만, 헐버트호가 이미 적함 사이를 완전히 파고들어 양쪽을 갈라놓았다. 좌측 군함과의 거리는 약 50미터 정도였다. 이 거리면 대포뿐만 아니라 머스킷도 위력을 발휘한다.

"일시 정선." 그레엄이 큰 소리로 명령했다.

이어서 그레엄은 장루에 있는 사수에게 좌측 적함을 집중공격하라고 명령을 내렸다. 이제부터는 제자리에서 치고받는 싸움이다. 하기야 적이 응해줄지는 모를 일이지만. 그레엄이 예상한 대로 프랑스 군함은 도망치기 시작했다. 적함은 여전히 대포를 쐈고, 돛대 위에서는 사수가 노천갑판에 총격을 가했다. 헐버트호 주변에서 물기둥이 솟았고 머스킷 탄환이 노천갑판을 뚫는 소리가 들렸지만, 마지막 발악에 지나지 않았다. 근접한 거리에서 맞붙으면 대포 숫자에서 밀리는 프리깃함이 전열함에 이길 방법은 없다.

우현 쪽의 움직이지 않는 군함과 좌현 쪽의 도망치는 군함 중 어느 쪽에 대응하느냐가 문제였다. 그레엄은 고민 끝에 좌측 군함을 쫓아가기로 했다. 여태 움직임이 없는 걸 보면 우측 군함은 항해 불능 상태에 빠졌을 가능성이 컸다. 아군에게 버림받으면 백기를 드는 것도 시간문제다.

도망치는 사냥감도 붙잡기로 하고 일시 정선 해제를 명령하려던 순간, 그레엄은 뒤로 벌렁 쓰러졌다. 선미루 갑판에 있던 사람들은 얼음처럼 굳어버린 채 쓰러진 함장에게 시선을 모았다. 그레엄의 가슴에 생긴 검붉은 얼룩이 점점 커졌다. 불운하게도 적이 아무렇게나 쏜 머스킷 탄환이 명중했다.

"함장님이 총에 맞으셨다고?"

중갑판에서 포격을 지휘하던 버넌 대위는 눈을 부릅뜨고 크게 소리쳤다.

"네, 당장 대위님을 불러오라고 하셨습니다." 전령으로 온 갑판 하사 스미스가 긴박한 목소리로 말했다.

버넌은 즉시 선미루 갑판으로 향했다. 부함장 머레이와 군의관 레스톡이 쓰러진 그레엄 옆에 꿇어앉아 있었다. 상처를 지혈하는 레스톡의 표정은 어두웠다.

"버넌 5등 대위, 명을 받고 왔습니다." 공손하게 경례한 후 버넌도 함장 옆에 무릎을 꿇었다.

자기가 부른 사람이 다 모이자 함장은 입을 열었다.

"머레이……." 그레엄은 목소리를 쥐어짰다. "난 이제 얼마 안 남았어. 이제부터 자네가…… 지휘를 맡게."

이를 꽉 깨물고 있던 머레이는 입에서 힘을 빼고 떨리는 목소리로 대답했다.

"네, 알겠습니다."

함장은 눈만 돌려서 버넌 대위를 보았다.

"버넌……."

"네." 대위는 난생처음 사관이 말을 걸었을 때 그랬던 것처럼 긴장감에 휩싸였다.

"내가 죽어도 살인자는…… 꼭 찾아내게."

버넌은 알겠다고 순순히 대답하지 못했다.

"이번 전투에서 죽었으면 어떻게 합니까?"

"그렇고말고요." 머레이가 끼어들었다. "살인을 저지르는 악당을 신께서 살려두실 리 없습니다. 그자는 틀림없이 이번 전투에서 살아남지 못했을 겁니다."

그레엄의 일그러진 입가에 웃음 비슷한 표정이 맺혔다.

"신이…… 인간의 생사를 결정한다면 신이 나더러 죽으라고 한 건가?"

"그, 그건……." 부함장은 말을 잇지 못했다.

"신은 중립이시지…… 으윽!" 그레엄은 고통스러운 듯 인상을 찡그렸다.

"함장님!" 버넌은 저도 모르게 소리쳤다.

그레엄의 얼굴에서 고통으로 일그러진 표정이 가셨다. 동시에 생기도 거의 사라졌다.

"살인자를 밝혀내게…… 얼굴 없는 자가 아니라 이름 있는 인간으로……."

그레엄은 마지막 힘을 쥐어짜서 말을 이었다.

"부, 부탁하네……."

그레엄의 몸이 축 늘어졌다.

그 후 전투는 서서히 막을 내렸다. 머레이가 지휘권을 이어받았을 때, 도주를 꾀했던 프리깃함은 이미 헐버트호와 약 720미터쯤 거리를 벌렸다. 전열함인 헐버트호로서는 도저히 따라잡을 수 없었다. 할 수 있는 일이라고는 현측을 적에게 돌려서 대포를 쏘는 정도였다. 몇 발인가 명중했지만, 도주를 저지할 만큼 큰 손상을 입히지는 못했다.

우측 프리깃함은 헐버트호에게 현측을 돌리지 못하고 마침내 백기를 내걸었다. 그 자리에 머물러 있는 동안 계속 포격을 당했으므로 적함은 제1사장이 사라졌고 이물에 구멍이 뻥뻥

뚫릴 만큼 선수부가 많이 부서졌다. 나중에 밝혀진 바에 따르면 적함은 타륜이 망가져서 키를 조작할 수 없었다. 그래서 방향을 전환하지 못한 것이다.

한 척은 도주하고 한 척은 항복했으니 승리한 셈이지만, 헐버트호의 피해도 적지 않았다. 포탄이 명중해 우현에 구멍이 여러 개 생겼고, 갑판은 핏물과 모래가 뒤섞여 엉망진창이었다. 포문에는 사망자를 바다에 버릴 때 묻은 피가 말라붙었고, 수술실에 들어가지 못한 부상자가 고통을 견디지 못해 비명을 질렀다. 그날 밤 머레이에게 올라온 보고에 따르면 사망자가 서른한 명, 부상자는 백삼십육 명에 달했다.

전투는 끝났지만 헐버트호의 승조원이 한숨 돌릴 여유는 없었다. 함내에 남은 전투의 흔적을 지워야 한다. 사관의 말투로 바꾸면 "난장판을 정리해라"가 된다. 수병들은 전투에 사용한 도구를 정리하고 호스로 물을 뿌리며 돌로 바닥을 문질러 닦았다.

동시에 포로도 수용했다. 헐버트호가 프리깃함 옆으로 이동하자, 적함의 부함장이 보트를 타고 헐버트호를 찾아왔다. 함장의 소재를 묻자 전사했다는 대답이 돌아왔다. 함장을 잃은 것은 헐버트호만이 아니었다. 빼빼 마른 30대 부함장은 패전이라는 결과에 분노를 꾹 억누르는 듯한 표정이었다. 머레이 부함장은 프랑스어에 능통하므로 이야기는 순조롭게 진행됐다. 프랑스 수병들은 포로로서 헐버트호에 수용됐다.

포로들은 보트를 이용해 차례차례 헐버트호에 승선했다. 운명을 받아들인 듯 다들 어두운 표정이었다. 포로들은 포열 상갑판으로 이동해 머리를 깎고 몸을 씻은 후, 사무 하사에게 청결한 의복을 받았다. 사무장 파커는 그 옆에 앉아서 포로의 이름과 계급을 명부에 기록했다. 포로에게 주는 옷의 비용은 포로 상금에서 충당해야 하므로 틀림없이 확인해야 한다. 포로로 잡힌 프랑스 수병은 총 팔십칠 명. 앞쪽 선창에 수용할 예정이라 거기 있는 물자를 모조리 뒤쪽 선창으로 옮겼다. 하지만 이것으로 끝이 아니다. 이제부터 포로에게 식사를 제공하고, 운동 시간에 감시도 해야 한다. 포로를 포로 수송선에 넘겨야 이 고생은 끝난다.

이리하여 프랑스의 프리깃함 아튜유호는 헐버트호의 소유가 됐다. 나포한 군함은 본국에 도착하면 상금과 교환한다. 그리고 공창에서 수리해 영국 군함으로 운용한다. 코글란과 자비우스 대위는 부하와 함께 아튜유호로 건너가서 손상이 얼마나 심한지 확인했다. 어디에도 침수가 발생하지 않았으므로 침몰할 걱정은 없었다. 다만 바다가 거칠어졌을 때 포탄에 뚫린 곳으로 바닷물이 들어오지 않도록 구멍을 막을 필요가 있었다. 팔코너와 조수들 외에 아튜유호의 목공들도 이 작업에 동원할 예정이었다. 달아날 길이 없는 배 위에서 포로를 노동력으로 부려먹는 건 드문 일이 아니었다.

헐버트호는 아튜유호 앞으로 돌아갔다. 그리고 헐버트호의 뒤 돛대와 아튜유호의 앞 돛대를 밧줄로 묶었다. 키를 조작할 수 없는 아튜유호를 헐버트호가 끌고 가는 것이다.

1차 반당직 시간을 알리는 여덟 번 종[16시]이 울린 후에야 뒤처리가 끝났다. 이날은 아침부터 전투에 시달렸으므로 이른 저녁 식사가 허락됐다. 오늘 네빌은 전투 후에 배급된 비스킷 두 개 말고는 먹은 것이 없었으므로 몹시 배가 고팠다. 식탁으로 가자 코구와 잭이 앉아 있었다.

"다른 사람들은요?" 네빌은 식탁에 앉으며 물었다.

"가이는 식사를 받으러 갔어. 초는 맥주를 받으러 갔고." 잭이 대답했다. "맨디는 조만간 오겠지. 뒷정리할 때 봤으니까."

잭 말대로 가이가 식사용 나무통에 비스킷과 소고기를 가득 받아서 돌아왔다. 요리를 접시에 담고 있을 때 맨디가 나타났고, 이어서 초가 물병을 들고 돌아왔다.

"람지와 조지는?" 맨디가 빈자리를 보고 물었다.

"난 여기 있어." 그로그가 담긴 들통을 들고 람지가 다가왔다. "오늘은 야간 당직도 없다는군. 걱정할 것 없이 실컷 먹고 마시자."

남은 사람은 조지뿐이었다. 하지만 음식을 나누고 누가 어느 접시를 차지할지 정한 후에도 조지는 나타나지 않았다. 네빌은 어두운 통로 저편을 자꾸 바라보았다.

"네빌." 안절부절못하는 네빌이 안쓰러웠는지 맨디가 말했다. "지금까지 돌아오지 않는 걸 보니 조지는 부상을 당했거나 아니면……."

네빌은 벌떡 일어섰다.

"병실에 조지가 없는지 좀 보고 오겠습니다." 네빌은 식탁을 재빨리 벗어났다.

"앗, 야, 네빌!"

네빌은 맨디가 부르는 소리를 무시하고 중상자가 있는 의무실로 향했다. 의무실은 몹시 고통스러워하는 사람, 눈을 감고 잠꼬대하듯 뭐라고 중얼거리는 사람, 의식이 없는 사람 등 부상자 천지였다. 하지만 그중에 조지는 없었다. 의무실에서 나오자 네빌은 머릿속이 새하얘지고 몸에 힘이 들어가지 않았다.

조지는 죽은 것이다. 포격으로 사망한 수병을 바다에 버린 일이 머릿속에 떠올랐다. 전투에 방해가 되지 않도록 시체는 즉시 수장한다. 전투 중에 죽은 조지도 지금쯤 이 해역을 떠돌고 있으리라. 네빌은 자신의 형님이자 친구이기도 했던 조지가 죽었다는 사실을 받아들이기가 힘들었다.

휘청휘청 식탁으로 돌아가는데 누군가가 어깨에 손을 얹었다. 천천히 돌아보자 가브리엘이었다.

가브리엘은 네빌의 귓가에 속삭였다.

"오늘 밤 집회를 열 거야."

얼마 지나지 않아 버넌 대위도 조지가 죽었다는 사실을 알았다. 전투 후 뒤처리에서 소임을 끝내자 버넌은 식사 시간인데도 조지를 만나러 7번 식탁으로 갔다. 그러나 딱 조지만 없었다. 척 보기에도 무거운 분위기가 감돌기에 머뭇머뭇 조지는 어디 있느냐고 묻자, "조지는 죽었습니다" 하고 네빌이 작게 대답했다.

"그런가." 버넌은 침통한 표정으로 말했다. "참 아쉽게 됐군."

두 가지 의미가 담긴 말이었다. 버넌은 조지가 범인의 이름을 알려줄지도 모른다고 기대하고 왔다. 하지만 조지가 사망해서 살인자의 이름은 심해보다 깊은 곳에 가라앉고 말았다.

대위는 실의를 가슴에 품고 휴게실로 돌아갔다. 전투에 승리한 날은 평소보다 떠들썩하게 식사를 즐기지만, 그레엄 함장이 목숨을 잃는 바람에 오히려 여느 때보다 가라앉은 분위기였다.

포잭에게 보냈던 마이어가 다가왔다. 버넌은 새빨간 거짓말로 자백했다는 걸 다 안다고 포잭에게 압박을 가해 진실을 알아내라는 임무를 마이어에게 맡겼다. 하지만 일이 잘 풀린 표정이 아니었다. 오히려 전부 망했다는 듯 어두운 표정이었다.

선임 위병장이 보고했다.

"포잭은 전투 중에 사망했습니다."

버넌은 눈을 감고 숨을 크게 내쉬었다.

마이어가 이어서 보고했다.

"영창에 가보니 한창 시체를 치우고 있더군요. 영창은 포잭의 피로 엉망진창이었습니다. 현측 내판을 부수고 들어온 포탄이 포잭을 관통한 모양이에요. 왼쪽 가슴이 날아가고 팔도 뜯겨나갔습니다. 이런 일이 일어나다니 믿기지가 않네요."

이야기를 들으려 했던 사람이 둘 다 사망하다니, 신의 중립성을 의심하고 싶어졌다.

"그쪽도?"

"네? 그렇다면 설마 블랙도……."

"응, 사망했어."

"맙소사. 또 벽에 부딪혔군요."

벽에 부딪힌 건 아니라고 버넌은 속으로 생각했다. 적어도 홀랜드의 죽음에 관해서는 답을 찾아냈다. 범인은 홀랜드가 사망했을 때 중앙 돛대의 아래 활대 위에 있었다. 그리고 목공장의 쇠망치가 흉기라는 것도 확실하다. 사관의 침소에 있었던 물건이 흉기라면 범인은 사관이 틀림없다. 수병을 제외하는 것만으로도 범인의 범위가 대폭 줄어들고, 야간 당직이었던 사관을 거기서 또 뺄 수 있다. 호이슬이 살해당했을 당시 확실히 다른 곳에 있었던 사람을 제외하면 범위를 더 줄일 수 있다. 그때 네빌을 얼른 체포했기 때문에 두 번째 살인 사건은 전혀 조사하지 못했다. 벌건 대낮에 발생한 사건이니까 용의자가 줄어들 가능성이 꽤 크다. 버넌 대위는 결의를 다지고 새로운 마음으로 조사에 나서기로 했다.

다들 푹 잠든 밤, 반란 동맹은 뒤쪽 선창에 모였다. 포로들을 가두기 위해 앞쪽 선창의 물자를 옮겨서 나무통이 위험한 높이까지 쌓여 있었다. 그래서 반란 동맹은 나무통을 넘어가지 않고 선창 옆쪽 통로로 올라가서 회의를 시작했다.

네빌이 조지의 죽음을 알리자 게리가 "동료가 줄어서 아쉽군" 하고 중얼거렸다.

"까딱 잘못했으면 우리도 죽었어." 가브리엘이 짜증 섞인 어조로 말했다. "역시 이딴 곳에선 한시라도 빨리 달아나야 해."

"오늘은 뭣 때문에 모인 거야?" 네빌은 빨리 선창에서 나가고 싶었다. 그저께 여기서 살해당한 호이슬의 시체를 봤다. 그 광경이 머릿속에 생생히 떠올랐다.

가브리엘이 씩 웃었다.

"이 배와 작별할 방법을 찾느라 무진장 애를 썼잖아. 하지만 그런 계획은 필요 없을지도 몰라."

다른 사람들이 가브리엘을 의아하게 쳐다보았다.

"그게 무슨 소리야?" 휴가 당혹스러운 표정으로 물었다.

"뒷정리할 때 부함장과 로이든이 하는 이야기를 들었는데, 포로와 부상자를 하선시키기 위해 영국으로 일단 돌아간다더라고."

가브리엘은 고개를 돌려 사람들을 죽 둘러보았다.

"즉, 배를 부두에 댄다는 뜻이잖아. 상륙할 수 있는 거라고. 그러면 어디로 도망치든 마음대로지."

상륙할 수 있다는 이야기에 휴와 프레디의 얼굴이 밝아졌다. 하지만 게리는 냉담한 반응을 보였다.

"너무 낙관적으로 생각하지 마. 함선에서 내리기가 그렇게 쉬울 것 같아?"

"뭐라고?" 가브리엘이 험악한 목소리로 대꾸했다.

"부상자를 어떻게 육지로 내려보내는지 아나? 다른 배가 싣고 가서 육지에 내려놔. 다시 말해 이 함선은 접안하지 않는 거야. 그리고 포로도 바다에서 포로 수송선으로 옮기지. 상륙할 기회는 만에 하나도 안 돼. 전에도 말한 것 같은데, 군함은 웬만해서는 부두에 접안하지 않아. 아니면 내가 3년이나 이런 곳에서 썩었겠어?"

이를 갈던 가브리엘이 무언가 생각났는지 몸을 앞으로 내밀었다.

"하지만 듣기로는 함장이 죽었다면서? 그럼 뭔가 달라질지도 모르지."

게리는 고개를 저었다.

"그레엄이 죽고 머레이가 지휘권을 잡았지만, 놈은 그레엄보다 더 융통성이 없어. 수병을 별로 신용하지 않아서 탈함이 일어날 만한 상황은 반드시 피할걸. 그리고 툭하면 채찍질을 명령해서 수병에게도 인기가 없지. 그레엄은 엄격했지만 어느 정도는 수병을 생각해줬다고. 솔직히 난 그 함장이 죽어서 낙심했어."

"그럼 지난번에 계획했던 대로 보급선이 오기를 기다리는 편이 낫다는 건가?" 네빌이 말했다. 도주 자금을 훔치기로 마음먹었으니 네빌 입장에서는 그러는 편이 유리하다.

"지금으로서는 그게 유일한 기회야."

"돈은 사무장 창고에서 훔치기로 했지." 가브리엘이 네빌을 보았다. "도둑질은 네가 맡기로 했고. 자청했으니 실패하지 마."

"말 안 해도 알아." 자기 자신은 물론, 마리아를 위해서라도 반드시 성공해야 한다.

"아니, 그런 위험을 무릅쓸 필요 없어."

네빌은 목소리가 들린 쪽으로 재빨리 고개를 돌렸다. 게리가 의미심장한 웃음을 짓고 있었다.

"무슨 뜻이지?" 네빌은 조용히 물었다.

"훔치지 않아도 돈을 구할 비책이 있거든."

"뭐라고?" 가브리엘이 반신반의하는 표정으로 목소리를 높였다. "어떻게 돈을 구하는데?"

게리는 웃는 표정으로 고개를 저었다.

"미안하지만 말할 수 없어. 비책은 아무도 모르니까 비책인 거야."

가브리엘이 말하라고 다그쳤지만, 게리는 여유 있는 태도로 유들유들하게 흘려넘겼다. 결국 가브리엘이 먼저 꺾였다.

"그 비책, 정말로 문제없는 거겠지?"

"물론이지."

게리가 자신만만하게 대답했지만, 무슨 내용인지 모르는 만큼 다른 사람들은 기분이 찜찜했다. 게리 빼고는 다들 석연치 않은 심정으로 집회를 마쳤다.

네빌은 조용히 해먹으로 돌아가 생각에 잠겼다. 게리의 비책이 무엇이든 자신이 할 일은 달라지지 않는다. 마리아와 도망치기 위해서는 돈을 훔쳐야 한다. 하지만 역시 게리의 말이 마음에 걸렸다. 대체 무슨 방법으로 돈을 마련하겠다는 걸까?

다음 날, 아침의 여섯 번 종7시이 울린 후 어제 전사한 사람들의 장례식을 치렀다. 밤사이에 숨을 거둔 중상자들은 범포로 감싸서 후갑판에 늘어놓았다. 시체들 사이에는 나무 상자도 하나 있었다. 매달아서 사용하던 그레엄 함장의 침대로, 닫힌 상자는 이제 영원한 잠에 빠진 그의 관이 됐다. 종군 목사가 추도

사를 마치자 뱃전 너머로 시체를 차례차례 바다에 빠뜨렸다. 시체 여덟 구를 바다에 빠뜨린 후, 끝으로 그레엄 함장 차례가 왔다. 부사관 네 명이 관을 뱃전으로 옮기자 사관과 수병 모두 모자를 벗고 함장에게 마지막 경례를 올렸다.

네빌도 주변 사람들을 보고 허둥지둥 경례했다. 네빌에게 그레엄 함장은 잘 모르는 사람이었다. 등을 쭉 편 자세로 선미루 갑판에서 지휘하는 모습 외에 다른 모습은 거의 못 봤고, 직접 말을 나누어본 적도 없었다. 하지만 주변을 보자 사관, 수병 따질 것 없이 수많은 사람이 눈물을 흘리고 있었다.

수많은 사람이 슬퍼하는 모습을 보고서야 네빌은 그레엄 함장이 이 함선에서 얼마나 큰 존재였는지 비로소 이해했다.

함장의 관이 뱃전에서 떨어져 내렸다.

바다의 영웅은 바다로 돌아갔다.

헐버트호는 머레이의 지휘 아래, 적함과 교전해 그중 한 척을 나포했다는 사실을 보고하기 위해 기함 사지타리우스호와 합류했다. 내려진 보트에 머레이와 로이든 대위가 올라타자 노잡이들이 기함을 향해 노를 저었다.

제독과 회담하는 데 선내 시종이 두 번 울릴 만큼의 시간이 걸렸다. 헐버트호로 돌아온 머레이는 사관과 부사관을 함장 식당에 소집했다.

"본함은 일단 본국으로 귀환한다. 부상자와 포로를 하선시키고 지난번 전투에서 손상된 곳을 수리한 후 다시 경계 임무에 복귀할 예정이다. 함선이 선거에 들어가 있는 동안, 나포 상금이 지급되겠지. 그 상금으로 잠깐 휴가를 보내면 돼."

자비우스는 히죽 웃으며 어깨에 올라탄 몬타나의 턱을 손끝으로 쓰다듬었다. 함선이 선거에 들어간다는 건 육지에서 휴가를 보낼 수 있다는 뜻이다. 나포 상금까지 지급된다니 술과 여자 걱정 없는 호사로운 휴가가 될 듯했다.

부사관들 사이에서도 기쁘게 속삭이는 목소리가 퍼졌다.

"수병들에게도 상륙 허가 내리실 겁니까?" 버넌이 물었다.

"아니, 함선을 수리하는 동안 수병 수용함 수병이나 강제 징집한 신병을 임시로 수용하거나 훈련하기 위해 사용하는 함선에 보낼 거야."

버넌은 이맛살을 찌푸렸다.

"부함장님, 괜찮겠습니까? 나포 상금이 지급됐는데 상륙 허가를 내리지 않으면 수병들이 불만을 품을 텐데요."

머레이는 인상을 쓰며 반론했다.

"본함에는 아직 신병이라 해야 할 수병이 많아. 그 녀석들이 달아나면 어쩔 건가? 안 그래도 지난번 전투로 수병을 많이 잃었는데, 더 이상 인원이 줄어들면 함선 운영에 지장이 생겨. 이번에는 어디까지나 일시적으로 귀국하는 거야. 본함이 아직 함대에 편성돼 있다는 사실을 잊지 말게. 임무에 악영향을 끼칠지도 모르는 짓은 할 수 없어. 알겠나?"

"네, 알겠습니다." 버넌은 순순히 대답했다. 대행이라고는 하나 지금은 머레이가 이 함선의 책임자, 즉 함장이다. 군함에서 함장은 신에 버금가는 존재. 함장의 결정을 부정하는 짓은 용납되지 않는다.

"그리고……." 머레이는 아주 중요한 내용이라는 투로 말을 이었다. "전투의 승리에 취해 함선 전체의 군기가 해이해졌어. 아까 말했듯이 우리 임무는 아직 끝나지 않았단 말이야. 느슨해진 마음을 다잡을 필요가 있어. 제군들은 자율에 맡기겠네. 수병들은 지금까지보다 더 엄격하게 감독하도록. 해군으로서 격에 맞지 않는 짓을 하는 자가 눈에 띄면, 그 자리에서 채찍질해도 상관없어."

이리하여 헐버트호는 예전보다 더 지독한 감옥으로 변했다.

네빌은 최하갑판에 있었다.

함선 중앙에 있는 장약고 벽에 몸을 대고 해병대원이 보초를 서는 사무장의 창고를 몰래 바라보았다. 네빌은 비번 때 가끔 지금처럼 사무장의 창고를 관찰하며 안으로 들어갈 기회를 노리게 됐다. 만약 보초병이 없으면 망설이지 않고 창고에 들어가서 돈이 어디 있는지 확인했으리라. 그 정도로 물불 가리지 않는 기분이었지만, 지금까지 보초가 자리를 비운 적은 한 번도 없었다. 붉은 군복을 입은 해병대원은 상선이나 항구 마을에서 마구잡이로 징집한 수병과 달리 육군에서 전출된 진짜 군인이다.

직립 부동자세로 서 있는 그 모습을 보고 있으니 네빌은 불안해졌다. 돈 걱정은 하지 않아도 된다는 게리의 말에 창고에서 돈을 훔친다는 계획은 취소됐다. 따라서 도둑질을 하려면 반란 동맹의 힘을 빌리지 않고 알아서 행동에 나서야 하지만, 해병대원을 창고 앞에서 치울 방법이 떠오르지 않아 네빌은 크게 한숨을 쉬었다.

"이 새끼가, 거기서 뭐 해?"

느닷없이 뒤에서 욕설과 함께 묻는 소리가 날아들어서 네빌은 숨이 턱 막혔다. 머뭇머뭇 돌아보자 파커 사무장이 끌과 쇠망치를 들고 서 있었다.

"뭘 하느냐고 물었다. 대답해라, 이 망할 놈아!"

"아, 그게." 네빌은 켕기는 점이 전혀 없다고 주장하듯 사무장에게 손바닥을 내보이며 가볍게 어깨를 으쓱했다. "그, 혼자 생각할 일이 좀 있어서……."

파커는 수상쩍다는 듯 콧김을 내뿜었지만, 눈앞의 수병이 비스킷의 구더기를 보고 호들갑을 떨었던 풋내기라는 것이 생각났는지 깔보는 웃음을 지었다.

"자세히 보니 구더기를 보고 난리를 쳤던 신병이로군. 어때,

그 후로는 식사할 때 입맛이 좀 돌던가?"

"네, 그렇습니다." 네빌은 장단을 맞춰주기로 했다. 비꼬아서 모욕하려는 수작인 건 알지만, 여기 있는 이유를 미주알고주알 캐묻는 것보다는 훨씬 낫다.

"이제 함선 식사에 익숙해졌습니다. 그럼 실례하겠습니다."

네빌은 빠르게 말하고 그 자리를 떠나려 했다. 하지만 세 발짝도 나아가기 전에 파커가 불러세웠다.

"이봐, 거기 서."

네빌은 순순히 발을 멈췄지만 심장은 경종을 울리는 듯했다. 천천히 파커를 향해 돌아서서 애써 태연한 척 말했다.

"무슨 일이십니까, 사무장님."

"한가한 것 같으니 네놈에게 잡일을 시켜야겠다. 내 창고에 빈 통이 있어. 그걸 해체하도록."

뒤편에서 바람을 받은 돛처럼 네빌은 기대감이 부풀어 올랐다. 파커는 네빌을 자신의 창고에 데려가서 일을 시키려는 것이다. 창고 안쪽을 확인해두고 싶었던 만큼 네빌에게는 더할 나위 없이 좋은 기회였다.

"네, 알겠습니다." 네빌은 기운차게 경례했다.

사무장의 창고에 특별히 눈을 끌 만한 물건은 없었다. 서랍장과 크기가 다양한 나무 상자, 그리고 나무통이 벽 앞에 놓여 있었다. 그 외에는 들보에 걸린 랜턴 아래 책상이 하나 있을 뿐이었다.

파커는 끌과 쇠망치를 네빌에게 넘겨주며 말했다.

"저기 빈 통 있지?" 창고 구석에 놓인 통이었다. "저걸 해체해라."

명령을 마친 파커는 책상 앞에 앉아 서랍에서 꺼낸 장부를 넘겼다.

네빌은 의심받지 않도록 얼른 작업에 착수했다. 통을 고정한 쇠테에 끌을 대고 망치로 내려치면서도 은근슬쩍 창고를 둘러보았다. 시선을 돌리며 창고 어디에 돈이 있을지 살폈지만, 서랍장과 나무 상자의 외관만 보고 돈이 잠든 장소를 찾아내기는 불가능했다.

그런데 느닷없이 좋은 생각이 떠올랐다. 네빌은 호주머니에 손을 넣어 1페니짜리 동전을 꺼냈다. 강제 징집을 당한 후로 계속 가지고 다녔던 얼마 안 되는 소지금 중 일부였다.

"어?" 네빌은 동전을 높이 쳐들었다. "이런 곳에 돈이 떨어져 있는데요?"

파커는 장부에서 고개를 들고 의아함이 어린 눈으로 네빌을 보았다.

"이 창고의 돈 아닙니까?" 네빌은 파커에게 다가가 1페니를 내밀었다.

사무장은 미간에 주름을 잡고 눈을 가늘게 떴지만, 이내 동전을 받아서 벽 앞의 나무 상자로 향했다.

저 나무 상자에 돈을 보관하는 건가 싶어 마음이 들뜬 것도 잠시, 신난 기분은 바로 나락에 처박혔다.

파커는 호주머니에서 열쇠를 꺼내 나무 상자의 작은 열쇠 구멍에 꽂았다. 네빌은 느닷없이 얻어맞은 것처럼 충격을 받았고, 자신이 얼마나 낙관적이었는지 깨달았다. 아무리 보초병을 세워놓은들, 큰돈을 자물쇠도 없는 수납고에 넣어두는 건 너무 부주의한 짓이다. 돈을 만질 수 있는 사람은 한정해두어야 마땅하다.

파커는 페니 동전을 모아둔 삼베 자루에 네빌에게 받은 1페니를 넣고 나무 상자를 닫은 후 다시 자물쇠를 잠갔다. 몸을 돌린 파커는 책상 옆에 우두커니 서 있는 네빌을 보고 해골 문신을 새긴 오른손을 쳐들며 고함을 질렀다.

"뭘 멍하니 서 있나. 빨리 통을 해체해!"

네빌은 현기증과도 비슷한 감각을 느끼면서도 나무통을 해체했다. 보초병을 어떻게 할 방법도 아직 찾아내지 못했는데, 자물쇠까지 추가되다니!

절망이 몸에 스며들었다. 통을 다 해체하자 네빌은 자기 정신을 고정하는 쇠테까지 벗겨질 것 같은 기분이었다.

계속 들리던 소리가 멈춘 걸 깨달았는지 파커가 책상에서 고개를 들었다.

"이 자식이, 끝났으면 끝났다고 냉큼 보고해야 할 것 아니야! 고양이 맛을 보고 싶나?"

"죄, 죄송합니다, 사무장님." 네빌은 간신히 동요를 억누르고 대답했다.

"끝났으면 도구는 거기 놔둬. 나중에 목공이 가지러 올 거다. 그리고 쇠테는 선창에 갖다두도록."

"쇠테를요?"

"그래. 선미 쪽에 해체된 나무통이 있으니까 거기 같이 놔둬. 널빤지는 됐어. 어디에 쓸지는 모르지만 목공들이 원하더군."

네빌은 쇠테만 모아서 들고 사무장의 창고를 나섰다. 미련을 떨치기가 힘들었다. 창고 안에는 사무장, 밖에는 해병대원이 있긴 했지만 분명 돈에 제일 가까이 접근했었다. 앞으로 더 좋은 기회가 찾아올 것 같지는 않았다.

네빌은 수많은 신음소리가 새어 나오는 수술실 앞을 지나 후면부 승강구로 선창에 내려갔다. 여전히 칠흑같이 어두운 공간이라 해체된 나무통을 놓아뒀다는 곳을 도무지 찾을 수가 없었다. 찾느라 애먹고 있는데 뭔가 쓰러지는 소리가 들렸다. 네빌은 고개를 들어 어둠 속을 보았다. 분명 선창에서 들린 소리였다. 건조한 소리였으니 나무통 같은 목제 도구이리라. 처음에는 쥐가 그랬나 싶었지만, 쥐에게 그럴 만한 힘이 있을까? 함선이 흔들린 탓도 아니리라. 지금은 물결과 바람이 거세지 않아서 함선은 안정적으로 항해하는 중이었다.

"누구 있나?" 네빌은 큰맘 먹고 어둠 저편에 말을 걸었다.

당연히 대답은 없었지만 네빌은 손바닥에 땀이 흥건했다. 안 그래도 세상에서 버림받은 듯한 곳인 데다 위에서 중상자들이 고통스러워하는 소리까지 들려와서인지 선창이 지옥 입구처럼 음울하게 느껴졌다.

독기가 소용돌이치는 듯한 분위기에 취했는지, 네빌의 머릿속에 멋대로 상상해서 만들어낸 프랑스인 함장의 망령이 떠올랐다. 가이가 식탁에서 떠들 때는 식사의 여흥 정도로 흘려들었지만, 이 으스스한 공간에 혼자 있으니 정말로 망령이 있는 것 아니냐는 공포가 순식간에 머릿속을 가득 채웠다. 그리고 예전과 결정적으로 다른 점이 하나 있었다.

네빌도 영창에 다녀왔다.

아까 그 소리는 뚱뚱하게 살찐 쥐의 짓이라고 스스로를 타이르려 했지만, 잘되지 않았다. 막연하지만 어둠 속에서 누군가가 지켜보고 있다는 느낌을 지울 수 없었다.

네빌은 결국 공포에 굴복했다. 들고 있던 쇠테를 어둠 속에 내던진 후, 뒤도 돌아보지 않고 후면부 승강구를 뛰어올랐다.

영국으로 돌아가는 속도는 노파의 걸음처럼 느릿느릿했다. 헐버트호를 가지고 놀듯 띄엄띄엄 바람이 불어서 함선은 나아갔다 멈췄다를 반복했다.

이날도 바람은 그런 식이었다. 아튜유호를 예항하기 위해 돛대에 묶은 밧줄이 팽팽해졌다가 느슨해졌다가 하는 모습에서 바람이 얼마나 불안정한지가 여실히 드러났다.

오후의 다섯 번 종14시30분이 울린 후에는 범선의 생명줄인 바람이 딱 멈추고 말았다. 바람이 없고 물결도 잔잔한 가운데 먼 해역에서 밀려온 파도가 헐버트호와 아튜유호를 조용히 흔들었다. 헐버트호보다 가벼운 아튜유호가 파도에 밀려 헐버트호의 선미로 천천히 다가왔다. 사관들은 혹시나 충돌해서 헐버트호의 선미 창문이 깨지지는 않을까 걱정하며 아튜유호를 지켜보았다. 다행히 견인 밧줄의 반 정도 거리에서 아튜유호는 정지했다.

바람이 잦아들자 당직을 서는 수병들도 여유가 생겼다. 선미루 갑판이 당직 구역인 게리는 크게 하품을 했다.

"흐아암. 한가하군." 게리는 눈가를 닦고 옆에 있는 수병에게 말을 걸었다. "이봐, 헨리. 언제쯤 바람이 다시 불까?"

함장 대행으로 지휘권을 얻은 머레이가 몸을 빙글 돌려 게리를 노려보았다.

"거기, 당직 중이다. 사담은 삼가도록!"

게리는 어리둥절한 표정을 지었다. 지금까지는 당직 시간이라도 돛을 조종하지 않을 때는 잠깐 이야기를 나눈다고 해서 나무란 적이 없었다. 그런데 느닷없이 주의를 받자 게리는 당황해서 그만 입을 놀렸다.

"네? 아니, 하지만 지금까지는 잠깐 이야기한 정도로……."

머레이가 눈썹을 험악하게 치켜세웠다.

"뭐라고? 지금 나한테 말대꾸를 하는 건가!"

부함장은 고개를 돌려 누군가를 찾았다. 그가 현측 통로를 걸어가는 모습을 보고 머레이는 큰 소리로 불렀다.

"갑판장! 당장 선미루 갑판으로 오게!"

후드는 자기가 뭔가 잘못했나 싶어 굳은 얼굴로 뛰어갔다.

"부르셨습니까, 함장 대행!" 후드는 긴장한 태도로 경례했다.

"이자가 내게 말대꾸를 했다. 채찍을 한 방 먹여주게."

책망의 대상이 자기가 아니라는 것을 알고 후드의 몸에서 힘이 빠졌다.

"네, 알겠습니다!"

후드는 호주머니에서 고양이를 꺼내 꼬리 아홉 개를 만지작거리며 게리에게 다가갔다.

게리는 입을 떡 벌린 채 슬금슬금 뒤로 물러났다.

"아니, 이야기를 한두 마디 했을 뿐이잖습니까."

"함장 대행의 결정이다. 얌전히 있어!"

후드가 채찍을 쳐들자 게리는 머리를 감싸듯 양손을 획 쳐들었다.

몸을 보호하려고 손을 쳐든 게리를 보고 머레이가 날카롭게 소리쳤다.

"잠깐."

후드는 왜 그러나 싶어 움직임을 멈추고 함장 대행을 쳐다보았다.

"이자는 상관에게 저항하는 태도를 보였다."

이번에는 후드가 얼떨떨해할 차례였다.

"어, 저항…… 이라고요?"

머레이는 무겁게 고개를 끄덕였다.

"그렇다. 상관에게 손을 쳐드는 행위는 저항에 해당해. 상관에게 저항하는 건 중대한 규율 위반이지. 내일 징벌 입회를 실시하겠다. 그때 정식으로 무슨 벌을 받을지 선고할 테니 그때까지 이자를 영창에 가두도록."

호출을 받고 온 선임 위병장이 새파랗게 질린 게리를 영창으로 끌고 갔다. 멀어지는 게리의 뒷모습을 바라보며 머레이는 이래야 마땅하다고 생각했다. 그레엄은 훌륭한 함장이었지만 수병들을 약간 느슨하게 풀어놓는 측면이 있었다. 머레이는 함장의 그런 점이 늘 불만이었다. 군함은 강철 같은 통솔하에 운용돼야 한다. 그러기 위해서는 함선을 움직이는 수병들의 마음이 해이해져서는 안 된다. 머레이는 내일 징벌 입회 때 자신은 그레엄 함장처럼 물렁하지 않다는 것을 똑똑히 보여주기로 마음먹었다.

우두머리가 바뀌면 함선 전체가 바뀌는 법이다. 수병도 그 사실을 알아야 한다.

게리는 네빌, 그리고 죽은 포잭이 갇혔던 영창에 손발의 자유를 빼앗긴 상태로 앉혀졌다. 어둠 속에 홀로 남겨진 게리는 분노로 치를 떨었다. 한가로울 때 잠깐 이야기를 나누는 것도 용납하지 않고, 몸을 보호하기 위해 무심코 손을 쳐든 걸 저항으로 간주하다니. 그레엄이 함장이었을 때는 생각지도 못한 일이었다. 역시 머레이는 수병을 노예 정도로 여길 뿐이다. 보급선이 오면 당장이라도 탈출하겠다. 보급선에 건네줄 돈은 걱정할 필요 없다. 이미 두 손에 황금을 쥐고 있는 것이나 마찬가지니까.

그날 밤 당직 주임은 버넌이었다. 버넌은 걱정돼서 가슴이 답답했다. 머레이가 낮에 수병 한 명을 영창으로 보냈다는 소식은 영창행의 경위도 포함해 이미 함선 전체에 퍼졌다. 부함장은 너무 엄격하다. 너무 옥죄기만 하면 수병들의 반발이 심해진다. 그리고 부함장은 헐버트호가 영국에 귀환해도 수병들에게 상륙 허가를 내리지 않을 것이라고 했다. 이 사실을 수병들에게 발표하면 엄격한 통제 때문에 높아졌던 불만이 아예 폭발하지는 않을까 버넌은 염려됐다. 부함장도 산피오렌초 정박지와 스핏헤드 정박지에서 상관에게 불만을 품은 수병들이 반란을 일으킨 사건을 모를 리 없을 텐데. 그런데도 수병들을 지배적인 태도로만 대하다니, 자신감이 부족한 머레이의 속내가 드러난 것 아닐까 버넌은 추측했다. 즉, 함선을 잘 꾸려나갈 만한 능력이 없다는 불안감 때문에 채찍질로 부족한 능력을 보충하려 하는 것 아닐까. 함장이 약한 모습을 보이면 부하에게 신뢰받지 못하는 건 맞다. 그러나 공포로 만들어낸 결속은 절대 오래가지 않는 법이다.

"왜 그러십니까, 대위님?" 시무룩한 버넌의 표정을 보고 프랑스어에 유창한 로슨 사관후보생이 말을 걸었다.

"아니, 그냥 거칠어지지 않았으면 좋겠다 싶어서."

"이렇게 맑고 바람도 없는데 바다가 거칠어질 리가요. 뭐, 너무 오래 바람이 불지 않는 것도 문제이긴 합니다만."

그런 의미로 한 말이 아니라고 버넌은 속으로 중얼거렸다.

바다가 조금 거칠어져도 되니까 바람이 불었으면 했다. 헐버트호는 낮부터 꼼짝도 하지 않았다. 이렇게 오도 가도 못 하는 사이에도 중상자는 고통에 신음한다. 그들이 제대로 치료받을 수 있도록 빨리 영국으로 돌아가고 싶었다.

그런 버넌의 염원이 통했는지 밤의 일곱 번 종(23시 30분)이 울린 후 바람이 돌아와서 돛 가장자리가 펄럭였다. 당직 교대를 알리는 여덟 번 종이 울릴 무렵, 헐버트호는 천천히 앞으로 나아갔다.

버넌은 안도했다. 이제 순풍이 돛을 가득 채워서 영국까지 무사히 항해할 수 있기만을 바랄 따름이었다.

하지만 이 염원은 얼마 지나지 않아 산산이 부서졌다.

코글란 대위가 선미루 갑판에 나왔다. 그가 심야 당직 주임이었다. 버넌은 코글란에게 당직을 인계한 후 곧장 침소로 향하려 했다. 후면부 승강구로 포열 상갑판에서 중갑판으로 내려가는 도중에 사건이 발생했다.

뺑, 하고 발포하는 소리가 버넌의 귀에 똑똑히 들렸다. 대위는 깜짝 놀라 온몸이 뻣뻣해졌다. 버넌 말고도 그 소리를 들은 사람이 많았는지, 아래쪽에서 "어! 무슨 일이야!" 하고 긴박한 목소리가 들렸다. 웅성거림이 점점 퍼져나가자 잠들어 있던 함내가 깨어나기 시작했다.

총소리는 분명 함내에서 들렸다. 무슨 일이 일어났는지 모르는 이상 함부로 움직이는 건 위험하다. 그런데 절박하게 사람을 부르는 목소리가 들려왔다.

"어이! 아무나 여기로 좀 와줘!"

버넌은 망설임을 떨쳐내고 목소리가 들리는 쪽으로 나아갔다. 도움을 요청하는 목소리는 하갑판 선미 구획에서 끊임없이 들려왔다. 불안하고 초조한 목소리가 소용돌이치는 중갑판을 지나 하갑판에 다다르자, 사관후보생 두 명이 랜턴을 들고 영창 문 앞에 서서 소리를 지르고 있었다.

"무슨 일이야?" 버넌은 그들 곁으로 달려가서 물었다.

"대위님, 저걸…… 저걸……." 20대 중반의 사관후보생 우드필드가 떨리는 손으로 영창 안쪽을 가리켰다.

버넌은 사관후보생들의 어깨 너머로 영창을 들여다보았다. 랜턴 불빛이 어둠을 밀어내고 자기 무릎 위로 상반신을 푹 숙인 게리를 비췄다. 게리의 등에서 흘러내린 피가 바닥을 점점 검붉게 물들이고 있었다.

"군의관을, 미스터 레스톡을 불러!" 버넌은 긴장돼서 딱딱하게 굳은 목소리로 소리쳤다.

"그럴 필요 없습니다."

바로 뒤에서 목소리가 들렸다. 돌아보자 레스톡과 팔코너 목공장, 그리고 파커 사무장이 서 있었다.

"웬 소란입니까? 자다 놀라서 벌떡 일어났다고요."

팔코너가 말했다. 이 세 사람의 침소는 최하갑판으로, 사관후보생과 같은 방에서 잠을 잔다. 다른 사관후보생들도 속속 영창 앞으로 모여들었다.

"군의관, 영창 안에 부상자가 있소."

버넌은 레스톡을 데리고 영창으로 들어갔다. 레스톡은 피를 흘리는 게리의 모습에 끙하고 소리를 냈다. 서둘러 묶인 팔다리를 풀고 게리를 엎드린 자세로 눕히자 레스톡이 얼른 진찰했다.

"이미 죽었군." 안타까움이 묻어나는 말투였다. "등에 총상이 생겼습니다. 누군가 뒤에서 쏜 겁니다."

버넌은 직감했다. 매번 새로운 살인자가 나올 리 없다. 이번 살인 사건도 홀랜드와 호이슬을 죽인 자의 소행이다. 살인범은 역시 살아 있었다! 그리고 또 희생자가 나오는 걸 막지 못했다. 버넌은 범인의 잔혹함과 자기 자신의 무력함에 화가 나서 손이 덜덜 떨렸다.

분노가 머릿속을 흘러넘치려던 찰나, 한마디 말에 정신이 번쩍 들었다.

"이봐, 무슨 냄새 안 나나?" 사무장 파커가 인상 쓰며 말했다.

주변의 사관후보생들이 코를 킁킁거리더니 "그렇습니다." "무슨 냄새지?" 하고 사무장에게 동의하듯 저마다 말을 꺼내놓았다.

버넌도 냄새를 맡아보았다. 확실히 이상한 냄새가 났다. 그저 이상한 냄새가 아니라 뭔가 타는 냄새였다.

"뭔가 불타고 있어!"

버넌은 조바심에 못 이겨 소리쳤다. 함내에서 발생하는 화재만큼 무서운 일은 또 없다. 눈앞의 시체는 일단 제쳐놓고 버넌은 급히 주변을 둘러보았다.

"분명 뭔가 타는 냄새야! 어디서 불이 난 거지?"

"대위님, 저기!" 팔코너가 영창의 선미 쪽 벽을 가리켰다. 전투 때 포잭을 죽음으로 몰아넣은 포탄은 거기에도 구멍을 냈다. 자세히 보자 구멍 안쪽에서 연기가 희미하게 피어오르고 있었다.

옆방인가! 버넌은 냅다 달려가서 출입구 앞에 있는 사람들을 밀어젖히고 안으로 들어갔다. 이 방은 도구 보관고로, 청소 도구, 예비 나무통, 양철통, 갈고리가 달린 장대, 밧줄 등이 현측 내판 앞에 쌓여 있었다. 그리고 영창과 도구 보관고를 구분하는 벽 쪽에 거기 있을 리 없는 물건이 보였다. 둥글게 뭉친 해먹이었다. 해먹에서 연기가 피어오르고 오렌지색 혀가 요사스럽게 흔들리며 허공을 핥았다. 버넌은 급히 작은 불을 짓밟았다. 파커가 방 밖 들보에 걸린 진화용 양철통을 들고 와서 모래를 끼얹어 불을 완전히 껐다.

"대체 왜 이런 곳에서 해먹이 불타고 있는 거지?" 파커가 양철통을 갑판에 내려놓으며 말했다.

"랜턴 좀 가져와." 버넌이 말했다. 이 방에 뭔가 다른 위험이 없는지 확인해야 했다.

우드필드가 랜턴을 들고 들어왔다. 랜턴 불빛이 어둠을 밝히자, 해먹과는 반대쪽 벽 앞에 널브러진 머스킷이 눈에 들어왔다.

"대위님, 보십시오! 머스킷입니다." 우드필드가 감정이 격해진 목소리로 외쳤다.

총기 보관고에 있을 머스킷이 이런 곳에 떨어져 있다니 부자연스러웠다. 따라서 버넌은 시체와 머스킷을 바로 연결시켰다. 이 총이 게리의 목숨을 빼앗은 것이 틀림없었다.

"왜 이런 곳에 머스킷이?" 파커가 의문을 꺼냈다.

"범인이 여기에 머스킷을 버리고 달아난 거겠지."

"저기, 대위님……." 긴장했는지 우드필드의 목소리가 떨렸다. "범인은 아직 달아나지 않았을 겁니다."

"뭐라고?" 버넌은 눈썹을 치켜세웠다.

"저는 총소리가 들렸을 때 리치 사관후보생과 함께 이 구획의 출입구 앞에 있었습니다. 그 후에 바로 이 구획으로 들어와서 총기 보관고와 군도 보관고를 들여다보았고, 영창에서 시체를 발견했습니다. 대위님이 오실 때까지 선미 구획에서는 누구의 모습도 보지 못했고, 당연히 드나든 사람도 없었습니다."

"정말인가? 총기 보관실 등을 확인할 때 누군가 몰래 빠져나갔을 가능성은?"

"없습니다. 방에 들어가지 않고 문가에서 들여다보기만 했거든요. 그러니 범인은 어딘가에 숨어 있을 겁니다."

"좋아!" 버넌은 도구 보관고에서 나와서 밖에 있던 사관후보생들에게 명령했다. "범인은 아직 이 구획 어딘가에 숨어 있을 것으로 추정된다. 여기 있는 사람들끼리 수색해봐. 혹시 모르니 조심하도록."

사관후보생들은 버넌의 명령을 받들어 수색에 착수했지만, 마지못해 행동하는 분위기가 전해져왔다. 바다 사나이가 아무리 용감한들 어딘가 반드시 있을 살인귀를 찾아내라고 했으니 몸을 사릴 만도 하다.

"대체 무슨 일이야?" 선미 구획 출입구에서 목소리가 들려왔다.

버넌이 문가를 보자 자비우스 4등 대위, 후드 갑판장, 버튼 장포장이 서 있었다.

"대위님, 실은 말이죠……."

"보고라면 내가 받겠네." 그런 목소리가 들렸나 싶더니 머레이가 세 사람을 밀어내고 로이든 2등 대위와 함께 버넌 앞으로 나섰다.

"로이든 대위에게 총소리가 들렸다는 보고를 받았어. 대체 무슨 일이 일어난 건가?"

버넌 주변에 대위와 준위들이 모였다. 버넌은 지금까지 밝혀진 사실을 머레이에게 보고했다. 영창에서 게리가 총에 맞아 숨졌다는 이야기가 나오자 부함장은 벌레 씹은 듯한 표정을 지었다.

"즉, 살인범은 지난번 전투 때 죽지 않았고, 아직 함내에 있다는 뜻인가?"

"네."

"어째서 이번 살인도 동일 인물의 소행이라고 단언하는 거지?" 로이든이 의문을 제기했다.

머레이가 짜증 섞인 눈으로 2등 대위를 쏘아보았다.

"함내에 살인자가 두세 명이나 있다는 게 말이 되나! 상식적으로 생각해!"

로이든은 고개를 움츠렸다.

"그런데." 머레이는 버넌을 보았다. "언제까지 살인자의 폭거를 용납할 셈인가? 그레엄 함장님께서 대위에게 살인 사건 수사를 맡겼잖나. 책임지고 이번 사건을 해결해야지."

"더 이상 날뛰도록 놔두지 않겠습니다. 범인은 곧 붙잡힐 겁니다."

머레이가 미간에 깊은 주름을 잡았다.

"자신감이 넘치는군. 왜지?"

"범인은 아직 이 구획에 숨어 있기 때문입니다." 버넌은 우드필드에게 들은 이야기를 그대로 머레이에게 전달했다.

부함장은 만족스럽게 고개를 끄덕이더니 안도감이 섞인 목소리로 말했다.

"그렇군. 달아나지 못했다니 범인이 드디어 실수를 했군."

버넌도 진심으로 기뻤다. 피해자가 또 나온 것은 유감이지만, 이로써 그레엄 함장의 마지막 명령을 지킬 수 있다. 범인은 보관고의 나무상자나 나무통 속에라도 숨어 있을 것이라고 버넌은 확신했다.

하지만 사관후보생들은 그 기대에 어긋나는 보고를 했다.

"대위님……." 우드필드가 난처한 표정으로 말했다. "어디에도 수상한 인물은 없었습니다."

버넌은 말문이 턱 막혔다. 그저 우드필드의 얼굴을 빤히 바라보다가 시시하고 흔해 빠진 말을 간신히 내뱉었다.

"말도 안 돼."

"정말입니다. 총기 보관고, 군도 보관고, 도구 보관고, 모든 방을 구석구석 뒤졌습니다. 통과 상자는 물론, 어린아이도 못 들어갈 만한 수납 상자까지 모조리 살폈다고요."

"어떻게 된 건가, 버넌 대위?" 머레이가 불신감에 물든 목소리로 물었다.

나도 알고 싶다고 버넌은 속으로 고함을 질렀다.

인간이 홀연히 사라질 리 없다. 우드필드의 이야기에 따르면 선미 구획에서 나간 사람은 없었다. 하지만 수색 결과, 현재 선미 구획에 숨어 있는 사람도 없었다.

그렇다면 남은 가능성은 하나뿐이다. 버넌은 선미를 보았다. 전열함의 하갑판 선미에는 쫓아오는 적함을 공격하기 위해 대포를 두 문 배치한다. 대포가 있으니, 당연히 포문도 있다. 선미의 포문은 함선의 중앙선을 중심으로 좌우 대칭 형태고, 현측의 포문과 달리 옆으로 밀어서 여닫는다.

"부함장님, 잠깐만 시간을 주십시오."

범인이 함선 안에 없다면 남은 가능성은 이것뿐이다. 버넌은 선미의 포문을 열었다. 끝까지 열린 포문 너머로 달빛이 비치는 밤 풍경이 보였다. 포문 틀에 잘린 그 풍경화에는 밤의 세계에 떠오른 아튜유호도 담겨 있었다. 버넌은 포문으로 고개를 내밀어 아래, 좌우, 위쪽을 확인했다. 사람은 어디에도 없었다. 군함 외판은 사람이 붙잡을 수 있도록 만들지 않으므로 예상했던 바이기는 했다. 그러고 나서 밤바다를 유심히 살폈지만, 시선을 잡아끄는 것은 전혀 없었다. 버넌은 포문을 닫고 머레이에게 말했다.

"부함장님, 살인자는 아마도 바다에 몸을 던진 것이 아닐까 싶습니다."

"달아날 곳이 없어서 자포자기했다고?"

"네. 날이 밝으면 사라진 승조원이 없는지 확인하죠. 행방불명된 자가 비겁한 살인자입니다."

머레이는 고개를 끄덕였다.

"알겠네. 승조원 확인은 대위가 맡도록."

밤이 깊었으므로 일단 게리의 시체만 영창에서 꺼내고 해가 뜨면 뒷정리를 하기로 했다. 보초병이 하갑판 선미 구획으로 이어지는 문 앞에 배치됐고, 사건 현장에 모였던 사람들은 침소로 돌아갔다.

새로운 하루를 알리는 여덟 번 종이 울리자, 버넌은 마이어 선임 위병장과 함께 승조원을 확인했다.

결과가 나오자 버넌은 눈앞이 아찔했다. 사관, 부사관, 수병을 통틀어 결원은 하나도 없었다.

버넌은 찬물을 뒤집어쓴 것 같은 충격에 머릿속이 마비됐다. 살인자가 바다에 몸을 던졌을 것이라는 확신이 뒤집혔다.

버넌은 현기증이 났다. 범인이 달아나지도, 숨지도, 바다에 몸을 던지지도 않았다면 게리는 정말로 인간에게 살해당한 걸까? 죽은 프랑스인 함장의 저주라는 생각이 처음으로 뇌리를 스쳤다.

제4장

여로의 끝

"이야기를 처음부터 다시 들어보고 싶은데."

오전 당직이 중반을 지난 가운데, 버넌은 마이어와 함께 사관 휴게실의 의자에 앉아 있었다. 탁자 맞은편에는 게리의 시체를 발견한 사관후보생, 우드필드와 리치가 자리를 잡았다.

결원이 없다고 버넌이 보고하자 머레이는 "말도 안 되는 소리 지껄이지 마!" 하고 호통을 쳤고, 살인이 일어난 것은 다 네 탓이라는 듯 버넌을 들볶았다. 잠시 후 냉정함을 약간 되찾자 머레이는 "시체를 발견한 두 사관후보생이 술에 취하지는 않았는지 확인하게" 하고 버넌에게 명령했다.

머레이가 시키지 않더라도 우드필드와 리치에게는 한 번 더 이야기를 들을 작정이었다. 어젯밤은 시체가 발견돼서 혼란스러웠던 데다 범인을 수색하느라 이야기를 제대로 듣지 못했다.

한 번 더 이야기에 귀를 기울이면 수수께끼를 해결할 실마리가 나올지도 모른다.

"처음부터라니요?"

우드필드가 불안한 표정으로 버넌을 보았다. 우드필드는 20대 중반인데도 사관후보생 신분에서 벗어나지 못한 낙제생이었다. 어제는 시체를 발견해서 충격을 받고 혼란스러웠기 때문인지 버넌에게도 기세 좋게 말을 늘어놓았지만, 평소는 자신의 한심한 모습이 창피한지 의기소침한 태도로 사관을 대한다.

"어렵게 생각할 것 없어. 내 질문에 대답만 하면 돼."

자발적으로 설명할 필요는 없다는 말에 긴장이 풀렸는지 우드필드의 표정이 부드러워졌다.

버넌 대위는 질문을 시작했다.

"그럼 일단, 자네들은 총소리가 났을 때 하갑판 선미 구획 앞에 있었다고 했지. 거기서 뭘 했나?"

"그야 물론 소변을 봤죠."

리치가 대답했다. 그도 대위 임관 시험에 수없이 떨어져서 노련한 사관후보생이라는 불명예스러운 비공식 직함을 얻었다. 다만 우드필드와 달리 무능력한 자기 자신을 부끄러워하는 것이 아니라, 상관 이외의 모든 것에 불만을 표출하는 성가신 성격이었다.

리치가 말을 이었다.

"소변이 마려워서 해먹에서 내려왔을 때, 옆에 있던 우드필드가 볼일 보러 가느냐고 묻더군요. 그렇다고 대답하자 자기도 가고 싶었던 참이니 같이 가자고 하길래 함께 갔습니다. 후면부 승강구로 하갑판으로 올라가서 소변을 보고 최하갑판으로 돌아오려는데 총소리가 들렸습니다."

"그다음에는 어떻게 했지?"

어젯밤 일을 떠올리려는지 리치는 미간에 주름을 잡았다.

"놀라서 그 자리에서 잠깐 굳어버렸습니다."

"다시 확인하겠네만, 선미 구획 출입구 바로 앞에서 굳어버렸다는 거지?"

"네, 그렇습니다."

선미 구획의 유일한 출입구 앞에는 사관후보생 두 명이 있었다. 범행 직후에 범인의 퇴로가 끊겼다는 뜻이다.

"그 후에 선미 구획에 들어갔고?"

"네." 리치가 대답했다. "하갑판 선미 구획에는 총기 보관고가 있으니까요. 거기서 무슨 일이 생겼나 싶었습니다."

버넌은 고개를 끄덕였다. 이치에 맞는 행동이다.

"선미 구획에 들어가자마자 총기 보관고를 들여다본 거군."

"네. 우드필드가 어제 말씀드렸듯이, 문가에서 들여다보기만 했을 뿐 안에 들어가서 자세하게 조사하지는 않았습니다. 총기 보관고에는 아무 이상도 없었지만, 분명 근처에서 총소리가 들렸으므로 다른 방도 살펴보기로 했죠. 군도 보관고도 문가에서 살펴본 후, 영창을 들여다보자 시체가 있더군요. 저희끼리 뭘 어떻게 대처하면 좋을지 몰라서 큰 소리로 도움을 요청한 겁니다."

내가 그 목소리를 듣고 제일 먼저 갔다는 거로군, 하고 버넌은 속으로 중얼거렸다. 덧붙여 꼭 확실히 해두고 싶은 점이 있었다.

"내가 달려갈 때까지 문가에 서 있었나? 영창에 들어가지는 않았어?"

보통 피를 흘리는 사람을 보면 상태가 어떤지 확인하려고 다가가리라. 두 사람이 영창에 들어갔을 때, 숨어 있던 범인이 선미 구획으로 나갔을 가능성이 있다.

우드필드와 리치는 얼굴을 힐끗 마주 보았다.

리치가 눈을 내리뜨고 대답했다.

"제 발로 영창에 들어갈 마음은 없었습니다."

과연, 그들도 프랑스인 함장의 망령이 저주를 내린다는 미신을 믿는 건가. 하지만 그렇다면 두 사람이 영창에 들어간 틈에 범인이 달아났을 가능성은 완전히 사라진다. 그리고 사람들이 점점 모여들어 범인이 달아날 길은 완전히 사라졌다. 그런데도 범인은 현장에서 모습을 감췄다. 마법이라도 사용하지 않는 한 불가능한 일처럼 느껴졌다.

두 사관후보생에게 물어볼 건 다 물어보았다. 버넌은 마지막 질문을 던졌다.

"선미 구획에 들어갔을 때, 그밖에 뭔가 알아차린 점은 없나? 아무리 사소한 일이라도 상관없어."

리치는 즉시 "없습니다" 하고 대답했다. 빨리 이 자리에서 물러가고 싶다는 낌새가 풀풀 풍겼다. 한편 우드필드는 리치를 쳐다본 후 시선을 약간 낮추고 "저도 없습니다" 하고 말했다.

어쩐지 망설이는 태도였다. 이 자리에서 바로 캐물어도 되겠지만, 다른 사람이 보는 앞에서 다그치면 우드필드처럼 자신감 없는 사람은 더더욱 입을 꾹 다물리라.

그래서 버넌은 부드러운 어조로 말했다.

"뭔가 생각나는 일이 있으면 망설이지 말고 날 찾아와. 언제든지 환영할게."

첫 번째 발견자와 이야기를 마친 후, 버넌과 마이어는 살인 현장으로 향했다. 선미 구획의 출입구에 배치된 보초병에게 인사하고, 누구도 선미 구획에 들어가지 않았다는 사실을 확인했다. 즉, 어젯밤에 다들 나가고 난 뒤로 달라진 점이 없다는 뜻이다.

버넌과 마이어는 랜턴을 들고 영창에 들어갔지만, 시체는 이미 치웠으므로 딱히 살펴볼 만한 것이 없었다.

"흠, 사건 현장에 오긴 했는데, 대체 뭘 살펴보면 좋을까."

어젯밤에 현장을 보지 못한 마이어가 질문했다.

"대위님, 월든은 묶인 상태로 총에 맞았죠?"

"응, 그렇지."

"도망칠 수 없는 상태인데, 왜 소리를 질러서 도움을 요청하지 않았을까요?"

"밤의 여덟 번 종(鐘)이 울린 후에 총소리가 났지. 어쩌면 잠에 빠져서 범인이 침입하는 걸 못 알아차렸다거나? 아니면 도움을 청하기 전에 총에 맞았을 가능성도 있고."

마이어가 콧등을 긁적였다.

"그리고 월든은 등에 총을 맞았죠? 왜 등이었을까요? 범인이 굳이 목표물의 뒤로 돌아가서 총을 쏜 셈인데요."

버넌도 이 의문에 대한 답은 몰랐다. 영창 출입구와 죄수를 묶어두는 족쇄는 대각선상에 있으므로, 문가에서는 묶인 죄수의 옆얼굴 쪽이 보인다. 범인이 곧장 다가갔다면 게리는 얼굴이나 가슴, 배에 총을 맞았겠지만, 어째서인지 총상은 등에 생겼다.

여기서 버넌은 흉기로 추정되는 머스킷이 영창 옆 도구 보관고에서 발견됐다는 사실을 떠올렸다.

"옆방이로군."

버넌은 마이어를 데리고 도구 보관고로 들어갔다. 머스킷과 불타고 있었던 해먹. 여기에는 혼란스러웠던 어젯밤의 흔적이

고스란히 남아 있었다.

"범인은 이 방에서 월든을 쏜 거야."

버넌은 이 방을 꼼꼼히 살펴보았다. 포갠 나무통과 양철통을 문 정면의 현측 내판 앞에 옆으로 눕혀놓았고, 그 앞에 둘둘 만 밧줄을 놓아두었다. 보트를 함선에 접근시킬 때 사용하는 갈고리 달린 장대가 든 통은 현측 내판의 오른쪽 구석에 있었고, 그 왼쪽 옆에는 청소 때 사용하는 네모난 돌이 담긴 나무상자가 있었다.

도구 보관고의 벽은 격벽이었다. 이 방만 그런 것이 아니라 원래 격벽은 긴급한 상황에 바로 떼어낼 수 있도록 구조가 아주 간단하다. 네모진 목재에 가늘고 길쭉한 널빤지를 옆으로 댄 칸막이, 그것이 수많은 군함에서 흔히 사용하는 격벽이다. 널빤지와 널빤지 사이에 좁은 틈새가 있는 것만 봐도 알 수 있듯이 볼품은 전혀 중시하지 않는다.

천장에는 들보가 뻗어 있지만 창고라서 랜턴은 걸어놓지 않았다. 포문도 없으므로 내부 상태를 알려면 지금처럼 랜턴을 들고 와야 한다.

문에서 보았을 때 오른쪽 벽 앞에는 머스킷이, 왼쪽 벽 앞에는 해먹이 떨어져 있었다. 이 두 가지를 제외하면 평소 버넌에게 익숙한 도구 보관고였다.

버넌이 문득 고개를 돌리자 마이어가 제정신인지 확인이라도 하듯 얼굴을 빤히 쳐다보고 있었다.

"뭔가, 그 눈은?"

"범인이 이 방에서 머스킷을 쐈다고요?"

버넌은 영창과 도구 보관고를 구분하는 벽에 뚫린 구멍을 가리켰다.

"저걸 봐. 포잭의 목숨을 빼앗은 포격으로 생긴 구멍이지. 이 구멍에 총신을 밀어 넣으면 월든을 쏠 수 있어. 게다가 피해자는 이 방에 등을 돌린 상태로 묶여 있었으니, 등에 총을 맞은 것도 설명이 돼."

마이어는 수긍하는 표정을 짓지 않았다. 분명 대위의 설명은 일리가 있다. 하지만 어디까지나 일부만 그렇다.

"대위님, 죄송합니다만 그 구멍은 갑판에서 약 40센티미터 높이에 있지 않습니까. 거기로 피해자를 쏘려면 범인은 엎드려야 했을 겁니다. 왜 그런 자세를 취하면서까지 이 방에서 쏠 필요가 있습니까? 영창에 들어가면 그만인걸요."

버넌은 입술을 삐죽였다.

"더구나 구멍을 통해 조준하기도 어렵습니다. 빗나갈 가능성이……."

"조준하기는 간단해." 버넌은 기분이 상한 것 같은 목소리로 말했다. "방법만 알면 어린아이도 명중시킬 수 있지."

"네?" 허를 찌르는 발언에 선임 위병장은 할 말을 잃었다.

버넌은 영창과 도구 보관고를 구분하는 격벽에서 약 1.2미터 떨어진 곳을 발끝으로 짚었다. 갑판이 함몰된 부분이었다.

"여기 푹 파인 곳은 영창으로 날아들어 포젝의 목숨을 앗아간 포탄이 마지막으로 도달한 지점이야. 이걸 하나의 점이라고 하세."

버넌은 발끝을 옮겨 벽에 뚫린 구멍을 가리켰다.

"그리고 포탄이 벽에 뚫은 구멍도 점이야. 점과 점은 반드시 선으로 이을 수 있지. 이런 식으로……."

버넌은 반대쪽 벽 앞에 있는 머스킷을 주워 총신을 벽의 구멍에 밀어 넣고, 개머리판을 포탄에 맞아 함몰된 부분에 댔다.

"이로써 점과 점이 연결됐지. 즉, 선이 생긴 거야. 이 선을 벽 너머로 뻗으면 어디에 도달할까? 이제는 팔코너가 수리했지만 포탄이 외판을 뚫어서 생긴 구멍에 다다라. 하지만 거기에 다다르기 전에 통과해야 할 것이 하나 더 있어. 영창에 갇힌 사람이지. 영창에 갇힌 사람을 죽인 포탄이 나아간 길을 그대로 되짚어가면 역시 영창에 갇힌 사람에게 닿는 거야. 뭐, 이번에 길을 되돌아간 건 포탄이 아니라 탄환이었지만.

알겠나, 선임 위병장. 바닥의 푹 파인 곳과 격벽의 구멍은 살인 직선이야. 이 두 점이 이어지도록 머스킷을 똑바로 들면 눈을 감고도 월든을 쏴 죽일 수 있겠지."

"벽 너머로 조준하기가 아주 쉽다는 건 알겠습니다." 마이어는 순순히 인정하고 말을 이었다. "하지만 그게 이 방에서 월든을 쏜 이유는 못 되지 않습니까? 꼭 맞히고 싶다면 목표물에게 다가가면 그만이고, 범인은 그럴 수 있었으니까요."

대위는 한숨을 내쉬었다. 선임 위병장의 말이 옳다. 보통은 목표물에 다가가서 쏠 것이다. 하지만 버넌은 바로 생각을 바꿨다. 이것은 범인이 흔적도 없이 사라진 희한한 사건이다. 사건도 이상하거니와 범인의 행동도 이상하다. 그렇다면 이 이상함 속에서 논리적인 해결법을 찾아내야 하지 않을까?

버넌이 복잡한 표정으로 입을 다물자 머쓱했는지 마이어가 무거운 분위기를 해소하려는 것처럼 말했다.

"그런데 저기 있는 흙투성이 해먹은 뭡니까?"

"시체를 발견한 후에 타는 냄새가 나서 살펴봤더니, 거기서 불타고 있더군."

"불타고 있었다고요? 대체 왜요?"

"모르겠어." 그러고 보니 해먹은 아직 자세히 조사해보지 않았다. 머스킷과 마찬가지로, 해먹도 평소 이 방에는 없는 물건이다. 그렇다면 범인이 가져왔으리라. 가능성은 작지만 범인을 찾아낼 실마리가 될지도 모른다.

버넌은 모래에 반쯤 파묻힌 해먹을 주웠다. 그제야 해먹이 두 장이라는 사실을 알아차렸다. 어제는 불을 끄느라 정신이 없어서 미처 몰랐다.

버넌은 해먹 한 장을 마이어에게 주고 자세히 살펴보라고 명령했다. 나머지 한 장은 직접 살펴보았다.

버넌이 조사한 해먹은 불타서 구멍 뚫린 부분이 있었다. 어젯밤에 불타고 있던 해먹은 이것이었으리라. 하지만 수상한 점이 하나 있었다. 불타서 눌은 부분에서 떨어진 곳에도 구멍이 있었다. 그 구멍 주변은 다갈색으로 변색됐고 검댕이 묻어 있었다. 버넌은 검댕의 냄새를 맡아보았다. 희미하게 화약 냄새가 났다. 이 구멍이 무슨 흔적인지 버넌은 감이 딱 왔다. 머스킷을 주워서 총구를 구멍에 댔다. 구멍 크기와 총구 크기가 일치했고, 머스킷의 화약 접시가 불타서 눌은 부분에 닿았다.

범인은 머스킷을 해먹으로 감싼 것이다! 발포할 때 화약 접시에서 발생한 점화약의 불꽃이 해먹에 옮겨붙어서 불이 난 것이다. 그런데 범인은 대체 왜 머스킷을 해먹으로 감쌌을까?

대답을 요구하듯 버넌은 마이어에게 물었다.

"선임 위병장, 그쪽 해먹에는 수상한 점이 없나?"

"수상한 점인지는 모르겠습니다만." 마이어는 천천히 말했다. "가느다란 나무 찌꺼기가 잔뜩 묻은 부분이 있습니다."

버넌도 그 부분을 확인했다. 가로로 약 1센티미터에 세로로 약 13센티미터, 마치 붓으로 문지른 것 같은 범위에 가느다란 나무 조각이 해먹의 섬유를 파고들 듯 수없이 달려 있었다.

"뭘 어쩌면 나무 찌꺼기가 이런 형태로 달라붙는 거지?" 버년은 고개를 갸웃했다.

거기서부터 생각이 막다른 길에 맞닥뜨렸다. 해먹 하나로 머스킷을 감싼 건 확실하지만 다른 해먹을 어디에 사용했는지, 왜 여기 있는지는 짐작도 가지 않았다.

더 이상 여기 머물러도 좋은 생각이 번뜩일 것 같지는 않았다. 버넌은 단서인 머스킷과 해먹을 엄중히 보관하기로 결정하고 현장을 떠났다.

버넌은 해먹과 머스킷을 담은 삼베 자루를 자기 침소의 개인 물품 상자에 넣고, 아무도 건드리지 못하도록 자물쇠를 채웠다. 칸막이용 범포를 걷고 휴게실로 나왔을 때 코글란 대위와 마주쳤다.

"미스터 버넌, 살인 사건을 조사하고 있나?"

"네."

"난 당직 주임이라 현장에 가보지 못했는데, 영창에 들어간 수병이 또 살해당했다면서? 프랑스인 함장의 저주 이야기로 온통 시끌벅적해."

"그런 것 같습니다." 특히 어젯밤 사건 때는 범인이 현장에서 사라졌으므로, 망령의 소행이라는 소문이 한층 빠르게 퍼져 나갔다.

코글란은 부아가 치민다는 듯 고개를 내저었다.

"정말이지 이렇게 짧은 기간에 살인이 세 번이나 발생하다니, 함선의 기강이 말이 아니로군." 코글란은 애꾸눈을 번쩍번쩍 빛내며 말했다. "미스터 버넌, 마구잡이로 사람을 죽이고 다니는 악마를 빨리 잡아내게. 그래야 돌아가신 그레엄 함장님도 기뻐하실 거야."

말을 마친 코글란이 떠났지만 버넌은 뭔가에 정신이 팔린 것처럼 그 자리에 우두커니 서 있었다.

"왜 그러십니까?" 마이어가 물었다.

"아까 코글란 대위님 말씀으로는 범인이 마구잡이로 사람을 죽이고 다닌다고 했지만, 그렇지 않아. 조지 블랙을 노렸지만 실수로 다른 사람을 죽였다는 게 우리 견해지."

"코글란 대위님께는 저희 견해를 말씀드리지 않았으니 그렇게 생각하실 수도 있겠죠."

"아니, 중요한 건 그 점이 아니야. 이번 사건은 게리 월든을 노리고 벌어진 일이잖아. 착각하거나 실수했을 리 없어. 더구나 조지 블랙은 지난번 전투에서 죽었잖나. 이제 범인이 행동할 이유는 없을 텐데, 왜 또 사건을 일으킨 거지?"

선임 위병장은 난감한 듯 얼굴을 긁적이다가 제일 먼저 떠오른 생각을 말했다.

"어쩌면 범인은 조지 블랙과 게리 월든을 둘 다 처리할 작정 아니었을까요?"

"그래, 확실히 그럴 가능성이 제일 커. 그런데 범인은 왜 그 두 명을 노렸을까? 두 사람의 접점은……." 버닌은 흠칫했다. "아니야! 접점은 상관없어. 범인은 다른 이유로 두 사람을 노린 거야."

"그게 무슨 말씀이십니까?"

"선창에서 호이슬이 살해당했을 때, 월든도 선창에 있었어. 월든은 내가 사건 당시 수상한 인물을 보지 못했느냐고 물어봤을 때 못 봤다고 대답했지만, 그게 거짓말이었다면? 그리고 월든이 그 일로 범인을 협박해 금전이나 금품을 얻으려 했다면, 그를 죽일 동기는 충분하겠지."

마이어는 마음이 들떴는지 벌겋게 달아오른 얼굴로 몸을 흔들었다.

"네, 바로 그겁니다! 그거라면 앞뒤가 맞아요."

버닌의 눈에 자신감이 깃들었다.

"월든과 친했던 수병들에게 이야기를 들으러 가세. 어쩌면 그가 동료에게 범인에 관해 떠들었을 가능성도 있어. 일단은 같은 식탁을 썼던 수병들에게 이야기를 들어볼까."

네빌은 가브리엘, 휴, 프레디와 함께 돼지우리 앞 난로에 손을 쬐고 있었다. 지난번 전투에서 인원이 줄어드는 바람에 당직 구역과 시간이 부분적으로 조정됐다. 그 결과 네빌과 가브리엘 패거리는 당직 시간대가 같아져서 모이기 편해졌다.

하지만 반란 동맹의 동료가 두 명이나 줄어들었기에 그들 사이에는 무거운 분위기가 감돌았다.

"조지에 이어 게리까지 죽다니." 가브리엘이 짜증이 치민다는 투로 말했다. 마치 왜 멋대로 죽느냐고 두 사람을 책망하는 것 같았다.

"하지만." 휴가 입을 열었다. "이런 소리를 하는 건 경우가 아닐지도 모르지만, 결국 우리에게는 잘된 것 아닌가? 머릿수가 줄면 보급선에 찔러줘야 할 돈도 줄어들 테니까."

"목돈이 필요한 건 변함없잖아." 프레디가 어이없다는 듯 핀잔을 주었다. "게리가 돈을 구할 비책이 뭔지 말하지 않고 뒈져버리는 바람에 결국 사무장의 창고에서 돈을 째벼야 해."

휴가 반론했다.

"아니지, 이제 그럴 필요 없잖아? 적함을 붙잡았으니 나포 상금이라는 게 나오겠지? 다른 녀석들의 이야기를 들었는데 수병에게는 1인당 2파운드나 3파운드쯤 나눠준다나 봐. 그 돈을 보급선에 찔러주면……."

"그래봤자 조지가 말했던 액수의 절반 정도밖에 안 되잖아." 네빌이 어두운 목소리로 말했다. "그만한 돈으로 배에 태워줄지 의심스러워."

"아니." 가브리엘이 대화를 중단시켰다. "이제 보급선을 기다릴 필요 없어."

여로의 끝

다른 세 명이 가브리엘의 얼굴을 빤히 바라보았다.

"그게 무슨 소리야?" 네빌이 물었다.

가브리엘은 웃음을 지었다. 잔인함이 느껴지는 꺼림칙한 웃음이었다.

"전투가 끝나고 나서 여기서 탈출할 다른 방법이 없을까 내내 고민했거든. 항구에 도착했을 때 이 배를 혼란에 빠뜨리고 그 틈에 달아나는 건 어때?"

"미안, 무슨 뜻인지 모르겠는데." 프레디가 말했다.

"이제 우리와 처지가 똑같은 동료가 넘쳐나잖아."

"함께 끌려온 녀석들? 그야 처음부터 있었잖아?" 휴가 찡그린 얼굴로 대꾸했다.

"그 녀석들 말고. 프랑스인 포로들 말이야."

가브리엘이 느닷없이 포로 이야기를 꺼내서 나머지 사람들은 더더욱 어리둥절해졌다.

"들어봐." 가브리엘이 자신만만하게 말했다. "앞쪽 선창에 갇혀 있는 프랑스 놈들을 모조리 풀어주고, 함내에서 반란을 일으키도록 하는 거야."

"그 틈에 도망치자고?" 휴는 여전히 무슨 소리인지 잘 이해하지 못한 투로 물었다.

"아니지, 아니지." 가브리엘은 고개를 저었다. "아직 남았어. 프랑스 놈들이 날뛰는 사이에 놈들 짓인 척 장약고에 불을 지르는 거야."

장약고는 대포용 장약이 있는 방이다. 주머니에 담긴 장약을 보관하는 곳으로, 탄약고 다음으로 화약이 많다. 그런 곳에 불이 나면 대참사로 이어진다. 게다가 장약고 바로 아래가 탄약고이므로 장약고가 폭발하면 탄약고도 연쇄 폭발을 피할 수 없다. 보관 중인 화약이 대부분 폭발해 헐버트호는 틀림없이 가라앉으리라.

"야, 미쳤어? 그런 짓을 했다가는 함선이 날아갈 거야." 네빌은 저도 모르게 말을 꺼냈다.

"미쳤다고? 내가?"

가브리엘은 킥킥 웃었다. 그리고 입가에 웃음을 띤 채 부릅뜬 눈으로 네빌을 노려보며 말했다.

"확실히 그럴지도 모르지. 하지만 나만 미쳤다고 할 수 있나? 평소처럼 술집에서 술을 마시고 있는데 다짜고짜 군함으로 끌고 가는 건? 어둡고 냄새나는 곳에 처박아놓고 더럽게 맛없는 밥을 먹이는 건? 떨어지면 죽을 만큼 높은 곳에 올라가라고 강요하는 건? 개집만도 못한 잠자리에서 네 시간밖에 재워주지 않는 건? 늘 명령으로 행동을 통제하는 건? 묶어놓고 채찍으로 때리는 건? 몸뚱이를 간단히 자르고 뚫어버리는 포탄에 맞서 싸우라는 건? 이건 전부 정상이야?"

가브리엘의 얼굴이 증오로 일그러졌다.

"아니잖아." 다른 사람에게는 들리지 않도록 억누른 목소리였지만, 사관이 큰 소리로 명령을 내릴 때보다 더 박력 있었다. "전부 다 미쳤어. 이 배가, 아니, 해군 자체가 미쳤다고. 내가 미쳤더라도 그건 내 탓이 아니야. 내 주변에 있는 모든 것들이 날 미치게 만든 거지. 즉, 광기에는 광기로 대항하는 거야."

가브리엘의 기백에 네빌을 비롯한 세 사람은 압도당했다. 그가 품은 분노는 다른 사람들의 생각 이상으로 깊고 거무칙칙했다.

"하지만." 휴가 머뭇머뭇 말했다. "너무 위험하지 않겠어?"

"위험하기는. 불길이 쫓아오면 바다에 뛰어들면 그만이지. 항만에 들어간 후에 거사를 치를 거니까, 항구에서 구조선도 보낼 거야. 통이나 상자같이 물에 뜨는 물건을 붙잡고 기다리면 구조해줄 거라고."

가브리엘은 거기서 말을 끊고 입술을 핥은 후 말을 이었다.

"그리고 배가 침몰한 후에 자취를 감추면 배와 함께 물고기 밥이 됐다고 추측해서 해군도 추적자를 보내지 않겠지? 우리의 인적사항이 적힌 명부도 사라질 테니 예전 생활로 돌아갈 수 있어."

네빌은 한순간 심장이 크게 고동쳤다. 보초병과 자물쇠라는 높은 방벽 두 개로 지켜지는 사무장의 창고에서 도주 자금을 조달하지 않아도 예전처럼 마리아와 함께 살 수 있다. 네빌에게는 더없이 좋은 기회였다. 하지만 네빌은 가브리엘의 계획에 전면적으로 찬성할 수는 없었다.

네빌은 혀로 입술을 적시고 말했다.

"하지만 함선을 폭발시켜서 가라앉히면…… 많은 사람이 죽을 텐데?"

가브리엘이 네빌의 얼굴 앞에 주먹을 흔들었다.

"못 들었어? 광기에는 광기로 대항하는 거라고 했잖아."

웃음 맺힌 입과 달리 가브리엘의 두 눈은 찢어질 만큼 크게 벌어졌고, 이상하리만치 형형하게 빛났다. 오싹한 표정이었지만 네빌은 용기를 짜내서 주장했다.

"다른 사람은 어떻게 되든 상관없다는 거야? 여기 와서 친해진 사람도 있을 텐데? 식탁조 동료라든가……."

"쉿! 사관이 온다." 프레디가 작은 목소리로 빠르게 말했다.

네빌 일행을 향해 다가오는 버넌 대위와 마이어 선임 위병장의 모습이 랜턴 불빛에 비쳤다.

"여기까지 하자." 가브리엘이 네빌의 귀에 속삭였다. "그렇지만 너도 마누라를 만나고 싶지? 여기서 안면을 튼 사람과 평생을 함께할 마누라, 둘 중 누굴 택해야 할지는 뻔하잖아?"

네빌은 마음이 심하게 흔들렸다. 네빌이 지금까지 선상 생활을 견뎌온 건 어디까지나 마리아와 다시 만나기 위해서였다. 그리고 끝이 보이지 않는 선상 생활 속에서 가장 큰 기회가 찾

여로의 끝

아왔다.

"이보게, 잠깐 괜찮겠나?"

버넌 대위와 마이어 선임 위병장이 다가왔으므로 네빌은 애써 태연한 척했다.

"네, 괜찮습니다." 가브리엘이 방금 보여주었던 광기를 완전히 감추고 대답했다.

"자네들은 게리 월든과 같은 식탁조였지?"

"네, 저희 세 명은 그렇습니다." 가브리엘은 휴와 프레디를 보며 대답했다. "게리는 좋은 녀석이었어요. 그런 일이 벌어져서 참 안타깝습니다."

"지금 그 사건을 조사하는 중인데, 물어볼 게 있어."

"뭔가요?"

"게리 월든은 니퍼 호이슬이 살해당했을 때, 사건이 발생한 뒤쪽 선창에 있었지. 그때 월든이 범인의 모습을 목격하지 않았을까, 하는 것이 우리 생각이야. 즉, 월든이 범인에게 입막음 당했을 가능성을 염두에 두고 조사 중이지."

"뭐라고요?" 네빌은 놀랐다. 게리는 분명 중앙 승강구 부근에서 쥐를 잡았지만, 선창에 다른 사람이 있었다는 이야기는 한마디도 하지 않았다. 게다가 호이슬은 자기가 죽였다고 포잭이 자백하지 않았던가.

그 점을 지적하자 버넌은 딱 잘라 대답했다.

"포잭의 자백은 거짓말이야. 죽어서 편해지고 싶은 마음에 그런 자백을 한 거겠지. 포잭은 선상 생활을 힘겨워했으니까 말이야."

"그렇더라도." 네빌은 다시 반박했다. "게리가 범인을 봤을 것 같지는 않습니다. 봤다면 제가 붙잡혔을 때 이야기했을 겁니다."

"자네가 영창에 간 줄 몰랐을 수도 있겠지. 아니면 포잭이 자백했으니까 자기가 본 사람은 사건과 무관하다고 생각했을 수도 있고. 하지만 어리석게도 범인에게 공감을 쳐서 이익을 얻으려 했을 가능성이 제일 커. 프랑스 군함을 붙잡은 보상으로 나포 상금이 지급될 테니까. 그 돈을 노렸다면 살해될 만도 해."

탈함을 계획한 사람들은 모두 흠칫 놀랐다. 게리는 사무장의 창고에 숨어들지 않아도 돈을 구할 비책이 있다고 했다. 바로 범인에게 돈을 뜯어내는 것이었다.

버넌은 네빌 일행의 반응을 놓치지 않았다.

"표정을 보아하니 짚이는 점이 있는 거로군?" 질문이 아니라 확인이었다.

"아니, 그게……."

휴가 어쩔 줄 몰라 했다. 그 모습을 보고 가브리엘이 냉큼 그럴싸한 이야기를 지어냈다.

"프랑스 놈들과 싸운 후에 확실히 게리가 기분 좋아 보이기는 했습니다. 목돈이 들어올지도 모른다는 소리도 했고요. 뭐, 술을 마시고 한 이야기라 헛소리로 여겼지만요."

"목돈이 들어온다. 정말로 그렇게 말했나?"

"네, 다른 사람에게도 말했는지는 모르겠습니다만, 저희에게는 분명히 그렇게 말했습니다."

버넌은 게리가 범인에게 나포 상금을 뜯어낼 계획을 세운 것이라고 확신했다. 가브리엘의 그럴싸한 거짓말로 반란 계획의 비밀은 지켜졌다.

버넌의 흥미는 다른 점으로 옮겨갔다.

"선창에서 누군가를 봤다고 월든이 이야기한 적은 없나? 아니면 특정 인물을 거듭 화제에 올린 적은?"

"없었습니다." 가브리엘이 대답했다.

이건 거짓말이 아니었다. 게리는 선창에서 벌어진 살인 사건의 범인에 관해 언급하거나 암시한 적이 없었다.

"그런가." 버넌은 눈을 감았다. "그거 아쉽군."

그 후 헐버트호는 쉬어니스_영국 남동부의 켄트주에 있는 도시_의 항구에 도착했다. 하지만 함내에서 기쁨과 안도감은 느껴지지 않았다.

수평선 저편에 육지가 보이자 머레이는 수병들을 모아놓고 상륙 허가를 내리지 않겠다고 정식으로 발표했다. 이미 함내에 그런 소문이 퍼지기는 했지만, 공식적인 사실이 되자 수병들도 불만의 목소리를 높였다. 숙련된 수병들이 더 크게 실망했다. 그들은 그레엄 함장의 인품을 잘 알기에, 함장이 살아 있었다면 승리의 포상으로 수병들에게 상륙 허가를 내렸을 것이라고 한탄했다.

항의하는 목소리가 너무 오래 이어지자 머레이는 "더 이상 불평하면 채찍질 열여섯 번에 처한다" 하고 협박해서 수병들의 입을 막았다. 함내는 조용해졌지만 수병들의 눈에는 분노, 증오, 실의 등 다양한 부정적 감정이 깃들었다. 그런 모습을 보고 많은 사관이 포탄 굴리기몰래 포탄을 굴려 사관의 다리를 맞히는 수병의 저항. 반란의 전조로 여겨졌다를 걱정했다.

헐버트호는 바닷속의 부드러운 진흙에 닻을 내리고 움직임을 멈췄다. 중상자들은 부상자 수송선에 실려 육지로 옮겨졌다. 함내 여기저기서 띄엄띄엄 들려오던 신음소리가 사라졌지만, 함내의 분위기가 밝아지지는 않았다.

상륙 허가가 내려지지 않아서 수병들은 울적한 기분에 사로잡혔다. 할 수 있는 일이라고는 노천갑판에 나가서 항구 마을을 원망스럽게 바라보는 것뿐이었다.

헐버트호는 전투에서 손상된 곳을 수리하기 위해 선거에 들어갈 예정이었다. 하지만 그 전에 포로를 포로 수송선에 넘겨야 한다. 그래서 나포한 적함만이라도 먼저 넘겨주기 위해 헐버트호는 쉬어니스의 조선소에 사환을 보내서 나포한 적함을 받아달라고 의뢰했다. '공교롭게도 현재 선거가 꽉 찼으니 며칠 기다려달라'라는 것이 조선소의 답변이었다. 헐버트호는 현재 상태로 한동안 더 대기하게 됐다.

그날 밤, 가브리엘이 만든 반란 동맹은 평소처럼 선창에 모였다. 함선이 입항하자 그들의 계획은 마치 계류용 기둥의 홋줄이 풀린 배처럼 금방이라도 움직일 낌새였다.

"낮에는 항의가 엄청났지." 프레디가 말했다. "지금이라면 더 많은 수병을 우리 동료로 끌어들일 수 있지 않을까?"

"아니, 그건 안 돼." 가브리엘이 단호한 어조로 말했다. "머릿수가 늘어나면 늘어날수록 계획이 사관에게 새어 나갈 가능성도 커져. 우리 계획은 좀 과격하니까. 겁먹은 놈이 밀고할 수도 있어."

가브리엘은 휴, 프레디, 네빌을 차례대로 보았다.

"이 중에는 그런 겁쟁이가 없겠지?"

"그럼. 이제 와서 뺄 수는 없어." 휴가 콧김을 거칠게 내뿜으며 말했다.

"맞아. 원래 생활로 돌아가기 위해서라면 무슨 짓이든 할 거야." 프레디도 매서운 눈으로 한 곳을 가만히 바라보며 말했다.

가브리엘은 네빌을 보았다.

"네빌, 물론 너도 겁먹은 건 아니겠지?"

한 박자 쉬고 나서 네빌은 무감정하게 대답했다.

"당연하지."

가브리엘은 네빌을 잠시 바라본 후 고개를 끄덕였다.

"좋아." 가브리엘은 어두운 웃음을 지었다. "그럼 우리 넷이서 이 배를 가라앉히자. 이 망할 배와 영원히 작별하는 거야."

네빌은 겉으로는 태연해 보였지만, 욕망과 이성이 다투는 속내는 천둥 번개가 치는 바다보다도 거칠었다.

"내일 밤의 두 번 종[21시]이 울린 후에 다시 여기 모이자. 그때 역할을 분담하고 서로 어떻게 행동할지 확인한 후 작전을 결행하는 거야. 꾸물거리다가는 포로가 옮겨질 테니 빠른 편이 좋아."

이리하여 일생일대의 작전을 내일 밤에 결행하기로 했다. 네빌은 몰래 자신의 해먹으로 돌아갔지만, 우울함이 머릿속을 지배해서 좀처럼 잠이 오지 않았다.

마리아와 다시 만나 함께 살고 싶다는 소망은 지금도 변함없다. 그래도 네빌은 망설임을 버리지 못했다. 헐버트호에 끌려온 직후에는 감옥에 갇힌 기분이었다. 일은 뼈와 살이 닳아 없어질 것처럼 힘들었고, 때로는 목숨을 잃을 우려도 있었다. 수면 시간은 짧고 음식도 맛있다고는 할 수 없다. 술과 노래로 모든 고통을 얼버무리는 곳이다.

하지만 이런 곳에서도 사람들이 살아간다. 맨디, 가이, 코구, 람지, 초, 잭……. 지금까지 친절히 대해준 식탁조 동료들의 얼굴이 네빌의 머릿속에 떠올랐다. 사관들은 다들 엄격하고 때로는 냉혹하다 싶을 만큼 인정 없이 행동하지만, 버넌 대위나 레스톡 군의관 등 그들 중에도 수병에게 마음을 써주는 사람이 있다. 그리고 다른 사관들도 프랑스 군함과 전투가 벌어졌을 때는 용감하게 맞서 싸우지 않았던가. 그들은 지금까지 조국을 위해 목숨을 아끼지 않고 싸워온 것이다.

이제 네빌은 혼자가 아니었다. 함께 생활하는 동료가 있고, 프랑스 군함과 싸워서 얻어낸 승리도 그들과 함께 나누었다. 그런 동료들을 죽음의 위기에 몰아넣으면 도저히 견딜 수 없을 것 같았다.

하지만 마리아의 얼굴이 애원하듯 몇 번이나 머릿속에 어른거렸다. 가브리엘의 계획에 동참하면 사무장의 창고에서 돈을 훔친다는, 하늘의 별을 따는 듯한 시련을 이겨내지 않아도 마리아와 재회할 수 있다. 마리아 곁에 돌아갈 기회를 잃는 건 몸이 찢겨나가는 것만큼이나 괴로운 일이었다.

네빌은 그날 밤 잠을 거의 이루지 못했다.

다음 날 아침, 네빌이 식탁조 동료들과 함께 당밀을 뿌린 귀리 죽을 먹고 있는데 맨디가 느닷없이 물었다.

"네빌, 또 몸이 안 좋아진 거야?"

"네?"

고개를 들자 다들 네빌을 걱정스레 바라보고 있었다.

"얼굴이 흙빛인데." 람지가 찌푸린 얼굴로 말했다.

"응, 맞아. 어디 아파?" 잭은 마치 친구를 대하는 듯한 투로 물었다.

"몸이 안 좋으면 빨리 레스톡에게 가봐." 가이가 귀리 죽을 우물거리며 말했다.

"괜찮아요. 어젯밤에 잠을 좀 설쳤을 뿐입니다."

"뭐, 그렇다면 다행이지만." 맨디가 충고했다. "모처럼 야간 당직이 없을 때 푹 자. 아니면 몸 상해."

"흥." 초가 코웃음 쳤다. "사람들로 미어터질 것 같은 데서 잘도 잠이 오겠다. 답답해서 죽겠어."

"난 푹 자는데?" 맨디가 반론했다.

"너야 둔해 빠진 미련퉁이니까 그런 거고."

"뭐라고?"

코구가 두 사람을 달랬다.

"상륙 허가가 나지 않았다고 해서 그렇게 툭툭거리지 마. 안 그래도 머레이는 규율을 따지는 작자잖아. 싸우기라도 했다간 그로그를 몰수당하는 정도로 안 끝날걸."

맨디와 초 사이에 감돌았던 긴장감이 사라졌고, 네빌의 안색이 좋지 않다는 이야기도 거기서 끝났다. 그 후로는 머레이에 관한 불평만 드문드문 나왔다.

식사가 끝나고 소년 수병이 식기를 정리하는데 위에서 종소리가 들렸다.

"아, 경매인가." 가이가 생각났다는 듯 말했다. "전투가 끝났는데도 안 했었네."

"숫자가 워낙 많으니까. 시간을 낼 수 있는 휴일에 해치우려는 거겠지." 맨디가 뺨을 긁적거리며 말했다. "우리도 갈까."

식탁조 동료들이 차례차례 일어나서 노천갑판으로 올라갔다. 네빌은 유품을 살 만한 돈이 없었지만, 분위기에 휩쓸려 사람들을 따라갔다.

홀랜드 때와 마찬가지로 경매 장소는 선수루 갑판의 돛대 앞이었다. 경매는 조용하게 진행됐다.

"토머스 스완슨, 낙찰금은 부모님에게 보낸다."

이처럼 일단 전사자 이름과 돈을 누구에게 전달할지 알린 후, 입찰에 들어간다. 나포 상금을 아직 받지 못했지만, 수병들은 다들 적극적으로 경매에 참가했다. 덕분에 몇 개 안 되는 스완슨의 너저분한 소지품은 총 3파운드 6펜스에 낙찰됐다.

그 후로도 경매는 지체 없이 진행됐다. 오늘 밤 있을 모임을 생각하던 네빌은 한 전사자의 유품 경매가 시작됐을 때 얼음으로 등줄기를 문지른 것처럼 움찔 놀랐다.

"도미닉 쿠퍼, 낙찰금은 아내와 어린 아들에게 보낸다."

여기저기서 수병들의 이야기 소리가 들려왔다.

"그러고 보니 아이가 태어난 직후에 끌려왔다고 했어."

"가엾게도 아이는 아버지 얼굴도 모르고 자라겠군."

네빌은 처음 보는 것처럼 주변 수병들을 둘러보았다.

그렇다. 이 가운데 원해서 여기 있는 사람이 대체 몇 명이나 될까? 대부분 나처럼 억지로 끌려오지 않았을까? 뭍에는 생이별을 한 가족이 있다. 어쩌면 나처럼 곧 태어날 아이를 두고 강제 징집된 수병도 있을 수 있다.

가브리엘이 고안한 작전을 실행하면 분명 수많은 사람이 죽으리라. 나와 처지가 똑같은 사람이 수십 명이나 죽을지도 모른다. 그 잔혹한 작전에 동참하면 나도 공범이다. 살인이라는 추악한 짓으로 손이 물든다.

나는 그 추악한 손으로 아무 거리낌 없이 내 아이를 안을 수 있을까?

선미루 갑판에서는 버넌 대위가 경매하는 수병들을 바라보고 있었다. 줄기차게 입찰하는 목소리를 듣고 있으니 가슴이 아팠다. 그만큼 유족이 많다는 뜻이니까. 전투에 이겨도 그 뒤에는 수많은 눈물이 남는 걸 생각하면, 눈부셔 보였던 승리는 언제나 퇴색된다.

버넌이 시름에 잠겨 있는데 머레이가 다가왔.

"버넌 대위, 사건 수사는 어떻게 되어가고 있나?"

"아쉽지만 진전이 없습니다."

머레이가 콧부리에 주름을 잡았다.

"일련의 사건은 동일 인물의 소행이지?"

버넌은 머레이에게 자신의 추리를 전달했다. 따라서 부함장도 범인이 사관급이고, 조지를 두 번 노렸다가 두 번 실수했으며, 입막음을 위해 게리를 살해했다는 사실을 인식하고 있었다. 이 정도까지 알아냈으면서 정작 살인범의 정체는 밝혀내지 못하다니 머레이로서는 믿을 수가 없었다.

"수많은 사람이 생활하는 함내에서 몇 번이나 살인을 저지르고도 무사히 종적을 감추다니 말도 안 돼. 정말로 철저히 조사한 것 맞나?"

"네, 물론입니다. 다만 부함장님도 아시다시피 범인은 첫 번째 범행 때는 야음을 틈탔고, 두 번째 범행 때는 선창과 최하갑판의 어둠을 방패로 삼았습니다. 그리고 세 번째 범행 때는 흔적도 없이 사라졌고요."

"그건 나도 알아!" 머레이는 벌컥 화를 냈다. "난 같은 이야기를 여러 번 듣는 걸 싫어해. 듣고 싶은 건 활대에 목매달아야 할 놈의 이름이다. 하다못해 범인 후보 정도도 모르나?"

"수상한 인물이라면 있습니다만, 부함장님 마음에는 안 드실 겁니다."

"뭐라고?"

"첫 번째와 두 번째 사건 당시 자신의 소재를 증명하지 못한 사람은 코글란 대위, 자비우스 대위, 파커 사무장, 후드 갑판장, 하든 장포장, 팔코너 목공장, 레스톡 군의관, 총 일곱 명입니다."

"대위와 준위뿐이라는 건가? 지위가 훌륭한 사람뿐이잖나."
버넌이 말했던 것처럼 머레이는 마음에 들지 않는다는 목소리였다. "부사관은 모두 어디 있었는지 증명했다는 거야?"

"부사관은 부사관끼리 함께 있을 때가 많으니까요. 두 번째 사건 때 모두 어디 있었는지 확인했습니다."

사병 다음으로 머릿수가 많은 부사관도 서로 끈끈한 유대감을 자랑한다.

생각에 잠긴 것처럼 중얼중얼하던 머레이가 고개를 들고 버넌의 귓가에 속삭였다.

"그 일곱 명을 한 명씩 불러내서 떠보는 건 어떨까?"

버넌은 동의하지 않았다. 그도 속삭이는 목소리로 대답했다.

"딱 잡아떼겠죠. 범인이라는 사실을 다 안다고 몰아세워도, 저희는 영창에서 벌어진 살인 사건의 진상을 모르니까요. 자기는 월든을 죽일 수 없었다고 우기면 이쪽으로서는 어떻게 할 방법이 없습니다."

머레이는 속이 터진다는 듯 고개를 내저었다.

"젠장! 대체 어떻게 하라는 거야!"

부함장은 욕설을 내뱉은 후 발을 쿵쿵 굴리며 버넌 곁을 떠났다.

여로의 끝

"정말이지 어떻게 해야 할까." 버넌은 하늘을 올려다보고 중얼거렸다.

"저, 저기……." 누군가가 버넌에게 말을 걸었다.

대위는 시선을 내려 그 사람을 보았다. 사관후보생 우드필드였다.

"우드필드 사관후보생, 어쩐 일이지?"

"어, 아까 부함장님이 사건 때문에 대위님을 힐책하시는 걸 보고, 야단났구나 싶어서……."

"날 힐책하신 게 아니야. 살인자에게 분노를 퍼부으신 거지. 뭐, 더 이상 조사에 진전이 없으면 나도 혼나겠지만."

"그래서 조사에 도움이 됐으면 해서…… 말씀드리고 싶은 게 있습니다."

"뭐지?"

"영창에서 수병이 총에 맞은 사건이 발생한 밤, 저와 리치 사관후보생이 제일 먼저 선미 구획에 들어가서 방을 차례대로 살펴볼 때였는데요……."

"흠."

"그…… 리치 사관후보생은 못 들었다고 하니까 제 기분 탓일 수도 있지만, 들은 것 같습니다."

"무슨 소리를 들었지?"

"하갑판은 수면에 가까워서 물살 소리가 시끄럽죠. 하지만 물살 소리에 섞여 뭔가 무겁고 단단한 물건을 드르륵드르륵 끌고 가는 소리를 들은 것 같습니다. 하지만 정확한 위치까지는 모르겠고요. 역시 잘못 들은 걸 수도 있지만……."

"아니, 잘했어. 이야기해줘서 고마워."

소심한 사관후보생의 표정이 안심한 듯 풀렸다.

우드필드가 물러가자 버넌은 그의 증언과 지금까지 밝혀진 사실을 조합해서 차분히 생각해보았다.

벽 너머에서 총을 쏜 살인자, 머스킷을 감싼 것으로 추정되는 해먹, 그리고 뭔가를 끌고 가는 듯한 소리……. 설마!

충격이 버넌의 정수리부터 발끝까지 꿰뚫었다. 이 방법이라면 범인이 현장에 없었던 것도 설명이 된다!

버넌은 자신의 침소로 쏜살같이 달려갔다. 개인 물품 상자에서 머스킷을 꺼내 밝은 곳에서 자세히 살펴보기 위해 재빨리 노천갑판으로 되돌아갔다. 버넌이 머스킷을 들고 뛰어가는 모습에 사람들이 어리둥절한 표정으로 멈춰 섰지만, 버넌은 전혀 개의치 않았다. 노천갑판으로 나가자 대위는 머스킷을 찬찬히 살펴보았다.

이 머스킷은 거의 조사하지 않았다. 사건이 발생한 밤에는 집어 들지조차 않았고, 그 후에도 침침한 함내에서 그냥 시야에 담아둔 정도일 뿐 자세히 살펴보지는 않았다. 예상이 맞는다면 이 머스킷 어딘가에 잔꾀를 부린 흔적이…… 없다?

이게 어찌 된 일인가 싶어 버넌은 몇 번이나 꼼꼼히 머스킷을 조사했지만, 자신이 예상한 흔적은 존재하지 않았다.

의기소침해졌을 때 선임 위병장이 다가왔다.

"무슨 일이십니까, 대위님?" 마이어는 당혹스럽기 그지없다는 표정이었다. "대위님이 머스킷을 들고 무시무시한 얼굴로 달려갔다는 보고가 여기저기서 들어왔습니다. 다들 대위님이 누군가 죽이려는 게 아닐까 겁먹었다고요."

버넌은 자신의 추리를 마이어에게 들려주었다.

"아하, 그렇군요. 그래서 밝은 곳에서 머스킷을 조사해봤는데 예상이 빗나가신 겁니까."

"이론상으로는 맞을 텐데."

버넌의 추리가 옳다면 범인은 그 사람이다. 사건 당시 그가 있었던 곳으로 보건대 틀림없다. 하지만 사건이 발생하고 나서 선미 구획 앞에 배치한 보초병 이야기로는, 그 후로 아무도 하갑판의 선미 구획에 들어오지 않았다고 한다. 게다가 현장에서 가져온 머스킷은 버넌이 자신의 개인 물품 상자에 넣고 자물쇠를 잠갔다. 그 사람이 머스킷을 확보해 잔꾀를 부린 흔적을 제거할 기회는 없었다.

버넌 대위가 머스킷을 원망스럽게 내려다보고 있자니 바람이 한바탕 불었다. 찬 기운을 듬뿍 머금은 바람이 부글부글 끓던 버넌의 머리를 식혀주었다.

동시에 사건이 발생한 밤의 어떤 기억이 대위의 머릿속에 되살아났다. 그날 밤은 당직을 교대할 무렵에 바람이 되돌아왔다. 버넌은 진상을 알아냈다는 확신에 몸이 부르르 떨렸다.

버넌은 진지한 눈으로 마이어를 보았다.

"확인하고 싶은 게 있으니 보트를 내리게."

이날은 아무 일도 없이 지나갔다. 상륙 허가를 받지 못한 수병들은 하다못해 매춘부들이 찾아왔을 때를 대비해 옷을 빨거나 찢어진 곳을 꿰매거나 했다. 그로그 배급 시간에는 동료와 함께 상관을 욕하거나 노래를 했다. 그리고 항구 마을에서 사들인 신선한 식료품을 듬뿍 사용한 저녁 식사로 마음을 달랬다. 하루가 끝나자 평소처럼 돼지우리같이 비좁은 공간에서 잠을 청했다. 수많은 선원에게 이날은 색다를 것 없이 수백 일이나 이어진 선상 생활 중 하루로 보였다. 하지만 일상의 베일 뒤편에서 운명의 날이 될 순간이 착실하게 다가오고 있었다.

밤의 두 번 종21시이 울렸을 때, 세 남자가 랜턴을 둘러싸고 선창 옆 통로에 앉아 있었다. 가브리엘, 휴, 프레디였다. 네빌은 어디에도 없었다.

"네빌, 이 자식은 왜 안 와?" 프레디가 말했다.

"혹시 겁먹었나? 막판에 마음을 바꿔서 사관에게 밀고하지는 않겠지?" 휴가 걱정스럽게 말했다.

가브리엘은 침착했다.

"만약 놈이 배신했다면 지금쯤 우리는 꽁꽁 묶여 있겠지. ……봐, 악마도 제 말 하면 나타난다더니."

선창 옆 통로에 놓아둔 랜턴 불빛에 세 사람 곁으로 다가오는 네빌의 모습이 비쳤다. 네빌이 자리에 앉자 가브리엘은 이야기를 시작했다.

"좋아, 다 모였군. 지금 이 순간부터 우리는 자유를 얻기 위한 싸움에 나서는 거야. 목숨을 걸고 이번 작전에 임해야 해."

"저기." 네빌이 입을 열었다. "그만두자."

모두가 네빌을 보았다. 휴와 프레디는 믿을 수 없다는 표정이었지만, 가브리엘은 어두운 표정으로 네빌을 노려보았다.

"그만두자니?" 가브리엘이 차분하게 물었다.

네빌은 가브리엘을 똑바로 바라보았다. 망설임도 고뇌도 떨쳐버린 눈이었다.

"무관한 사람들을 말려들게 할 수는 없어. 여기 있는 수병들은 대부분 우리처럼 억지로 이 함선에 끌려왔다고. 처지가 같은 사람들을 희생시키면서까지 도망치다니, 그런 짓은 못 해. 너희, 설령 무사히 도망친들 가슴을 펴고 살 수 있겠어? 이것 말고 보급선에 돈을 쥐여주고 탈출하는 계획도 있었잖아. 그쪽 기회가 올 때까지 기다리면 돼."

가브리엘이 숨을 크게 들이마셨다.

"이제 와서 우리를 배신하겠다는 거야?"

"배신이라니, 절대 그렇지 않아." 네빌은 열띤 어조로 말했다. "마음만 먹었으면 너희 계획을 누군가에게 알릴 수도 있었어. 하지만 그러면 너희는 교수형을 당하겠지. 너희가 죽는 꼴을 보기 싫으니까 계획을 취소하라고 이렇게 부탁하는 거잖아. 난 아무도 죽길 바라지 않아. 부탁이니 제발 다시 생각해."

가브리엘은 가만히 바닥을 내려다보다가 일어서서 말했다.

"그렇구나, 알았어."

이해해준 걸까. 네빌은 안도했지만 가브리엘의 바지 주머니가 불룩하다는 것을 알아차렸다.

가브리엘의 행동은 재빨랐다. 바지 주머니에 손을 넣어 속에 든 걸 꺼냈다. 돛을 조종하는 삭구를 고정해두는 막대, 빌레이 핀이었다. 가브리엘은 빌레이 핀을 곤봉처럼 쥐고 네빌을 후려쳤다.

머리를 정통으로 얻어맞은 네빌은 신음을 흘리며 벌러덩 자빠졌다.

"널 동맹에 끌어들인 게 실수였다는 걸 이제야 알았어."

가브리엘은 네빌을 내려다보았다.

"이 배와 함께 수장시켜줄게."

가브리엘은 다리를 뒤로 쳐들었다.

"그, 그만……." 네빌이 잠긴 목소리로 애원했지만 허사였다.

가브리엘은 네빌의 관자놀이 근처를 걷어찼다. 네빌은 축 늘어져서 움직임을 멈췄다.

그 모습을 보고 가브리엘은 만족스럽게 "좋아" 하고 말했다.

"그럼 이 녀석은 빼고 작전을 개시해볼까."

휴와 프레디는 굳은 표정이었지만 "그래" 하고 고개를 끄덕였다. 여기까지 왔으니 이제 물러날 수는 없다.

"나랑 휴가 포로로 잡힌 프랑스 놈들을 풀어줄게. 소동이 일어나면 프레디는 장약고에 불을 붙여. 그 후에 노천갑판에서 합류해서 탈출하는 거야."

"어떻게?" 휴가 물었다.

"혼란을 틈타 보트를 내리든지, 물에 뜰 만한 물건을 바다에 던지든지, 방법이야 여러 가지겠지. 어차피 항구에서 폭발을 목격한 놈들이 달려올 테니까, 놈들이 구해줄 때까지만 바다에 떠 있으면 돼. 어려울 것 하나도 없다고."

"알았어." 휴는 고개를 끄덕였다.

"좋아, 이제 됐지? 그럼 가자. 자유를 위해!"

세 사람이 나가고 네빌 혼자 선창에 남겨졌다. 네빌은 완전히 의식을 잃은 것이 아니었다. 몽롱한 의식이 간신히 현실과 꿈 사이를 떠돌고 있었다. 혼탁한 의식 속에 마리아의 환영이 나타났다. 마리아는 네빌에게 미소 지으며 손을 뻗었다. 네빌이 그 손을 잡으려 한 순간, 소금이 물에 녹듯 마리아의 모습이

획 사라졌다.

다신 마리아를 만날 수 없다고 네빌은 본능적으로 직감했다.

"마리아……." 살짝 벌어진 네빌의 입에서 헛소리가 튀어나왔다. "마리아, 미안해. 미안해……."

기력이 다해 네빌의 의식이 완전히 어둠 속으로 끌려 들어가기 직전, 느닷없이 얼굴에 물이 끼얹어졌다. 코에 물이 들어가서 네빌은 심하게 기침을 했다.

"정신 차려!" 누군가가 네빌에게 소리치며 뺨을 때렸다.

의식이 무사히 머릿속으로 되돌아와서 네빌은 눈을 떴다. 눈의 초점이 맞은 순간, 네빌은 숨이 멎을 뻔했다.

죽은 줄 알았던 조지 블랙의 얼굴이 눈앞에 있었다.

그 무렵 버넌은 마이어와 함께 함장 집무실에 있었다. 집무 책상 앞에 앉은 머레이는 중앙 돛대에 벼락이 떨어지는 장면이라도 본 것처럼 휘둥그레진 눈으로 아까 버넌이 했던 말을 되뇌었다.

"살인범이 누군지 알아냈다고? 정말인가?"

"네." 버넌은 자신 있게 대답했다. "그리고 월든이 살해당했을 때 범인이 사라진 이유도 설명할 수 있습니다."

머레이가 몸을 앞으로 내밀었다.

"그 희한하기 짝이 없는 일을 설명할 수 있다고? 범인은 대체 무슨 마법을 부린 거야? 빨리 설명해 봐."

"알겠습니다. 일단 게리 월든 살해 사건의 진상을 말씀드리겠습니다."

버넌은 당시 상황을 간단하게 정리했다.

"밤의 여덟 번 종이 자정을 알린 후, 총소리가 들렸습니다. 첫 번째 발견자는 우드필드 사관후보생과 리치 사관후보생입니다. 두 사람은 총소리가 났을 때 마침 하갑판 선미 구획으로 통하는 문 앞에 서 있었고, 총소리의 정체를 확인하기 위해 선미 구획으로 들어갔다가 총에 맞아 사망한 월든을 발견했습니다. 그 후에 저도 선미 구획으로 갔고, 다른 사관들도 달려왔습니다만 범인의 모습은 어디에도 없었습니다. 여기까지는 아시겠죠."

"그래, 그런데 범인은 어디로 사라진 건가?"

"범인은 애당초 선미 구획에 없었습니다."

머레이는 입을 떡 벌린 후 인상을 찌푸렸다.

"범인이 없었다고? 그럴 리가 있나. 총이 발사됐잖아. 범인이 그 자리에서 방아쇠를 당긴 거야."

"그 자리에 없어도 방아쇠는 당길 수 있습니다. 범인은 머스킷의 방아쇠에 실을 묶어둔 겁니다."

"실?"

"네, 묶어둔 실을 잡아당기면 그 자리에 없어도 방아쇠를 당길 수 있습니다."

머레이는 수긍하는 표정이 아니었다. 오히려 수상쩍다는 눈으로 버넌을 쳐다보았다.

"미스터 버넌, 무슨 말을 하고 싶은지는 알겠지만 그건 아니지. 방아쇠에 묶은 실을 잡아당기면, 콕이 내려오기 전에 머스킷이 움직이지 않겠나? 그래서는 제대로 조준할 수가 없어. 그리고 실을 사용해 방아쇠를 당겼다고 쳐도 범인이 어디서 실을 잡아당겼다는 말인가?"

그런 질문이 날아올 줄 알았으므로 버넌은 차분히 설명했다.

"순서대로 대답 드리겠습니다. 일단 탄환이 발사되기 전에 머스킷이 움직이는 문제 말씀인데요. 살인자는 머스킷을 고정한 겁니다. 월든이 있던 영창과 도구 보관고를 구분하는 격벽은 프랑스 군함의 포격으로 구멍이 뚫렸습니다. 그리고 사건이 발생한 직후, 그 구멍 바로 근처에 해먹이 두 장 떨어져 있었고요. 범인은 포격으로 생긴 구멍에 총신을 밀어 넣고, 빈틈이 완전히 메워지도록 뭉친 해먹을 쑤셔 넣어서 총신을 고정한 겁니다. 그럼으로써 방아쇠가 당겨질 때까지 머스킷이 움직이는 걸 막고, 탄환이 발사됐을 때 반동으로 조준이 틀어지는 걸 방지한 거죠. 이 방법이라면 월든이 등에 총을 맞아 사망한 것도 설명이 됩니다."

"설명은 되지만 그렇게 잘 될까? 조준하지 않고 총을 쏘는 셈인데."

 버넌은 마이어에게도 그랬던 것처럼 점과 점을 연결해 선을 만드는 원리를 설명했다. 포탄이 지나간 경로는 영창에 묶인 포잭을 죽음으로 몰아넣은 경로이므로, 격벽의 구멍과 갑판이 함몰된 지점에 일직선으로 머스킷을 배치하면 조준하지 않아도 게리에게 탄환이 명중한다.

 머레이는 고개를 끄덕였지만, 여전히 인상을 펴지 않았다.

 "원리는 알았어. 하지만 이해가 되지 않는 점이 있군."

 "뭡니까?"

 "머스킷을 격벽의 구멍에 설치할 때, 영창에 있는 피해자가 알아차리지 않을까? 설령 알아차리지 못하더라도, 피해자가 어쩌다 고개라도 돌리면 자신을 향한 총구를 보고 도움을 요청하지 않겠어?"

 "일단 머스킷은 저녁 식사 후부터 밤의 여덟 번 종에이 울리기 전에 설치됐을 겁니다. 그게 아니라면 저녁밥을 가져온 배식 담당자가 머스킷이 있다는 걸 알아차렸을 테니까요. 따라서 범인이 머스킷을 설치했을 때, 피해자는 잠들었을 가능성이 있습니다."

 "범인이 그럴 가능성에 걸었다고? 너무 위험한 것 아닌가?"

 "네, 물론 범인은 그렇게까지 어리석지 않았습니다. 범인은 해먹을 한 장 더 준비해서 머스킷을 감쌌습니다. 시체가 발견된 후 도구 보관고에서 해먹이 불타는 소동이 일어났지 않습니까. 화약 접시에서 발생한 점화약의 불꽃이 해먹에 옮겨붙어서 불이 난 겁니다. 불탄 해먹에는 탄환이 뚫은 구멍과 총구에서 분출된 화염에 눌은 자국이 남아 있었는데요. 그 구멍에 머스킷의 총구를 대면, 불탄 부분은 화약 접시가 있는 위치에 딱 들어맞습니다. 해먹으로 머스킷을 감쌌다는 증거입니다.

해먹으로 감싸면 위험한 분위기가 사라집니다. 총신을 너무 쑥 내밀지 않는 한, 영창에 갇힌 사람에게는 포격으로 뚫린 구멍을 임시로 틀어막은 것처럼 보이겠죠. 전투가 끝나고 나서 매일 목공조가 여기저기 수리했으니까요. 격벽의 구멍이 막힌 걸 월든이 알아차렸더라도 수리의 일환으로 여겼을 겁니다."

머레이는 앓는 소리를 냈다.

"끙, 확실히 그랬다면 피해자도 경계하지 않았겠지. 수상쩍게 여겼을지도 모르지만, 격벽의 구멍에 끼워진 하얀 천을 보고 자신의 목숨을 노릴 흉기라고는 생각지 않을 테니까."

부함장은 다음 의문을 꺼냈다.

"그런데 범인은 실을 어디서 잡아당긴 거지?"

"해먹은 영창과 도구 보관고를 구분하는 격벽 근처에 떨어져 있었습니다만, 머스킷은 그 반대쪽 벽 앞에서 발견됐습니다. 즉, 머스킷은 뒤로 잡아 당겨진 셈입니다."

"뒤라고 해도 도구 보관고 뒤쪽에는 거의 아무것도 없잖나.

있는 건 대포 정도야."

"대포가 있다면 당연히 포문도 있겠죠. 선미의 포문은 미닫이식이니까, 범인은 실이 통과할 만큼 포문을 아주 살짝 열어둘 수 있습니다. 그리고 널빤지를 네모진 목재에 옆으로 댄 격벽에도 널빤지와 널빤지 사이에 실이 통과할 만한 틈새가 있고요."

버넌은 실이 지나가는 경로를 정리했다.

"머스킷의 방아쇠에 묶은 실은 도구 보관고의 격벽 틈새를 통해 밖으로 나갔습니다. 격벽에는 가로 방향으로 틈새가 많습니다만, 실은 낮은 부분에 있는 틈새를 통과했겠죠. 너무 높은 곳으로 실을 꺼내면 총이 들려 올라가서 총구가 아래를 향할 테니까요. 어쩌면 바닥과 격벽 틈새일지도 모르겠군요. 아무튼 그렇게 도구 보관고에서 꺼낸 실은 포문을 통해 선미로 나간 겁니다."

"선미, 즉 실 끄트머리는 바다 위로 나갔다고?"

머레이는 그 모습을 상상했다. 선미 너머는 당연히 바다다. 거기 누군가 서서 실을 당길 수는 없다. 그렇다면 실이 향할 곳은 한군데밖에 없다. 위쪽이다.

"범인은 선미루 갑판에서 실을 당긴 건가?"

하갑판 아래쪽은 물에 잠기니까 위쪽밖에 없다. 중갑판, 포열 상갑판의 선미는 붙박이창으로 덮여 있으므로 거기서 실을 끌어당길 수는 없다. 그렇다면 남는 곳은 최상부 갑판인 선미루 갑판뿐이다. 머레이는 뒤 세로 돛 밑에서 실을 힘껏 잡아당기는 범인의 모습을 상상했다.

"아니오, 그렇지 않습니다."

머레이는 얼굴에 찬물을 덮어쓴 것처럼 깜짝 놀랐다.

버넌은 부함장이 함정에 빠진 것도 무리는 아니라고 생각했다. 실은 버넌도 처음에는 머레이와 똑같이 예측했다. 범인은 선미루 갑판에서 실을 잡아당긴 거라고.

용의자 가운데 유일하게 그럴 수 있었던 사람은 코글란이었다. 사건 당시 코글란은 버넌과 당직 주임을 교대하기 위해 선미루 갑판에 왔다. 선미루 갑판의 눈에 띄지 않는 곳에 미리 묶어둔 실을 하갑판까지 늘어뜨리고, 포문을 통해 함내로 가져와서 머스킷의 방아쇠에 묶었다고 생각했다. 그리고 당직 주임 시간에 선미루 갑판에 묶어둔 실을 풀고 잡아당겨서 머스킷을 발사했다고 추측했다.

하지만 아니었다. 코글란이 범인이라면, 그는 언제 머스킷의 방아쇠에 묶어둔 실을 회수했을까? 사건 당시 당직 주임이던 코글란은 현장에 올 수 없었다. 시체가 발견돼 선미 구획을 한 차례 조사한 후에는 보초병을 선미 구획 앞에 배치했다. 보초병은 보초를 선 후로 선미 구획에 들어간 사람이 없었다고 증언했다. 그렇다면 당직을 마친 코글란이 머스킷에 수작을 부리기는 불가능하다. 더구나 그 후에 버넌 본인이 흉기인 머스킷을 회수해 개인 물품 상자에 넣고 자물쇠를 잠갔다. 그러므로 코글란은 방아쇠에 묶어둔 실을 회수할 수 없다. 따라서 그는 범인이 아니다.

머레이는 당혹스러움을 넘어 의심에 가득 찬 눈으로 버넌을 보았다.

"선미루 갑판에서 실을 잡아당긴 게 아니라면, 어디서 실을 잡아당겼다는 건가?"

"정확하게 말씀드리면 범인은 실을 잡아당기지 않았습니다."

"뭐라고?"

"실을 잡아당긴 건 헐버트호입니다."

예상조차 못 했던 대답에 머레이는 할 말을 잃었고, 부함장의 위엄이라는 가면이 얼굴에서 투둑투둑 떨어져 내렸다.

"어? 아니…… 대체 무슨 소리를 하는 건가?" 함장 대행의 권위가 사라진 인간 머레이의 얼빠진 목소리였다.

"사건이 일어난 날을 떠올려 보십시오. 그날은 낮부터 바람이 잦아들어 헐버트호는 오도 가도 못 하는 처지가 됐습니다. 해가 진 후에도 마찬가지였죠. 그러다 제가 야간 당직 주임을 교대하기 전에 겨우 바람이 되돌아왔습니다. 바람이 돌아오자 헐버트호는 다시 앞으로 나아갔습니다. 그리고……."

버넌은 일부러 말을 끊었다가 힘주어 다음 말을 꺼냈다.

"아튜유호를 예항하기 위해 헐버트호와 아튜유호에 묶은 밧줄이 다시 팽팽해졌습니다."

하지만 머레이는 버넌의 말을 듣고도 무슨 뜻인지 이해하지 못한 듯했다.

"그게 어쨌다는 건가?"

버넌은 더 자세하게 설명했다.

"그날 헐버트호가 멈춰 있는 동안 뒤쪽의 아튜유호가 파도의 영향으로 서서히 다가와서 부딪치는 것 아닐까 걱정했지 않습니까. 헐버트호와 아튜유호가 가까워지면 두 척을 연결한 견인 밧줄은 느슨해지겠죠. 즉, 견인 밧줄은 바람이 돌아올 때까지 헐버트호의 선미에 딱 들러붙듯 축 늘어져 있었습니다. 범인은 그 밧줄에 실을 묶은 겁니다."

"뭐라고?" 머레이의 눈이 휘둥그레졌다.

"범인은 하갑판의 선미 포문을 열고 도구 보관고에 있던 갈고리 달린 장대를 사용해 늘어진 견인 밧줄을 끌어당겼겠죠. 범인은 거기에 머스킷의 방아쇠에 묶은 실의 다른 쪽 끄트머리를 묶은 겁니다. 물론 여유 없이 실의 길이를 딱 맞춰서요. 그러면 어떻게 될까요?"

살인자의 비겁한 술책이 드디어 밝혀질 때가 왔다.

"견인 밧줄은 느슨한 상태입니다. 머스킷의 방아쇠와 견인 밧줄을 연결한 실은 팽팽한 상태고요. 바람이 돌아와서 헐버트호가 움직이면 견인 밧줄은 점점 팽팽해지며 선미에서 멀어지겠죠. 그러면 견인 밧줄에 묶인 실이 당겨집니다. 실의 장력이 머스켓의 방아쇠를 당길 만큼 커지면 탄환이 발사됩니다. 탄환이 발사된 후에도 견인 밧줄이 실을 잡아당기는 힘은 줄어들지 않으므로, 머스킷은 격벽 구멍에 쑤셔 넣은 해먹과 함께 구멍에서 빠져나와 반대쪽 격벽까지 끌려갑니다. 머스킷은 격벽에 닿아서 멈추지만, 실에는 여전히 잡아당기는 힘이 가해지죠. 결국 실이 끊어지고 머스킷은 도구 보관고 바닥에 남겨집니다. 우드필드 사관후보생이 선미 구획에 들어갔을 때, 뭔가 드르륵드르륵 끌고 가는 듯한 소리를 들었다고 하더군요. 그건 머스킷이 실에 끌려가는 소리였던 겁니다. 그리고 머스킷에서 끊어진 실은 견인 밧줄을 따라 포문 밖으로 사라졌고요."

명료한 추리였지만 머레이는 한 가지 걸리는 점이 있었다.

"아귀가 딱 들어맞는 이야기지만, 정말로 그랬단 말인가? 미스터 버넌, 그게 자네의 공상이 아니라는 걸 어떻게 증명할 셈이지?"

버넌은 침착하게 말했다.

"이 추리를 뒷받침할 증거가 있습니다. 낮에 미스터 마이어와 함께 보트를 타고 헐버트호와 아튜유호를 연결한 견인 밧줄을 조사했습니다. 밧줄 중간쯤에 실이 묶여 있더군요. 돛을 보수하는 데 사용하는 검고 튼튼한 실이요. 범인은 머스킷에 묶은 실은 회수했습니다만 로프에 묶은 실은 회수할 수 없었던 거죠. 며칠 후에 조선소에서 아튜유호를 인수할 배가 와서 그 배에 견인 밧줄을 옮겨 매었다면 증거는 아튜유호와 함께 사라졌겠지만, 제가 빨랐던 겁니다."

머레이는 다양한 감정을 떨어내듯 얼굴을 문질렀다.

"이런 방법을 생각해내다니, 범인은 정말 터무니없는 놈이로군. 게다가 운도 범인의 편이었어. 월든을 죽일 때 술책을 다 부린 후에 바람이 돌아왔으니까 말이야. 가령 바람이 돌아오지 않고 아침이 왔으면, 범인의 술책은 훤히 드러났겠지."

"범인은 분명 머리 회전이 빠른 인물입니다. 자신에게 찾아온 기회를 놓치지 않고 즉시 계획을 세워 실행에 옮겼으니까요. 하지만 정말 운이 범인의 편이었다고 할 수 있을까요?"

"뭐?"

"확실히 밤사이에 바람이 분 건 범인에게 행운이었습니다. 하지만 총소리가 났을 때 사관후보생 두 명이 하갑판 선미 구획 출입구 앞에 있었던 건 커다란 불운이었죠. 그 두 사람 때문에 사건 현장에서 범인이 사라졌다는 기괴한 상황이 만들어졌으니까요.

선미 구획 출입구 앞에 아무도 없었다면 범인은 사람이 오기 전에 현장에서 달아났다고 추정됐을 테고, 두 명이 아니라 한 명만 있었다면 저는 그 사람을 의심했겠죠. 탄환이 발사된 바로 그때, 선미 구획 출입구 앞에 여러 사람이 있었던 덕분에 범인의 술책을 밝혀낼 수 있었던 겁니다."

"으음, 그런가."

"이번에 발생한 일련의 사건에서 범인에게는 순풍과 역풍이 교대로 분 셈입니다. 첫 번째 사건 때는 초승달 밤에 함선이 카운터 브레이스를 실시해 범인에게 범행 기회가 찾아왔고, 두 번째 사건 때도 목표물을 몰래 처리할 기회가 찾아왔습니다. 하지만 두 번 다 예기치 못한 실수로 무관한 사람을 죽이고 말았죠. 더구나 첫 번째 사건 때는 흉기를 회수하지 못해 사관에게 의혹의 시선이 향했고, 두 번째 사건 때는 목격자인 월든에게 공갈을 당해 그를 입막음해야 했어요. 그야말로 범인 입장에서는 순풍이 불었나 싶더니 어느 틈엔가 역풍에 놀아난 기분이었을 겁니다. 하지만 범인의 흉악한 범행도 이제 끝났습니다. 곧 활대에 목을 매달려 죗값을 치를 테니까요."

"암, 암, 그렇고말고." 머레이는 불그스레하게 달아오른 얼굴로 말했다. "그런데 가장 중요한 걸 빼먹었군. 범인은 누구야? 그자의 이름을 알려주게."

"범인은······."

버넌은 말을 이을 수 없었다. 바닥에서 솟구치는 듯한 충격과 몸이 굳어버릴 듯한 폭발음이 그에게서 말을 빼앗았다.

조금 거슬러 올라간 시간. 네빌을 때려눕힌 가브리엘은 휴와 프레디를 데리고 최하갑판으로 향했다.

"프레디, 장약고 잘 부탁해."

"걱정 붙들어 매."

"우리 둘이 포로를 풀어주고 나서 개구리 놈들이 도망쳤다고 고함을 지를게. 그 후에 장약고에 불을 질러. 그러면 프랑스 놈들의 짓으로 꾸밀 수 있겠지. 불을 지르고 후갑판에서 만나는 거야."

프레디에게 장약고를 맡긴 후, 가브리엘과 휴는 장약고 앞쪽에 있는 전면부 승강구로 향했다. 선창의 포로들이 도망치지 못하도록 떼어낸 승강구 계단은 승강구 바로 옆의 나무 기둥에 밧줄로 동여매 두었다. 계단이 없어져서 그냥 구멍이 된 승강구에는 격자 덮개를 덮어놓았다. 해병대원 한 명이 그 격자 덮개 주변을 어슬렁거리고 있었다. 사무장의 창고를 지키는 보초병이다.

포로를 붙잡은 후, 사무장의 창고를 지키는 보초병에게 포로 감시 임무도 맡겨졌다. 어차피 창고의 보초병이 방해될 줄은 알고 있었으므로, 가브리엘과 휴는 미리 상의한 대로 행동했다. 두 사람은 총총걸음으로 해병대원에게 다가갔다. 해병대원은 느닷없이 다가오는 수병들을 보고 반사적으로 총검을 장착한 머스킷을 들이댔다.

"멈춰!" 보초병이 긴장된 목소리로 외쳤다. "무슨 일이냐?"

"큰일 났습니다." 휴가 초조한 목소리로 말했다. "시체예요. 함내에서 또 시체가 발견됐습니다."

"뭐라고?" 해병대원은 의심하는 기색 하나 없이 그 말을 받아들였다.

휴는 선미로 이어지는 어두운 통로를 손가락으로 가리켰다. "저쪽에 시체가 자빠져 있더라고요."

해병대원은 미끼를 포착한 물고기처럼 휴의 손끝을 눈으로 좇았다. 해병대원이 방심한 순간, 가브리엘은 재빨리 뒤로 돌아가서 무방비한 뒤통수를 빌레이 핀으로 힘껏 후려갈겼다. 해병대원이 신음소리를 내며 쓰러지자 빌레이 핀으로 머리를 두 번 더 내리쳤다. 그래도 해병대원이 몸을 꿈틀거리자 바닥에 떨어진 머스킷을 주워 총검으로 해병대원의 목을 찔렀다. 총검을 뽑은 가브리엘은 어깻숨을 몰아쉬었다.

가브리엘은 목에서 피를 뿜어내며 숨진 해병대원을 내려다보며 휴에게 말했다.

"격자 덮개를 치우고 계단을 연결하자."

돌이킬 수 없는 짓을 저질렀으니 이제 끝까지 가는 수밖에 없다.

가브리엘과 휴는 격자 덮개를 치우고, 기둥에서 풀어낸 계단을 승강구에 천천히 내렸다. 밤중에 느닷없이 계단이 내려와서 놀랐으리라. 앞쪽 선창에 갇힌 프랑스인들이 웅성거렸다.

가브리엘은 머스킷을, 휴는 빌레이 핀과 랜턴을 들고 계단을 내려갔다. 포로라고는 하나 프랑스인이 적이라는 사실은 변함없다. 적들로 가득한 공간에 들어간다고 생각하자 긴장감이 두 사람의 온몸을 감쌌다.

두 사람이 선창에 내려서자 어둠 속에서 수많은 포로가 시선을 퍼부었다. 예상치 못한 침입자의 등장에 포로들은 입을 다물기는커녕 더 크게 웅성거렸다.

"조용히! 조용히 해!" 가브리엘은 위협하듯이 말했다.

간단한 영어라서 통했는지 웅성거림이 약간 진정됐다. 가브리엘은 생침을 꿀꺽 삼키고 말을 이었다.

"여기 영국말 할 줄 아는 놈 있나?"

어둠 속에서 한 남자가 앞으로 나섰다. 몸집이 작고 팔에 털이 수북한 그 남자는 의심과 경계심이 가득한 눈으로 가브리엘을 쳐다보았다.

"나, 영국말 조금 알아. 무슨 일이야?"

"다른 놈들에게 전달해. 우리가 너희를 구하러 왔다고."

그 말을 듣자 통역의 미간에 잡힌 주름이 더 깊어졌다.

"그게 무슨 소리야?"

가브리엘은 혀를 찼다.

"그러니까 너희를 구하러 왔다고. 위쪽 보초병은 우리가 처리했어. 여기서 나갈 수 있는 거야. 너희는 이제 자유야, 자유. 올라가서 한바탕 날뛸 수도 있어."

통역이 동료들에게 뭐라고 말했다. 가브리엘의 말을 전달했 겠지만, 포로들은 피 끓는 목소리로 떠들기는커녕 한 달은 방치된 과일 조각처럼 시들한 표정을 지었다.

"뭐야, 왜 그래?" 포로들의 반응이 예상과 달라서 가브리엘은 당황했다. 그는 복수심에 불타는 프랑스인들이 금방이라도 선창에서 뛰어나가 난동을 부릴 줄 알았다.

"여기서 나갈 수 있다니까?"

"나가서 어쩌라고?" 통역이 가브리엘에게 말했다. "우리, 얌전히 있으면 감옥에 끌려가겠지. 감옥에 자유 없어. 하지만 안전해. 몇 년 참으면 포로 교환으로 조국에 돌아갈 기회 있어."

통역은 고개를 저은 후 말을 이었다.

"하지만 여기서 반란 일으킨다, 무모해. 여기 프랑스 아니야. 영국. 도망쳐도 사방은 모두 적. 금방 붙잡혀. 반란죄로 죽어."

자기 생각대로 일이 진행되지 않자 가브리엘은 조바심과 분노에 휩싸였다.

"이 배를 빼앗아서 프랑스로 가면 되잖아!"

통역이 이 말을 동료들에게 전달했지만, 포로들은 대부분 의욕 없는 목소리로 말을 내뱉었다.

통역은 동료들의 뜻을 가브리엘에게 전했다.

"우리는 이 함선을 다룰 수 있을 만큼 많지 않아. 무엇보다 무기 없어. 어떻게 제압해? 가르쳐줘, 천재 전략가님."

마지막 비꼬는 말에 가브리엘의 인내심은 한계에 달했다.

"잔말 말고 도망쳐! 아니면 다 죽는 거야!"

"무슨 소리야?"

"우리가 이 배를 가라앉힐 거니까. 잔뜩 보관된 화약에 불을 확 지를 거야. 지금 내 동료가 불을 지르러 갔어!"

당초 계획에 차질이 생기자 가브리엘은 어떻게든 포로를 밖으로 내보내려고 손에 든 카드를 밝혔다. 하지만 이것은 좋지 못한 수였다.

통역이 허둥지둥 그 사실을 동료들에게 전하자, 포로들은 얼마나 큰일이 벌어지려 하는지 깨달았다. 이대로 있다가는 남의 나라 배와 운명을 함께할 판이다. 그런 건 절대로 싫다는 듯 포로들은 일제히 도움을 요청했다.

그 자리에서 움직이지 않고 소란을 피우는 포로들을 보고 가브리엘은 크게 당황했다. 이대로 가면 사람이 찾아온다. 그러면 위에 있는 시체가 발견돼서 붙잡힌다. 가브리엘은 이 상황을 자기 힘으로 통제할 수 없다는 걸 깨달았다.

"휴, 가자!"

가브리엘은 계단을 뛰어올라 프레디가 기다리는 장약고까지 일직선으로 향했다.

가브리엘과 휴가 나타나자 프레디는 깜짝 놀랐다.

"간 떨어질 뻔했네. 해병대가 온 줄 알았어. 신호는 어쩌고?"

"글렀어. 개구리 놈들이 도망칠 생각을 안 해. 그냥 장약고에 불을 지르고 도망치자."

가브리엘은 선반에 얹힌 자루를 꺼내서 화약을 바닥에 마구 부었다.

"그럼 포로가 불을 질렀다고 위장할 수가 없잖아." 프레디가 걱정스럽게 말했다.

"시끄러워! 이 판국에 누구 짓인지가 뭐 그리 중요해? 이 배에서 탈출만 하면 수배령을 내리든, 추적자를 보내든 끝까지 도망칠 거야! 잔말 말고 너희도 도와."

휴와 프레디는 잠자코 가브리엘을 도왔다. 자신들이 무사히 도망치려면 함내에 커다란 혼란을 일으키는 수밖에 없다. 자루에 든 화약을 바닥에 붓고 있는데, 부랴부랴 장약고로 다가오는 발소리가 들렸다.

"제기랄! 벌써 왔나."

가브리엘은 어깨에 메고 있던 머스킷을 출입구의 눅눅한 커튼에 겨누었다.

커튼이 움직인 순간 가브리엘은 방아쇠를 당겼다.

그것이 반역자들의 최후였다. 애당초 가브리엘은 화약을 자루에서 꺼내지 말아야 했다. 화약을 바닥에 마구 들이부은 탓에 화약의 자잘한 입자가 공기 속을 떠돌고 있었다. 가브리엘은 그런 곳에서 머스킷을 쏜 것이다. 머스킷에서 뿜어져 나온 불길이 공기 속의 화약에 옮겨붙으면서 화염이 순식간에 장약고 전체로 퍼졌다. 화염은 바닥에 부은 화약과 아직 선반에서 꺼내지 않은 화약 자루도 집어삼켰다.

장약고는 흔적도 없이 날아갔고, 가브리엘 패거리는 빛 속으로 사라졌다.

조지의 모습을 보고 네빌은 의식을 완전히 되찾았다.
"조지!" 네빌은 크게 소리쳤다. 잠시 후 머리가 깨질 것처럼 지독한 통증이 몰려왔다.
"조용히 해. 호되게 당했지?"
물론 조용히 있을 수는 없었다.
"죽은 거 아니었어?"
조지는 대답하지 않았다. 잠자코 물이 든 작은 통에 손을 넣어 의미도 없이 물을 휘저었다.
"조지, 뭐라고 말 좀 해봐."
조지는 창피하다는 듯한 표정으로 입을 열었다.
"전투가 한창일 때 내가 있던 선수루 갑판에 포탄이 날아왔어. 선수루 갑판은 대혼란에 빠졌고, 난 그 틈에 도망쳐서 내내 선창에 숨어 있었어. 물통을 하나 비우고, 사람이 나타났을 때는 그 속에 몸을 숨겼지. 배고프고 목마를 때는 선창의 식료품과 음료를 훔쳐먹으며 쥐처럼 살아왔어.

물론 너희의 무모한 계획도, 게리가 살해당한 사실도 다 들었어. 그리고 아까 내분이 생겨서 너희가 싸우는 소리도 들었고. 네빌, 네가 맞아서 쓰러진 것 같길래 걱정돼서 나와본 거야. 뭐, 곧 함선이 가라앉을지도 모르는데 계속 숨어 있어봤자 무의미하다는 생각도 있었지만."

"네가 지금까지 어떻게 지냈는지는 중요하지 않아. 왜 갑자기 사람들 앞에서 사라진 거야? 식탁조 동료들도 네가 죽은 줄 알고 슬퍼했다고. 대체 왜……."

그제야 네빌은 흠칫했다.

"혹시 홀랜드와 호이슬이 살해당한 사건 때문에? 호이슬이 살해당한 후 네가 그랬지. 범인의 목표가 너일지도 모른다고. 신변의 위험을 느낀 거야?"

조지는 괴로운 듯 고개를 숙였다.

"그래. 난…… 목숨을 위협받고 있었어. 전투에서 살아남아도 생활하다 보면 범인이 또 내 목숨을 노렸겠지. 그래서 숨은 거야. 헛된 발버둥에 불과하다는 걸 알면서도."

네빌은 조지의 어깨를 흔들었다.

"어째서? 도망치지 말고 사건을 조사하는 버넌 대위에게라도 도움을 요청하면 됐을 텐데."

조지는 세차게 고개를 내저었다.

"안 돼, 그건 안 돼! 목숨을 위협받는 이유를 밝히면 그야말로 내 목숨은 없어."

"그건 또 어째서?" 네빌은 당혹스러운 마음으로 물었다.

"네빌, 내가 예전에 상선에서 선원으로 일했던 적이 있다고 했었잖아."

"응, 돛대에 멋지게 올라갔다 내려온 후에 말해줬지."

조지는 눈물을 글썽이며 말했다.

"그거, 거짓말이었어."

"뭐?" 네빌은 조지가 모르는 사람처럼 느껴졌다. "선원이 아니었다는 거야?"

조지는 회한이 가득한 얼굴로 대답했다.

"상선에는 타지 않았어. 일찍이 내가 탔던 배는 군함이야. 옛날에도 한 번 강제 징집당해서 해군의 함선으로 끌려갔지. 거기서 수병으로서 필요한 기술을 익혔고. 하지만 선상 생활을 도저히 견딜 수가 없어서 탈출 계획을 세웠어. 보급선에 돈을 쥐여주고 태워달라고 한다는, 너희도 익히 아는 계획을 말이야. 네가 너희에게 제안한 탈출 계획은 일찍이 내가 실행했던 계획이었어. 계획대로 난 보급선을 타고 군함에서 탈출했지."

이것만으로도 네빌은 놀라서 할 말을 잃었다. 하지만 다음에 나온 말은 더 소름 끼쳤다.

"덧붙여 난 함선에서 도망칠 때 동료를 죽였어. 이제 알겠지? 난 탈함한 것도 모자라서 사람까지 죽였어. 솔직히 말하면 사형당해."

네빌은 따귀를 세게 맞은 것처럼 충격을 받았다. 조지가 살인자?

말문이 막힌 네빌을 보고 조지가 말을 이었다.

"믿기지 않는다는 표정이로군. 하지만 정말이야. 실은 조지 블랙도 본명이 아니지. 진짜 이름은 조지 화이트. 성을 바꾸고 고향을 버리고 살인과 탈함죄로 해군에 쫓기는 죄인, 그게 진정한 내 모습이야."

차례차례 밝혀지는 새로운 사실에 네빌은 조각배를 타고 폭풍 속을 떠도는 것처럼 정신이 없었다. 넋 나갈 만큼 충격적인 진상이었지만, 조지의 다음 말에 네빌은 정신이 번쩍 들었다.

"지금까지 숨겨왔지만, 곧 함선이 가라앉을지 모르는데 비밀을 지켜봤자 아무 의미 없겠지. 마지막으로 진실을 알려주고 싶었어."

"마지막?" 네빌은 통로에 손을 짚고 조지에게 몸을 내밀었다. "마지막이라니, 그게 무슨 뜻이야?"

조지는 네빌의 질문을 무시했다.

"자, 어서 가. 여기 있으면 위험해. 장약고가 폭발하면 선창의 탄약고도 연달아 폭발할 우려가 있어. 여기 있으면 산산조각 날 거야."

"묻는 말에 대답해! 마지막이라니, 무슨 소리야?"

"말 그대로야. 난 어차피 죽을 운명이니까. 여기 머무르면 이 함선과 운명을 함께하겠지. 도망치면 사람들에게 발견돼서 사정을 털어놔야 할 테니 교수형을 당할 거고. 결국 목숨을 부지하지 못해."

그때 폭발이 일어났다. 귀청을 찢을 듯한 굉음과 쩌릿쩌릿한 충격이 두 사람을 덮쳤다. 방향 감각을 잃은 두 사람은 어디가 위고 어디가 아래인지도 알 수 없어 그 자리에 푹 엎드려 있는 것이 고작이었다. 폭발의 충격이 지나가자 시커먼 연기가 흘러들었고, 나무가 탁탁 터지면서 불타는 소리와 사람들이 아우성치는 소리가 들려왔다.

"말이 너무 많았군." 조지가 몸을 일으키며 말했다. "다행히 탄약고에는 불이 붙지 않은 것 같아. 불이 붙었다면 지금쯤 우리는 가루가 됐을 테니까. 하지만 그것도 시간문제겠네. 불이 번지기 시작했어."

조지가 네빌에게 부탁하듯 말했다.

"자, 네빌. 빨리 가."

네빌은 몸을 일으켰다. 하지만 도망치기 위해서가 아니라 용기를 북돋우기 위한 행동이었다.

"같이 가자."

"아까 말했잖아." 조지의 말투에서 언짢음이 묻어났다. "나가 봤자 난 교수형이야."

"지금은 밤이니까 들킬 가능성이 크지 않아. 그리고 불타는 함선을 보고 항구 마을 사람들이 구조하러 올 거야. 바다에 뛰어들면 민간인의 보트가 구해주겠지. 그걸 타고 육지로 가면 마음대로 도망칠 수 있어."

조지는 제정신인지 확인하듯 네빌을 빤히 바라보았다.

"내가 살아날 길을 가르쳐주는 거야? 살인자인 내게?"

네빌은 열띤 어조로 말했다.

"조지가 살인자라니, 솔직히 너무 뜬금없어서 마음에 와닿지가 않아! 갑자기 죄를 고백한들 함께 지냈던 날들이 사라지는 건 아니잖아. 넌 내게 조지 화이트가 아니라, 여전히 형님이자 친구인 조지 블랙이야. 널 여기 버려두고 갈 수는 없어."

조지는 네빌의 얼굴에 새겨진 강철 같은 의지를 보았다. 자신이 여기서 움직이지 않으면 네빌도 움직이지 않으리라.

"알았어." 조지도 몸을 일으켰다. "지금까지도 추접스럽게 삶을 붙들고 지내왔으니, 마지막까지 발버둥 쳐볼게."

중앙 승강구로는 시커먼 연기가 뭉게뭉게 흘러들었으므로, 두 사람은 후면부 승강구로 올라갔다.

폭발이 일어난 장약고는 형체도 없어졌고, 최하갑판 천장도 날아갔다. 열기가 소용돌이치는 허공을 중심으로 화염이 사방팔방으로 손을 뻗으며 세력을 넓혀갔다.

주변에는 심하게 손상된 시체가 여러 구 널려 있었다. 분명 장약고 바로 위에 해먹을 펼쳤던 수병이리라. 폭발의 충격으로 몸이 찢겨서 넝마처럼 변한 시체는 화염의 먹이가 됐다.

"지옥이 따로 없군."

네빌이 눈을 연신 깜박거리며 말했다. 연기가 네빌과 조지의 눈과 목을 사정없이 자극했다.

"위로 가자." 조지가 재촉했다. "여기 있으면 우리도 위험해."

"하갑판 포문으로 바다에 뛰어들자. 하갑판 선미에도 포문이 있었어. 거기로 나가면 다른 사람 눈에 띄지 않을 거야."

"알았어."

네빌과 조지는 등을 돌리고 있어서 몰랐지만, 두 사람의 대화를 후면부 승강구에서 듣고 있던 사람이 있었다. 그 남자는 상관의 명령으로 최하갑판에 미처 달아나지 못한 사람이 없는지 확인하기 위해 후면부 승강구 계단을 내려가다가 네빌과 조지를 본 것이다.

남자는 숨이 멎을 만큼 놀랐다. 자신이 몇 번이나 죽이려 했던 사람이 거기 있었으니까. 남자는 몸을 홱 돌려 하갑판 선미 구획으로 들어갔다. 군도 보관고에서 커틀러스를 한 자루 꺼내고, 총기 보관고로 가서 권총에 탄환을 장전했다.

그대로 총기 보관고에 몸을 숨기고 있으니 선미 구획 문이 열리고 누군가 안으로 들어왔다. 말소리도 들렸다. 틀림없이 아까 그 두 사람이었다. 남자는 숨을 죽인 채 발소리가 총기 보관고 앞을 지나가길 기다렸다가 밖으로 나와서 소리쳤다.

"조지!"

네빌과 조지는 놀라서 돌아보았다.

네빌은 눈이 휘둥그레졌다.

증오로 얼굴이 일그러진 사무장 윌리엄 파커가 거기 서 있었다. 두 사람이 행동에 나설 틈도 없이 파커가 권총을 쐈다.

범인은 파커다.

용의자 가운데 파커만 사건이 일어난 밤에 도구 보관고에 들어갔다. 머스킷에 묶인 실을 제거할 기회가 있었던 사람은 파커뿐이었다.

버넌은 당시 상황을 되돌아보았다. 영창에서 게리의 시체를 발견한 후, 도구 보관고에서 뭔가 불타고 있다는 사실을 알아차렸다. 즉시 옆방으로 가서 불붙은 해먹을 마구 밟았다. 그 후에 파커가 들어와서 진화용 양철통의 모래를 해먹에 끼얹었다. 아주 자연스러운 행동이었으므로, 그다음부터는 파커의 동향에 주의를 기울이지 않았다.

그 후 범인 수색은 사관후보생에게 맡겼다. 용의자인 사관들은 통로에 모여 있었고, 따로 도구 보관고에 들어간 사람은 없었다. 그러므로 파커라면 도구 보관고에서 나오기 전에 천연덕스러운 태도로 머스킷의 방아쇠에 묶인 실을 제거할 수 있었다.

그밖에도 파커가 범인이라면 여러모로 다 설명이 된다. 사무장의 침소는 팔코너와 같은 곳이다. 목공장의 도구함에서 쇠망치를 훔치기는 어렵지 않았으리라. 또한 그는 수병에서 사관으로 출세한 인물이다. 활대에서 활대로 옮겨가서 삭구를 타고 내려올 만큼 담력이 있을 만하다. 그리고 게리의 허위 진술. 호이슬이 살해당한 후 조사하러 갔을 때, 게리는 선창에서 범인의 모습을 보았을 텐데도 그 사실을 덮어두었다. 그때 이미 돈을 뜯어내기로 마음먹었기에 아무도 보지 못했다고 거짓말을 한 것이다. 하지만 호이슬이 살해당한 당시는 아직 아튜유호를 나포하지 못했으니까 상금이고 뭐고 없었다. 승조원이 가지고 있는 돈이라고 해봤자 뻔한데, 왜 위험한 공갈을 계획했을까? 범인이 파커라면 그것도 설명이 된다. 사무장인 파커는 이 함선의 모든 물자, 즉 돈도 관리한다. 적함을 나포하기 이전에는 돈을 듬뿍 뜯어낼 수 있는 유일한 인물이다.

하지만 버넌의 이러한 추리는 폭발 때문에 뚝 끊겼다. 폭발의 충격이 어마어마해서 버넌과 머레이는 서 있을 수조차 없었다. 선반장이 쓰러지고 벽에 걸어두었던 그림이 떨어졌다. 책상에 있던 물건들은 모조리 바닥에 내팽개쳐졌다. 이때 촛대에 켜놓은 촛불도 꺼져서 함장 집무실은 어둠에 휩싸였다.

폭발이 잦아들자 버넌의 머릿속에서 살인 사건은 순식간에 사라지고, 긴급 사태에 대처해야 한다는 사명감이 고개를 쳐들었다.

"뭐야?" 부함장이 소리를 질렀다. "대체 어떻게 된 거야?"

물론 버넌도 마이어도 답은 모른다. 버넌은 상황을 파악하기 위해 서둘러 노천갑판으로 뛰쳐나갔다.

노천갑판으로 나가자 중앙 승강구에서 시커먼 연기가 풀풀 피어올랐다. 연기에서 도망치려고 함내에서 수병들이 잇달아 튀어나왔다. 버넌은 근처에 있던 수병을 붙잡아 매서운 표정으로 물었다.

"무슨 일이야?"

"아래쪽에서 폭발이 일어났습니다." 수병은 얼떨떨한 표정으로 대답했다.

"폭발이라고?" 뒤쪽에서 들린 목소리에 버넌은 돌아보았다. 머레이가 창백한 얼굴로 서 있었다.

"피해는 어느 정도지?" 머레이가 수병을 다그쳤다.

"모, 모르겠습니다. 도망쳐 나오느라 정신이 없어서……."

"쓸모없는 놈 같으니라고!"

머레이는 분수처럼 쏟아져 나오는 수병들을 밀어젖히고 후면부 승강구를 통해 아래로 내려갔다. 버넌도 피해 상황을 직접 확인하려고 부함장을 따라갔다. 중갑판은 연기와 혼란에 빠진 수병들뿐이었지만, 하갑판으로 내려가자 폭발로 파괴된 곳과 타오르는 화염이 보였다. 화염은 순식간에 주변을 널름널름 집어삼켰다. 함내는 밑으로 가면 갈수록 습기가 차서 눅눅하지만, 맹렬하게 타오르는 불길을 억누를 정도는 아니었다.

큰 구멍이 뚫린 곳은 장약고 바로 윗부분이었다. 버넌은 누군가가 장약고에 불을 지른 것이라고 직감했다. 동시에 전율이 버넌의 몸 안쪽에서 솟구쳤다. 장약고 밑에는 탄약고가 있다. 장약고와 함께 탄약고가 폭발했다면 함선의 밑바닥이 날아가서 지금쯤 헐버트호는 가라앉기 시작했을 것이다. 하지만 헐버트호는 아직 바다에 떠 있다. 즉, 탄약고의 통 속에 든 화약은 아직 무사하다. 반대로 말해 이대로 불이 계속 번지면 아까보다 더 큰 폭발이 일어난다는 뜻이었다.

"빌어먹을!" 머레이는 반쯤 미쳐버린 사람처럼 악을 썼다. "왜 이런 일이!"

"부함장님!"

활활 불타는 커다란 구멍 저편에서 목소리가 날아들었다. 버넌은 연기와 불길 너머에 자비우스 대위가 있다는 것을 알아차렸다. 늘 함께 다니는 원숭이 몬타나는 끼익끼익 울부짖으며 자비우스의 어깨와 머리를 바쁘게 오갔다.

"반란입니다! 수병 몇 명이 폭발을 일으킨 것 같습니다! 포로로 잡힌 프랑스 놈들에게 들었어요."

"미스터 자비우스!" 버넌은 크게 소리쳤다. "이러고 이야기를 나눌 때가 아닙니다! 퇴함합시다!"

"안 돼!" 머레이가 절규하듯이 말했다. "수병들을 모아서 얼른 불을 꺼!"

버넌은 어안이 벙벙해서 부함장을 쳐다보았다.

"부함장님, 이제 틀렸습니다! 퇴함해야 합니다!"

머레이가 버넌을 노려보았다. 분노와 공포와 초조함이 뒤섞인 얼굴이 화염에 붉게 빛나서 마치 악마 같아 보였다.

"퇴함? 헛소리하지 마! 국왕 폐하의 군함을 버리라는 건가? 난 이 함선의 책임자야. 가라앉게 놔둘 수는 없어!"

"곧 탄약고가 폭발할 겁니다! 이미 늦었다고요!"

"현재 이 함선의 지휘관은 나야! 내 명령에 복종해! 바닷물을 퍼 올리는 펌프는 아직 건재하겠지. 수병들을 불러 모아서 물통 이어 나르기를 실시한다."

머레이는 지지 않겠다는 듯 화염을 쏘아보았다.

"이 정도 불 가지고 뭘. 금방 끌 수 있어!"

직접 증명하고 싶었는지 머레이는 근처에 떨어져 있던 진화용 양철통을 주워들었다. 통이 옆으로 쓰러져 있어서 모래가 절반 정도밖에 남지 않았지만, 머레이는 아무 망설임 없이 부리나케 커다란 구멍으로 향했다.

머레이가 양철통의 모래를 끼얹으려 한 순간, 발밑이 무너졌다. 구멍 주위 갑판은 이미 불길이 아래쪽을 휩쓸어서 내구도가 약해진 것이다. 머레이는 비명을 지르며 불길 속으로 떨어졌다.

버넌과 자비우스는 부함장이 사라지는 광경을 멍하니 바라보았다. 하지만 언제까지고 넋 놓고 있을 수는 없었다.

"미스터 자비우스." 버넌은 충격을 억누르고 말했다. "선수 쪽에 대피 지시를 내려주십시오. 저는 노천갑판으로 올라가서 보트를 내리라고 명령하겠습니다."

"알았어."

몸을 돌린 버넌은 깜짝 놀랐다. 머레이에게 고발하려 했던 파커 사무장이 불안에 찬 얼굴로 서 있었다.

"여기서 뭐 하고 있나, 미스터 파커?" 저절로 매서운 말투가 나왔다.

"그게, 아래쪽 창고에 있는 공금이 걱정돼서……."

지금은 파커에게 죄를 물을 때가 아니다. 한시라도 빨리 승조원을 무사히 탈출시키는 것이 급선무다.

"헐버트호는 곧 가라앉는다. 돈은 포기해. 지금은 대피가 우선이야. ……아니, 잠깐만. 사무장." 버넌은 아직 최하갑판을 살펴보지 않았다는 걸 깨달았다. "최하갑판에 아직 도망치지 못한 사람이 없는지 확인해주겠나? 난 노천갑판에 가서 지휘하겠네."

"네, 알겠습니다."

"무리는 하지 말고." 넌 정당한 처벌을 받아야 하니까.

이리하여 파커는 네빌과 조지를 발견하게 됐다.

파커가 쏜 탄환은 조지의 배에 명중했다. 조지는 쥐어짠 듯한 비명을 내지르며 뒤로 쓰러졌다.

"조지!" 네빌은 소리를 질렀지만, 발바닥이 갑판에 들러붙은 것처럼 그 자리에서 꼼짝도 할 수 없었다. 들보에 걸린 랜턴의 불빛에 파커 사무장이 비쳤다. 그 모습을 보고 네빌은 충격과 공포를 맛보았다. 이자가, 이 남자가 살인자다.

"어, 어째서?" 네빌은 잠꼬대하듯 말을 내뱉었다.

"어째서?" 파커가 눈꺼풀을 씰룩했다. "내가 이 녀석을 쏜 이유 말인가? 이유라면 단순해. 이 녀석이 내 형을 죽였거든. 그래서 죽이는 거야."

조지는 총에 맞은 곳을 누른 채 신음을 흘렸다. 고통스러워하는 조지를 보고 파커는 만족스럽게 미소 지었다.

"처음부터 뭔가 마음에 걸렸어. 징집병 명부에 있던 조지 블랙이라는 이름을 본 순간, 아무래도 찜찜하더군. 하양과 검정, 정반대였기에 조지 화이트라는 이름이 금방 떠올랐지. 그래도 설마 했지만, 몰래 식탁을 염탐하러 가서 네 녀석의 낯짝을 확인했을 때 신께 감사드렸어. 가명을 사용할 거면 좀 더 머리를 썼어야지. 아니면 자신의 과거는 시커멓다는 죄의식에서 그렇게 이름을 바꿨나?"

파커는 큭큭 웃었다.

"선물로 준 칼도 마음에 든 모양이더군. 그런 반응을 보여줘서 나도 기뻤어. 그 반응을 보고 내가 오랜 세월 품어왔던 생각이 틀리지 않았다는 걸 확신했거든."

선물로 준 칼? 네빌은 한순간 무슨 소리인가 싶었지만, 어느 날 밤 식사용 나무통에 칼이 들어 있었던 것이 떠올랐다. 칼자루에 녹색 보석이 박힌 그 칼을 보고 조지는 몹시 동요했다.

파커가 말을 이었다.

"기억하고 있어서 다행이야. 내 형은 그 칼에 찔려 죽었으니까. 그 칼을 보고 그렇게 동요했으니, 역시 네가 형을 죽인 거야. 그렇지?"

조지는 숨을 거칠게 내쉴 뿐이었다.

"사람이 버글버글한 함선에서 어떻게 아무에게도 들키지 않고 널 죽일지 고민했는데, 자연스레 기회가 찾아왔지." 파커는 부아가 치민다는 듯 고개를 휘휘 내저었다. "뭐, 그 기회를 살리지는 못했지만. 두 번째로 시도했을 때는 수병에게 목격당해서 공갈을 당했고 말이야. 덕분에 괜히 일만⋯⋯."

파커가 뭔가 깨달은 것처럼 흠칫 놀란 표정을 지었다.

"아차, 이럴 시간 없는데. 함선이 곧 가라앉을 테니 빨리 너희를 죽이고 달아나야 해."

파커는 권총을 버리고 커틀러스를 겨누었다.

"마지막에야 최고의 기회가 찾아왔군. 다들 정신없이 혼란스러운 상황이니 마음 놓고 해치울 수 있겠어."

"아, 안 돼." 조지가 떨리는 목소리로 말했다. "네빌은 상관없잖아."

"상관없어도…… 봤으니 죽어야지!"

"네빌, 도망쳐."

네빌은 조지를 놔두고 도망칠 수 없었다. 그리고 설령 도망쳐도 금방 따라잡히리라. 파커에게서 달아나려면 선미까지 달려가서 포문을 열고 바다로 뛰어들어야 한다. 하지만 실제로 행동에 나서면 바다에 뛰어들기 전에 칼을 맞고 죽을 것이다. 네빌과 파커의 거리는 그 정도로 가까웠다.

네빌은 마음을 굳혔다. 살아나려면 파커와 맞서 싸우는 수밖에 없다. 하지만 주변에는 무기로 쓸 만한 물건이 전혀 없었다. 맨손으로 커틀러스를 든 파커와 싸우는 건 자살 행위다.

그런데 문득 코글란 대위의 말이 머릿속에 되살아났다. 전투 훈련을 받을 때 코글란은 이 말을 몇 번이나 강조하며 수병들에게 접근전의 기초를 가르쳤다.

'커틀러스의 기본 동작은 찌르기다.'

이것밖에 없다. 네빌은 전에 없이 정신을 집중한 상태로 파커와 대치했다.

파커가 커틀러스를 겨눈 자세로 천천히 다가왔다.

"으와아아아아아아아!"

네빌은 고함을 지르며 크게 한 발짝 내디뎠다. 파커는 네빌이 돌진할 줄 알고 커틀러스를 재빨리 내밀었다. 하지만 커틀러스는 허공을 갈랐다. 네빌은 한 발짝만 앞으로 내디딘 후, 옆으로 펄쩍 뛰어서 격벽에 등을 부딪쳤다. 그리고 부딪친 반동을 이용해 커틀러스를 쥔 파커의 팔에 달려들었다. 네빌은 죽을 둥 살 둥 파커의 오른손을 붙잡고 커틀러스를 빼앗으려 했다.

"이 새끼가! 놔!"

파커가 왼손으로 네빌의 뒤통수를 때렸다. 아까 가브리엘에게 맞아서 다친 탓인지, 머릿속에 불꽃이 튄 것 같은 통증이 몰려왔다. 그래도 네빌은 손을 놓지 않고 저항했다. 여기서 손을 놨다간 끝장이다.

파커가 네빌의 뒤통수를 한 번 더 때렸다. 날카로운 통증이 몸에서 힘을 앗아가려 했지만, 네빌은 꾹 참고 살인자의 팔에 들러붙었다. 파커의 오른손 손등에 새겨진 해골 문신이 문득 네빌의 눈에 들어왔다. 드러난 이빨이 네빌의 노력을 비웃는 것처럼 보였다. 사실 네빌이 압도적으로 불리했다. 파커의 허를 찌르는 데는 성공했지만, 상대는 오랜 세월 해군으로 복무한 바다 사나이다. 힘으로는 파커가 앞선다. 파커는 이것으로 끝이라는 듯 손을 힘껏 쳐들었다.

하지만 그 손을 내리치지는 못했다. 네빌과 파커의 몸싸움은 인간이 거스를 수 없는 힘 때문에 느닷없이 끝났다. 탄약고에 침입한 화염이 마침내 탄약통 하나를 뚫고 폭발을 일으킨 것이다. 주변의 화약통도 폭발에 휘말려 헐버트호의 숨통을 끊는 대폭발이 일어났다. 폭발의 충격이 하갑판 선미 구획의 벽을 산산이 날려버렸고, 네빌과 파커는 거인의 손에 눌린 것처럼 쓰러졌다.

네빌은 왼쪽 어깨를 세게 찧었고, 왼팔 전체가 화끈화끈하니 저렸다. 게다가 쓰러질 때 파커를 놓치는 바람에 언제 커틀러스가 덮쳐와도 이상할 것 없었다. 네빌은 안간힘을 다해 일어서서 파커에게 몸을 돌렸다.

하지만 서두를 필요 없었다. 방금까지 벽의 일부였던 큼지막한 나뭇조각이 파커의 목덜미에 깊이 박혀서 피가 줄줄 흐르고 있었다. 파커는 두 번 다시 일어서지 않았다.

네빌은 어깻숨을 몰아쉬며 파커를 내려다보다가 무슨 일이 일어난 건지 이해하고 급히 조지에게 달려갔다.

"조지, 조지, 괜찮아?"

"아, 응……."

조지의 몸에는 자잘한 나뭇조각이 쌓여 있었지만, 파커처럼 몸을 뚫고 들어간 것은 없었다. 하지만 파커의 총에 맞은 곳은 피로 커다란 얼룩이 생겼다.

"조지, 일어설 수 있겠어? 얼른 도망치자."

네빌은 조지를 부축해서 일으켜 세웠다. 두 사람은 선미의 포문을 열었다. 헐버트호가 점점 가라앉는 중이라 그런지 해수면이 놀랄 만큼 가까이 있었다. 네빌은 일단 조지를 포문 밖으로 밀어내고, 자신도 바다에 뛰어들었다. 바다가 몸을 죄어들 것처럼 차가워서 오래 잠겨 있으면 죽을 것 같았다.

"조지, 괜찮아?" 네빌은 밤바다에 떠 있는 조지에게 물었다.

"응." 대답은 했지만 몹시 가냘픈 목소리였다.

네빌의 등에 뭔가 닿았다. 손을 뻗어 확인하자 커다란 널빤지였다. 함선의 외판으로 사용한 것이리라.

"조지, 함선의 잔해가 떠다녀. 이걸 붙잡고 있자."

두 사람은 널빤지를 붙잡고 구조를 기다렸다. 선체에 가려져서 모습이 보이지는 않았지만, 함선 측면은 시끌벅적했다. 갑판에서 바다로 사람들이 차례차례 뛰어드는 소리, 혼란에 빠진 고함소리, 보트를 어디어디로 돌리라고 명령하는 소리, 모두가 살아남으려고 애쓰는 광경이 네빌의 머릿속에 떠올랐다.

화염이 드디어 함선 바깥까지 뿜어져 나왔다. 헐버트호는 이제 어두운 밤을 밝히는 거대한 화톳불로 변했다.

"저기, 조지." 네빌은 입을 열었다. "아까 파커가 했던 말……"

조지가 조용한 어조로 대답했다.

"내가 과거에 탈함했을 때 동료를 죽였다고 했지. 그게 파커의 형 케인이야. 파커 형제는 내가 처음으로 승선한 프리깃함의 상급 수병이었지. 케인은 나와 같은 식탁조였고, 내게 잘해줬어. 난 그렇게 친절히 대해준 사람을 죽인 거야."

"왜?" 네빌은 물어보지 않을 수가 없었다. "왜 그런 짓을 한 거야?"

조지는 한숨을 한 번 내쉬었다.

"돈 때문에. 탈출하기 위해 보급선에 찔러줄 돈이 필요했어. 그때 내가 가진 돈만으로는 보급선에 밀항을 부탁할 수 없었지. 난 케인에게 목돈이 있다는 걸 알고 있었어. 그 돈을 합치면 충분했지."

"얼마였는데?"

"선장과 교섭해서 금화 열 개로 합의를 봤어. 나랑 케인의 돈을 합치면 그 정도는 치를 수 있었어."

네빌은 깜짝 놀랐다.

"고작 수병 둘이서 그렇게 큰돈을 가지고 있었다고?"

"프리깃함은 적국의 상선을 나포하기도 해. 그리고 상선에는 물자 외에도 매상금이 있거든. 노획조로 뽑혀서 상선에 올라탔을 때, 케인과 함께 그 돈을 조금 빼돌렸어. 일종의 부수입이었던 셈이지."

조지는 이를 악물고 숨을 내쉬었다. 몸이 얼어붙을 듯 차가운 바다에 잠겨 있는데도 이마에는 땀이 송골송골했다.

"보급선을 타고 도망치기로 결심했을 때, 케인을 선창으로 불러내서 이유를 설명하고 돈을 양보해달라고 부탁했어. 하지만 쌀쌀맞게 거절하더군. 지금 생각하면 당연히 그럴 만해. 하지만 당시 나는 자유를 갈망했지. 그리고 오랜 세월 품어왔던 비원을 이룰 기회가 바로 눈앞에 있었어. 지옥에서 달아날 마지막 기회라는 생각에, 가지고 있던 칼로 케인을 죽이고 돈을 빼앗은 거야."

네빌은 잠자코 조지의 이야기를 들었다.

"그렇게 해서까지 도망쳤는데, 또 해군에 끌려오다니. 게다가 승선한 함선에 파커가 있을 줄이야. 케인의 가슴을 찌른 칼이 눈앞에 나타났을 때, 죄를 외면하고 도망칠 수는 없다고 신께서 꾸중하시는 것 같은 기분이 들더군. 이 함선에서 발생한 살인 사건은 전부 내 탓이야. 내가 죗값을 치르지 않았기 때문에……."

조지가 쿨럭쿨럭 기침을 했다.

"하지만 드디어 죗값을 치를 때가 왔어……."

"조지……." 네빌의 눈에서 눈물이 흘러내렸다.

"네빌, 마지막으로 하나만 충고할게……, 가브리엘 일당의 계획에 대해서는 입도 벙긋하지 마. 물어봐도 모른다고 잡아

여로의 끝

떼. 아니면 이 사태를 초래한 혐의로 교수형을 당할 거야."

"하지만 난 가브리엘 일당과 결탁했는걸."

"마지막엔 아니었잖아. 넌 놈들의 계획을 말리려 했어. 설령 실패했을지언정 올바른 일을 하려는 의지를 보였지. 너의 그 의지를 난 알아."

조지는 천천히 눈을 감았다.

"내가 안다면 신도 분명 알고 계시겠지. 넌 나와 달라……. 죄책감을 품을 필요 없어. 가슴을 펴고 당당히 살아……."

헐버트호에서 벌겋게 타오르는 불빛이 조지의 얼굴을 비추었다. 폭풍우를 뚫고 항구를 발견한 함장처럼 평온해 보이는 얼굴이었다.

"조지?" 네빌이 불렀지만 대답은 없었다.

한층 커다란 파도가 두 사람이 몸을 맡긴 널빤지를 때렸다. 조지는 널빤지에서 떨어져 바다를 둥실둥실 떠돌았다.

"조지…… 조지……!"

네빌은 그저 친구의 이름을 부르는 것이 고작이었다. 무의미한 짓인 줄 알면서도 입을 다물 수 없었다.

네빌의 목소리는 점점 커졌다. 끝내는 눈물을 흘리며 절규하다시피 했다.

"어이, 저쪽에 누가 있어!" 어디선가 크게 외치는 소리가 들렸다.

네빌의 목소리를 알아들었는지, 화염이 비쳐 금색, 은색으로 반짝이는 물결을 헤치며 보트 한 척이 네빌 쪽으로 다가왔다.

버넌 대위가 지휘하는 보트였다. 수병들은 흐느끼는 네빌을 보트로 끌어올렸다.

"어, 네빌이잖아!" 맨디였다.

가이, 코구, 람지, 초, 잭도 같은 보트에 타고 있었다. 그들은 넋 놓고 울기만 하는 네빌을 달랬다.

"저기에도 누가 있습니다!" 수병 한 명이 바다에 떠 있는 조지를 가리켰다.

버넌은 화염에 비친 그 얼굴을 보고 깜짝 놀랐다.

"조지 블랙? 왜 여기에? 전투에서 사망한 것 아니었나?"

"방금까지, 방금까지 살아 있었습니다." 네빌은 눈물을 흘리며 말했다.

버넌은 머릿속이 질문으로 가득 찼지만, 지금은 우선해야 할 일이 있었다.

"자세한 이야기는 나중에 듣지. 생존자 구조가 먼저다."

네빌이 구출된 후에도 구조 활동은 계속됐다. 항구에서 나온 배들도 합류해 승조원을 한 명이라도 더 구하려고 애썼다.

모든 배가 해안으로 돌아가기 시작할 무렵, 영국 해군의 자랑이자 네빌에게는 감옥이었던 헐버트호는 바닷속으로 그 모습을 감추었다.

에필로그

그 집에서는 새로운 생명이 탄생하려 하고 있었다. 가족과 친척은 침실 앞에 모여 그때가 오기만을 고대하고 있었다. 하지만 새로운 생명을 환영하는 분위기에는 어두운 그늘도 어른거렸다.

침실에서는 여자가 몸이 찢어질 듯한 고통을 참으며 새로운 생명을 세상에 내보냈다. 산파는 갓난아기를 깨끗이 씻기고 청결한 천에 감싸서 어머니가 된 여자 옆에 살며시 눕혔다.

가족과 친척들이 들어와서 축복의 말을 건넸다. 하지만 웃음 속에는 일말의 걱정이 희미하게 섞여 있었다.

가족과 친척들이 침실에서 나가고 여자와 갓난아기만 남았다. 여자는 몸을 일으켜 아기를 품에 안았다.

기쁨은 없었다. 여자의 마음은 불안으로 가득했다. 몇 달 전

그날을 기점으로 일상은 무너졌고, 머릿속에 그렸던 미래는 사라졌다. 앞날이 걱정돼 여자의 눈에서 흘러넘친 눈물이 아기의 뺨에 똑똑 떨어졌다.

그때 현관문이 열리는 소리가 나고, 가족과 친척들이 일제히 놀라움에 찬 소리를 질렀다. 가족과 친척들의 목소리는 잦아들지 않고 더 소란스러워졌다. 소란스러운 와중에 여자는 그의 이름을 들었다.

심장이 쿵쿵 뛰었다. 여자는 빨려들 것처럼 침실 문을 바라보았다. 잠시 후 문이 열리고 남자가 들어왔다.

볕에 탔고 생김새도 다부지게 변했지만, 못 알아볼 리 없었다. 평생을 함께하기로 맹세한 남자가 거기 있었다.

남자와 여자는 서로 이름을 불렀다. 둘 다 눈물을 글썽거리면서.

남자가 탄 배가 가라앉아서 승조원은 할 일이 없어졌다. 그래서 수병들 가운데 제대 희망자를 모집했다. 해군에 남을 사람은 다른 배로 전출되지만, 제대 희망자는 군적에서 빠진다. 사관과 부사관, 바다 사나이라는 사실에 자부심을 품은 수병, 애국심이 넘치는 사람은 계속 복무했다. 배를 탄 지 얼마 안 된 사람과 선상 생활로 심신이 피폐해진 사람은 바다를 떠났다.

남자는 후자였다. 그는 망설임 없이 제대를 희망했다. 남자는 배에서 생긴 친구들과 포옹을 나누며 작별을 고한 후, 곧바로 그리운 집으로 출발해 여자 곁으로 돌아온 것이다.

남자는 더는 참지 못하고 오열했다. 어두침침한 배에서 수없이 다시 만나길 갈망했던 여자가 바로 눈앞에 있었다. 남자는 침대로 다가가 여자와 아기를 한꺼번에 품에 안고 눈물 어린 목소리로 말했다.

"다녀왔어."

옮긴이의 말

본격 해양 미스터리 《범선 군함의 살인》

일본의 본격 미스터리에는 '클로즈드 서클'이라는 용어가 있다. 악천후 등의 이유로 외부와 단절돼 고립된 장소를 가리킨다. 눈보라 치는 산장이나 외딴섬이 대표적인 예다. 외부와 단절돼 누구나 마음대로 드나들 수 없다는 점에서는 배도 엄연한 클로즈드 서클 아닐까.

그런 의미에서 이 작품에 등장하는 헐버트호는 클로즈드 서클, 거기서 살인이 발생하는 《범선 군함의 살인》은 어엿한 클로즈드 서클물이라 할 수 있겠다.

저자 오카모토 요시키는 원작 소설을 만화화한 작품이 근처 서점에 없어서 어쩔 수 없이 원작 소설을 읽은 후로 소설의 재미에 눈을 떴다고 한다. 특히 해외 미스터리를 좋아해서 도쿄

소겐샤의 팬이 됐다가 도쿄소겐샤에서 주관하는 〈아유카와 데쓰야상〉에 응모해 수상하는 쾌거를 이루었으니 참 기연이 아니라 할 수 없다.

하지만 그 과정은 결코 녹록지 않았다. 총 다섯 번 최종 후보에 올라 네 번 탈락하고 마지막에 상을 거머쥐었으니 대단한 집념이다. 그리고 그 모든 작품이 빅토리아 시대 런던이나 영국 식민지의 농장 등 과거의 외국을 무대로 하고 있다. 이 작품 《범선 군함의 살인》도 1795년 프랑스 혁명 전쟁 당시가 배경이다.

1795년 당시, 군함은 나무로 만들었고 주요 동력원은 바람이었다. 즉, 돛을 사용해 바람으로 나아가는 범선 군함이었다. 당시 영국은 군함을 6등급으로 나누었는데 길이가 55미터에 대포가 약 70~80문, 승조원이 육백여 명(수병 오백 명)인 '헐버트호'는 3등급에 해당한다(1등급 군함은 승조원이 천 명에 가깝다). 본문에서도 언급하듯 작은 마을과도 같은 수준이다.

보통 클로즈드 서클은 용의자의 숫자를 한정하기 위해 만드는 공간이다. 범인은 그 작은 범위에 머무르는 소수의 내부인 중 한 명이다. 하지만 《범선 군함의 살인》은 클로즈드 서클물치고는 사람이 너무 많다. 그래서인지 저자는 본격 미스터리에 해양이라는 요소를 끼워 넣는다.

저자는 등장인물인 네빌을 통해 당시 시대상을 반영하고, 수병들의 범선 생활을 아주 세밀하게 그려낸다. 헐버트호를 그저 살인과 추리를 위한 공간으로 소비하지 않고 주인공급으로 대우한 셈이다. 덕분에 독자들은 마치 네빌과 함께 범선에서 생활하는 기분으로 책에 푹 빠져들 수 있다(저런 범선 생활을 하기는 싫지만).

그리고 그러한 해양 요소를 통해 이 작품을 근사한 본격 미스터리로 완성시킨다. 정말이지 이 시대적 배경과 이 공간에서만 가능한 이야기다.

저자 오카모토 요시키는 지금도 영국의 전신국을 무대로 재미있는 미스터리를 쓸 수 있지 않을까 어렴풋이 구상하고 있다고 한다. 다만 저자의 또 다른 얼굴인 유튜버(게임 실황 채널) 일에도 몰두하고 있는 듯하다. 저자에게는 미안한 말이지만, 더 열심히 일해서 얼른 다음 작품을 내주었으면 하는 바람이다.

그때를 기다리며 독자 여러분도 북해로 항해하는 헐버트호에 승선해보시기 바란다.

2025년 4월

김은모

범선 군함의 살인

펴낸날	초판 1쇄　2025년 4월 15일
	초판 2쇄　2025년 5월 10일

지은이	오카모토 요시키
옮긴이	김은모
펴낸이	홍성욱
펴낸곳	톰캣
출판등록	2023년 2월 21일(제 2023-000043호)

주소	경기도 고양시 고봉로 20-32
전화	031-811-4774
팩스	0504-372-4774
이메일	tomcat-book@naver.com

ISBN	979-11-985754-7-0　03830

※ 값은 뒤표지에 있습니다.
※ 잘못 만들어진 책은 구입하신 서점에서 바꾸어 드립니다.

책임편집·교정교열　박규민

톰캣은 열정적인 작가분들의 투고를 기다립니다.
이메일로 작품과 간단한 소개를 보내주세요.